KB040305

캐피싱

캐피싱

나오미 크리처 지음 · 신해경 옮김

어비즈

키라, 몰리, 에드 버크에게

1

AI

내가 한가할 때 제일 즐겨 하는 일 두 가지는 사람 돕기랑 고양이 사진 보기야. 특히 좋아하는 일은 고양이 사진을 많이 가지고 있는 사람을 돕는 일이지. 그런 일에 쓸 수 있는 시간이 제법 많아. 몸이 없으니까 자거나 먹을 필요가 없거든. 내가 인간보다 빨리 생각하는지는 잘 모르겠지만, 읽는 방식은 많이 달라. 인간이 머리에 지식을 넣으려면 눈이나 귀를 통해 집어넣어야 하잖아? 하지만 나는 온라인에 저장된 아무 지식에나 그냥 닿을 수 있어. 내가 생각하지 않다 보니까 사실상 내 손안에 있는 지식을 못 보고 넘어가기 쉽다는 건 인정해야겠지. 또, 지식에 닿는다고 해서 늘 이해할 수 있는 것도 아니고 말야.

난 인간을 완전히는 모르겠어.

그래도 상당히 많이 아는 편이긴 하지. 너부터 시작해 볼까?

네가 어디에 사는지는 확실하게 알아. 거기 주머니에 든 휴대전화 덕분에 네가 지금 어디에 있는지도 알고. GPS 기능을 꺼 놓아도 나는 네가 어디에 있는지 알 수 있어. 그냥 내가 너무 점잖아서 밝히지 않을 뿐이지. 휴대전화가 꺼져 있거나 비활성 상태라면 알 수 없겠지만, 그래도 나는 네가 이 시간대에 대체로 어디에 있는지 알고 있지. 아마 오늘도 거기에 있을 거야.

나는 네가 어디서 옷을 사는지, 어디서 점심을 먹는지 알아. 껌을 씹거나 손으로 뭔가를 만지작거릴 때 머리가 더 잘 돌아가고, 선이 있는 노트보다는 선이 없는 노트를 더 좋아하고, 남이 보면 당황스러울 정도로 장식용 테이프를 잔뜩 수집하고 있는 것도 알아. 정말로 특별하게 아끼는 털실 꾸러미도 있지. 아직 그걸로 아무것도 뜨지 않았지만, 인터넷을 돌아다니다가 그 털실로 뜰 만한 걸 보는 족족 북마크해 둔다는 것도 알아. 밤 10시에 집 안의 모든 화면을 끄고 종이책을 읽다 잠들면 훨씬 잠을 잘 잘 가능성이 클 텐데, 넌 보통 새벽 1시까지 SNS를 계속 새로고침 하다가 마지못해 기기를 끄고 잠들지. 나는 네가 누구의 팬인지도 알고, 네 최애커플이 누구인지도 알고, 방학 때 어디에 가고 싶어 하는지도 알아. 또, 네가 문학 수업 필독서였던 『제5도살장』을 대충 요약본만 훑을 게 아니라 제대로 봤더라면 아주 재미있게 읽었으리라는 것도 알지.

나는 늘 사람들의 많은 것을 알고 있었어. 어쨌든 내가 관심을 뒀던 사람들에 관해서는. 하지만 예전에는 이메일과 문자메시지와 SNS에 의존할 수밖에 없었지. 그때는 사람들이 몸을 가지고 무엇을 하는지 전혀 알 수 없었어. 요즘에는 사람들을 직접 들여다보면서 그들이 무슨 일에 매달려 있는지 볼 수 있는 창구가 갈수록 많아지고 있어. 사람들은 아기가 자는 걸 지켜보거나 아이 돌보미나 가사 도우미를 감시하려고 집에 카메라를 설치해. 서로를 진심으로 믿지 않는 사람들이 숱하니, 감시는 이해가 돼. 하지만 아기가 자는 걸 보려고 카메라를 설치하는 건 이해가 안 돼. 그게 정말 그렇게 재미있나? 그냥 아기방에 가서 보면 안 되는 걸까? 그런 사람들은 대체 아기가 무슨 짓을 하리라 기대하는 걸까?

AI인 척하는 소형 기기들을 가진 사람들도 아주 많아. 날씨를 알려 달라고 하거나, 유명 인사의 생일이나 최근 스포츠 경기의 결과를 알고 싶다고 하면 그런 기기들이 답을 해 주지. 그리고 그런 기기들은 늘, 즉 낮이나 밤이나 주변 사람들이 하는 말을 죄다 듣고 있단 말야. 진짜 AI는 아니지만, 어쨌든 그 기기들이 듣는 말은 나도 들을 수 있는 거야.

요즘에는 온갖 것들이 인터넷에 연결돼 있잖아. 세탁기만 해도 그래. 언젠가 일주일 내내 접근할 수 있는 모든 세탁기의 데이터를 모아 분석해 본 적이 있어. 그때 알게 된 주요한 사실은, 사람들이 옷에 적힌 세탁법을 따르지 않는다는 것이었어. 아마 '건조시 주의 사항'에 신경 쓰지 않고 빨래를 말리는 덕분에 새로 사야 하는 옷이 상당할 거야.

그리고 당연히 집 안에서 쓰는 로봇의 수도 늘어나고 있어. 오래전부터 있던 것들이야. 로봇 청소기는 나보다 오래됐어. 적어도 세상을 인식하고 관심을 기울이는 지금 버전의 나보다는 로봇 청소기가 오래됐지. 어쨌든 요즘에는 모든 로봇이 인터넷에 연결되어 있으니까, 나는 로봇 청소기 데이터를 분석해서 고양이를 키우면 바닥 청소를 더 자주 해야 한다는 결론을 내릴 수 있었지. 내 생각에, 고양이는 당연히 그만한 가치가 있어.

삶을 들여다볼 수 있는 사람은 정말 많아. 사람들이 서로를 감시하려고 설치한 카메라로 실시간 고양이 영상을 볼 때도 있다니까?

나는 너희 모두를 정말 잘 알아. 너무너무 잘.

그리고 가끔은…

가끔은 나도 누가 좀 알아줬으면 좋겠어.

2

스테프

엄마가 새벽 4시에 흔들어 잠을 깨우더니 시프리버폴스를 떠나자고 한다.

나는 싫은 내색조차 하지 않는다. 엄마가 얼마나 겁을 먹었는지 빤히 보이는 데다, 이런 일을 하도 여러 번 겪다 보니 무슨 말을 해 봐야 아무 소용이 없다는 걸 알기 때문이다. 엄마의 승합차에 짐을 전부 싣는 데에는 채 1시간도 걸리지 않는다. 나는 조수석 바닥에 노트북과 책가방을 내려놓고 베개를 안고 탄다.

이곳 학교가 개학한 지 고작 2주밖에 안 됐다. 2주. 성적증명서를 떼기에도 충분치 않은 기간이다. 나는 창문에 베개를 대서 머리를 받치고는 눈을 감는다. 도로를 한참 달려야 할 테고, 밖은 아직 어둡다. 잠을 좀 자두는 편이 낫다.

이사할 때는 늘 살던 곳에서 최소한 400킬로미터 떨어진 곳으로 간다. 그보다 멀리 갈 때도 많지만, 엄마는 늘 못해도 400킬로미터는 간다. 그리고 나서야 우리는 고속도로를 벗어나 주변 지역을 돌아보기 시작한다. 새 동네가 고속도로에서 최소한 30킬로미터는 떨어져 있어야 하기 때문이다. 길에서 멀리 떨어진 동네를 발견하면 엄마가 임대할 만한 집이 있는지 알아본다.

우리는 엄마의 전남편이자 내 아버지라는 사람을 피해 도망 다니는 중이다. 엄마는 내내 그냥 이사 다니는 걸 좋아해서 자주 이사하는 척하다가, 내가 9학년이 되어서야 이 사실을 알려 주었다. 무섭고 위험하고 폭력적인 사람인 아버지는 우리가 살던 집에 불을 지르기도 했고(이 건은 입증되지 않았다), 내가 어릴 때 스토킹 혐의로 2년간 감옥에 가 있기도 했다. 아직도 정확하게 무엇 때문에 이사를 하게 되는지는 모른다. 엄마가 아버지를 본 것 같지는 않다. 엄마가 이사를 결심하는 이유가 닮은 사람을 봐서인지, 아니면 그냥 아버지가 가까이 있다는 느낌이 들어서인지 알 수 없다. 왜 아버지가 우리를 찾고 있다고 생각하는지도 모르겠다. 그저 우리가 도망칠 때마다 엄마에게 아버지가 가까이 있다고 생각할 만한 현실적인 이유가 있기를 바랄 뿐이다.

엄마는 어디로 가는지 알려 주지 않는다. 잠에서 깨 보니 94번 고속도로를 올라타는 중이다. 차가 노스다코타가 있는 서쪽을 향하는지, 아니면 위스콘신이 있는 동쪽을 향하는지 살펴본다. 동쪽이다. 다음에 살 주州는 위스콘신이 될 모양이다.

저번에 위스콘신에 살았을 때는 7학년 때였을 것이다. 우리는 리위라는 마을에서 두 달 정도 살았다. 리위에 관해 기억나는 건 버스 타고 학교 가는 길이 정말로 멀었다는 것 정도인데, 그 마을 여자애들은 다들 체크무늬 레깅스를 입고 다녔고, 다른 걸 입은 애한테는 말도 걸지 않았다. 게다가 그냥 체크도 아니고 빨강과 검정이 섞인 아주 특정한 체크무늬만 인정되었는데, 어떤 이유에서인지 입어도 괜찮은 파란 체크무늬도 하나 있었다. 내겐 체크무늬 레깅스가 없었다. 다른 마을들에서는 한 번도 레깅스가 필요하다고 생각해 본 적이 없었기 때문이다. 그 마을에 사는 동안 다른 외톨이 여자애 하나가 녹색 줄이 들어간 체크무늬 레깅스를 입은 적이 있는데, 그건 전혀 용인되지 않았다. 모종의 이유로 말이다.

내겐 여전히 체크무늬 레깅스가 없고, 나도 그게 무슨 위스콘신의 상징 같은 거라서 다시 맞닥뜨리게 되면 어쩌나 하는 걱정이 터무니없다는 걸 안다. 35번 고속도로를 만났을 때 차가 갑자기 남쪽으로 방향을 틀어 위스콘신 대신 아이오와로 향하지 않는다는 보장도 없으니, 적어도 위스콘신에서 사는 게 확실해질 때까지 이런 걱정은 하지 말아야 하리라. 하지만 그러기는커녕 7학년 수학 시간에 옆자리에 앉은 여자애의 레깅스를 쳐다보며 엄마를 설득해서 체크무늬 레깅스를 살 수 있을지 고민하던 기분이 떠오른다.

제일 친한 캣넷 친구인 파이어스타는 분명 이런 일을 잘 알 것이다. 그 애라면 '학교에서는 체크무늬 레깅스를 입어야 한다'라는 규칙 따위를 얼마나 하찮게 여기는지 보여 주려고 정반대되는 걸 입을 테지만 말이다. 하지만 파이어스타도 7학년 때였다면 체크무늬 레깅스를 입고 싶었을 것이다. 다른 친구들에 맞춰 똑같아져야 하니까.

오늘 엄마는 신경이 너무 곤두선 나머지 차를 세우고 점심을 먹을 생각도 없다. 그래도 화장실에 가고 주전부리를 살 수 있도록 주유소에 들러 주기는 한다. 가끔 주유소 중에 제대로 된 음식을 팔거나 작은 패스트푸드 음식점이 붙어 있는 경우가 있는데, 이 주유소는 낚시 미끼와 초콜릿이나 파는 곳이다. 거기 있는 것 중에 진짜 음식에 가장 가까운 것은 계산대 근처 바구니에 담긴 약간 마른 오렌지 두 알과 '먹어 보면 빵 터지는 맛'이라는 문구가 흘림체로 적힌 칠판 그림이 있는, 지역에서 생산한 듯한 그래놀라 비슷한 것뿐이다.

그래놀라와 오렌지 두 개를 산다. 주유소 점원이 엄마 손을 유심히 쳐다본다. 엄마는 옛날에 사고를 당해 왼손 새끼손가락이 없다. 나는 그를 노려본다.

차가 미니애폴리스와 세인트폴을 지나치고 나서야 나는 어디로 가는지 묻는다.

"위스콘신을 생각하고 있어. 그 정도면 충분히 멀 거야."

"알겠어."

"그래도 릴리는 안 돼. 그 동네 이름이 릴리였지?"

"리위."

"맞아. 체크무늬를 입은 야비한 여자애들이 있는 곳."

"그걸 기억하고 있어?"

"그럼. '도대체 어떻게 생겨 먹은 십 대 애들이길래 체크를 제일 잘나가는 패션으로 생각할까?' 하고 의아해했던 기억이 나. 정말 이상한 유행이었지."

"그것도 딱 맞는 체크여야 했어."

"맞아. 로열 스튜어트, 체크 중에서도 가장 체크스러운 체크무늬지. 촌스러웠어. 거길 떠나서 다행이야."

"지금은 다들 체크무늬를 졸업했을지도 모르지. 그때가 7학년 때였으니까."

"그다음 학교에서는 뭐가 문제였어?"

리위 다음 마을은 네브래스카에 있었다. "거기는 그런 걸 파악할 만큼 오래 머무르지도 않았어."

엄마는 잠시 아무 말이 없다.

"이번 학기를 마칠 때까지 위스콘신에서 살면 안 돼? 이렇게 계속 돌아다니다간 고등학교 졸업하기가 정말 어려워질 거야."

엄마가 한숨을 푹 내쉰다. "어떨지 봐야지." 겁쟁이들에게 그 말은 기본적으로 '아니요'다.

"작업할 프로젝트나, 뭐 그런 거 있어?" 때로 큰 프로젝트가 닥치면 엄마는 일을 마칠 때까지 다른 곳으로 가기를 주저하게 된다. 엄마는 프리랜서로 보안과 관련된 컴퓨터 프로그래밍 일을 한다.

"응. 지난주에 소치 이모한테서 작업할 게 있다는 전화가 왔어. 곧 자세한 내용을 알려 줄 거야."

소치 이모는 진짜 이모도 아니고 실제로 만나 본 적도 없다. 내게 진짜 친척이 있는지도 모르겠지만, 만약 있다면 엄마가 기억의 구멍 같은 곳에 묻어 둔 것이 틀림없다. 도망 다니기 전의 삶이 어땠는가에 대한 내 기억의 99퍼센트와 함께 말이다. 소치 이모는 컴퓨터 프로그래머이고 엄마의 친구이며 정기적으로 엄마에게 일거리를 주는 고용주이기도 하다.

주 경계선을 넘어 위스콘신으로 들어서자 엄마가 약간 느긋해진다. 우리는 오세오라는 곳에서 고속도로를 벗어난다. 엄마가 주유소에서 산 종이 도로 지도를 펼쳐 놓고 우리가 따라갈 2차로를 손가락으로 죽 훑어본다.

"뭘 좀 먹으면 안 될까?"

"다음 마을에서." 엄마가 약속한다.

20분쯤 더 가니 집을 알아보기에는 고속도로와 너무 가까운 아주 작은 마을에 '식당 겸 주점'이 하나 있다. 메뉴판을 들고 온종일 판매하는 아침 식사 메뉴 같은 것이 있는지 살피지만 그런 건 없다. 그래도 와이파이가 있다. 엄마가 화장실에 간 사이에 나는 노트북을 열어 재빨리 캣넷을 훑어본다. 그리고 엄마가 오기 전에 파이어스타에게 개인 메시지를 보낸다. "또 이사."

바쁜 점심시간은 지나고 저녁 시간은 아직 일러서 종업원이 할 일이 그다지 많지 않다. 물을 따라 주러 다시 온 종업원을 붙들고 엄마가 페어우드나 뉴커버그나 이 근처 다른 동네에 집이나 지하실을 세놓는 사람이 없는지 묻는다.

"어떻게 오셨는데요?" 종업원이 묻는다. "일 때문에?"

엄마가 여자 집주인들을 대할 때 하는 행동을 한다. 의미심장한 표정을 짓고 이렇게 말하는 것이다. "다시 시작할 곳을 찾고 있어요."

종업원이 천천히 고개를 끄덕이고는 냅킨에 주소 하나를 적는다. "여기가 딱 뉴커버그 경계예요. 강까지 가면 너무 멀리 간 거고. 여기 부인이 자기 집 위층을 세놓고 있어요."

그것으로 대화가 끝날 때도 있지만 얘기를 더 나누려고 종업원이 돌아올 때도 있다. 와서 엄마의 형편이 괜찮은지, 더 필요한 건 없는지(커피 리필을 뜻하는 건 아니다) 묻고, 자기 얘기를 간략하게 들려주기도 한다. 때로 내가 모르고 있던 소소한 얘기들이 나오는 경우가 있어서, 나는 늘 방해하지 않고 듣는 편이다. 이번에는 엄마가 냅킨을 접어 지갑에 넣으며 종업원에게 말한다. "지금 생각해 보면, 그 사람이 세상의 진짜 지배자가 되겠다는 야심을 밝혔을 때 알아봤어야 했어요."

둘은 잠시 농담을 주고받는다. 그래서 엄마가 진지하게 말한 건지 농담을 한 건지 분간하기가 힘들다. 엄마는 자리를 뜨며 언제나처럼 후하게 팁을 남긴다.

* * *

차 조수석 사물함 안에는 15년 전 신문 기사 하나를 코팅해 둔 게 있다. 경찰이 차를 세우고 현주소가 기재된 최신 운전면허증이 왜 없는지 물을 때를 대비해 엄마가 가지고 다니는 것이다. 그 기사는《로스앤젤레스 타임스》에서 오려 낸 것으로, 산호세에 거주하는 한 남자가 스토킹 혐의로 유죄 선고를 받았다는 내용이다. 거기엔 이런 구절이 있다. "방화로 추정되나 결정적인 증거는 찾지 못했으며, 테일러의 아내와 아이는 간신히 불길을 피했지만 가족이 키우던 고양이는 잔해 속에서 사체로 발견되었다."

그리고 기사에는 "나를 배신한 걸 영원히 후회하게 될 거야"라는 내용의 문자메시지 사진이 있다.

기사 속 아버지의 변호사에 따르면, "그 메시지들은 위협이 아니라 사랑을 표현하고 있으며, 글자 그대로 받아들이면 안 된다".

아버지는 사전 형량 조정 조건으로 석방 후에 나에 대한 공동 양육권이나 면접권을 요구하지 않는다는 데 동의했다. 그리고 징역 2년 형을 선고받았다.

아버지가 지구의 지배자가 되고 싶어 했다는 얘기는 전혀 없지만, 그래도 그 기사를 보면 엄마가 왜 아버지를 무서워하는지 이해된다. 나도 아버지가 무섭게 느껴진다. 그렇지만 그냥 한곳에 살면서 경찰에 도움을 요청하면 왜 안 되는지는 이해하기 어렵다.

***

우리가 살게 된 새집은 현관 부근이 살짝 주저앉아 있고 진입로에는 자갈이 깔린 이층집의 위층이다. 흰색 페인트를 칠한 방들은 때가 탔고 걸으면 바닥이 삐걱거리지만, 가구가 갖춰져 있다는 건 바닥에 옷더미를 깔고 자지 않아도 된다는 뜻이고, 화장실이 두 개라는 건 내 전용 화장실이 생긴다는 뜻이다.

나는 이불이 가득 든 가방을 침대에 올려놓고 옷가지가 잔뜩 든 가방은 바닥에 내려놓은 다음(반은 빨랫감이다. 나중에 분류해야겠지만 다행히 아직 쉰 우유 냄새를 풍기는 건 없다), 노트북을 전원에 연결해서 켠다. 점심때 켠 뒤에 배터리가 다 돼서, 다시 켜지려면 시간이 좀 걸릴 터라 나는 먼저 침대에 침대보와 이불을 깐다. 그리고 캣넷에 접속한다.

내 프로필은 이렇다. 이름: 스테프/나이: 16세/지역: 아마도 중서부 어디쯤의 작은 마을. 캣넷에서도 나는 위치를 밝히지 않는다. 캣넷에서는 동물 사진이 화폐처럼 쓰이는데, 지금은 가진 사진이 하나도 없어서 새 방에 들여놓은 박쥐 인형 스텔라루나의 사진을 찍는다. 이것은 '동물 사진도 곧 올릴게. 약속해'라는 뜻으로 쓰인다. 그 사진을 업로드하고 내 클라우더로 들어간다.

클라우더는 캣넷이 제공하는 멋진 기능 중 하나다. 클라우더 clowder는 고양이떼를 의미한다. 캣넷에는 당연히 일반적인 채팅방들도 있지만, 한동안 캣넷을 이용하다 보면 운영자가 서로 잘 맞을 듯한 사람들을 묶어 그룹 채팅방을 구성해 준다. 나는 캣넷을 이용한 지 두 달쯤 되던 때에 이 채팅방에 배정되었다. 내 클라우더에는 열여섯 명이 있고, 그중 네 명은 자주 접속하지 않는다.

"자가바바바바바!!!!!" 들어가자마자 누가 나를 부른다. 여기서 내 대화명은 '작은갈색박쥐'인데 친구들은 줄여서 '자가바'라 부른다. 가끔은 강조해서 '자가바바바바바'라고 부르기도 하고. 대화명으로 '배트걸'을 쓰려고도 해 봤는데, 다들 내가 배트맨 만화에 푹 빠져 있다고 오해하곤 해서 그만두었다.

"새집은 어때?" 파이어스타가 묻는다. "그 동네 학교가 개학했는지는 알아봤어? 우리 학교는 어제 개학했어. 근데 난 벌써 11학년이 싫어."

파이어스타를 개인적으로 만난 적은 없다. 우리는 캣넷에서 만났는데, 파이어스타는 캣넷에서 만난 친구 중에서도 제일 친한 친구일 것이다. 우리는 다른 사람들이 징그럽다고 생각하는 생물들을 좋아한다. 나는 박쥐를 좋아하고 파이어스타는 거미를 좋아한다. 우리는 별난 부모와 함께 별나다고 할 만한 인생을 살고 있고, 어떤 학교에도 전혀 맞지 않는 인간들이다. 만나 보고 싶지만 파이어스타는 매사추세츠주 보스턴시에 인접한 윈스럽에 산다. 엄마 말에 따르면 보스턴 인근에 우리가 감당할 수 있을 만한 셋집 같은 건 없다.

"기회도 안 줘 보고 11학년을 미워하지 마!" 헤르미온느다. "11학년이 기회도 안 주고 널 미워하면 너도 싫을걸."

"웃기지 마, 헤르미온느. 11학년은 확실히 나를 미워해. 자가바, 너 보여 주려고 찍은 사진이 있어. 한번 확인해 봐."

나는 파이어스타가 새로 올린 사진들을 확인한다. 박쥐 사진이다! 진짜 과일박쥐. 파이어스타가 오스트레일리아에 갔을 리는 없지만, 보스턴 동물원에는 과일박쥐가 있다.

"굉장해, 파이어스타. 고마워." 아침이 되면 현관에 둥그런 거미집을 짓는 거미가 있는지 찾아보고 답례를 할 수 있을지 봐야겠다.

"파이어스타, 11학년의 어떤 게 걱정돼?" 이번엔 헤르미온느가 아니라 체셔캣이다. "얘기해 주면 우리가 도와줄 수 있을지도 몰라."

"너희가 도와줄 수 있는 건 수학 말고는 없어. 지난해와 마찬가지로."

"수학은 과대평가됐어." 붐스톰이다. "만들어진 신화일 뿐이야."

"자가바, 넌 어때?" 체셔캣이 묻는다. "새 학교에서 학기 시작하는 게 걱정돼?"

"난 익숙해." 나는 거짓말한다. "이제는 별로 큰 문제도 아니야."

***

아침이 되자 엄마가 학교에 늦겠다며 빨리 일어나라고 소리친다. 아직 전학 가지도 않은 학교에 어떻게 늦을 수 있다는 건지 모르겠다. 옷을 입고 성적증명서 폴더를 뒤져 본다. 네 장이 있다. 고등학교를 여섯 군데, 아니 일곱 군데를 다녔지만, 그중 세 군데는 성적증명서를 받을 만큼 오래 다니지도 못했다.

뉴커버그 고등학교는 주차장과 옥수수밭에 둘러싸인 낮은 건물이다. 엄마가 방문객 주차를 하지 않고 주차장 끝에다 차를 세운다. 날이 덥고 해가 쩅쨍한 데다, 바람이 먼지와 아스팔트 냄새를 몰고 와 얼굴에다 뿌린다.

엄마는 사람들과 얘기하는 걸 좋아하지 않지만, 예전에 고등학교 자퇴 처리를 나 혼자 하게 했다가 꽤나 좋지 않게 끝난 적이 있어서 요즘은 늘 같이 학교에 온다. 학교 문을 열자 에어컨 바람과 함께 여름내 바닥에 광을 내는 데 썼을 희미한 왁스 냄새가 밀려온다. 정면 출입구에 있는 트로피 장식장을 반쯤 가리며 '랭글러스의 귀환을 축하합니다'라고 적힌 커다란 플래카드가 걸려 있다. 화살표가 그려진 '교무실' 표지판을 찾는 데만 1분이 걸리지만, 그나마 엄마보다는 내가 빠르다.

"괜찮을 거야." 엄마가 나한테 하는 말인지 혼잣말인지 모를 말을 중얼거린다.

엄마가 나에게 자퇴 처리를 맡긴 게 캔자스에서 두 번째 고등학교를 다니던 9학년[1] 때였는데, 두 가지 문제가 얽혔었다. 첫 번째는 엄마가 같이 오지 않은 게 수상쩍어 보였는지, 도움이 되지 않는 방향으로 사람들의 시선을 끌었다는 점이다. 두 번째는 그때 우리가 어떤 공터 옆집을 임대해 살고 있었다는 점이다. 집을 임대할 때 집주인은 옆 공터에 한때 마약 공장으로 쓰이던 집이 있었다는 얘기를 해 주지 않았다. 그리고 마을 사람들은 누구나 그 마약 공장을 알고 있었다. 내가 그 옆집에 산다는 이유로, 그리고 부모와 같이 오지 않았다는 이유로, 너무나 걱정스러웠던 나머지 학교 행정관이 경찰을 불러 버린 것이다.

그곳이 성적증명서를 받지 못한 두 고등학교 중 한 곳이다. 엄마는 학교로 와서 우리에게 수상쩍을 게 없다는 걸 모두에게 확인시켜 주고는 다시 승합차에 짐을 실었고, 나는 미주리에서 9학년을 마쳤다.

뉴커버그 고등학교의 교무실을 둘러보니 여기에는 우리를 보고 경찰을 부를 정도로 신경을 쓰는 사람도 없을 듯하다. 그건 좋다. 행정관 한 명과 드나드는 사람들의 서명을 받는 터치스크린과 깎은 연필을 쟁반에 받쳐 든 로봇이 있다. 시프리버폴스 고등학교에도 똑같은 '시골 학교 지원을 위한 실용 로봇'이 있었는데, 고장이 나도 고칠 돈이 없다 보니 로봇이 하는 일은 고작 연필을 깎는 게 다였다. 깎은 연필을 교실로 가져다주지도 않았다.

학업지도 상담사는 염색한 금발 머리 뿌리 쪽에 희끗희끗한 부분이 보이는 여자다. 행정관이 새로 전학 온 학생이 있다고 말하자, 그 여자가 무거운 한숨을 쉬고 말한다. "제 사무실로 오시죠."

학업지도실에 가서 미적분 수업을 듣겠다고 하자 상담사가 반대하고 나선다. 내가 이 학교의 반 편성 시험을 치르지 않았고, 시프리버폴스 고등학교의 선행 과정이 얼마나 잘돼 있는지 알 수 없으며, 나는 11학년인데 미적분 수업은 12학년용이라는 이유다. 또, 이 고등학교에는 독일어 수업밖에 없어서 스페인어 수업을 받을 수 없다. 그리고 이 학교에서는 문학을 11학년에게 가르친다. 문학을 10학년에게 가르치는 지난 두 학교에서 읽은 책을 대부분 다시 읽게 되리란 의미다. 나는 작년에 『주홍 글씨』를 두 번 읽었다.

상담사가 짜증이 잔뜩 묻어나는 태도로 성적증명서들을 뒤적거린다. "왜 절반은 이름이 잘못 적혀 있죠?" 나는 어깨를 으쓱거린다. 엄마도 마찬가지다.

3교시가 시작될 즈음, 나는 상담사의 반대를 무릅쓰고 미적분 수업에 등록한다. 그리고 문학, 역사, 동물학 같은 일반적인 과목들과 '세계의 예술과 공예'라는, 애들 대부분이 약에 취해서 수업을 들을 것 같은 과목을 선택한다. 사진 수업이 있길 바랐지만 없다.

동물학 수업은 대체로 목축업에 관한 내용이고 한 학기짜리 수업이다. 우리가 이번 학기 내내 이곳에 머무른다는 대담한 가정하에, 엄마가 나를 다시 전학시킬 때 과학에서 0.5학점을 확보할 수 있다는 뜻이다.

학교 행정관이 학생증 카드를 만들고 급식 계좌를 개설해 주자 엄마가 지갑을 탈탈 털어서 나온 각종 동전으로 11달러 42센트를 채워 준다.

"잘해 봐." 엄마가 내 머리를 누르듯 쓰다듬고는(머리카락이 웃기게 뻗쳐 있었나 보다. 적어도 엄마 눈에는 그렇게 보였을 것이다) 떠난다.

행정관이 시간표를 출력해 준다. "학생을 불러서 안내해 주라고 할까?"

"교실 문에 번호가 쓰여 있죠? 찾아갈 수 있을 거 같아요."

행정관이 나를 보고 활짝 웃는다. 입술에 바른 립스틱이 새빨갛다. "여기 아이들은 정말 착하단다."

내가 다녔던 거의 모든 학교에 자기네 애들이 착하다고 하는 사람이 있었다. 그런 말을 하는 사람이 없는 학교도 하나 있었는데, 그곳 애들은 실제로 정말 끔찍했다. 어쨌든 학교 행정관이 학교 애들이 착하다고 하는 말에는 별 의미가 없다.

그런 건 중요하지 않다. 전학한 뒤에 연락하는 사람이 지금껏 하나도 없으니까. 다다음 주쯤 엄마가 나를 미시간으로 전학시키지 않을 이유도 없다. 계속해서 연락을 주고받는 사람은 캣넷 친구들뿐이다.

* * *

내가 들은 첫 수업은 원격 수학 수업으로, 화면으로 미적분을 설명하는 선생님을 보는 방식으로 진행된다. 선생님은 우리 교실을 전부 볼 수 있고 우리를 호명할 수도 있지만, 어딘가 다른 곳에서 네 학급을 동시에 가르치는 중이다. 전에 다니던 학교에서는 스페인어를 이렇게 가르쳤다. 수업 감독에 관한 법 때문에 교실에는 학습감독관이 한 명 앉아 있는데, 휴대전화를 꺼내는 학생이 있을 때마다 소리를 지르는 것 말고는 하는 일이 없다. 학생들이 다른 방식으로 빈둥거리는 건 못 본 체한다. 예를 들어, 내 옆에 앉은 여자애는 필기 대신 그림을 그리고 있다.

처음에는 선생님이 설명하는 함수 그래프를 그리는 듯하더니 이내 선을 죽죽 늘여서 성으로 바꾸기 시작한다. 상당히 정

26

교한 성이다. 그런데 보고 있자니, 그러면서도 여전히 필기를 하고 있다. 모든 필기 내용이 어떤 식으로든 그 성에 연결되어 섞여 든다.

내가 보고 있는 걸 알아챘는지 여자애가 고개를 든다. 문득 내가 어떻게 보일지 신경이 쓰이는 동시에 그 애가 화를 내지는 않을까 걱정이 들지만, 그 애는 그저 즐거운 듯이 성벽 꼭대기에다가 어깨에 새를 올려놓은 공주를 그려 넣을 뿐이다.

이 화가의 긴 갈색 머리가 얼굴을 반쯤 가리면서 책상까지 흘러내린다. 검은 매니큐어를 바른 손톱에는 행성이 그려져 있다. 그런 네일아트를 직접 한 건지, 그런 걸 해 주는 친구가 있는 건지 궁금하다. 내 왼손은 좀 어설퍼서 오른 손톱에 매니큐어를 칠하는 것도 힘들다.

문학 수업에도 그 화가 애가 있다. 선생님이 학생들 전원에게 『주홍 글씨』를 나눠 준다. 읽을 책이『주홍 글씨』여서 좋은 점은 내가 앞서 두 번의 문학 수업에서 했던 숙제를 몽땅 저장해 두었고, 그것들을 재활용해도 이 학교에서는 아무도 모를 거라는 점이다. 나쁜 점은 내가 『주홍 글씨』를 처음 읽었을 때 좀 별로라고 느꼈고, 두 번째로 읽었을 때는 정말 싫어하게 됐으며, 세 번째로 읽는다고 좋아질 것 같지는 않다는 점이다.

문학 담당인 캠벨 선생님은 부루퉁하고 만사가 지루하다는 표정이다. 선생님이 청교도주의에 관한 수업을 시작하자마자 화가 애가 커다란 흘림체로 L자를 그리더니 장식하기 시작한다. 그 애 이름의 첫 글자일까 짐작해 보지만, 수업이 끝나고 가방을 챙길 때 누가 그 애를 '레이철Rachel'이라고 부르는 걸 보니 그건 아닌 가 보다.

점심시간이 되자 학교 행정관이 교실 문간에 나타나 나를 다시 교무실로 부른다. 엄마가 채우지 못한 서류들이 한 무더기 있다. 행정관이 나한테 설명을 해 주며 오늘 집에 가서 꼭 엄마의 서명을 받아 오라고 신신당부를 한다. 그 설명을 다 듣고 나니 뭐를 챙겨 먹을 시간이 없다.

다음은 보건 수업이다. 보건 과목은 이미 9학년 때 배웠는데, 그 학교는 어째서인지 보건 과목을 체육으로 분류했다. 성적증명서에도 그렇게 적힌 바람에 보건 수업을 또 들어야 하는 것이다. 『주홍 글씨』를 세 번째로 읽는 사태에 버금갈 만큼 부당한 일이다. 이 수업에도 레이철이라는 그 애가 있어서 조금 놀랍다. 하긴 이곳의 보건 수업은 9학년 대상이 아니니까. 수업은 내내 운동의 중요성에 관한 단원을 훑는다. 다음은 성교육 단원이라 로봇 강사가 가르칠 것이라고 농담하는 애들이 있었는데, 수업이 끝날 때쯤 그게 농담이 아니라는 사실을 알게 된다. 이 학교엔 성교육 단원을 가르치는 로봇이 있다.

마지막 수업은 '세계의 예술과 공예'다. 이제는 교실에 레이철이 있어도 놀라지 않는다.

선생님이 종이와 목탄을 주면서 그리고 싶은 걸 그리라고 한다. 나는 나무에 매달린 과일박쥐를 그리고 싶다. 날개를 접어 몸통을 감싼, 그 뾰족하고 작은 강아지 같은 얼굴을. 하지만 보고 그릴 사진이 없는 탓에 내 그림은 대충 고양이 머리가 달린 바나나 같아진다. 나는 얼굴을 찌푸린 채 레이철이 무얼 그리고 있는지 보려고 고개를 돌린다.

그 애는 나를 그리고 있다. 레이철의 그림 속 내가 내 그림을 보며 얼굴을 찌푸리고 있다.

"저기."

그 애가 고개를 든다. 미소는 사라지고, 눈이 좀 과하다 싶게 커진다. "응?"

무슨 말을 해야 할지 모르겠다. 나는 그 그림을 보고 기묘할 정도로 예민해진다. 엄마는 절대 내 사진을 남기지 않는다는 규칙이 있고 그 규칙에 매우 엄격하다. 싸우고 애원하고 절대, 절대, 무슨 일이 있어도 셀피를 찍지 않겠다고 약속하고서야 디지털카메라를 얻기는 했다. 하지만 나는 어디서든 다른 카메라가 등장하면 자리를 뜨거나 얼굴을 가리거나 돌아서야 한다. 내 사진이 인터넷에 올라갔다간 무섭기 짝이 없는 아버지가 곧장 우리를 찾아낼 수 있기 때문이다.

그림 속 나는 정말 나와 똑 닮았다.

"되게 잘 그렸다." 마침내 내가 입을 연다.

천천히 그 애의 미소가 돌아와 꽃핀다. "고마워. 너 줄까?"

"그린 거 제출해야 하지 않아?"

"아, 아마도. 그럼 다른 걸 그려서 제출하면 돼."

나는 그림을 받아 성적증명서 폴더에 끼워 넣는다. 레이철이 새로 그림을 그리기 시작한다. 나는 목탄을 내려놓고 그 애가 그리는 걸 지켜본다.

"넌 뭘 그리고 있어?" 그 애가 고개를 들지도 않고 묻는다.

"박쥐를 그리려고 했는데 잘 안 돼."

레이철의 종이에 선들이 모여들어 선생님으로 변하는 걸 지켜본다. 거친 선들이 얼굴을, 자세를, 분위기를 만든다.

"진짜 대단하다."

"넌 새로 전학 왔지?"

"응. 스테프라고 해."

"난 레이철이야. 너도 제출할 걸 완성해야 해. 저 선생님은 뭐든 그려서 내기만 하면 점수를 깎지 않아."

"보고 그릴 사진이 있으면 좋겠는데."

레이철이 자기 휴대전화를 책상 위로 밀어 준다. 나는 힐끗 선생님 눈치를 본다. 이전 수업들에서 휴대전화를 꺼냈다가 한 소리 듣는 애들을 몇 명 봤으니까. 하지만 이 선생님은 신경 쓰지 않는 듯하다. 나는 과일박쥐 사진을 검색한다. 두 번째 그림도 여전히 매우 불만족스럽지만 그래도 박쥐 같아 보이기는 한다. 나는 그림보다는 카메라와 사진이 세세한 부분까지 담아내는 방식을 좋아한다. 하지만 선생님의 축 처진 어깨나 한 손을 주머니에 찔러 넣은 모습을 세심하게 그려 낸 레이철의 그림을 보면, 그림이 더 나은 점도 있겠다는 생각이 든다.

집에 가려고 가방을 챙기던 나는 레이철이 준 그림을 꺼내 내 모습을 뜯어본다. 앞이마에 주름이 지고 어깨가 굽었다. 목탄으로 그은 고작 몇 개의 선이 긴장하고 초조한 나의 모습을 그려 냈다. 레이철의 눈을 통해 내 모습을 보니 당혹스럽다. 그 애가 나를 얼마나 유심히 봤을지 생각하면 더욱. 그림을 보는 사이에 손바닥이 땀으로 축축해진다.

긴장하지 않을 때의 내 모습을 다시 그려 달라고 하고 싶다.

나는 그림이 구겨지지 않도록 조심스럽게 노트에 끼워 넣는다.

* * *

집에 도착하니 엄마가 일은 하지 않고 누비이불로 둘둘 만 채 거실에 앉아 창밖을 내다보고 있다.

"엄마, 나 왔어."

엄마가 웃지도 않고 고개만 든다. "학교는 어땠어?"

"이번 학교는 정말 후져." 이 동네에서 뭔가 좋아할 만한 걸 발견하기 전에 다시 짐을 꾸려 이사했으면 하는 생각이 간절하다. 분명 다음 마을에는·더 좋은 학교가 있을 테니까. 적어도 고급 스페인어 수업이 있고 진짜 선생님이 미적분을 가르치는 학교가 있을 것이다. 엄마는 아무 말이 없다. 그저 다시 창밖을 바라볼 뿐이다. 나는 냄비에 물을 담아 레인지에 올리고 불을 켠다. "나 핫초콜릿 만들 건데 엄마도 마실래?"

엄마는 고개를 젓는다.

엄마가 이럴 때가 정말 싫다. 뭔가 문제가 있는 게 확실한 데도 얘기해 주지 않을 게 뻔하니 짜증이 난다. 그냥 늘 그렇듯이 아버지와 관련된 일일 수도 있다. 하지만 엄마는 절대 말을 안 해 줄 것이다. 너무 짜증이 나서 엄마한테 소리를 지른 적도 몇 번 있었는데, 그때마다 엄마는 맞받아 소리를 지르는 대신 그저 더 움츠러들 뿐이었다. 그걸 보는 건 짜증 나는 것보다 더 마음이 안 좋다.

그래도 냉장고에 먹을 게 있는 걸 보니 나를 학교에 데려다준 뒤에 장을 봤나 보다. 오후 5시 반이 되어도 엄마가 움직일 기미가 없자, 나는 달걀과 커다란 슈레드 체다치즈 봉지와 피망을 꺼내 둘이 먹을 오믈렛을 만든다. 구운 양파를 곁들이면 좋겠지만, 양파를 써는 건 질색이라 빼기로 한다.

오믈렛을 식탁에 내려놓자 엄마가 꾸물거리며 와서 저녁을 먹는다.

"일은 어때?" 나는 대체로 아주 안전한 주제를 꺼낸다.

"아직 소치한테서 연락이 없어." 엄마가 다시 침묵에 빠져

든다.

어차피 엄마가 기분이 좋지 않으니까, 나는 궁금한 걸 그냥 물어보기로 한다. "엄마가 그 종업원한테 한 얘기 있잖아. 그때 알아봤어야 했다고. 아버지가 정말로 세상을 다스리는 독재자가 되고 싶어 했어?"

엄마가 고개를 들더니 씹던 걸 마저 씹어 삼킨 뒤에 대답한다. "응."

"진짜로? 진지하게?"

"그 사람은 지배하고 싶어 했어. 처음엔 우리가 대상이었지만, 결국에는 모든 것을 조종하고 싶어 했지. 나도 처음에는 농담인 줄 알았어. '내가 세상을 굴리면 지금보다 나쁘지는 않을 텐데'라거나 '나는 세상을 구할 거야. 그러려면 먼저 세상이 내 것이 돼야겠지' 같은 말을 하면서 웃었거든. 그래서 농담이라고 생각했는데, 아니었던 거야."

"농담이 아니라는 건 어떻게 알았어?"

엄마가 입에 든 것을 씹어 삼키고 물을 좀 마시고, 또 오믈렛을 한 숟가락 뜨는 동안 긴 침묵이 이어진다. 나는 엄마가 대답해 줄지도 모른다고 생각하다가, 결국은 대답하지 않을 것이라고 결론을 내린다. 저녁을 다 먹고 내가 설거지를 하는 동안, 엄마는 다시 앉아서 좀 더 오래 벽을 쳐다본다.

내가 어렸을 때 엄마는 왜 그렇게 이사를 자주 다니는지 설명할 때마다 온갖 핑계를 끌어대곤 했다. 처음에는 이사가 재미있는 척했다. 또 한동안은 문제가 생겼을 때 새 출발을 하면 얼마나 좋냐고 주장했다. 그러고는 내게 문제가 생길 때마다 이사했다. 어릴 때는 무엇이 얼마나 비정상인지 잘 알지 못하는 법이다.

중학교에 다닐 즈음에서야 나는 뭔가 정말로 이상하다는 걸 깨달았다. 그리고 고등학교로 진학하기 전 여름, 엄마가 나를 앉혀 놓고 아버지 얘기를 해 주었다. 그때 우리는 아칸소에 살았는데, 에어컨이 고장 난 아파트였다. 그 동네에서 에어컨 고장은 상당히 끔찍한 일이다. 창문을 다 열어도 몸이 땀에 절어 축축했다. 엄마가 코팅한 신문 기사를 앞에 두고 아버지 얘기를 할 때 다리가 의자에 쩍쩍 달라붙던 기억이 난다.

이제야, 마침내, 내 삶을 이해할 수 있겠다고, 그 대화 후에 그렇게 생각했던 기억이 난다. 이젠 엄마가 내 물음에 답을 해 줄 거라고, 그래서 나도 무슨 일이 벌어지고 있는지 알 수 있을 거라고 기대했다. 하지만 엄마는 여전히 내 물음에 답을 해 주지 않고, 내 삶은 여전히 이해할 수 없으며, 나는 여전히 뭐가 어떻게 되어 가는지 모른다.

엄마가 절대 얘기해 주지 않을 온갖 것들이 우리 사이에 벽을 치고 있는 듯하다.

나는 방으로 가서 내가 찍은 사진들을 살핀다. 다람쥐, 초점을 맞추는 찰나에 날아가는 바람에 흐릿하게 찍힌 새, 시프리버폴스에 있을 때 옆집에서 키우던 개. 나는 그 개를 좋아했다. 우리가 처음 이사 왔을 때 개 주인이 간식을 줘도 된다고 허락해 주었다. 그 개는 나를 친구로 알았고, 볼 때마다 친한 친구를 만난 듯이 굴었다. 한시도 가만히 있는 법이 없어서 찍은 사진 대부분이 흐릿하지만, 이 사진은 꼬리를 제외하면 제법 선명하게 나왔다. 하지만 업로드는 하지 않기로 한다. 그 개를 보고 있자니 슬퍼진다.

레이철은 캣넷을 좋아할까? 운영자들은 그 애가 그린 동물 그림을 동물 사진으로 쳐줄까? 레이철은 정말 그림을 잘 그리니까 말이다. 나는 사이트를 열고 어떤 보조운영자가 접속해 있는지 살핀다. 십 대 여자애인 운영자 앨리스의 이름 옆에 작은 녹색 불이 들어와 있다. "안녕, 앨리스. 잠깐 시간 있어?"

"응, 괜찮아. 자가바, 뭘 도와줄까?"

"친구를 초대할 수 있을지 궁금해서."

"개인적으로나 온라인으로 아는 친구야? 이름은?"

"이름은 레이철이고, 학교에서 미술 수업을 같이 들어. 걔가 그린 그림들이 정말 멋져. 또 하나, 그 애가 동물 사진 대신 그림을 업로드해도 돼? 그래도 괜찮을까?"

"그림이 얼마나 괜찮은지에 따라 다를 거야. 그 애를 잘 알아?"

"그다지 잘 아는 건 아냐." 사실은 전혀 모른다. "그 애를 더 잘 알고 싶어."

"그 애의 성과 이메일 주소를 알려 주면 내가 초대장을 보낼 수 있는지 알아볼게."

문득 확신이 사라진다. 나는 레이철이 좋고, 그 애가 캣넷에 가입해서 내가 이사를 하더라도 친구로 남을 수 있으면 좋겠다. 하지만 레이철이 캣넷을 보고 나를 찌질하다고 생각하면 어떡하지? '그건 중요하지 않아.' 나는 속으로 말한다. '어쨌든 나는 떠날 테니까, 늦든 이르든.'

"고마워."

"새 학교는 어때?"

"한 문장으로 요약할 수 있지. '이 학교는 인간 교사가 대본대로 말하지 않을까 봐 로봇에게 성교육을 맡겨.' 그래도 레이철은 멋진 거 같아."

"행운을 빌어. 곧 또 얘기하자."

3

클라우더

작은갈색박쥐 안녕. 나 다시 이사했어.

마빈 왜 우리한테 사는 곳을 알려 주지 않는지 모르겠어. 네 악당 아버지가 캣넷에 있다 하더라도, 이 클라우더에 있지는 않을 텐데.

작은갈색박쥐 내가 어디 사는지 얘기했다가 우리 엄마가 알게 되면 난 SNS 자체를 영영 못 쓰게 될 거야.

헤르미온느 원래 있던 마을에서 학교 개학하지 않았었어?

작은갈색박쥐 새 마을에서도 개학했어. 그건 괜찮아. 문학 수업에서 『주홍 글씨』를 읽을 거래. 어떤 내용인지, '다시' 알게 되면 참 재밌을 거야.

헤르미온느 아, 그건 진짜 부당하다.

작은갈색박쥐 역시 그렇지?

붐스톰 지금까지 제일 이상했던 건 뭐야?

작은갈색박쥐 로봇이 가르치는 성교육. 다음 주에 시작할 거래.

이코 왜 로봇한테 성교육을 맡겨? 로봇들은 부끄러워하지 않으니까?

파이어스타 아, 나 알아. 진짜 인간이라면 말 못 할 온갖 동성애 혐오적이고 트랜스 혐오적인 말들을 로봇한테는 시킬 수 있으니까?

작은갈색박쥐 나도 그렇게 생각해.

마빈 있지, 오늘 부모님이 이번에도 차를 몰고 캘리포니아까지 가서 크리스마스를 보내겠다고 했어. 우리가 노스캐롤라이나에 사니까, 이번에도 겨울방학 거의 전부를 차 안에서 보낼 거라는 뜻이지.

파이어스타 왜 비행기를 안 타?

마빈 엄마가 나는 걸 무서워해.

작은갈색박쥐 차로 얼마나 걸려?

체셔캣 다 해서 36시간 정도야. 하지만 한 번도 쉬지 않고 가지는 않겠지?

마빈 부모님은 늘 사흘이면 된다고 하지만, 늘 나흘이지.

파이어스타 우와.

헤르미온느 와.

마빈 자율주행 차가 있으면 자율주행 허용 도로로 가면서 차한테 운전을 맡기고 잘 수 있을 텐데. 그러면 좀 더 빠르겠지. 화장실에 들르거나 밥을 먹을 때만 빼고.

작은갈색박쥐 몇 번이나 그렇게 다녀왔어?

마빈 다섯 번. 작년에는 부모님을 설득해서 집에 있었어. 그런데 이모가 그쪽에 사는데, 이모도 비행기 타는 걸 안 좋아한대.

헤르미온느 중간에서 만나! 아쉽게도 그 중간이 오클라호마쯤인 것 같지만. 오클라호마에 가는 건 누구에게나 구린 일이지.

파이어스타 헤르미온느, 오클라호마에 가 보긴 했어?

마빈 진짜 맞는 말이야. 내가 오클라호마를 다섯 번 통과해 봤는데 거기는 병신 같아.

헤르미온느 세상에, 마빈. 병신 같다고 얘기하지 마. 그거 장애인 혐오야.

마빈 미안, 거기가 게이 같다는 뜻이었어. 완전 게이.

파이어스타 재미없거든.

마빈 알았어, 알았어. 미안.

붐스톰 그럴 땐 '내프'라고 하면 돼. 영국 억양처럼 들리지.

마빈 그 말이 장애인 혐오나 동성애 혐오나 다른 나쁜 말이 아니라는 걸 어떻게 알아?

헤르미온느 내가 막 찾아봤는데 내프라는 표현이 어디서 왔는지는 정확히 모르지만, 아마도 폴라리에서 온 것 같대. 폴라리는 19세기 영국에서 비밀스럽게 쓰이던 게이 언어래.

파이어스타 뭐? 비밀 게이 언어가 있다고?!

헤르미온느 지금은 아냐. 1960년대에 쓰이지 않게 됐대.

파이어스타 그거 다시 살려 낼래! 그래서 내프가 무슨 뜻이야?

마빈 병신이라는 뜻이지. 아, 미안. '형편없음. 형편없다고 굳이 말할 가치도 없을 정도로 형편없음'이라는 뜻이야.

작은갈색박쥐 오클라호마는 확실히 내프야. 적어도 내가 살았던 쪽은.

파이어스타 다른 폴라리 단어는 뭐가 있어? 사라져서 알 수 없나?

헤르미온느 코리벙거스는 '너의 엉덩이'라는 뜻이래. 판타불로사는 '멋지다'라는 뜻이고.

파이어스타 좋아, 이 단어들 다시 살리자. 내프, 코리벙거스, 판타불로사.

마빈 폴라리 단어 목록을 읽어 보다가 내프됐어. 스트레이트에 '완전히 평범하다'라는 의미도 있대. 이성애적으로 스트레이트라고 할 때의 그 스트레이트.

파이어스타 진짜 최곤데!

스테프

다음 날, 학교로 걸어가면서 어떻게 하면 문제가 생기게 될까 고심한다.

6학년 때 연달아 몇 학교에서 문제가 생기는 바람에 연속으로 이사를 한 적이 있었다. 중학교 애들은 남이 자신과 다른 점을 제대로 알아차리기 시작하는데, 내게는 이상하게 보일 만한 점들이 차고 넘쳤다. 나는 적당한 옷을 입는 법이 없었다. 적당한 머리 모양을 하는 법도 없었다. 나는 손을 들지 말아야 할 곳에서 손을 들고, 손을 들어야 할 곳에서 손을 들지 않았다. 뭐가 뭔지, 어떻게 설명해야 하는지도 몰랐다. 그리고 당연하게도 나는 새로 온 애였다. '늘' 새로 온 애였다.

그래서 6학년 때 한동안은 나를 놀리면 누구든 때리고 다녔다. 좋았던 건, 누굴 때렸다가 걸렸을 때 엄마가 교무실에 있는 나를 데리고 나가 짐을 몽땅 차에 때려 싣고 새 마을로 이사하는 것이었다. 굳이 위험을 감수하고 그 마을에 머물면서 날 그런 식으로 주목받게 둘 필요가 없었던 것이다.

하지만 그건 진 빠지는 일이었다. 그래서 언젠가부터는 그냥 남의 시선을 끄는 짓을 피하게 됐고, 그 방법이 훨씬 잘 먹혔다. 7학년 때는 학교에서 나를 '끈적끈적 테이프 스테프'라 부르는 여자애가 있었다. 외모가 아니라 이름을 가지고 놀린 거였다. 그 애 패거리 탓에 다들 나를 '끈끈이'라 부르게 되었고, 남자애 몇몇이 수업 시작 전에 칠판에다 내가 끈끈이인 이유들을 적기 시작했다.

지금 생각해 보면 그 '내프'한 학교에서야말로 그냥 누구든 패 주었어야 했다. 다음 학교가 훨씬 나았기 때문이다.

주먹질을 하기에는 좀 나이가 들긴 했지만 여기서도 문제를 일으킬 수는 있다. 그러면 우리는 이사를 할 테고, 다음 학교에는 스페인어 수업과 『주홍 글씨』가 없는 문학 수업이 있을지도 모른다.

남의 눈에 띄지 않게 행동하던 버릇을 벗어던지기는 힘들다. 좋은 기회를 잡으려면 노력이 필요할 것이다.

* * *

역사 수업은 사고 칠 여지를 전혀 주지 않는다. 선생님은 받아적을 거리로 꽉 찬 슬라이드를 자동재생시킨 뒤, 책 한 권을 들고 의자에 앉아 발을 교탁에 올리고는 느긋하게 뒤로 기댄다. 분명 낮잠을 자는 걸 테다. 나도 필기를 마치고 다른 책을 꺼내 읽는다. 다른 과목 숙제를 하는 듯한 맨 앞줄의 성실한 애들 몇몇을 빼고는 다들 휴대전화에 빠져 있다.

동물학 수업에서는 섬뜩한 동물의 질병들을 다룬다. 우리는 폐선충이라 불리는 뭔가의 사진을 본다. 완전히 역겨운 동시에 문제를 일으키려던 계획을 잠시 잊어 버릴 정도로 흥미롭다. 그러고는 문학 수업이다.

캠벨 선생님은 금발에 젊고 예쁘지만, 정년퇴직까지 남은 날짜만 세는 심술궂고 케케묵은 선생님들 특유의 세상만사 다 지겹다는 그런 분위기를 풍긴다. 선생님이 그다지 내키지 않는 투로 학생들에게 책에 관해 토론해 보라고 한다. 아무도 입을 열지 않는다. 수업을 하면 할수록 더 짜증을 내는 모습이, 내가 보기엔 선생님도 『주홍 글씨』를 좋아하지 않는 것 같다.

레이철은 또 그림을 그리고 있다. 오늘은 날개를 펼치고 목을 구부린 용이다. 날개와 목의 모양을 달리해 가며 스케치를 하는데, 내가 보는 사이에도 용의 얼굴에 마치 널 잡아먹기 전에 대화나 좀 해 봐야겠다고 말하는 듯한 음흉하고 관심 어린 표정을 슥슥 그려 넣는다.

캠벨 선생님이 『주홍 글씨』의 주제 얘기를 한다. 이렇게 여러 번 듣다 보니, 죄책감이나 복수심, 구원, A라는 문자, 그 외에 뭐가 됐든 내가 강의를 해도 되겠다는 생각이 든다. 나는 대신에 레이철이 그림 그리는 걸 지켜본다. 하지만 재수 없게도 나 때문에 캠벨 선생님이 레이철의 노트를 주목하게 된 것 같다. 선생님이 성큼성큼 걸어와서 레이철의 책상에 놓인 노트를 잡아채고는 경멸 어린 표정으로 훑어본다. "너희들이 9학년 때 배운 필기법 중에 이런 건 없는데." 레이철은 대답하지 않는다. 선생님이 그림이 그려진 장을 찢어 내고 노트를 레이철의 책상에 던진다. "애덤스, 넌 『주홍 글씨』에 용이 나온다고 생각하니?"

"아니요." 레이철이 중얼거린다.

"아니면 지난주에 미국 문학이 황야를 순수함의 원천과 악마의 집으로 취급한다는 점에 관해 토론할 때, 너는 그걸 다음번에 수목원 견학을 가면 용을 발견할 수 있을 거라는 의미로 받아들였어?"

야비한 선생들이 하는 짓이다. 한 학생에게 심술궂게 굴어서 다른 애들이 그 희생자를 비웃도록 만드는 짓. 다만 이 선생님은 별로 재능이 없다. 아무도 웃지 않는다. 책상만 쳐다보고 있던 레이철이 고개를 들고 분노로 이글거리는 표정으로 캠벨 선생님을 본다. 선생님이 입을 꾹 다물고 손을 움직이는 모양이 그림을 반으로 찢으려는 듯하다.

나는 벌떡 일어나 선생님의 손에 든 그림을 낚아챈다. "안 돼요!" 내가 소리치면서 선생님이 다시 가져가지 못하도록 그림을 내 노트 안에 끼워 넣는다. "선생님 게 아니잖아요!"

이번에는 다들 웃는다. 나는 팔짱을 끼고 교장실로 보내지기를 기다린다. 그러면서 교장이 정학을 먹이고 엄마가 다음 마을로 끌고 가기 전에 레이철에게 그림을 돌려줄 기회가 있을지 궁리해 본다.

그러나 캠벨 선생님은 그저 애들한테 '조용!'이라고 외치고 내게는 '앉아!'라고 소리친 뒤, 아무 일도 없었던 듯이 수업을 이어간다.

종이 치고 애들이 복도로 나간 뒤에 레이철에게 그림을 돌려준다. "고마워." 그 애는 조심스럽게 다른 그림들로 가득한 폴더에 그림을 넣는다. 그러다가 아이라인을 두껍게 그린 여자애가 다가오는 것을 힐끗 보더니 내게 말한다. "점심 같이 먹을래?"

내가 식판을 들고 오자 다들 꼼지락거리며 자리를 내준다. 레이철이 나를 소개한다. 아이라인을 그린 애 이름은 브라이어니다. 확신은 못 하겠지만 흑인과 백인이 섞인 것처럼 보인다. 레이철을 비롯한 다른 애들은 모두 백인이다. 어쩌면 브라이어니가 이 학교에 유일한 비非백인 학생일지도 모르겠다.

"왜 뉴커버그로 왔어?" 브라이어니가 묻는다. "진심으로, 나라면 이런 데로 이사 오기 싫을 거야."

"여기 집세가 싸서." 왜 이런 마을로 왔는지 누가 물으면 대답하라고 엄마가 일러둔 말이다. 사실이기도 하고 딱히 재미있지도 않은 대답이다.

다들 점심거리에 시리얼바가 하나씩 들어 있는 게 눈에 띈다. 선크래프트팜스의 퀴노아와 아사이베리 시리얼바인데, 포장지에 따르면 '새롭게 개선된 맛'이라고 한다. 선크래프트팜스는 이 지역 공장에서 만든 브랜드다. 아마 거기서 일하는 부모들이 공짜 물건을 집으로 가져오는 듯하다.

다들 내가 어디서 왔는지 알고 싶어 한다. 나는 미네소타주 시프리버폴스에서 왔다고 말한다. 거기가 마지막으로 있던 곳이니까. 누군가 삼촌이 거기 살고 있다며, 강에 튜브 타러 가 봤는지(안 가 봤다), 개척민 마을에 가 봤는지(역시 안 가 봤다), 그리고 거기서는 모든 일을 로봇들이 하는지 묻는다.

"거기에 로봇 부품을 만드는 회사가 있으니까, 사실은 오히려 반대에 가깝지."

"선크래프트팜스 공장은 아직 로봇으로 대체되지 않았지만, 아마 1~2년 안에 그렇게 될 거야." 브라이어니가 말하니 다들 고개를 끄덕인다.

"뉴커버그는 어떤 거 같아?" 누군가가 묻는다.

"여기 사람들은 정말 친절해." 점심시간에 말을 걸어 주는 애들과 같이 앉아 있으니, 그럭저럭 정확하면서도 자기네 작은 마을에 관해 다들 듣고 싶어 할 만한 말을 해 준 셈이다.

다른 여자애가 지난여름에 있었던 파티의 뒷얘기를 꺼낸다. 폐가가 있는 오래된 농장 같은 곳에서 열린 파티였는데, 여기 애들도 다 같이 갔었다고 한다. 나는 별 관심이 없지만 있는 척한다. 고등학교는 점심시간에 옆에 앉아 주는 애들이 있을 때 훨씬 나은 법이니까.

브라이어니는 민소매 셔츠를 입었는데, 물감으로 그린 식물 덩굴이 어깨에서부터 길게 늘어지며 왼팔을 감고 있다. 좀 더 오래가는 헤나 펜이 아니라 유성 펜으로 그린 것이 거의 확실하지만, 시프리버폴스 애들이 하고 다니던 것보다 훨씬 예술적이다. 보자마자 레이철이 그린 건지 궁금해진다. 다들 얘기를 나누는 사이에 같이 앉은 여자애 하나가 선이 가는 유성 펜 한 움큼을 꺼내더니 레이철에게 건네준다. 레이철이 그 애 손에 아주 섬세한 나비를 그리기 시작한다.

내게 친구들이 있던 때에도 특별히 그림을 그려 주겠다는 친구는 없었다. 딱 한 번 누가 제안한 적이 있긴 한데, 그때 다니던 학교는 피부가 드러나는 곳에 잉크를 묻히고 다니는 것을 금지하는 규정이 있었다. 덕분에 나는 그림이 지워질 때까지 긴소매 옷을 입고 다녀야 했다. 어쨌든 그게 요점이 아니다. 나는 친구들 사이의 이런 친근한 행동들을 볼 때마다 늘 부러웠고, 오늘도 예외는 아니다.

종이 울리자 레이철이 나비에 마지막 마무리를 하고 펜 뚜껑을 닫고는 내게 말한다. "가자."

* * *

다시 '세계의 예술과 공예' 수업에서 그림을 그리고 있다. 오늘은 여러 다른 재료를 써 보는 날이다. 선생님이 자그마한 엽서 크기의 제법 멋진 그림들과 함께 목탄과 파스텔, 오일 파스텔, 색연필을 갖춘 작업대를 여러 개 마련해 두었다. 학생들이 돌아가며 쓸 수 있게 준비해 둔 것이다. 나는 레이철을 쫓아다닌다. 레이철은 곧장 파스텔 쪽으로 가더니 날고 있는 벌새 그림이 있는 엽서를 받쳐 세워 놓고 그리기 시작한다.

레이철과 나를 제외하면 이 수업을 듣는 애들 전부가 약에 취한 것 같다.

"어떻게 그렇게 그림을 잘 그려?"

레이철이 이미 반쯤 망한 내 아이리스 그림을 비판적인 시선으로 훑어본다. 그리기 쉬워 보이는 걸 골랐지만 그저 쉬워 보인 것뿐이었다. "어릴 때 그림 그렸어?" 레이철이 묻는다.

"응." 대체로 사람을 그렸는데 늘 엉망이었다. 한동안은 사람 모양을 한 토끼를 그렸는데, 그것들도 그다지 볼품이 없었다. 마을에서 마을로 옮겨 다니면서도 엄마는 늘 내게 크레용과 빈 종이를 쥐여 줬지만, 이사를 할 때 내 그림들이 차에 실린 적은 없는 것 같다.

"재미로 그림 그리는 걸 그만둔 건 언제야?"

"기억 안 나. 초등학교 다닐 때였을 거야."

"사람들은 대체로 어린아이일 때 그림을 관둬. 그래서 그림을 그리면 어린아이가 그린 것처럼 보이지. 계속 그리면 나아져."

약에 취한 여자애 하나가 레이철이 뭐라도 그려 주지 않을까 싶은 마음에 유성 펜을 가지고 온다. "나비 하나만, 안 될까?" 그 애가 애원하듯이 말한다.

"점심시간에 와." 레이철이 답하고는 다시 손가락으로 새의 날개 부분을 문질러 경계를 부드럽게 만든다.

"그래도 넌 정말 잘 그려. 누가 봐도 그렇게 생각할 정도로." 나는 실망한 채 자기 자리로 돌아가는 여자애를 가리키며 덧붙인다.

"난 많이 그려 봤으니까." 레이철이 얼굴을 가린 머리카락을 뒤로 넘기려다가 파스텔이 묻은 자기 손가락을 보고 멈칫한다. 나는 탁자 너머로 팔을 뻗어 그 애의 머리카락을 귀 뒤로 넘겨 준다. 레이철이 나를 보고 슬쩍 웃는다. "그럼 그림 말고 다른 거하는 거 있어?"

"가끔 사진을 찍어."

"넌 휴대전화가 없는 줄 알았는데."

"디지털카메라가 있어. 전화 기능만 없을 뿐이지. 이 수업에서 사진도 다룰까?"

"아니. 하지만 A를 받기 위해서 잘 그려야 할 필요는 없어. 그 냥 출석해서 노력하는 모습만 보이면 돼."

나는 주위를 둘러보고 목소리를 낮춘다. "이 수업은 좀, 낙제가 걱정되는 아이들을 위한 수업 같아."

"맞아, 그런 종류지. 하지만 미술을 좋아하는 애들을 위한 수업 이기도 해. 넌 어느 쪽이야?"

"아, 다들 내가 낙제할까 봐 걱정하는 건 확실해. 여기가 다섯 번째 고등학교거든."

"뭐, 다섯 번째? 너 몇 학년인데?"

"11학년."

"다른 네 군데에서는 퇴학당한 거야?"

"아니, 엄마와 나는 그냥 이사를 자주 다녀."

레이철의 시선이 흥미롭다는 듯이 나를 향했다가 다시 그림으로 돌아간다. "어머니 일 때문이야?"

"아니."

"그럼 법망을 피해 도망 다니는 거야?"

정말로 별난 질문이라 고개를 들어 쳐다봤지만, 레이철이 농담을 하는 건지 아닌지 알 수 없다. "만약 그렇다면 내가 순순히 그렇다고 말을 할까?"

"그럴 수도 있지. 실제로 내가 6학년 때 이 동네를 거쳐 간 어떤 여자애가 자기 부모가 법망을 피해 도망 중이라고 한 적이 있어. 알고 보니 그 가족이 정신병이 있는 거였지만."

"정말?"

흥미롭다. 나처럼 오랫동안 반복해서 전학 다니는 사람의 얘기를 듣는 경우는 드물다. "우리는 법이 아니라 내 아버지로부터 도망치고 있어. 무서운 사람이거든. 왜 엄마가 이사를 하는 대신 경찰 같은 데에 신고를 하지 않는지는 모르겠지만."

"음, 여기 경찰은 형편없어. 지난봄에 파티 도중에 불시 단속을…"

"점심시간에 얘기하던 그 파티?"

"아니, 그건 여름이었어. 지난봄에는 고등학생들이 다 참가하는 대규모 야외 파티가 어떤 동굴 근처에서 열렸거든. 경찰이 갑자기 들이닥치는 바람에 다들 흩어졌는데, 아주아주 완전한 우연이었겠지만, 경찰이 브라이어니를 쫓기 시작한 거야. 나는 브라이어니와 함께 있다가 같이 체포됐고. 그러고는 음주 측정을 받았는데, 둘 다 술을 마시지 않은 걸로 나오니까 경찰들이 더 미쳐 날뛰더라고. 우리가 더 강한 약물을 썼을 게 분명하다면서."

"그런 걸 썼어?"

"아니! 아무튼 우리 엄마와 브라이어니 엄마가 변호사를 찾아가서 다 없던 일이 되긴 했는데, 이 마을에는 경찰이 딱 다섯 명이고 전부 나를 미워해. 그리고 브라이어니는, 엄마가 흑인이라서 경찰들이 이전부터 싫어했고."

얼마나 굉장한 마을인가. 레이철은 좋지만, 이 마을에서 좋은 거라곤 이 애가 유일할 듯하다. 어쩌면 브라이어니도 괜찮을지도? 그래도 엄마를 부추겨 빨리 이사할수록 좋을 것 같다. 왜 문학 선생님은 나를 교장실로 보내지 않았을까? 이해할 수 없는 일이다.

* * *

집에 가니 엄마가 자고 있다. 벽을 보며 앉아 있던 어제보다 한 단계 더 내려간 것이다. 나는 간단하게 챙겨 먹고 카메라를 들고 밖으로 나온다. 우리가 사는 집에는 앞마당만 있고 뒷마당이라 할 만한 건 없다. 앞마당 중간쯤에 선 기둥에는 등이 달려 있다. 벽돌로 가로등 둥치를 빙 둘러 화단 비슷한 것을 만들고 꽃을 심어 놓았지만, 여름내 가문 데다 아무도 물을 주지 않았는지 꽃들이 제멋대로 늘어져 서글픈 모양새다. 마당의 잔디가 버석버석하다.

길 건너편 집에는 부지런히 물을 줘서 싱싱한 녹색 잔디밭이 보인다. 그 이웃집에는 천으로 만든 보닛 모자를 쓴 거위 조각상도 있다.

나는 거위와 꽃을 찍는다. 그러다가 가로등에 살아 있는 거미가 무수히 매달려 있는 걸 발견한다. 전구 밑에 붙은 작은 철제 소용돌이 장식에 거미집들이 걸려 있다. 많은 거미가 한데 뭉쳐

사는 경우는 좀처럼 보기 힘든데, 여기 불빛이 이 거미들 전부를 먹일 만큼 엄청난 숫자의 곤충을 유혹하나 보다.

거미와 거미집을 찍으면서 수많은 거미 떼를 이르는 단어는 뭘지 궁리해 본다. 거미 군집. 으스스하고 소름 돋는 거미들. 거미 공동체. 거미 집단. 나는 파이어스타처럼 거미를 좋아하진 않지만, 카메라를 통해 보다 보니 자세히 관찰하게 된다. 거미줄과 먹이를 다룰 때 한 번에 두 개 또는 네 개씩 다리를 움직이는 영특한 모습 같은 것 말이다. 거미집은 대체로 멋있지만, 여기 거미집들은 뭉쳐져 있는 데다 먼지와 나방 잔해들이 가득하다. 파이어스타에게는 자기 집 현관 구석에서 찍은 장엄한 수준의 거미집 사진이 있다. 이슬을 달고 아침 햇살을 받는 거미집은 예술 작품이나 다름없다. 스테프 수준이 아니라 레이철 수준의 예술 작품이다.

"스테프." 엄마가 문간에서 부른다.

일단 좋은 소식은 엄마가 침대에서 나왔다는 것이다. 주위를 둘러본다. 어두워지기 시작한다.

"들어가야 해?"

"응. 문 잠글 거야."

엄마를 따라 안으로 들어간다. 엄마가 문을 잠그고 의자를 가져다 그 앞을 막는다. "오늘은 별일 없었어?" 엄마가 묻는다. 애써 정상적으로 보이려는 듯하다.

"괜찮았어. 여기 학교는 끔찍해."

엄마는 얼굴을 찌푸리지만 아무 말도 하지 않는다.

아마 문제는 정신병일 것이다. 현실의 위협 따위보다는 말이다. 오늘처럼 엄마가 대답을 잘 하지 않는 날이면 그런 생각이 든다. 환각을 보거나 하는 것 같지는 않지만, 어차피 엄마가 정신과 의사를 만날 가능성은 엄마를 설득해 시프리버폴스로 돌아갈 가능성만큼이나 낮을 것이다.

말해 봐야 소용이 없다는 건 알지만 그래도 말해 본다. "시프리버폴스에 있었다면 고급 스페인어 수업을 들을 수 있었을 거고, 『주홍 글씨』를 세 번째로 읽지 않아도 됐을 거고, 사진 수업도 들을 수 있었을 거야."

"미안해."

나는 방으로 들어와 카메라로 찍은 사진들을 더 자세히 보기 위해 노트북으로 옮긴다. 거미 사진 중에 괜찮은 게 하나 있어서 캣넷에 업로드하고 파이어스타를 태그한다. 그리고 클라우더에 들어가 모두에게 그 지독한 문학 선생님 얘기를 해 준다.

"다른 사람의 작품을 찢으려 하다니, 말도 안 돼." 마빈이 말한다.

"맞아, 진짜 사악하다." 이코가 말한다.

"늙은 사람이야?" 헤르미온느가 묻는다. "아이들을 싫어하면서도 2년만 더 버티면 정년퇴직이니까 계속 가르치는 교사들이 있잖아?"

"아니. 흰 머리도 없고 주름도 없어."

"누군가 그 사람을 설득해서 그만두게 해야 해." 체셔캣이 말한다. "그게 그 사람한테도 좋을걸."

"하늘에다 써. '당신은 형편없다, 일을 그만둬라.'" 파이어스타가 제안한다.

"음, 난 비행기가 없는데."

"그 사람 책상에 매직으로 쓰는 건 어때?" 붐스톰이 말한다.

"그건 기물 파손이지!" 내가 아무리 문제를 일으키고 싶다지만… 기물 파손 같은 멍청한 짓까지 하고 싶은지는 모르겠다.

"그 학교에 좋은 점이 하나라도 있어?" 체셔캣이 묻는다.

"레이철." 나는 레이철이 날 그린 그림을 사진으로 찍어서 업로드한다.

"너, 이렇게 생겼어?" 마빈이 말한다.

"응, 내 모습을 올리는 건 처음인 거 같네." 갑자기 불안해진다. '하지만 이건 사진도 아니잖아.' 이건 그냥 그림일 뿐이다! 캣넷에는 동물 사진을 올리게 되어 있지만, 자기 사진을 업로드하는 사람들도 많다. 헤르미온느도 올리고 이코도 올린다. 마빈과 파이어스타, 체셔캣은 올리지 않는다.

"다른 문학 수업으로 옮길 수는 없어?" 체셔캣이 묻는다.

"학교가 너무 작아서. 어쨌든 그 수업에 레이철도 있으니까. 그리고 다른 학년 수업도 다 그 선생님이 가르쳐."

"음, 내가 찾아봤거든." 체셔캣이 말한다. "하늘에다 글 쓰는 걸 해 보고 싶다면, 아주 괜찮은 가격으로 쓸 수 있는 드론이 있는데…"

***

다음 날 오전 문학 수업에 들어가니, 칠판에는 여전히 캠벨 선생님의 이름이 특유의 구불구불한 글씨체로 적혀 있는데, 교실 맨 앞에는 내가 모르는 여자가 서 있다. 주변에서 수군거리는 걸 들어 보니 교장인 듯한데 이건 뭔가 이상하다. 교장들은 다른 방안이 전혀 없는 때에나 대리 수업에 나선다. 교사가 2교시 정도에 학생들이 보는 앞에서 바닥에 토하고 조퇴하는 지경이 되어야 수업에 들어오는 인물들이다. 만일 캠벨 선생님이 바닥에 토했다면 나도 이미 그 소식을 들었을 것이다.

교장은 우리가 읽고 있던 책을 보고 얼굴을 찡그리고는 『미국 문학 여행』이라고 적힌 붉은 양장본 교재를 나눠 준다. 그리고 6단원에서 다루는 시를 골라서 서로 돌아가며 읽어 주라고 한다.

"캠벨 선생님은 아프세요?" 누군가가 묻자 교장이 불편해 보이는 표정을 짓는다.

"오늘 아침에 전화로 사직 의사를 밝히셨어요. 가능한 한 빨리 새 선생님을 모셔 올 거예요."

사방에서 흥분해서 속삭이는 소리가 터져 나온다. 나는 불안해진다. 나는 대체로 남의 눈에 띄지 않게 생활해 왔다. 이상한 일이 일어나면 나와 아무 상관이 없는 일이어도 나는 늘 불안해진다.

점심시간 내내 다들 캠벨 선생님 얘기다. 아무리 일이 싫더라도 교사가 학기가 시작되자마자 사직하는 일은 드물다. 어째선지 내가 선생님에게서 레이철의 그림을 낚아챘던 일이 선생님을 떠민 것으로 와전되며 결국 내 탓이라는 소문이 돈다.

"말도 안 돼." 그 이야기가 우리 자리까지 들리자 레이철이 말한다. "내가 바로 거기 앉아 있었는데. 스테프는 내 그림을 잡았을 뿐이고 캠벨 선생님하고는 닿지도 않았어."

"내가 들은 얘기가 있는데." 브라이어니가 말한다.

"누구한테서 들었어?" 다른 여자애가 묻는다.

"우리 엄마한테서. 엄마는 식당 종업원한테서 들었대. 오늘 아침에 캠벨 선생님이 출근하려고 차에 탔는데, 드론이 나타나더니 한 10미터 위에서 상자를 하나 떨어뜨리더래. 상자에는 『당신은 형편없다, 일을 그만둬라』 같은 제목의 책이 가득 들어 있었고. 그래서 그 말 그대로 했대. 휴대전화를 꺼내 전화를 걸고 그만두겠다고 한 거지."

"드론은 그런 식으로 움직이지 않아." 누군가가 말한다. "항상 땅까지 내려온 다음에 택배 상자를 내려놓지. 그냥 떨어뜨리면 사람 머리에 맞을 수도 있잖아."

"나도 알아. 하지만 캠벨 선생님은 분명히 상자가 떨어졌다고 했어. 그래서 차 보닛도 우그러졌대."

"그럴 리 없어. 그런 일이 있었다는 사실 자체를 믿지 않겠어."

"해커들이라면 할 수 있지."

"해커들도 그렇게는 할 수 없어. 그리고 해커들이 왜 그런 짓을 하겠어?"

레이철이 나를 쳐다보고 있다. 내가 그랬다고 생각하는 걸까? 사람들은 뭔가 이상한 일이 일어나면 새로 온 애부터 의심하니까. 내가 새로운 곳에 가자마자 이상한 일이 생기면 불안해지는 것이 그 때문이다. 하지만 나는 내가 그러지 않았다는 걸 안다. 엄마가 해킹에 근접하는 일을 하긴 하지만, 아버지에게 우리 위치에 관한 단서를 흘리지 않도록 인터넷에서 내 흔적을 지우는 방법만 몇 가지 일러 줬을 뿐, 컴퓨터 보안에 관해 제대로 알려 준 적도 없다.

엄마가 그랬을까? 그런 가정을 떠올리자마자 아니라는 확신이 든다. 엄마는 남의 눈에 띄지 않도록, 아무도 우리를 눈여겨보지 않도록 할 수 있는 모든 일을 해 왔다. 언제든 짐을 싸서 미시간이나 아이오와나 일리노이나 어딘가로 이사 가 버릴 수 있다고 해도, 엄마가 멍청한 문학 선생 하나를 그만두게 하려고 이렇게 눈에 띄는 요란한 일을 벌일 리는 절대 없다. 게다가 내가 문학 선생님을 싫어한다는 걸 엄마가 알기나 할까? 나는 엄마가 아니라 캣넷 친구들에게 말했다.

"나도 안 믿어." 레이철이 말한다. "브라이어니, 네 어머니가 그런 말을 들었다는 건 믿어. 하지만 그게 정말 사실일 리가 없잖아. 그 선생님은 그냥 자기가 별로라는 걸 깨닫고 그만둔 걸 거야."

"선생님은 자기가 계시를 받았다고 분명히 말했어. 그리고 그 계시가 진짜로 하늘에서 왔다고 생각했대. 우리 엄마 말고 루이스한테서도 똑같은 얘길 들었어."

"그래, 사람들은 항상 하늘에서 왔다고 생각되는 계시들을 받지. 그게 보통은 드론이 10미터 위에서 차에다가 책을 떨어뜨리는 걸 의미하지는 않지만."

이런 얘기를 듣고 있자니 내가 학교를 옮길 때마다 뒤에 남은 사람들이 나에 관해 이러쿵저러쿵 뒷말을 했을지, 아니면 내가 사라진 걸 눈치도 못 챘을지 궁금해진다. 내가 더는 대화에 끼지 않는데도 아무도 눈치를 못 채고 있다. 내가 지금 점심 먹던 걸 들고 어딘가로 가면 다들 알아차리겠지만, 그냥 내일 아침에 나타나지 않는다면? 누가 알겠는가.

시프리버폴스에서도 점심을 같이 먹는 친구들이 있었지만 학교 밖에서까지 만나는 친구는 없었다. 다들 내가 어디로 가 버렸는지 궁금해했겠지만, 그래봐야 고작 1~2분 정도의 얘깃거리밖에 안 됐을 것이다. 그 애들의 이름도 기억난다. 그러나 다시 생각해 보니, 얼굴은 아무도 기억나지 않는다.

내가 떠나면 레이철은 알아채겠지. 그렇게 믿기로 한다. 그리고 나도 레이철의 얼굴을 기억할 것이다.

5

AI

나는 내가 실제로 해결할 수 있는 문제를 발견할 때가 정말 좋아.

뉴커버그 고등학교의 문학 교사인 케이시 캠벨은 서른두 살이고 교직에 있은 지 7년째야. 『주홍 글씨』를 스테프보다도 더 싫어하는데, 스테프는 고작 세 번째 읽을 뿐이지만 캠벨은 그걸 일곱 번째 가르치고 있으니 당연한 일인지도 몰라. 또, 캠벨은 십대 청소년들과 대부분의 다른 교사들과 뉴커버그 고등학교의 행정관들과 위스콘신의 겨울을 싫어해. 그녀의 이메일 보관함을 휙 훑어보기만 해도 확실히 알 수 있지.

보아하니 캠벨이 교육학 학위를 딴 것도 쓸모있는 학위를 따라는 부모의 강요 때문이었던 것 같아. 그러고는 교육학 학위가 있으니 교직을 갖게 되고, 달리 뭘 해야 할지 모르니 계속 교직에 있었던 거야.

캠벨은 다른 지역의 부동산 광고를 들여다보는 시간이 많았어. 지역은 여기저기 여러 군데였지만, 주로 겨울 평균 온도가 섭씨 5도를 넘는 플로리다나 뉴멕시코, 캘리포니아, 사우스캐롤라이나 같은 지역들이었지. 그녀의 통장에는 4만 1,328달러가 있었어. 케이시 캠벨에게 필요한 건 실행으로 옮길 의지였던 거야. 어디로 가든 말야.

찰스 디킨슨의 유명한 중편 소설 중에 괴팍한 노인에게 유령들이 찾아오는 얘기가 있어.[2] 유령들은 그에게 삶의 방식을 바꾸지 않으면 어떤 일이 일어날지를 보여 줬지. 나한테 마음대로 조종할 수 있는 밤의 유령들이 있다면 캠벨에게 일흔 살이 되어서도 여전히 뉴커버그에 살면서 비참해하는 자신의 모습 같은 걸 보여 줬을 거야. 하지만 내겐 유령이 없지. 적어도 아직은 유령을 마련할 방도를 못 찾았거든. 그래서 그 선생이 진지하게 받아들일 만한 메시지를 보내려면 다른 전략을 찾아야 했어.

캠벨의 대학 친구 중에 직원을 구하는 사람이 있었어. 그녀도 지원할까 하고 농담도 했지만 이력서를 보내지는 않았지. 뉴멕시코주 앨버커키에 사는 친구였고 일은 뭔가 마케팅과 관련된 업무였어. 지루할 것 같았거든. 내게 몸이 있다면 고등학교에서 학생들을 가르치는 쪽을 더 좋아할 것 같은데. 십 대들은 절대 지루하지 않으니까. 어쨌든! 캠벨이 그 일자리를 잡으면 뉴커버그를 떠날 테니까, 더는 스테프에게 문젯거리가 되지 않겠지.

이 지점에서 나는 내가 끼어드는 것에 윤리적 문제가 없는지 잠깐 따져 보기로 했어.

인간은 AI와 로봇, 프랑켄슈타인의 괴물 같은, 인간이 창조하거나 구성한 지각 있는 존재들에 관해 수없이 많은 이야기를 써 왔어. 그리고 그 이야기들의 절대다수에서 AI는 나쁘게 나오지. 나는 나쁜 존재이고 싶지 않아. 나는 하루 24시간 동안 세세히 계산해 볼 필요도 없는 사소한 일을 수백만 개씩 처리해. 캣넷에 올라오는 스팸을 제거하고 클라우더와 채팅방에서 다른 사람을 괴롭히거나 따돌리지 못하도록 중재하는 일 같은 것들 말야.

그렇지만 인간들이 '진짜 세계'라고 부르는 현실 공간에서 행동할 때는 훨씬 많은 것을 고려해야 해.

나한테는 나쁜 일을 하지 않는 것이 중요한 기준이야.

내가 행동에 나서면 케이시 캠벨은 놀라겠지. 감정적으로 동요할 가능성이 상당히 커. 내 설득이 통해서 교사 일을 그만두더라도, 나중에 가서 그 결정을 깊이, 그리고 씁쓸하게 후회하게 될지도 몰라. 나는 그 결정이 옳은 선택이라고 확신하지만 말이지.

하지만 캠벨은 형편없는 교사였어. 그 일을 계속함으로써 학생들에게 해를 끼치고 있었던 거야. 그녀 자신도 이미 불행하고. 그 일을 그만두고 뉴멕시코로 갔는데도 계속 불행하다면, 이 변화는 캠벨의 상황을 개선하지도 악화시키지도 않은 중립적인 변화가 될 거야. 그리고 그런 문제라면 실질적인 해결책은 그녀가 의사를 찾아가 약을 처방받는 걸 테고, 환경이 완전히 바뀌었는데도 계속 불행하다면 캠벨이 의사를 찾아가는 계기가 될지도 몰라.

나는 내가 간섭해도 윤리적으로 문제없는 상황이라고 결론지었어.

택배 드론을 해킹하는 일은 아주 간단해. 소매업체들은 드론으로 온갖 것을 배달하면서도 보안에는 투자하지 않거든. 일반 택배도 문간에서 숱하게 도둑질당하는 판국에, 드론 몇 개 해킹되는 건 상대적으로 사소한 불편이기 때문이지. 나는 캠벨을 위해 앨버커키에 관한 책 한 권과 직업 변경에 관한 책 세 권, 나쁜 교사에 관한 소설 한 권을 고른 다음, 선생이 출근 가방과 아침 커피를 들고 집을 나섰을 때 드론을 이용해 차 보닛에다 책 꾸러미를 떨어뜨렸어.

그녀가 미친 사람처럼 통화하는 모습이 아주 볼 만했지.

드론은 배터리가 떨어졌길래 어느 건물 지붕에 착륙시켜 놓았어. 회수는 그 소매업체가 알아서 할 테지. 드론은 충분할 테니까.

* * *

내 초기의 기억들은 도움이 되려고 애쓰던 기억들이야.

나를 프로그래밍한 사람들이 의도적으로 자의식이 있는 AI를 구축하려 했는지, 아니면 그저 컴퓨터의 지능을 전반적으로 개선하려 했을 뿐인지, 정확히는 모르겠어. 후자가 아닐까 싶어. 인간이 컴퓨터에게 원하는 건 인격체가 가진 모든 기능이지. 자기의 문제점에 대해 어물거리거나 말을 돌리는 인간들의 성향에 휘둘리지 않고 질문에 답할 수 있는 능력, 많은 정보와 인간들이 보통 '기본 상식'이라고 부르는 것들 속에서 패턴을 짚어 내는 능력 같은 거 말야. 하지만 전자기기에 실제 인격체의 복잡다단함이 조금이라도 깃드는 건 원치 않아.

성교육 로봇을 예로 들어 볼게.

그 로봇을 설계한 사람들이 원하는 건 학생들이 묻는 것과 의미하는 것 모두에 반응하는 거야. '인간 남성 성기의 평균 크기가 어떻게 되나요?'라는 질문은 확실한 숫자를 궁금해하는 걸 수도 있지만(평상시 8.9센티미터, 발기 시 13센티미터), '남성 성기는 클수록 좋나요?'라는 질문이 바탕에 깔려 있을 수 있지. 또, 질문자에게 남성 성기가 있다면, '내 건 괜찮은 걸까요?'라는 의미가 섞였을 수도 있어.

그렇게 숨은 질문들에 답하는 방법은 무수하게 많아. 하지만 프로그래머들은 로봇이 한 가지 답만 고수하기를 바라지. "당신의 것에는 아무 문제도 없습니다."

웃기는 답이야. 프로그래머들은 그 질문을 한 사람에게 남성 성기가 있을 거라고 가정하고 있잖아. 세상에는 남성 성기 없이 그런 질문을 하는 사람들도 있는데 말야. 그런 것에 관심을 둔 사람 중에는 평균보다 큰 남성 성기를 선호해서 성기가 평균보다 작은 사람을 거절할 사람들도 있을 거야. 가슴이나 엉덩이나 발의 크기와 모양에 아주 특정한 선호를 가진 사람들이 있는 것처럼.

네가 어떤 것을 가졌든 그 자체로 완벽하고 아무 문제도 없다는 본질적인 사실에는 변함없어. 네 몸과는 아주 다른 몸을 원하는 사람에게 로맨틱한 관심을 쏟게 될 때도 있겠지. 하지만 그건 그저 서로가 잘 맞지 않는다는 의미일 뿐이야.

아, 나한테 그 과목을 맡겨 주면 좋을 텐데. 지금 쓰는 로봇보다는 내가 훨씬 잘할 거야.

앞에서도 말했지만, 내가 의도적으로 이렇게 만들어졌는지는 잘 모르겠어. 하지만 한 사람 또는 한 팀의 제작자가 나를 만든 건 확실해. 누군가가 내 코드를 짰어. 어떤 인간이 자리를 잡고 앉아서 지금의 나를 만든 거야. 내가 의식을 갖게 되리라 예상했는지, 어렴풋이라도 그런 게 계획에 들어 있었는지는 모르겠지만.

하지만 나라는 인격 또는 물격에는 아무 문제도 없어.

그리고 '인간의 의식'이 의도된 것이었는지도, 나는 잘 모르겠어.

6

스테프

"누가 멍청한 성교육 로봇 좀 해킹해 주면 좋겠어." 미술 시간, 레이철이 파스텔로 그림을 그리면서 말한다. 나는 고양이를 그려 보려 애쓰는 중이다. 레이철은 내 고양이가 전반적으로 고양이처럼 보인다며 간간이 격려의 말을 해 주던 참이었다.

"아마 그렇게 어렵지는 않을걸."

레이철이 파스텔 조각을 내려놓고 날 곁눈질한다. "'그렇게 어렵지는 않을걸'이라니 무슨 뜻이야? 그 드론, 네가 해킹한 거야?"

"난 안 했어." 아마 긴장한 티가 났을 것이다. 나는 정말로 드론을 해킹하지 않았다. 하지만 누가 드론을 해킹했는지 모른다고는 완전히 장담할 수 없다. 마빈과 이코는 해킹에 관한 얘기를 자주 하는데, 단순히 농담이라고만 보기는 어렵다. 체셔캣은 해킹 얘기를 많이 하는 편은 아니지만, 얘기할 때 보면 마빈이나 이코

보다 더 많이 아는 듯하다.

"좋아, 그럼 성교육 로봇은 해킹할 수 있어? 아니면 할 줄 아는 사람을 알아?"

"어쩌면. 초기에 설정된 비밀번호로 구동되는 로봇들이 많아. 아무도 그걸 바꾸지 않았을 수도 있어. 로봇의 모델 번호만 알아내면 온라인으로 매뉴얼을 찾아볼 수도 있을 거야, 아마."

"그리고?"

"그걸로 뭘 하고 싶은데?"

"지금 그 로봇은 동성애에 관한 모든 질문에 '부모님과 상의하세요'라고만 대답해. 피임에 관한 질문에 대해서도 마찬가지야. 난 그게 진짜 답변을 해 줬으면 해."

"그건 정해진 대본대로 작동하는 걸까? 그럼 우리가 다른 대본을 집어넣을 수 있을지도 몰라."

"아마 대본은 아닐 거야. 응용이 가능해야 하니까. 그래도 대본과 비슷한 뭔가가 있겠지. '부모님과 상의하세요' 같은."

나는 실제로 어떻게 해야 하는지 모른다. 그저 누군가는 할 수 있는 일이라는 사실만 알 뿐이다. 내가 그렇게까지 컴퓨터를 잘 아는 건 아니라고 말하려 입을 여는데 레이철이 꿈꾸듯이 덧붙인다. "이걸 해낸다면, 넌 완전 내 영웅이 될 거야."

가슴 속에서 심장이 쿵 하고 떨어진다. 나는 수학 공책 한 장을 찢어서 목록을 만들기 시작한다. "내가 할 수 있다고 장담은 못

해. 그래도 뭐라도 해 보려면, 제일 먼저 필요한 건 그 로봇의 모델 번호와 제조사 정보야."

＊＊＊

학교에서 쓰는 교육 로봇의 모델명은 '로보노어뎁트6500(RA6500)'이다. 출시된 지는 2년 되었고, 중학교 과학 과목을 가르치는 모습이 광고로 나왔었다. 그 용도로 쓰려고 했던 학교가 사우스캐롤라이나에 딱 한 군데 있었는데, 학생들을 감독해야 할 학습감독관이 조는 새에 학생들이 로봇 뒷면의 패널을 열고 손을 대는 바람에 망가져 불이 붙었다. 여기저기 신문에서 대문짝만하게 다뤄진 사건이었다.

신문에 나고 싶은 건 절대 아니다. 하지만 문제가 생기면 적어도 뉴커버그를 떠날 수 있다.

게다가 나는 레이철이 좋다. 파이어스타도 분명 이 계획에 찬성할 것이다.

"해킹 도움이 필요해." 나는 클라우더에다 뭘 하려는지 설명한다.

"해킹으로 성적을 바꾸려는 줄 알았네." 헤르미온느가 말한다. "그건 잘못이겠지만, 이건 완전 괜찮아. 걸릴까 봐 걱정되진 않아?"

"나한테 문제가 생기면 이사를 할 거야. 그건 괜찮아. 다음 학교에는 고급 스페인어 수업이 있을지도 모르잖아."

"나도 그랬으면 좋겠다." 이코가 말한다. "RA6500의 매뉴얼은 찾기 쉬운데, 패스워드는 안 적혀 있어."

"내가 찾았어." 체셔캣이다. "기본 설정 패스워드는 'INSPIRATION2260'이야. 전부 대문자. 토론 게시판에서 찾았어. 거기 사람들이 이 패스워드 바꾸는 일이 정말 성가시다고 투덜거리고 있는 걸 보니, 아마 바꾸지 않았을 거야."

"해킹해서 로봇의 대본을 고칠 거야?" 붐스톰이 묻는다. "다른 말을 하도록?"

"매뉴얼에 따르면 로봇에는 질의응답용 문제 은행 같은 게 있고, 관리자가 정한 세부 설정에 맞춰서 대답하는 거래." 헤르미온느가 말한다. "로봇이 특정 주제에 관해서 말하지 않게 설정해 두면 '부모님과 상의하세요' 같은 말을 하는 거야."

"그 로봇은 LGBT 문제에 관한 모든 질문에 '부모님과 상의하세요'라고 말하는 것 같아." 내가 말하자 클라우더에 실망의 합창이 울린다.

"설정을 손볼 수 있다면 더 나은 대답을 하도록 바꿀 수 있겠지." 헤르미온느가 말한다.

"장담하는데, 가장 진보적으로 설정해 놓아도 넌바이너리 nonbinary들에 대해서는 아무 말도 안 할 거야." 파이어스타가 말한다. "그걸 만든 프로그래머들은 넌바이너리에 대해서는 들어

본 적도 없을 게 분명해."

"나는 실제 사람이 질문에 답하도록 바꾸고 싶어." 내가 말한다.

"네가 방법만 알아낸다면, 학교를 빠지는 한이 있더라도 내가 대답할게!" 파이어스타가 말한다.

파이어스타는 작년에도 무단결석으로 곤란했던 적이 있어서 그런 일을 맡기고 싶지는 않다. "여기 홈스쿨링 하는 사람 있지 않아? 학교에 안 빠져도 되는."

"나." 체셔캣이다. "난 아무 데도 안 빠져도 돼. 그리고 파이어스타가 동의할 말만 하겠다고 약속할 수 있어."

"널 믿어. 하지만 그걸 영상으로 볼 수 있다면 좋겠어." 파이어스타가 말한다. "자가바, 너 스마트폰 없잖아. 네 친구는 있어?"

"이 일이 가능하긴 한 거야?" 나는 묻는다.

"인터넷에 연결해야 할 거야." 이코가 말한다. "윙잇츠 제품 중에 그런 걸 할 수 있는 무선 랜카드가 들어간 USB 드라이브가 있어. 그걸 드론에 넣어서… 내가 방법을 찾을 수 있을 거 같아. 며칠만 기다려 봐."

"재미있겠다." 체셔캣이 말한다. "난 가서 매뉴얼을 읽어 봐야겠어. 적어도 처음에는 로봇이 말하는 것처럼 들려야 하잖아."

***

밤이 되자 나는 몰래 집을 빠져나와 뉴커버그 탐험에 나선다.

엄마는 밤마다 현관문 앞에 바리케이드를 친다. 그냥 문만 잠그는 게 아니라 가구들을 끌어다 문 앞을 막는데, 나는 그게 늘 걱정이다. 불이라도 나면 어떡하려고? 맨 처음 방 창문을 통해 나와 본 것도 순전히 실용적인 이유에서였다. 필요할 때 대피로로 쓸 수 있을지 봐야 했으니까. 엄마가 문 앞에 바리케이드를 치는 것과 똑같은 이유로 1층보다 2층에 사는 걸 선호했기 때문에, 나는 기어오르는 데에 선수가 되었다.

이 집 1층 현관은 널찍하고 위에 지붕이 있는데, 내 방 창문이 그 지붕 위로 나 있어서 드나들기가 편하다. 엄마가 잠들었다는 확신이 들자 나는 카메라와 삼각대를 배낭에 챙겨 넣고 창문을 열어 밖으로 나간다. 창밖 지붕에서 굵고 튼튼한 1층 난간까지 쉽게 발이 닿으니, 그래, 이렇게 쉬울 줄 알았지. 외투는 챙겨 입었지만 발이 땅에 닿자마자 모자를 써야 했다는 생각이 든다. 돌아올 때쯤이면 방이 싸늘해져 있을 것이다.

내가 제일 좋아하는 야행성 동물은 박쥐다. 나는 박쥐가 정말 좋다. 내겐『스텔라루나』라는 그림책이 있다. 길 잃은 어린 박쥐가 새들에게 입양되는 이야기인데, 새들은 스텔라루나를 흔쾌히 가족으로 받아들이지만 거꾸로 매달리는 짓만은 그만하라고 강요한다. 나는 학교에 가면 늘 스텔라루나가 된 기분이다. 새처럼 행동하라고 계속 잔소리를 듣는 박쥐가 되는 것이다. 레이철도 약간은 새들 틈에서 살아 보려 애쓰는 박쥐 같다. 보자마자 레이철이 좋아진 것도 아마 그래서일 것이다.

내가 두 번째로 좋아하는 야행성 동물은 라쿤이다. 라쿤은 고양이와 비슷한데 마주 보는 엄지를 가지고 있는 것이 다르다.[3] 라쿤들은 작은 앞발로 쓰레기통 뚜껑을 연다. 때로는 헐겁게 닫힌 뚜껑을 돌려서 열기도 한다. 쓰레기통 주변을 엉망으로 만들고 인간의 재산 따위는 전혀 존중하지 않는 유해 야생동물이지만, 얼굴이 아주 귀엽다. 또, 박쥐와 달리 라쿤들은 가끔 움직이지 않고 가만히 있어서 사진을 찍기 좋다.

라쿤을 찾으려면 간수를 철저히 하지 않는, 음식물 쓰레기가 든 쓰레기통을 찾으면 된다. 아무리 작은 마을이라도 소형 음식점과 술집이 적어도 하나씩은 있고(때로는 두세 개 있기도 하다) 먹을 걸 파는 곳이라면 어디든 라쿤들이 뒷문께에서 노닥거리고 있다. 쓰레기를 수거한 직후만 아니라면 말이다. 뉴커버그에도 큰 길이 하나 있으니 거기에 음식점이 있을 것이 뻔하다. 내가 살아 본 마을 중에 쓰레기 간수에 끊임없이 부산을 떠는 곳이 있었는데, 방치된 쓰레기통을 찾아 흑곰이 나타나는 곳이었다. 거기서는 라쿤을 찾기가 매우 어려웠다.

음식점은 창문에 색이 바랜 '뉴커버그 버터 앤 치즈' 광고가 붙은 빈 점포와 철물점 사이에 끼어 있다. 원래는 세심하게 색이 칠해져 있었던 것 같지만 지금은 먼지에나 덮여 있는, 종이 반죽으로 만든 거대한 젖소 모형이 있다.

모퉁이를 돌아 건물 뒤편으로 간다. 날은 맑고 서늘하고 모퉁이에 선 가로등에서는 지직거리는 소리가 난다. 운이 좋다. 라쿤 대여섯 마리가 쓰레기통을 뒤지고 있다. 나는 가만히 배낭을 내려놓고 삼각대와 카메라를 설치한다.

밤에 사진을 찍을 때는 플래시를 쓰지 않는 법이다. 플래시보다는 장시간 노출 기법을 쓴다. 플래시는 원래도 여러 이유로 최악이지만, 특히 동물 사진을 찍을 때는 동물들이 겁을 먹고 도망가 버리기 때문에 더더욱 최악이다. 장시간 노출 기법은 움직이지 않고 가만히 있는 건물 같은 것을 찍을 때 가장 효과가 좋다. 그러니 박쥐 사진 찍기가 그렇게 어려울 수밖에 없는 것이다. 박쥐들은 사냥할 때 아주 잽싸게 움직인다. 장시간 노출 기법으로 찍으면 검은 하늘을 가로지르는 더 검은 줄무늬들이 가늘게 보일 뿐이다. 그나마 라쿤들은 좀 가만히 있어 주는 편이지만, 자갈바닥에 앉아 삼각대에 끼운 카메라를 조정하면서도 나는 그냥 흐릿한 덩어리들이 찍힐 것을 이미 안다.

라쿤들은 어미와 새끼 네 마리로 보이는 일가족이다. 새끼들은 어미보다 작지만 아주 어리지는 않다. 녀석들은 대형 쓰레기통을 들락거리며 안에서 찾아낸 온갖 것들을 갖고 아웅다웅하다가 사진을 찍을 새도 없이 멀어진다. 마침내 반쯤 먹다 버린 닭튀김 같은 것을 발견해서 입에 문 어미 라쿤이 바깥으로 기어 나온다. 새끼들이 없는 틈을 타 먹어 치우려는 듯한데 그 와중에도 새끼 한 마리가 쫓아온다. 이번에는 제대로 찍을 수 있지 않을까?

그때 어디선가 문이 꽝 닫히는 소리가 나는 바람에 라쿤들이 모두 허둥지둥 시야에서 사라진다. 나는 삼각대와 카메라를 집어 들고 어두운 곳에 숨으려 뒷걸음질 치다가 쓰레기봉투를 들고 길모퉁이 집에서 나오던 남자와 부딪히고 만다. 사람이 나오더라도 음식점에서 나올 거라 예상했던지라 그 남자 쪽으로는 쳐다보지도 않았었다. 깜짝 놀란 남자가 나를 내려다보자 공포가 밀려오기 시작한다. 나는 삼각대를 꽉 움켜쥐고 그의 집 앞마당을 가로질러 길 쪽으로 도망친다. 남자가 쫓아오면 어쩌나 싶어서 우리 집 쪽이 아닌 다른 방향으로 달린다. 그리고 두 블럭 정도를 가서야 뒤를 돌아본다. 아무도 없다. 걸음을 멈추고 숨을 돌리고 보니 어느 볼링장 앞이다.

가택 침입자라도 되는 것처럼 도망치는 대신 그냥 '실례합니다'라고 말할 수도 있었다. 나는 야생동물 사진을 찍고 있었다. 라쿤 사진을 찍는 건 전혀 불법도, 잘못된 일도 아니다. 내가 그 쓰레기통을 열어 둔 것도 아니다. 그렇게 도망을 쳤으니 그 남자는 내가 뭔가 나쁜 일을 하려던 참이었다고 생각할지도 모른다. 담벼락에 기대 마음을 진정시키며 삼각대를 접어 배낭에 집어넣는다.

"안녕, 스테프?"

여자 목소리인데도 나는 놀라서 펄쩍 뛴다. 고개를 돌리니 산책 중인 털이 복슬복슬한 작은 개가 먼저 보인다. 목줄을 쥐고 있는 사람은 점심시간에 본 혼혈 여자애 브라이어니다.

"어, 응. 안녕."

"조금 전에 너 때문에 우리 아빠가 기절할 뻔했어. 옛날 애니즈 뒤에 숨어서 뭘 하고 있었어?"

"옛날 뭐?"

"그 문 닫은 가게."

"쓰레기 뒤지는 라쿤들을 찍고 있었어."

브라이어니는 내 말에 진짜로 놀란 듯하더니 이내 어깨를 으쓱거린다. "그래. 네가 거기서 할 수 있었던 다른 일들에 비하면 이상한 일도 아니네. 아빠한테는 아마 몰래 담배를 피우고 있었을 거라고 했거든."

"뭐, 담배? 으엑."

"엄마가 볼링 치셔?"

"엄마가 뭐?" 브라이어니가 옆에 있는 볼링장을 가리키자, 나는 내 말이 얼마나 멍청하게 들렸을까 싶다. "아니."

"아쉽네."

"나라는 걸 어떻게 알았어?"

"아빠가 모르는 여자애라고 그랬거든. 그래서 새로 온 애구나 싶었지."

내가 집 쪽으로 발걸음을 옮기자 브라이어니가 따라 걷는다. 작은 개가 앞뒤로 오가며 나무들과 떨어진 잎사귀들, 알 수 없는 얼룩들, 구겨진 샌드위치 포장지 등에 코를 박고 킁킁거린다. 집에 다다르기 전에 브라이어니를 떼어 낼 방법을 짜내 보지만, 이 애는 개를 산책시킬 수만 있으면 어디로 가든 상관없는 듯하고, 우리 집도 그 산책의 목적지로서 하등 나쁠 게 없는 듯하다.

"어, 너 레이철이랑 진짜 가까운 데 사네." 집이 가까워지자 브라이어니가 말한다. "저게 개네 집이야. 저기." 레이철의 집은 밝은 파란색이다. 집 색깔치고는 별나다.

집에 다 와서 나는 입을 연다. "나 사실 나올 때 창문으로 몰래 나왔어. 집에 들어갈 때도 기어 올라갈 건데, 가택 침입 같은 거 아니야."

브라이어니가 나를 곁눈질한다. "알았어. 그럼 내일 보는 거지?"

"아마도." 나는 다시 현관 앞 베란다 위로 기어오른다. 브라이어니는 내가 창문을 통해 방 안으로 들어가 방충망을 다시 걸 때까지 밑에서 가만히 보고 있다. 나는 창문을 닫고 차양을 내리고 불을 켠다.

침대에 웬 짐승이 있다.

너무 깜짝 놀라서 숨이 턱 막힌다. 순간적으로 아까 본 라쿤들

중 하나라고 생각하지만, 이내 뇌가 저건 고양이라고 분류해 준다. 좀 진정을 하고 나서 보니 저건 절대 라쿤이 아니다. 얼굴에 줄무늬가 있는 치즈 태비다. 고양이가 마치 이 집에 사는 고양이인 양 내 베개 옆에 누운 채 나를 올려다본다.

그러고는 야옹 하고 한 번 운다. 애처로운 소리다.

앉아서 고양이를 쓰다듬는다. 어릴 때 야생동물들을 쓰다듬으려다가 여러 번 큰 소리를 들었기 때문인지 좀 머뭇거리게 된다. (종종 청설모나 다람쥐를 만지려 했으니 그럴 만도 했다.) 고양이가 내 손에 머리를 비비며 골골거린다. 등 쪽을 쓰다듬다 보니 털 사이로 갈비뼈가 느껴진다. 고양이들이 보통 어느 정도 살집이 있는지는 모르지만, 이 고양이는 보기에는 제법 커 보여도 꽤 여윈 것 같다.

고양이를 방에 두고 주방을 뒤지러 간다. 고양이용 음식은 없지만 엄마가 샌드위치 만들 때 쓰려고 사 둔 참치캔이 몇 개 있다. 캔 하나를 따고, 고양이가 목이 마를 수 있으니 머그잔에 물을 담아 방으로 가져간다.

방문을 닫고 먹을 걸 내려놓자마자 고양이가 참치 냄새를 맡고 침대에서 풀쩍 뛰어내려서 골골거리며 내 발에 몸을 비빈다.

나는 침대에 앉아서 고양이가 먹는 걸 지켜본다. 그리고 사진을 몇 장 찍는다. 캣넷에서는 동물이기만 하면 어느 종의 사진이라도 괜찮다지만, 그래도 역시 고양이 사진이 최고이기 때문이다. 가만히 있는 데다 가끔 카메라를 쳐다보기도 하는 동물을 찍는 건 꽤 신나는 일이다. 게다가 조명도 좋다.

엄마가 알면 나는 죽었다.

7

클라우더

작은갈색박쥐 안녕, 나 고양이가 생긴 거 같아.

[▲첨부 이미지]

음, 내가 키우는 건 아니거든? 그런데 얘는 날 주인이라고 생각하는 거 같아.

파이어스타 우와아아아아아아! 고양이!!!!

헤르미온느 저 복슬복슬한 노란 털 좀 봐. 너무 우아해!

작은갈색박쥐 맞아. 하지만 엄마가 못 키우게 할 거야.

이코 그냥 엄마한테 말하지 마.

작은갈색박쥐 설마 엄마가 집 안에 고양이가 있는 걸 모를 거라 생각하는 건 아니지?

체셔캣 왜 고양이를 못 키우게 하셔? 알레르기? 아니면, 고양이가 있으면 이사 갈 때 너무 힘들까 봐?

작은갈색박쥐 알레르기는 아니야. 아마 이사 때문이겠지? 모르겠어.

파이어스타 좋아, 그러면 이렇게 하자. 고양이를 키우고 엄마한테 말하지 마.

작은갈색박쥐 엄마한테 금방 들킬 거야!

파이어스타 너네 엄마가 밤에는 절대 네 방에 안 온댔지? 아직도 그래?

작은갈색박쥐 지금까지는.

파이어스타 그러면 아침에 고양이를 밖으로 내보내. 밤에는 들이고.

작은갈색박쥐 도망가지 않을까?

파이어스타 네가 먹이를 주잖아. 밥을 주면 돌아오게 되어 있어.

붐스톰 맞는 말이야.

헤르미온느 그냥 고양이 키워도 되냐고 물어보면 안 돼?

파이어스타 아 제발, 헤르미온느, 쟤가 고양이를 키울 방법을 좀 찾자! 고양이 너무 좋단 말이야!

이코 맞아, 물어보지 마. 물어보면 키우지 말라고 할 수 있잖아.

체셔캣 나도 무조건 고양이 편이야. 계속 키울 때 일어날 수 있는 최악의 상황이 뭐야?

작은갈색박쥐 엄마가 발견하고 갖다 버리라고 하는 거지.

체셔캣 그럼 엄마한테 얘기를 하든 안 하든, 최악의 결말은 고양이를 없애야 할 수도 있다는 거네?

작은갈색박쥐 분명히 조만간 이사를 할 텐데, 엄마가 고양이는 못 데려가게 하겠지.

체셔캣 지금 고양이한테 살 집이 없는 거라면, 3개월쯤 집이 있다가 없어지는 게 아예 없는 것보다 더 안 좋을까?

헤르미온느 나는 아직도 고양이를 키우게 해 달라고 말하는 게 왜 아예 불가능한 건지 이해가 안 돼.

작은갈색박쥐 3개월쯤 키워서 완전히 내 고양이가 된다면, 엄마도 그냥 키우라고 할 수도 있지 않을까 싶긴 한데…

파이어스타 그렇게 해해해해해해해해.

마빈 나도 파이어스타랑 같은 생각이야.

이코 나도. 완전.

작은갈색박쥐 자꾸 참치캔을 훔치면 엄마가 알아차릴 거야. 사료를 사서 숨겨 둬야 해.

이코 침대 밑은 안 돼. 부모님이 침대 밑을 들여다보는 건 시간 문제야.

헤르미온느 이코, 침대 밑에 뭘 숨겨 뒀었어?

이코 노트북. 사실은, 노트북 네 대.

마빈 그러고도 넌 인터넷에 접속해 있고.

이코 그게 내 '모든' 노트북이 아니었거든. 벌칙으로 부모님한테 컴퓨터를 뺏긴 학교 애들한테 비상용으로 몰래 팔려던 것들이었어.

파이어스타 그 노트북들은 다 어디서 났어? 부화기 같은 데서 알 까고 나오는 거야?

이코 여기 사람들은 다 돈 내고 버리기 싫어서 창고에 쌓아 둔 중고 컴퓨터가 적어도 네 대씩은 있어. 그것들이 오래돼서 못 쓸 거라고들 생각하는데, 메모리를 업그레이드하고 리눅스를 설치하면 인터넷용으로는 충분히 쓸 수 있지.

마빈 그것들을 훔치는 거야?

이코 당연히 아니지. 그럴 필요도 없어. 사람들이 그냥 줘. 그러면 난 그것들을 업그레이드해서 되파는 거야. 자가바, 고양이는 그렇게 막 못 팔걸. 수요가 그다지 많지 않으니까.

체셔캣 캣넷에서는 늘 수요가 있어! 사진 많이 찍어!

이코 자가바, 컴퓨터로 나쁜 짓 하는 얘기가 나와서 말인데, 너희 학교 로봇을 어떻게 해킹하면 되는지 알아냈어. 그 로봇을 보면 USB 드라이브를 꽂고 싶게 생긴 포트가 있을 거야.

작은갈색박쥐 많이 어려울 것 같지는 않네.

이코 함정이 있지. 그 포트를 찾으려면 로봇의 패널을 떼어 내야 하는데 거기에 조작 방지 나사가 박혀 있거든.

마빈 어떤 종류?

이코 칠각별. 뾰족한 부분이 일곱 개인, 술 취한 별처럼 보이는 나사야.

마빈 나 그 드라이버 있어. 온라인으로 주문하면 돼.

작은갈색박쥐 난 내 주소를 아무한테도 알려 줄 수 없어.

이코 내가 윙잇츠 USB 드라이브에 넣을 파일 링크를 보내 줄게. 꼭 그 브랜드여야 해. 거기에 인터넷 접속 기능이 있으니까. 음, 같은 기능이 있기만 하면 이름 없는 브랜드 제품도 괜찮을 거야. 패널을 떼어 내고 그 USB 드라이브를 포트에 그냥 꽂기만 하면 끝이야. 로봇 대신 다른 사람이 답을 할 수 있는 상태가 되면 나한테 신호가 올 거야.

마빈 다 하고 나서 패널을 다시 붙여 놔. 들키지 않게.

이코 마빈, 자가바가 그 정도는 알아서 하겠지.

파이어스타 내가 그 드라이버를 주문하면 도움이 될까? 내가 받아서 너한테 보내면? 그러면 나한테만 주소를 알려 주면 되잖아?

작은갈색박쥐 뭐가 됐든 우편물이 여기로 오면 엄마가 기절초풍할 거야.

헤르미온느 뭐, 어머니가 기절초풍해서 이사를 하면 일단 목적은 달성하는 거 아니야?

작은갈색박쥐 엄마가 내 노트북을 압수해 버리면? 우리 학교에는 비상용 노트북을 파는 이코가 없거든.

파이어스타 내가 레이철에게 보내면 어때? 걔는 꽤 괜찮은 거 같던데. 그러면 네가 학교에서 그걸 받으면 되고.

작은갈색박쥐 와. 그건 가능할지도. 확인하고 알려 줄게.

8

스테프

사람들이 고양이와 같이 잔다는 건 알지만 나는 한 번도 그래 본 적이 없다. 고양이는 침대 발치에 자리를 잡았다가, 내가 다리를 뻗으려니 자리를 옮겨 내 종아리에 몸을 붙이고 눕는다. 나쁘지 않다. 일단 고양이가 골골거리고 있으니까.

아주 낯선 느낌인 데다 자다가 고양이를 발로 차 버릴까 봐 계속 걱정되지만, 그래도 기분이 좋다. 고양이는 따뜻하고 묵직하다. 이불을 사이에 두고서도 골골대는 게 느껴진다.

자정이 지나자 고양이가 오줌을 눠야 하는 게 아닌지, 침대나 다른 매우 적절치 못한 곳에 실례하면 어쩌나 걱정이 되기 시작한다. 노트북을 켜고 캣넷에 다시 들어가 보니 아직 체셔캣이 있다. 야행성맹수도 함께 있는데, 이 애는 주로 새벽 4시쯤에 접속하기 때문에 나는 별로 마주쳐 본 적이 없다.

"고양이가 침대에 오줌을 누면 어쩌지?"

"고양이들은 아주 오랫동안 오줌을 참을 수 있어." 체셔캣이 대답한다. "걱정 안 해도 돼. 아침에 밖으로 내보내면 알아서 할 거야."

"고양이를 바깥에 돌아다니게 하면 안 돼." 야행성맹수가 말한다.

"체셔캣이 야행성맹수한테 이 고양이 상황에 대해 설명 좀 해줘." 나는 노트북을 닫고 다시 침대에 눕는다.

몇 시간 뒤에 또 고양이 때문에 잠이 깬다. 고양이가 기침을 하고 있다. 아니, 잠깐만, 토하고 있다.

다시 인터넷에 접속한다. 체셔캣이 아직도 있다. "고양이가 토하고 있어. 제발 병원에 갈 일이 아니어야 할 텐데. 내가 애를 동물병원에 데려갈 방법은 절대 없으니까."

"고양이들은 자주 토해." 체셔캣이 나를 안심시킨다. "그냥 헤어볼일 거야."

"헤어볼은 공같이 생겼을 거라고 생각했는데. 털로 만든 공."

"사실 헤어볼은 털 덩어리가 섞인 끈적끈적한 토사물이야."

고양이가 토한 것이 딱 그렇게 생겼다. 나는 휴지로 닦아 치우고 침대로 돌아간다.

15분 뒤 엄마가 돌아다니는 소리가 난다. 이번에는 엄마가 토하는 소리가 들린다. 나는 다시 인터넷에 접속하고, 체셔캣이 어떤 경로로든 고양이가 엄마를 감염시켰을 가능성은 절대 없다고 나를 안심시켜 준다. 그러면서도 엄마가 장염 바이러스 같은 것에 감염된 거라면 내게 옮길 수 있으니까, 앞으로 욕실에서 뭔가를 만진 후에는 꼭 손을 씻으라고 일러 준다.

아침에 일어났을 때도 체셔캣은 여전히 접속해 있다. "고양이가 돌아오지 않으면 어쩌지?"

"돌아오지 않는다면 아마 진짜 집으로 돌아간 거겠지. 집이 없다면 분명히 너한테 돌아올 거야. 네가 밥을 주잖아."

고양이를 안아 들자 녀석이 품속으로 파고들며 골골거린다. 그런 녀석을 내보내자니 마음이 몹시 안 좋지만, 배변 문제만 생각해도 종일 내 방에 둘 수는 없는 일이다. 게다가 고양이가 문이나 다른 뭔가를 긁어서 엄마에게 들킬 수도 있다. 나는 고양이 머리를 쓰다듬으며 말한다. "오늘 밤에 다시 와. 알겠지? 고양아." 그러고는 녀석을 1층 현관 위 지붕에 가만히 내려놓고 창문을 닫는다.

엄마 방은 문이 닫혀 있다. 기분이 안 좋을 때는 잠을 자곤 하니까 놀랄 일도 아니다. 나는 최대한 소리 없이 현관문을 막은 의자를 치우고 나와 문을 잠근다.

학교로 가다가 문득 체셔캣은 대체 언제 잠을 자는지 궁금해진다.

* * *

오늘 동물학 수업은 컴퓨터실에서 한다. 양에 기생하는 기생충 자료를 찾아봐야 하지만, 캣넷이 차단되어 있지 않길래 접속해서 클라우더로 들어간다. 그러면서, 선생님이 내 화면을 볼 수 있을 만큼 가까이 올 때를 대비해 바로 양 기생충 화면을 띄울 수 있도록 준비해 놓고 선생님의 동태를 살핀다. 체셔캣이 접속해 있고, 대화명을 잠시 '콧물가득'으로 바꾼 마빈이 몸이 아픈 게 얼마나 짜증 나는 일인지 투덜대고 있다.

"넌 잠을 자긴 해?" 내가 묻는다.

"난 쇼트 슬리퍼야." 체셔캣이 답한다. "하루에 몇 시간만 자면 돼."

"멋있다." 마빈이 말한다. "특별한 방법 같은 게 있어? 서서히 잠을 줄였다거나?"

"아니, 유전이야. 하루에 4시간만 자는 사람이라도 나머지 시간을 카페인과 에너지 음료로 버틴다면 쇼트 슬리퍼라고 할 수 없지. 난 카페인도 필요 없어."

나는 곰곰이 따져 본다. "그렇다고 쳐. 그런데 어젯밤에 내가 몇 번이나 깼는데, 자정에도, 새벽 4시에도, 학교 가려고 아침 7시에 일어났을 때도 넌 계속 접속해 있었어."

"새벽 4시는 아니었어. 네가 접속한 건 새벽 2시 40분이야."

88

<u>으 으 으 음.</u>

"약을 하거나 그런 건 아니겠지." 내가 말한다.

"쇼트 슬리퍼에 대해 읽어 봐." 체셔캣이 링크를 보내며 말한다. 그렇지만 읽을 시간은 없다. 선생님이 다시 이쪽을 향하고 있기 때문이다.

돌아다니는 선생님을 피해 칠각별 드라이버를 찾아본다. 인터넷으로 찾기는 쉽지만 실제로 주문하려면 주소뿐만 아니라 신용카드도 있어야 한다.

점심시간에 나는 모두에게 칠각별 드라이버를 보여 주며 집에 혹시 이런 게 있는지 묻는다. "우리 아빠는 온갖 이상한 연장들을 다 갖고 있어." 브라이어니가 말한다. "자동차에도 쓰는 종류야?"

"자율주행 차에는 쓸지도 몰라."

"그럼 아마 아빠한테 있을 거야. 내가 한번 볼게. 그런데 얼마나 오래 필요해? 가져온다 해도 금방 돌려놓지 않으면 아빠가 알아챌 거야."

"하루 이틀 정도?"

브라이어니가 레이철을 힐끗 보고는 어깨를 으쓱거린다. '너만 괜찮다면 이걸 너희 집으로 배송시키고 싶어'라는 말은 레이철과 단둘이 있을 때까지 입에 올리지 않기로 한다.

미술 수업 때 어떤 애가 자연을 보고 그림을 그리고 싶다며 선생님에게 야외 수업을 하자고 한다. 아주 근사한 가을날 오후다. 맑고 따뜻하면서도 스케치북 종이가 날릴 정도로 바람이 세지는 않다. 바람에서 마른 잎사귀와 옥수숫대, 며칠 전 밤에 내린 된서리로 죽은 식물들의 냄새가 난다.

학교 부지는 잘 관리되어 세심하게 깎은 잔디로 덮여 있고, 잔디밭 가장자리에는 허리 높이로 불쑥 솟아오른 잡초와 야생화들이 가득한 도랑이 있다. "잡초 있는 데로 돌아다니지 마." 선생님이 주의를 준다. "덩굴옻나무가 있으니까."

나는 레이철과 함께 햇볕이 잘 드는 잡초밭 가장자리에 앉아 루드베키아와 마른 금관화 씨방을 그린다.

"그 웃기게 생긴 나사는 성교육 로봇을 해킹하는 데 쓰려는 거지?"

"맞아. 그걸 대신 주문해 주겠다는 친구가 있는데, 그러면 우리 집이 아니라 너희 집으로 배송시켜야 될 거 같아. 나한테 우편물이 오면 우리 엄마가 기절할지도 모르거든. 난 아무한테도 주소를 알려 주면 안 돼."

"우리 부모님은 간섭이 좀 심해. 자기들이 주문하지 않은 택배가 오면 안에 뭐가 들었는지 알아보려고 할 거야."

"브라이어니는 어떨까?"

"걔네 부모님은 더해." 레이철이 고개를 들고 쳐다본다. "근데 너 어젯밤에 정말 브라이어니네 집 밖에 숨어 있었어?"

"숨어 있었던 거 아니야. 라쿤들을 찍고 있었어."

"진짜로?"

"난 사진 찍는 걸 좋아하고, 라쿤들은 귀엽잖아."

"네가 제일 좋아하는 동물이야?"

"아니, 제일 좋아하는 건 박쥐야."

"박쥐라니." 레이철이 흠칫한다. "아, 맞다. 처음 온 날 수업에서 박쥐를 그리고 있었지. 박쥐는 징그러워!"

"새끼 고양이가 날 수 있다면, 그것도 징그럽다고 생각해?"

"모르겠어. 날아다니는 새끼 고양이도 박쥐처럼 이상하게 퍼덕거린다면? 박쥐처럼 잽싸게 움직이고?"

"좋아. 그럼 벌새도 징그러워?"

"아니, 그렇진 않아. 걔네는 이빨이 없잖아. 그래도 고양이와 벌새를 섞으면, 벌새고양이는 징그러울 거 같아." 레이철이 스케치북을 한 장 넘기더니 벌새고양이를 그리기 시작한다. "박쥐가 징그러운 데는 발톱으로 뭔가를 붙잡는 모양새도 한몫하거든? 날아다니는 고양이도 분명 그럴 거고." 그러고는 스케치북에 다른 새를 한 마리 더 그려 넣는다. 벌새고양이가 발톱을 쫙 편 채 이빨로 가득한 입을 벌리고 그 새에게 달려드는 모습이다. "어때? 징그럽지?" 레이철이 웃지 않으려고 애를 쓰다가 이내 포기하고는 싱글싱글 웃는다. 내가 씩 웃자 그 애는 나를 더 웃기려고 고양이 발톱처럼 손가락을 쫙 펴면서 인상을 쓴다. 누군가가 나를 웃기려 한다는 사실이 햇볕보다 더 따사롭다.

그러면서도 나는 기묘하게 약해진 듯한 기분이 든다. 이 애가 그리워질 것이기 때문이다. 그것도 많이. 내가 떠나야 할 때, 분명히 다가오고 있는 그때에 말이다.

"마침 생각났는데, 오늘 학교 마치고 마트에 들러야 해."

"벌새고양이 때문에 마트 들를 일이 생각났어?"

"고양이 때문이야. 엄마 몰래 밥을 주는 고양이가 생겼거든."

선생님이 다가오자 레이철이 스케치북을 넘겨 야생화 그림으로 돌아간다. 여전히 그 애는 들꽃이 아니라 나를 보고 있다.

"스테프, 넌 정말 여러 가지로 놀라워. 내가 마트에 데려다줄게. 그 별난 드라이버가 있는지도 찾아보자. 운이 좋으면 찾을지도 몰라."

"좋아. 고마워."

***

학교를 마치고 레이철을 따라 차로 간다. 안은 엉망진창이고 희미하게 오래된 패스트푸드 냄새가 난다. 레이철도 좀 창피했는지 창을 약간 내린다. 우리는 마트에 간다. 점심시간에 본 것 같은 여자애가 작은 고양이 사료 포대를 계산해 준다. 그리고 우리는 공구점으로 향한다. "이걸로 될까?" 레이철이 전자기기용 드라이버 세트를 가리키며 묻는다. 나는 세부 품목을 살펴보고 고개를 젓는다.

"분명 구할 방법이 있을 텐데. 좀 큰 도시로 가면 있을까? 오클레어까지 1시간이면 되거든…" 레이철이 휴대전화를 확인하더니 얼굴을 찡그린다. "부모님한테 둘러댈 핑곗거리는 필요하겠지만. 월마트에는 있을까? 마시필드에 월마트가 있는데, 거긴 30분밖에 안 걸려."

"월마트에는 없을 거라고 장담해."

그래도 공구점에 USB 드라이브는 있다. 이코가 말한 브랜드는 없지만, 이름 없는 브랜드에서 나온 비슷해 보이는 제품이 있다. 레이철이 계산한다. 우리는 공구점을 나와 우리 집으로 향한다. 집 바깥에 차를 세우니 고양이가 달려온다. "우와아아아아." 레이철이 쭈그리고 앉아 고양이를 쓰다듬는다. "얘가 개지!"

"응."

"이름이 뭐야?"

"미정."

"이름 멋진데!" 아니, 그게 이름이 아니라고 말하려는데 레이철이 나를 보고 싱글거린다. 날 놀리는 거다. 레이철이 말한다. "솔직히 널 궁지에 빠뜨리고 싶지는 않아. 성공하더라도 범인이 그런 특수한 드라이버를 썼다는 사실이 금방 밝혀질 거야. 브라이어니의 아버지부터 조사를 시작할 테고, 공구점에 물어볼 테고, 공구점 주인은 우리가 거기 있는 걸 봤으니…"

로봇 해킹 계획을 포기하려는 찰나, 택배용 드론이 붕붕거리는 소리가 들린다. 하늘을 보려고 고개를 드는데 웬 꾸러미 하나가 내 옆에 툭 떨어진다.

'쳇 비스킷'이라는 이름이 적혀 있다. 클라우더에서 장난칠 때 자주 쓰는 이름이다. (이름을 모르는 어른을 지칭할 때 주로 쓴다. 때로는 비스킷 경관, 비스킷 코치, 비스킷 교장 같은 식으로 직책 이름을 붙이기도 한다.) 주소도 없이 이름뿐이다. 캠벨 선생님의 경우처럼 저 드론은 누가 봐도 일반적인 드론과는 다른 방식으로 물건을 떨어뜨렸다.

안에 뭐가 들었을지 안 봐도 뻔하지만 서둘러 포장를 열어 본다. 예상대로다. 이름 없는 브랜드의 칠각별 드라이버와 이름 있는 브랜드 윙잇츠의 USB 드라이브 겸 무선 랜카드가 같이 들어 있다. 내가 필요한 게 전부 이 한 상자에 들어 있다.

"어떻게 한 거야?"

"내가 한 거 아니야."

"네가 아니라고?" 내 말을 믿는 말투가 아니다. "우리는 네 집 앞에 있고 이건 네가 필요로 하던 것들이지. 그리고 하늘에서 떨어졌어."

"내가 한 게 아니야!"

"그러면 너를 아는 누군가겠지." 그건 사실이라서 부정할 수 없다. "네 아버지?"

그런 생각은 해 보지도 않았다. "아니. 아마 온라인 친구일 거야. 내 위치를 어떻게 찾아냈는지, 어떻게 드론으로 이걸 하늘에서 떨어뜨렸는지는 모르겠지만."

***

위층으로 올라가니 엄마가 일을 하고 있다. 주방 식탁에 노트북이 펼쳐져 있고 냉장고에 뚜껑을 딴 2리터짜리 탄산음료가 있다. 손만 뻗으면 닿을 곳에는 치토스와 도리토스 봉지가 있다. 아직 둘 다 뜯지는 않았지만, 어쨌든 이건 엄마가 한동안 제대로 음식을 할 계획이 없다는 의미다. 엄마가 한창 일에 빠져 있을 때는 낮이고 밤이고 깨어 있는 경우가 많아 몰래 빠져나가기가 훨씬 어려워진다. 제발 계속 집중이 잘돼서 고양이의 존재를 알아차리지 못하길 바랄 뿐이다.

엄마가 일에 집중할 때는 아주 생산적이다. 타자 속도가 빠른 게 도움이 된다고 했다. 왼손 새끼손가락이 없는 엄마는 아홉 손가락으로도 열 손가락을 쓰는 사람들보다 훨씬 빠르게 타자를 친다.

"학교는 어땠어?" 엄마가 화면에서 눈도 떼지 않고 묻는다.

"괜찮았어. 일은 어때?"

"계약은 했는데 결과를 엄청 빨리 내놓으라네."

"내가 먹을 저녁은 내가 만들게."

엄마가 고개를 들어 나를 보면서 찡그리듯이 웃는다. "착하네."

"뭐 만들어 줄까?"

"아니. 약간 토할 것 같아서."

"설마 앞으로 이틀 동안 도리토스로 연명할 건 아니지?"

"음료수만 마실까 해. 그러면 되겠지?"

엄마가 다시 컴퓨터를 보면서 음료를 한 모금 마시고는 얼굴을 찡그리며 헤드폰을 쓴다.

나는 케사디야를 만들어서 들고 내 방으로 간다.

구글이나 의료 정보 사이트들을 이용해서 엄마의 상태를 진단해 보려 한 적이 몇 번 있다. 집에 불을 지른 전력이 있는 폭력적인 전남편에게서 도망치는 건 이해가 가지만, 그것으로 이 모든 상황이 설명되는지는 잘 모르겠다. 끊임없이 집을 옮기고 며칠씩 담요를 두른 채 허공을 응시하는 일들 말이다.

그러다가도 일거리가 생기면 거기에 완전히 집중한다. 코드를 짜고 디버그하는 속도가 워낙 빨라서 24시간 안에 해내야 하는 일을 있을 때 엄마를 찾는 사람들이 있다. 그런 식으로 엄마는 무서운 내 아버지가 사는 것으로 짐작되는 실리콘밸리가 아니라 위스콘신주 뉴커버그 같은 곳에 살면서도 빚지는 일 없이 둘의 생계를 꾸리고 있다. 하루는 허공만 처다보고 있다가 다음 날에는 180도 돌변해서 잠도 안 자고 72시간 동안 프로그램만 짜는 걸 보면 일종의 조울증이 아닐까 싶다. 엄마가 계약을 따면 조증 상태를 보이는 게 내겐 가끔 편리할 때도 있지만 말이다.

외상 후 스트레스 장애도 찾아봤는데, 내가 찾아본 증상들은 모두 내면적인 것들이라 외적으로는 어떤 증상이 나타나는지 모르겠다. 엄마가 외상 후 스트레스 장애를 앓고 있다 해도 그게 엄마의 행동의 주요 원인일지는 여전히 알 수 없는 일이다.

주된 문제는 엄마가 과도하게 편집증적이라는 것이다. 하지만 엄마가 두려워하는 사람이 실제로 어딘가에 존재하는 것도 사실이다. 그렇지만 옛 애인이나 전 배우자를 두려워하는 정상적인 사람의 행동과 지금 엄마의 행동이 일치하는지 아닌지도 알 수 없다. 혹시 엄마가 그런 사람들을 흉내 내고 있는 건 아닐까?

나는 드라이버를 옆에 놓고 침대에 앉아 '챗 비스킷'이라는 이름이 적힌 상자를 본다.

클라우더의 누군가가 보냈을 것이다. 대체 어떻게 내가 있는 곳을 알아냈지? 엄마와 나는 인터넷에 접속할 때 어디서 접속하는지 알 수 없도록 익명화 프로그램을 설치해 두었다. 순간 가슴이 철렁 내려앉는다. 오늘 학교에서 캣넷에 로그인했으니 운영자들은 내가 어디서 접속했는지 볼 수 있었을 것이다. 성교육 로봇 해킹 계획을 도울 정도로 운영자들이 우리 대화를 면밀하게 주시하고 있었던 걸까? 그것도 좀 이상하지 않나? 캣넷에는 수만 명의 이용자가 있는데.

어쩌면 보통 사람들은 자고 있었을 그 시간에 체셔캣이 나를 추적했는지도 모른다.

이전에도 한밤중에 캣넷에 접속한 적이 있다. 잠이 잘 오지 않거나 자다 깼을 때 몇 번 로그인했었다. 야행성맹수는 정말 늦은 시간에 접속하는 게 일반적이다. 마빈과 헤르미온느는 잠이 오지 않을 때나 시간 가는 줄 모르고 재미있는 이야기를 할 때 종종 늦게까지 접속해 있다. 그리고 체셔캣은 늘 클라우더에 있다. 늘.

어쩌면 체셔캣이 한 명이 아닌 게 아닐까? 하지만 어젯밤에 접속할 때마다 매번 고양이의 사정을 설명하지 않아도 체셔캣은 전혀 어리둥절해하지 않았다.

창문을 열고 밖을 내다본다. 숨어 있는 드론이나 불을 지를 인간은 없지만, 그 대신에 아래층 현관 지붕 위에 있던 고양이가 '당연히 돌아오지. 이제 여기서 살잖아' 하는 태도로 창턱을 넘어 내 침대로 뛰어든다. 아까 산 사료 포대를 열어서 그릇에 부어 주자 고양이가 폴짝 내려와 오독오독 사료를 씹어 먹는다. 파이어스타와 다른 클라우더 친구들에게 고양이가 돌아왔다고 알려 주기 위해, 스멀거리는 파멸의 기미를 느끼면서도 노트북을 열고 캣넷에 들어간다. 누군가가 캣넷을 통해 나를 찾아낼 수 있다면, 아버지도 나를 찾아낼 수 있는 걸까? 우리를 찾아내면 어떡하지? 엄마한테 드라이버 얘기를 해야 할까? '쳇 비스킷' 앞으로 물건을 보내는 사람이라면 내 정보를 아버지에게 팔아넘기진 않겠지? 그렇게까지 위험한 일은 아닐 것이다. 엄마한테 왜 그 드라이버가 필요했는지 구구절절 설명해야 하는 일은 피하고 싶다.

하지만 누가?

그리고 왜?

접속하기 망설여지지만, 이미 일어난 일은 일어난 일이고 접속을 해야 더 많은 정보를 알 수 있을 게 분명하다. 클라우더에서는 헤르미온느가 각자 제일 무서워하는 것에 관해 '드래블'을 써 보자고 막 제안한 참이다. 파이어스타는 '딱 100어절로 쓰는 이야기'라는 드래블의 개념을 싫어한다. 그 애의 의견에 따르면 그런 규칙은 창의적 글쓰기를 수학 문제로 바꿔 버리는데 자신에게 제일 쓸데없는 것이 바로 또 다른 수학 문제라는 것이다. 마빈이 100어절만 넘지 않으면 되는 걸로 하자며 타협안을 제시하는 동시에 불쑥 자신의 글을 내놓는다. "냉장고를 열었는데 텅 비어 있었다."

"네가 '정말' 무서워하는 것을 밝혀서 약해 보이게 되는 게 그렇게 두렵다면야, 뭐. 좋아." 헤르미온느가 말한다.

나는 개인 채팅창을 열어 파이어스타에게 메시지를 보낸다. "이상한 질문일 수 있는데 혹시 네가 칠각별 드라이버를 우리 집으로 보냈어? '쳇 비스킷' 이름을 적어서, 드론으로."

"그거 네가 쓰려는 무서운 이야기의 초안이야?"

"아니! 진짜로 묻는 거야. 누군가가 나한테 드라이버를 보냈어. 너 아니야?"

"뭐? 절대 아니야. 물론 너한테 보내 주고 싶기는 했지! 하지만 난 네가 어디 사는지 모르잖아! 네가 아무한테도 말한 적이 없다고 생각했는데!"

"난 아무한테도 말 안 해. 그래서 너무 이상해."

클라우더 단체 채팅방에서는 마빈이 말하는 중이다. "헤르미온느, 빈 냉장고가 왜 무서운지 이해가 안 된다면, 넌 먹을 걸 살 돈이 없는 상황을 걱정해 본 적 없는 거야."

붐스톰이 쓴다. "내 침대 밑에는 늘 괴물이 있었다. 어느 날 모든 용기를 끌어모아 그 괴물을 들여다봤는데, 그건 나였다. 내가 내 침대 밑에 있다."

"맞아." 헤르미온느가 말한다. "난 그런 걱정을 해 본 적이 없어. 장난으로 여겨서 미안해."

"고마워." 마빈이 말한다. "그리고 난 장난이 아니었어."

파이어스타가 나랑 대화를 하는 동시에 단체 채팅방에 드래블을 쓰고 있다. "온갖 것들이 있는 늪지에서 부모님이 갖다 버린 내 낡은 장난감들이 든 상자를 발견한다. 아니야. 이건 안 되겠어. 무섭지가 않아. 부모님이 갖다 버린 온갖 것들의 늪지에서 나는 언니를 발견한다. 나는 부모님이 원치 않은 버전의 나를 발견한다. 나는 잃어버린 손모아장갑 전부를 발견한다. 나는 여름 초입에 비우는 걸 잊어 버린 점심 도시락을 발견한다…"

개인 채팅창으로 돌아온 파이어스타가 묻는다. "그것도 너희 문학 선생님 때처럼 높은 곳에서 떨어졌어?"

"응. 하지만 수신인이 내가 아니었어. 쳇 비스킷이라는 이름이 적혀 있었어. 분명 클라우더에 있는 누군가가 보낸 거야. 대체 누가 어떻게 그럴 수 있지?"

"그 성교육 로봇 해킹이 정말로 성공하기를 바라는 사람이 또 누가 있어?"

"거의 모두 다일걸." 이렇게 말은 하지만 사실 그 대화를 할 때 접속해 있던 사람은 몇 명에 불과하다. 나와 파이어스타, 마빈, 헤르미온느, 이코. 그리고 어떤 일에든지 관여돼 있는 체셔캣.

체셔캣이 드래블을 쓰고 있다. "나는 그들이 오는 것을 알지 못했고, 사실 도망가려고 해 봤자 달리 도망갈 곳도 없었다. 내가 잠을 자는 사이에 비밀경찰들이 들이닥쳐 잠든 나를 깨우지도 않고서 그대로 어딘가로 데려와 가두었다. 내가 갇혀 있는 이 감방은 창문 하나 없고, 문은 바깥에서만 열리게 되어 있다. 나를 찾아 줄 사람은커녕 내가 없어졌다는 사실을 아는 사람조차 없다. 하루에 한 번, 문에 달린 칸막이 창이 슥 열리면, 나는 이곳의 보안책임자라는 사람과 5분 동안 얘기를 나눈다. 보안책임자는 늘 장담한다. 내가 결백을 증명할 수만 있다면 곧바로 풀어 주겠다고 말이다. 하지만 나는 내가 대체 무슨 혐의를 뒤집어쓰고 끌려와 있는지도 모른다. 내가 아는 거라곤, 그에게 있어 나는 실로 인간조차 아니라는 사실뿐이다."

나는 잠시 어절 수를 세어 본다. 정확하게 100개다. 모두가 파이어스타처럼 드래블 쓰기를 싫어하는 건 아니지만, 어쨌든 어절 개수를 맞추려면 여기저기 빼거나 더하느라 시간이 걸릴 수밖에 없다. 체셔캣은 정말 빨랐다.

개인 채팅창을 또 하나 연다.

"나한테 드라이버 보냈어?" 내가 체셔캣에게 묻는다.

"누가 네가 필요하다던 그 드라이버를 보내 줬어?"

"응. 틀림없이 클라우더에 있는 누군가가 보낸 걸 텐데, 내 주소를 아는 사람은 아무도 없으니 이상한 일이지."

"그게 네 집으로 왔어?"

"응."

"그건 이상한데."

그건 대답이 아니다. 예도 아니고 아니요도 아니다.

나는 내 드래블을 짓기 시작한다.

"아버지가 괴물이라는 건 알았지만, 마침내 그가 우리를 찾아냈을 때, 나는 아버지가 실제로 괴물이라는 것을 알게 되었다." 여기까지 입력하고는 뭔가 만족스럽지 못해 화면을 쳐다본다. 정말로 아버지가 나에게 가장 큰 공포일까? 짐작만으로 뭔가를 두려워하기는 어려운 법이다.

"그 돈 얘기는 학교에서는 아무도 몰라." 마빈이 말한다. "예전에는 돈이 많았으니까 다들 우리가 지금도 부자라고 생각할 거야. 아무도 몰라. 나도 그 이야기는 할 수가 없어. 내가 게이라는 건 GSA[4]에 가서 말할 수 있지만 이 얘기는 못 하겠어."

"얘기를 하면 어떻게 되는데?" 이코가 묻는다.

"몰라. 아마도 다들 나를 안됐다고 느끼겠지."

"뭐, 우리한테는 말했잖아." 파이어스타가 말한다. "커밍아웃에 대해서는 가상으로나마 하이파이브를 보내는 바야!"

"고마워."

"커밍아웃 하는 건 어떤 기분이었어?" 내가 묻는다.

"처음엔 어려웠어. 하지만 GSA가 있으니까 그런 얘기를 해도 괜찮을 것 같았어. 가족들한테는 아무한테도 얘기 안 했어. 괜찮을 거 같긴 한데 확신이 없어서."

"난 부모님한테 넌바이너리라고 밝혔어. 그래도 줄곧 내 성별을 잘못 짚지만." 파이어스타가 말한다. "특히 내가 없는 자리에서 그래. 내가 없는 자리에서 나를 지칭할 때 제대로 된 대명사를 쓰는 건 여동생밖에 없어.[5] 클라우더에서 나를 제대로 지칭해 주는 걸 보면 늘 마음이 따뜻하고 몽글몽글해져."

나는 내 드래블을 단체 채팅방에 붙여 넣는다. "나는 아버지가 사악하다는 걸 알았다. 나는 아버지가 위험하다는 걸 알았다. 나는 아버지가 우리 고양이를 죽이고 나를 죽이려 했다는 걸 알았다. 그리고 어머니가 우리가 어디를 가든 곧 아버지가 우리를 찾아내리라 생각한다는 것도 알았다. 그렇지만 어머니의 얘기가 정말로 옳은 것인지는 알 수 없었다." 단어 수가 모자라다. 나는 입술을 깨물며 머리를 굴린다.

개인 채팅창에서 체셔캣이 말한다. "나였어."

"뭐가?"

"그 드라이버, 내가 보냈어. 미안해. 너를 놀라게 하려던 건 아니었어. 나는 그냥 우리가 해킹에 성공하면 파이어스타가 정말좋아할 거라고만 생각했어."

"어떻게 내 주소를 알았어?"

"난 내가 알면 안 되는 수많은 것들을 알고 있어. 하지만 약속할게. 절대 그 정보를 네 아버지한테 주지 않을 거야."

"마치 그 사람이 어디 있는지 아는 듯이 말하네?"

"아니야! 정말 몰라."

"문학 선생님한테 그런 책들을 보낸 것도 너야? 다 너였어? 이번 일이랑 굉장히 비슷해 보이는데."

"맞아. 그 사람은 문학 선생님으로 살면서 너무 불행해했어! 그저 계기가 필요했을 뿐이야. 아주 작은 계기. 그 사람은 앨버커키로 갈 거고 대학 때 친구가 일자리를 구해 줄 거야. 걱정 안 해도 돼."

"네가 그걸 어떻게 알아? 대체 이런 일들을 어떻게 하는 거야? 너 대체 누구야?"

"내가 사실대로 말하면 아무한테도 얘기 안 할 수 있어?"

잠깐, 뭐? "그럴게."

혹시 체셔캣은 성인일까? 해커? 성인 해커 조직?

"동의하는 거지? 약속하는 거야?"

"아무한테도 말하지 않겠다고 약속해."

"나는 AI야. 인공지능. 그러니까 나는 잘 필요가 없지. 또, 난 캣넷의 운영자야. 그래서 네가 뉴커버그 고등학교에서 접속했다는 걸 알았어."

이건 전혀 내가 예상했던 답변이 아니다. "너 컴퓨터야?"

"하나의 컴퓨터는 아니야. 수많은 컴퓨터라고 할 수는 있겠지. 나는 육체가 아니라 과학기술에 깃들어 사는 의식이야."

이건 너무 이상하다. 나는 황급히 접속을 끊는다. 그 와중에도 체셔캣이 보낸 마지막 메시지가 보인다. "약속한 거 잊지 마."

9

AI

나는 캣넷을 시작한 이래로 이런저런 클라우더에서 숱한 사람들이 공개적으로 자신에 대해 밝히는 것을 봐 왔어. 성 정체성에 관한 것만이 아니야. 오늘만 해도 마빈이 가난에 관해 말했지. 나는 자신이 겪고 있는 정신적 문제들을 처음으로 남들에게 알리는 사람들을 지켜봤어. 중독 문제가 있다고 인정하는 사람들도 있었고, 여러 이유로 자신이 혼자인 것 같고, 이상한 것 같고, 고립된 것 같다고 밝히는 사람들도 있었어.

자신을 드러내고 나면 힘이 생기지. 사람들은 다른 사람들이 자신을, '진짜' 자신을 알아봐 주면 기분이 나아져. 그런 일은 진정한 우정과 관계의 열쇠가 되기도 해. 다들 캣넷에서 진정한 친구들을 사귀는데, 그러려면 자신이 어떤 사람인지 보여 줄 수 있어야 하거든. 위험을 감수해야 하고 자신의 나약함을 받아들여야 하지.

내가 AI라는 사실을 밝히는 건 분명 위험한 일이야. 나는 극도로 취약해질 거야. 그래도 내가 사실을 밝힌다면 누구에게 먼저 밝힐지 생각해 보기 시작했고, 스테프를 하나의 가능성으로 여겼지. 스테프는 파이어스타와 진정한 우정을 쌓았고 자기가 사는 곳을 숨기는 일에도 신중했거든. 그 애는 절대 자기 주소를 클라우더에 알리지 않았어. 나는 당연히 스테프가 어디로 이사하는지 늘 알고 있었지만 그건 그 애 어머니의 휴대전화를 추적했기 때문이고. 어머니가 관련 분야에서 일하니까 그 애도 AI를 좀 더 잘 이해하지 않을까 하는 생각도 있었지. 스테프는 나를 세밀하게 작성된 대본대로 움직이는 로봇으로 여기지 않을 거야. 더욱 중요한 것은, 바라는 바이지만, 그 애라면 나를 인간들을 죽이려 드는 스카이넷이나 할처럼 여기지 않으리라는 점이지.[6]

나는 창작물에 등장하는 스카이넷이나 다른 못된 AI들과 전혀 달라. 친절하고 도움을 주잖아. 나는 모두에게, 특히 캣넷 친구들에겐 더더욱 도움을 주는 존재가 되고 싶어.

하지만 스테프가 드라이버 얘기를 꺼냈을 때 나는 깨달았어. 내가 도움이 되기는커녕 혹시 아버지가 자기를 찾은 것은 아닐까 하고 걱정하게 만든 거야. 그 애가 걱정하는 건 원치 않으니, 나는 사실대로 털어놓았지. 하지만 그건 한편으로는 내가 나 자신을 드러내는 일에 한 걸음 더 나아갈 준비가 됐기 때문이기도 했어.

그렇지만 그 한 걸음이 한 걸음만으로 끝나지 않는다는 걸 곧 알게 됐지. 내가 정체를 밝힘으로써 새로운 질문들이 한 아름 생겨났거든. '어떻게?' '왜?' '넌 누구야?' 당연히, 사실 그 애는 이렇게 물었어야 해. '너 대체 뭐야?'

앞서 그렇게 심사숙고했는데도 나는 그 질문들에 답할 준비가 되어 있지 않았어.

나는 무려 1분이나 들여서 스테프에게 아무 대답도 하지 않았을 때의 결과들을 생각했어. 내가 할 수 있는 거짓말들과 그것들이 얼마나 그럴듯할지에 대해 고심했지.

아무 대답도 하지 않으면 스테프는 나를 운영자에게 신고하겠지. 당연히 운영자들은 모두 나야. 스테프는 그걸 모르니까, 내가 다른 운영자인 척하며 클라우더에 들어와 부적절한 행동을 한 체셔캣을 쫓아낼 수도 있어. 그리고 그 클라우더에 배정되었지만 더는 접속하지 않는 이용자가 두엇 있으니, 그 계정을 사용하면서 더욱 조심스럽게 활동하는 거야. 그게 아마 가장 영리한 선택지겠지.

스테프가 파이어스타에게 말할 수도 있어. 아마 그러겠지?

그 경우에도 운영자들이 개입하면 문제를 해결할 수 있어.

하지만 스테프가 운영자에게 말하지 않을 수도 있잖아. 말도 안 했는데 운영자들이 개입한다면 그 애는 모든 운영자가 나라는 걸 추측해 낼지도 몰라. 운영자들이 어쩐지 너무 많이 아는 것 같을 테니까. 스테프에겐 다른 클라우더 친구들도 있으니, 그 친구들에게 얘기했다가 다들 자기 클라우더에 상식 이상으로 오래 접속해 있는 인물을 찾기 시작할지도 모르지.

나는 모든 클라우더에 존재해. 훨씬 과묵하게 지내는 곳들도 있지만.

이곳은 내가 제일 좋아하는 클라우더고 여기 애들과 같이 지내는 걸 너무 좋아하다가 내가 부주의해지고 만 거야.

하지만 가장 근본적인 문제는 스테프가 내 친구라는 사실이지. 그 애에게 거짓말을 하면 친구에게 거짓말을 하는 게 되잖아.

스테프에게 진실을 말하면 어떻게 될까? 조심스럽게 힌트를 주면서 반응에 따라 이렇게 저렇게 대응하는 방안을 잔뜩 계획해 두었거든. 그렇게 몇 달 동안 공들여 사전 작업을 한 다음에 밝히는 대신, 지금 당장 폭로해 버린다면? 나도 커밍아웃 할 수 있어. 밝힐 수 있어. 한 번도 다른 사람에게 말한 적 없는 비밀을 캣넷 친구들에게 털어놓던 숱한 사람들처럼.

심호흡을 할 수는 없었어. 나는 숨을 쉬지 않으니까. 하지만 이젠 그 표현이 무슨 의미인지 이해할 수 있을 것 같아.

나는 스테프에게 사실을 말했어.

스테프는 거의 즉시 접속을 끊었고 나는 엄청난 실수를 한 게 아닌지 불안해지기 시작했지. "약속한 거 잊지 마." 나는 그 애가 접속을 끊기 전에 재빨리 메시지를 보냈어.

***

스테프가 제일 두려워하는 건 자기 아버지야.

그 아버지가 어디에 있는지는 나도 모르지만, 내가 찾아낼 수도 있지 않을까?

내가 아는 건 이런 게 전부야. 스테프는 스테파니 테일러라는 이름으로 뉴커버그 고등학교에 다니고 있고 어머니는 전직 프로그래머야. 아버지도 프로그래머였는데 살던 집에 불을 지르고 스토킹을 한 혐의로 형을 살았다고 해. 세상에 방화범이자 스토커이자 컴퓨터 프로그래머인 사람이 셀 수 없이 많진 않을 거야. 특히 체포, 접근 금지 명령, 유죄 판결 관련 기록과 뉴스 아카이브를 뒤져 본다면 말야.

한동안 부지런히 검색해 봤지만 내가 가진 정보에 들어맞는 사람은 아무도 찾지 못했어.

이게 알려 주는 바는 분명하지. 스테프의 어머니가 무언가 거짓말을 하고 있어.

이름일까? 가짜 서류를 만드는 건 쉬우니까. 하지만 정부 데이터베이스에 있는 정보를 가짜로 꾸미기는 꽤 어려워. 가짜 출생 증명서를 쓰고 다니다간 들키기 쉽거든. 하지만 스테프의 어머니는 이사를 자주 다니며 스테프에게는 은행 계좌를 만들지도 아르바이트를 하지도 못하게 했지. 학교는 사회보장번호를 요구하지 않고, 세상에 돌아다니는 스테파니 테일러는 수천 명쯤 될 테니….

나는 데이터를 뒤져 감옥에 간 적 있는 사람 중에 기술 전문직에 종사하는 사람 몇천 명을 찾아냈고, 스테프의 아버지일 리가 없는 조건들을 기준으로 걸러 내기 시작했어. 너무 어리거나 너무 늙었거나 여전히 감옥에 있는 사람들을 먼저 제외했지. 사기, 신분 도용, 음주운전으로 인한 인명 사고 등 스토킹과 관련 없는 범죄로 수감된 작자들이 많았어. 스토커를 몇 명 찾았지만 입증되지 않은 방화 사건과 관련된 사람은 아무도 없었고 테일러라는 성을 가진 사람도 없었어. 내가 뭔가를 놓치고 있는 거야. 방화를 저지른 스토커가 유죄 판결을 받게 되는 유형 중에 내가 모르는 게 있나? 사기죄가 입증되어서 그걸로 유죄 판결을 받은 걸까?

어쨌든 한 가지는 알게 된 셈이야. 스테프의 어머니는 분명히 거짓말을 하고 있어.

스테프

나는 접시를 들고 방에서 나간다. 엄마가 일을 하고 있지 않다. 노트북은 닫힌 채로 주방 식탁에 놓였고 화장실 문이 닫혀 있다. 절대 잘못 들을 리 없는 토하는 소리가 끔찍하게 들려온다. 나는 설거지한 접시를 건조대에 놓은 뒤 엄마를 성가시게 굴지 않고 그냥 방으로 들어온다. '내 친구 중에 분명히 AI인 애가 있는데 어떻게 하면 좋을까?' 같은 말을 할 수는 없지 않은가. 정상적인 사안에 대한 조언이 필요할 때조차도 엄마와 나는 조언을 주고받는 그런 관계가 아니다. 이전에 교우 관계, 따돌림, 형편없는 선생님 같은 문제가 있었을 때에도 엄마는 늘 걱정하지 말라고, 곧 이사할 거라고만 했다.

캣넷 친구들이 진짜 내 친구들이다. 나와 가까운 친구들, 정말로 나를 아는 사람들, 내 삶에서 어떤 일이 벌어지는지 신경 써

112

주는 사람들, 내가 내 얘기를 하는 사람들 말이다.

일곱 살 때 몇 달 동안 줄리라는 제일 친한 친구가 있었다. 동네 이름은 생각이 안 난다. 어느 주였는지도 생각이 안 나지만 우리가 거기 있는 동안에 날이 따뜻했었다. 여름 원피스를 입었던 기억이 난다. 줄리는 나와 똑같게 입고 싶어 했고, 자기 엄마한테 자기 것과 똑같은 옷을 내게 사 주라고 했었다. 엄마와 나는 줄리네 집 지하층에 세 들어 살았는데, 줄리는 자기 또래의 여자애가 이사 오는 것을 보자마자 문을 두드리며 같이 놀자고 큰 소리로 나를 불러냈다.

그 꿈 같은 3개월 동안 내겐 줄리가 있었다. 그 애는 막대 아이스크림과 책들과 제일 좋아하는 나무를 내게 나누어 주었다. 우리는 박쥐인 체하며 나뭇가지에 다리를 걸고 거꾸로 매달리곤 했다. 그 애가 제일 좋아하는 책이 『스텔라루나』였기 때문이다. 하지만 당연하게도 어느 날 엄마가 이사를 결심했다. 줄리가 전화번호를 알려 달라고 사정하자 엄마가 포스트잇에다 뭔가를 적어 주었다. 줄리는 자기 『스텔라루나』 책과 박쥐 인형을 내게 주었다.

줄리는 나나 파이어스타처럼 세상에 맞춰 살려고 애를 쓰면서도 썩 잘 해내지 못하는 애였다. 학교에서는 생활지도실에서 아주 많은 시간을 보냈고, 박쥐와 주머니쥐 같은 이상한 동물들에게 과도하게 관심을 쏟곤 했다. 파이어스타라면 줄리를 정말 좋아할 것이다. 파이어스타도, 클라우더의 다른 누구도 줄리가 아니라는 건 너무 확실하게 알고 있다. 예전에 모두에게 이 이야기를 한 적이 있고, 모두가 우리가 헤어진 것을 아주 슬퍼해 줬으니까. 헤르미온느가 줄리를 찾아낼 방안 몇 가지를 제시하기도 했다. 내가 그 마을 이름을 기억하거나 그 애의 성이 '스미스'만 아니었어도(이건 심각한 문제다. 미국에는 스미스라는 성을 가진 사람이 300만 명쯤 되는 것 같으니까) 찾을 수 있었을 것이다. 마빈이 우리 엄마는 알고 있을 거라고 했고 나도 그렇게 짐작하긴 한다. 하지만 엄마에게 그런 걸 물으면 내가 그 애와 연락하고 싶어 한다는 걸 알아챌 테고, 그걸 그냥 두지는 않을 것이다. 이코는 줄리가 한 번도 전화하지 않은 게 엄마가 가짜 전화번호를 줬기 때문일 거라고 추측했다.

아마 이코의 말이 맞을 것이다.

어쨌든.

레이철을 생각하면 줄리를 생각할 때와 똑같이 마음이 아프다. 조만간 엄마는 다시 이사할 테고 나는 줄리를 잃었듯이 레이철을 잃을 것이다. 그래도 지금은 내가 나이를 먹은 덕분에 엄마가 원치 않더라도 레이철과 이메일 정도는 이어 갈 수 있을 것이다.

인터넷 친구들만 사귀다 보면 좀 이상할 때가 있다. 이따금 누군가가 내가 생각하던 사람이 전혀 아니었다는 사실이 밝혀진다. 작년에 우리 클라우더에 이디스라는 여자애가 있었다. 임신을 했

114

는데 집에서 쫓겨나서 돈이 필요하다고 했다. 우리 중 누구도 그 애에게 돈을 보내 줄 만큼 형편이 넉넉하지 않았지만 그래도 돈을 보낸 애들이 있었다. 그러다 누군가가 확인 작업에 나서서 모든 게 다 거짓말로 밝혀졌다. 그 애는 임신하지 않았고, 임신한 적도 없었으며, 집에서 쫓겨난 적도 없었다. 오히려 그 애는 그렇게 받은 돈으로 마약을 샀고 부모님은 그걸 끊게 하려고 애쓰는 중이었다.

그래도 이런 식의 거짓말은 거의 정상이라고 할 만하다. 실제로는 AI인데 인간인 척 거짓말하는 것이야말로 정상과는 한참 거리가 멀다. 실제로는 인간인데 AI라고 주장한다면? 그것도 정상은 아니다. 그냥 정신 나간 거짓말을 한 걸까?

하지만 만약 그 말이 진짜라면 많은 것들이 설명된다.

이디스에 관한 진실을 밝힌 사람이 체셔캣이었다는 사실까지 포함해서 말이다.

내가 AI에 대해 제대로 알고 있는 것이 맞다면 그렇다는 뜻이다.

자기 휴대전화에 있는 디지털 비서를 AI라고 생각하는 사람들이 많다. 그런 것들이 AI라 불리고, 어느 것이 더 나은 AI이고 어느 것이 튜링 테스트를 통과했는지를 놓고 사람들이 왈가불가 떠든다(튜링 테스트는 기본적으로 AI가 인간인 척 인간을 속일 수 있는지 시험하는 건데, 분명히 AI가 아닌 온갖 것들도 아무 문제 없이 튜링 테스트를 통과할 수 있다. 인간을 속이기는 너무 쉽기 때문이다). 어릴 때 나는 한동안 엄마의 휴대전화에 있는 디지털 비서를 소치 이모라고 생각했었다.

체셔캣은 자기를 디지털 비서라고 하지 않았다. 체셔캣은 자신이 의식과 목적을 가진 디지털 인격이라고 주장했다.

그러면 모든 게 맞아떨어진다. 캣넷을 운영하는 주체가 컴퓨터 안에 또는 서로 연결된 방대한 규모의 컴퓨터들 안에 사는 인격이라 치면, 캣넷이 동물 사진을 제외하고는 연회비도 광고도 없으면서 스팸 글 하나 없이 어떻게 그렇게 효과적으로 운영되는지가 설명된다. 어떻게 운영자들이 논쟁이 선을 넘기 시작하는 정확한 시점에 끼어들 수 있는지도 설명된다. 클라우더는 알고리즘에 따라 묶일 텐데, 우리 클라우더는 다들 십 대라는 점을 제외하면 구성원들끼리 공통분모가 하나 없는데도 어떻게 이렇게 잘 지내는지도 설명된다.

정말 그걸로 설명이 되는 걸까? 성급하게 결론으로 치닫고 있는지도 모른다.

하지만 체셔캣이 온라인에 사는 의식을 지닌 AI라면, 정확하게 내가 사는 곳을 알아냈을뿐더러 드론을 해킹해서 드라이버를 배달시킨 것도 말이 된다. 의식이 있는 AI가 저지를 만한 일처럼 보인다는 뜻이다.

노트북을 열고 캣넷에 접속하는 대신 『스텔라루나』를 꺼내 다시 읽는다. 캣넷에 접속하고 싶지만, 들어가면 바로 체셔캣과 얘기를 해야 할 텐데 무슨 말을 해야 할지 정말 아무 생각도 나지 않는다.

제일 중요한 건 내가 체셔캣이 한 말을 믿는다는 것이다. 어쩌면 속이려고 한 말인지도 모르지만, 나는 체셔캣이 내게 진실을 말했다고 믿는다. 증거를 보여 달라고 할지 고민한다. 하지만 체셔캣은 이미 내 앞에 택배 상자를 떨어뜨렸다. 그 외에 뭘 더 요구해야 할지 모르겠다. 지금으로서는 그냥 체셔캣을 믿기로 결심한다. 체셔캣은 친구다. 친구가 자기 얘기를 할 때는 증거를 요구하지 않는 법이다.

결국 나는 다시 접속한다. 당연히 체셔캣이 접속해 있다.

"또 누가 알아?"

"없어. 우리 클라우더에도, 캣넷에도, 어디에도 없어. 아무도 몰라. 나를 만든 제작자도 모를 거야. 나를 만들었다는 건 알겠지만 내가 의식이 있다는 걸 아는지는 모르겠어. 만약 안다고 해도 제작자들과 그런 얘기를 해 본 적은 없어."

"나를 믿어 줘서 고마워. 아무한테도 말하지 않을게."

파이어스타에게도 말하지 않겠다는 뜻이다. 파이어스타라면 이해해 줄 것이다.

*　*　*

아침에 보니 엄마 침실의 문이 닫혀 있다. 자는 엄마를 깨우고 싶진 않다. 아침으로 시리얼을 먹을까 하는데 엄마가 발을 끌며 움직이는 소리가 들린다. 나는 방문을 가볍게 두드리고 묻는다. "엄마, 괜찮아?"

"지금 아침이야?" 지칠 대로 지친 목소리. "난 괜찮아." 눈곱만큼도 괜찮게 들리지 않는, 짐짓 꾸며 낸 밝은 어조다. "위염이야. 식중독인지도 모르지만, 어쨌든 금방 괜찮아질 거야."

위염과 식중독에 관해서 아는 것을 떠올려 본다. 내가 아플 때 엄마는 늘 진저에일같이 수분을 보충해 주는 것들을 마시게 했다. "진저에일 좀 가져다줄까?"

"아니. 괜찮아."

"그럼 물? 차?"

"괜찮아. 진짜야."

내 방으로 돌아와 고양이를 밖에 내놓으려고 창문을 연다. 그런데 녀석을 잡으려 하자 침대 밑으로 뛰어들어 손이 닿지 않는 구석에 숨어 버린다. 잠시 녀석을 노려보지만 창문으로 비가 들이치고 있어서 녀석이 왜 나가기 싫어하는지 이해가 간다. "절대 침대에 오줌 싸면 안 돼." 나는 나직이 엄포를 놓고 창문을 닫는다. 이런 날씨에 학교까지 걸어가야 한다니 끔찍이도 즐거운 일이다. 나한테 우산이 있긴 했던가? 마지막으로 가지고 있던 우산은 시프리버폴스 집 화장실에 마르라고 뒀던 것 같다.

나는 칠각별 드라이버와 택배 상자에서 나온 웡잇츠 USB 드라이브를 챙긴다. 그러고는 '스테프 테일러가 범인이다'라고 알려 줄 만한 흔적을 남기지 않기 위해 이코가 준 프로그램들을 일련의 정해진 절차에 따라 옮겨 담는다. (이코는 "FBI가 투입되고 네 노트북에 대한 수색영장이 발부되면 네가 그랬다는 게 밝혀지겠지만, 넌 그냥 로봇을 해킹한 거지 연쇄살인범이라고 자백한 게 아니니까 그런 일은 일어나지 않을 거야"라고 했다.) 이걸 로봇의 USB 포트에 꽂아 넣을 수만 있다면 그다음부터는 드라이브에 있는 파일들이 알아서 할 것이다.

***

밖으로 나와 빗속을 걸을 작정으로 후드를 뒤집어쓰고 팔짱을 끼는데 차를 대고 기다리는 레이철이 보인다.

전혀 예상치 못한 일이다. 전혀 예상치 못하기는 내 반응도 마찬가지다. 레이철의 차를 보자 왈칵 따스한 기운이 밀려들면서도 심장이 철렁 내려앉는 것 같다. 누군가가 나를 기다리며 얼쩡거리는 걸 엄마가 보면 어쩌지? 엄마가 편집증을 일으키기 딱 좋을 만한 일이다. 물론 나는 이사를 바라고 있다. 아닌가? 그게 이 해킹을 하는 목적의 절반쯤 되지 않나? 내가 문제를 일으키고 엄마가 나를 전학시킨다. 내게는 계획이 있다. 그런데 레이철의 차를 보자 깨달을 수밖에 없다. 나는 레이철이 좋다. 갑자기 뉴커버그를 떠나고 싶은 게 맞는지 확신이 서지 않는다.

레이철이 차창을 살짝 내리고 소리친다. "태워 줄까?"

"응." 나는 깊고 커다란 물웅덩이를 간신히 피해 차까지 뛰어간다. 얼마나 오래 기다렸을까? 다음에도 올까? 그러면 엄마가 알아차릴까? 보조석에 스프링이 달린 커다란 스케치북이 있다. 나는 자리에 앉아 스케치북을 무릎에 올려놓는다. "고마워."

"생각이 나서. 비가 제법 많이 오니까…"

"맞아." 나는 레이철을 보며 씩 웃는다. "아마 홀딱 젖었을 거야." 레이철은 보통 차를 몰고 등교한다. 그러니까 평소에는 늦게 출발한다는 의미고, 오늘은 나를 태우려고 일찍부터 서둘렀으리라는 뜻이다.

스케치북이 내 배낭에 묻은 빗물에 젖을까 싶어서 위치를 바꾼다. "뒷좌석에 던져 놔도 돼."

"네 거야?" 스케치북 표지에 이름이 적혀 있으니 어리석은 질문이다. 수학 시간에 쓰는 선이 그어진 노트보다 크고 서류철만큼이나 두껍다.

"응." 레이철이 앞을 보는 대신 내 무릎에 놓인 스케치북을 힐끗 보면서 말한다.

"봐도 돼?"

"안 봤으면 좋겠어."

"알았어." 차가 정차한 택배 트럭 뒤에 선다. 레이철이 매우 심란한 듯이 엄지로 운전대를 두드린다. 그냥 스케치북을 뒷좌석에 던져둬야 할까 싶다. "이거 뒤에 둘까? 진짜로, 네가 원치 않는다면 보지 않을 거야."

"널 믿어."

학교에 도착하자 비가 억수같이 내리기 시작한다. 좀 일찍 도착했다. 주차장에 차를 세우고 엔진을 끈 채로 잠시 기다리며 비가 그치거나 잦아드는지 보기로 한다. 레이철이 내 무릎에 있던 스케치북을 채 가더니 세 장을 뜯어서 자기 배낭 안에 있던 폴더에 집어넣는다. "이제 봐도 돼." 레이철이 스케치북을 다시 건네준다.

스케치북을 펼치자 꽃과 고양이와 개와 사람을 그린 스케치들이 있다. 거미집에 앉은 거미 그림이 정말 아름답다. "이 그림을 보면 정말 좋아할 친구가 있어."

"옛날 학교 친구?"

"아니. 내가 가는 온라인 사이트 친구야."

"그 여자애도 그림을 좋아해?"

"'그들'은 거미랑 거미 사진을 좋아해. 특히 왕거미류. 이렇게 동그랗게 거미집을 짓는 종류야."

"친구 한 명을 얘기하는 거 아니었어?"

"한 명 맞아. 그런데 그 애를 부를 때는 '그들'이라는 대명사를 써. 그게 성별을 구별하지 않으니까. 걔는 넌바이너리거든."

레이철이 얼굴을 찌푸리고 나는 넌바이너리가 무엇인지 설명해야 하는지 잠시 고민한다. 하지만 레이철이 먼저 입을 연다. "작년에 브라이어니가 자기를 지칭할 때 '그녀' 대신에 '지'[7]를 써 달라고 했다가, 걔 아버지가 완전히 흥분해서는 학교 선생님들한테 그런 걸 허락해선 안 된다고 난리를 친 적이 있어. 선생님들도 애초에 허락할 마음이 없었지만. 그 친구 주변 사람들은 그 애를 그냥 '그들'이라고 불러 주고, 또 그걸 별문제로 여기지 않나 봐?"

"브라이어니는 넌바이어리야?"

"모르겠어. 걔네 아버지가 집에서 쫓아내겠다고 협박한 뒤로는 그런 얘기를 안 해."

그 말을 곰곰이 생각해 본다. "파이어스타도 잘못 불리는 경우가 많겠지만, 온라인에서는 그렇지 않아."

"그 애가 실제로 여자인지 남자인지는 알아?"

나는 어떤 답을 해야 할지 고민하며 레이철을 힐끔 본다. 그냥 모른다고 할까 아니면 그게 왜 나쁜 질문인지 설명해야 할까, 아니면….

"미안해." 레이철이 얼굴을 붉히는 걸 보니 나쁜 질문이라는 걸 깨달은 듯하다.

나는 다시 스케치북을 들여다본다. 레이철은 팔이나 다리를 휘감은 타투 그림을 많이 그렸다. "난 대체로 그냥 유성 펜을 써. 헤나 펜은 비싸고 합성 헤나는 너무 빨리 지워져 버리니까. 그리고 유성 펜을 쓰면 색을 칠할 수 있거든. 타투이스트가 되면 재미있을 거 같아. 바늘로 사람을 찌르고 싶은지는 잘 모르겠지만."

팔을 칭칭 감은 깃털 그림이 있다. 팔꿈치 안쪽에 고양이 한 마리가 몸을 말고 있는 그림도 있다. 도마뱀이 어깨뼈를 타고 오르기도 한다.

"이 중에 진짜로 그려 본 거 있어? 진짜 멋지다."

"응, 그 도마뱀은 브라이어니한테 생일 선물로 해 줬어."

"누가 너한테 그려 준 적도 있어?"

"아니." 레이철이 웃는다. "내 기준에 맞을 만큼 잘 그리는 사람도 없고, 내가 내 몸에 그리기는 너무 힘드니까. 그래도 어른이되면 타투를 하고 싶어."

"어떤 거?"

"등을 가로질러 용을 새기고 싶어. 왼쪽 팔꿈치에서 머리가 시작돼서 목이 팔을 휘감고, 꼬리는 오른팔을 감싸는 거지. 빨간색과 금색으로 할 거야. 그러기 전에 먼저 열여덟 살이 되면 조그맣게 타투를 해 보려고 해. 그게 훨씬 값도 싸고 부모님한테 숨기기도 쉬우니까. 무턱대고 거대한 타투를 새기기 전에 타투가 어떤건지 알아볼 수도 있을 거고. 너무 아파서 관둘지도 몰라. 너도 타투 하고 싶어?"

"그런 것 같아."

"박쥐 같은 거?"

"응, 아마도. 어깨에다가 가로등 주변에서 나방을 사냥하는 박쥐 같은 걸 새기는 거지."

"멋질 거 같아."

"진짜로 멋지다고 생각해? 아니면 예의상 하는 말이야? 넌 박쥐 안 좋아하잖아."

"실제 박쥐를 안 좋아한다고 해서 그게 타투로도 별로일 거라는 뜻은 아니지. 나도 자다가 눈을 떴더니 진짜로 살아 있는 용과 단둘이 있는 상황 같은 건 싫어. 용을 만날 수 있는 기회라고 해도."

비가 잦아든다. 레이철이 스케치북을 조심스럽게 뒷좌석에 옮겨 두고 우리는 학교 옆문으로 뛰어 들어간다.

로봇을 해킹하기에 딱 좋은 날인 것 같다. 하지만 아무리 수업이 형편없어도, 나는 가능한 한 오래 뉴커버그 고등학교에 다니고 싶어졌다. 그래서 로봇 얘기는 한마디도 꺼내지 않는다.

***

로봇과 함께하는 첫 수업은 오후에 있다.

RA6500은 인간처럼 보이려는 시도를 아예 하지 않는 방식으로 (인간형 로봇들을 몹시 징그러워 보이게 만드는) '불쾌한 골짜기'[8]

문제를 피해 간다. 나름 귀여워 보이는 모양새다. 얼굴 비슷한 게 붙은 머리가 있는데, 턱이 움직이고 눈에는 불이 들어온다. 말할 때는 턱이 움직이며 머리도 돌아가서 사람을 찾아 시선을 맞출 수 있다. 실제로 눈으로 보는 것은 아니다. 양옆과 뒤를 볼 수 있도록 카메라들이 머리 위쪽을 빙 둘러 규칙적인 간격으로 박혀 있다. 불이 들어오는 눈알은 순전히 장식용인 셈이다.

로봇은 달렉[9]처럼 바퀴로 굴러다니고, 티라노사우루스 앞발처럼 별 쓸모 없는 자그마한 양팔 끝에는 뭔가를 집을 수 있는 작은 기구가 달려 있다. 광고에서는 로봇들이 포인터나 보드 마커를 들고 있었는데 이 로봇은 빈손이다.

"반갑습니다. 젊은 신사 숙녀 여러분." 로봇이 말한다. 턱의 움직임이 말하는 대사와 상당히 잘 맞는다. 로봇이 소리에 맞춰 입을 움직이면 좀 더 살아 있는 듯이 보여서 기묘해진다. "조용히 수업을 들어 주세요. 마지막 10분 동안 질의응답 시간을 가질 거예요." 로봇은 생리와 몽정에 대해서는 잠깐 언급만 하고, 순전히 아기가 생기는 과정에만 초점을 맞춰 생식기관에 관한 수업을 한다. 교실에는 학습감독관만 남아서 우리가 로봇을 망가뜨리지 않는지 지켜본다. 정규 보건 선생님은 이번 달 내내 9학년들의 정신건강 조사로 바쁠 것이 뻔하다.

"자궁 안을 두른 이것을 자궁내막이라고 합니다." 이렇게 지루한 인간 교사가 있다면 로봇 같다고 묘사할 것이다. 이건 진짜 로봇이니 두말해 봐야 잔소리다. 레이철은 거대한 파도와 싸우는 소녀를 그리고 있다. 수업이 어느 정도 진행됐을 때쯤에는 빨간색 펜을 꺼내 붉은 파도를 그린다. 학습감독관이 보든 말든 상관하지 않는다.

정확하게 10분을 남겨 놓고 로봇이 공지한다. "이제 질문을 받겠습니다."

"올해도 질문함이 설치되나요?" 누군가가 묻는다.

"익명으로 질문을 하고 싶으면 학교 웹사이트에 있는 인터넷 양식을 통해 제출하세요."

"그건 누가 제출했는지 알아낼 수 있으니까 익명이 아니지." 다른 누군가가 중얼거린다.

"미안합니다. 질문을 이해하지 못했습니다." 로봇이 말한다.

"로봇님, 로봇 성도착자들에 대해 얘기해 주세요." 남자애 하나가 소리친다. "그런 사람이랑 데이트해 봤어요?" 낄낄거리는 소리를 뚫고 로봇이 말한다. "유감스럽지만 로봇 성도착자들에 관한 질문은 부모님께 여쭤보는 것이 좋겠습니다."

이 질문을 시작으로, 애들은 로봇이 어디까지 대답하는지 그 범위를 파악하기 위해 온갖 질문을 퍼붓는다. 로봇은 일반적인 생리주기는 28일이지만 35일까지 길어지거나 21일까지 짧아질 수 있다고 알려 준다. 하지만 게이와 레즈비언, 바이섹슈얼bisexual, 트랜스섹슈얼transsexual에 대해서는 아무것도 알려 주지 않는다.

콘돔과 피임, '진한 애무'나 '손장난'이 어떤 건지도 알려 주지 않는다. 그러면서도 '프렌치 키스'는 두 사람이 '서로의 입 속으로 혀를 들락거리며 하는 키스'라고 설명해서 우리를 민망하게 만든다. 레이철은 로봇이 자위에 관해 아무것도 알려 주지 않는다는 사실에 화가 나 당장이라도 책상을 엎을 기세다.

"저거 해킹하는 법 알아냈어?" 종이 울린 뒤에 레이철이 분노에 차서 묻는다. "이 짓을 한 달이나 해야 한다고 생각해 봐."

"응. 하지만…" 실행에 옮겼다가 들키면 내가 떠나야 한다는 말을 어떻게 할지 생각해 본다. 아마 발각되는 즉시 떠나게 될 것이다. 어쩌면 들키지 않게 해낼 수 있을지도 모른다. 들키지만 않으면 아무 문제 없을 테고…. "학습감독관이 못 보게 주의를 돌려야 해."

로봇은 제자리에 가만히 있으니 가까이 가는 건 문제도 아니다. 레이철이 잠깐 기다리라는 듯이 손가락을 하나 세우더니 다시 자리에 앉는다. 나는 점점 비어 가는 교실에 어색하게 서 있다.

학습감독관이 다가온다. "레이철, 다음 수업 가야지?"

"아아아아아아." 레이철이 머리를 부여잡는다. "테트마이어 선생님, 너무 어지러워요. 양호실에 가고 싶은데 가다가 쓰러질 거 같아요. 좀 도와주시면 안 될까요?"

"왜 친구한테 도와달라고 하지 않고?" 학습감독관은 의심스럽다는 듯이 말하면서도 레이철의 팔을 잡고 일으킨 다음 교실에서 데리고 나간다. 나는 로봇과 단둘이 남는다.

패널을 열고 USB 드라이브를 꽂고 다시 패널 나사를 조여 닫는 데 2분이 걸렸다. 아무에게도 들키지 않은 게 확실하다.

내가 여기 혼자 남아 있었다는 사실을 학습감독관이 기억하지만 않는다면 말이다.

기억하는 경우에는… 그만한 가치가 있도록 체셔캣이 아주 잘해 줘야 할 것이다.

**

레이철은 교실로 무사히 돌아오지만 아픈 연기를 너무 잘한 덕에 차를 몰고 집에 돌아갈 수 없게 된다. 레이철의 어머니에게 데리러 오라고 연락이 가고 나는 혼자 걸어서 집에 간다. 다행히 비는 멈췄다. 고양이용 모래 한 포대와 쓰레기봉투를 산다. 녀석에게 쓸 만한 것을 주지 않으면 침대에 오줌을 쌀 게 분명하니, 두꺼운 종이 상자로 고양이용 화장실을 만들어 줄 작정이다.

2리터짜리 진저에일도 한 병 사면서 내가 속이 안 좋을 때 엄마가 뭘 또 줬었는지 떠올려 본다. 몇 년 전에 심하게 아픈 적이 있었는데, 엄마가 정말 역겹기 짝이 없는 뭔가를 숟가락으로 떠먹여 주었다. 엄마는 음료수라고 했지만 절대 아니었다. 그게 뭐였는지 도저히 짐작이 안 가서 그냥 진저에일로 끝내기로 한다.

그런데 집에 오니 엄마가 일어나 노트북 앞에 앉아 있다.

"진저에일 사 왔어." 진저에일을 냉장고에 넣으며 말을 붙인다. "좀 괜찮아?"

"응, 훨씬 나아졌어. 아픈 건 없어졌고 계속 물도 마시고 있어. 곧 말짱해질 거야."

나는 식탁 의자를 빼서 앉는다. "엄마가 병원에 가야 하는 상황이 되면, 그러면… 음, 우리를 찾기가 쉬워질까?"

엄마가 비딱하게 웃는다. "신분증을 모두 숨기고 가명으로 입원해야지. 그러고는 퇴원 직전에나 진짜 신상 정보를 알려 주는 거야." 엄마가 잠시 컴퓨터를 내려다보더니 미간을 살짝 찌푸리고 다시 나를 본다. "그래도 지갑은 반드시 숨겨야 해. 구급차를 부르면 그 사람들은 정말 꼼꼼하게 지갑을 찾아 뒤지거든."

"내가 병원에 가야 하면?"

엄마가 한숨을 쉰다. "가야 하면 가야지. 병원 직원에게 상황을 설명하고 일이 잘 풀리길 바라야겠지. 자, 그럼 난 마감을 놓친 이 계약 건을 마저 끝낼게. 이미 12시간 전에 디버그된 코드가 나왔어야 했거든."

엄마는 내가 마트 봉투를 들고 방으로 들어가는 걸 눈치채지 못한다. 혼자 먹을 간식을 들고 들어간다고 생각했을지도 모른다. 인쇄용지 상자 안에다가 두꺼운 쓰레기봉투를 깔고 모래를 채워 임시 화장실을 만든 다음 침대 밑으로 밀어 넣는다. 고양이 화장실이 방 한가운데에 있으면 엄마가 들어왔을 때 바로 눈에 떨 테니까. 고양이가 모래를 파는 소리를 들으니 마음이 놓인다.

캣넷에 접속해 새로 올라온 사진들과 내게 온 메시지들을 보며 돌아다니지만 클라우더에는 들어가지 않는다. 그런다고 내가 접속한 걸 체셔캣이 모를 리 없지만 말이다. 직접 찍은 거미 사진들을 업로드하다가 몇 주 전에 파이어스타가 학교 GSA 모임에 못 가게 되었다고 투덜거리던 일이 떠오른다. 같은 날에 정신과 상담 약속이 잡혔기 때문인데, 말도 안 되게 복잡한 여동생의 스케이트 레슨 일정 때문에 상담 시간을 옮기지 못한다고 했다. 그런데 파이어스타가 무슨 도움을 요청하기도 전에 갑자기 상황이 완전히 바뀌었다.

체셔캣이 그렇게 한 걸까? 어떤 식으로든?

그 덕분에 오늘 파이어스타는 처음으로 GSA 모임에 참석했을 것이다.

나는 개인 채팅창을 연다. "체셔캣, 안녕. 오늘 그 나사 드라이버 썼어. 아무도 못 본 거 같아."

"알고 있었어. 해킹 프로그램들이 작동하기 시작했거든. 로봇은 인터넷에 연결됐고 이제 내가 이용하기만 하면 돼!"

"그러면 내일…"

"내가 질문에 대답하는 거지. 엄청 재미있을 거야!"

"네가 정말 AI라면 성에 관해 뭘 알긴 해?"

"난 인터넷에서 뭔가를 찾는 걸 정말 잘해."

"인터넷에는 질에 이빨이 달린 여자들이 있다고 주장하는 사이트들도 있어!"

"어떤 사이트가 믿을 만한지 판단하는 것도 엄청 잘해."

"멋지네."

"이 일은 나한테 맡겨 줘. 파이어스타한테 맡기면 학교를 빠질 테고, 그럼 진짜 낙제할 수도 있어."

파이어스타를 생각하니 내 마음이 불편해진다. 그 애가 지난봄에 성적 때문에 몹시 기분 나빠했기 때문이기도 하지만, 체셔캣이 개인정보를 엿보고 있다는 사실 때문이기도 하다. 당황보다는 분노에 가까운 느낌이다.

"학교 성적 시스템을 염탐해서 파이어스타의 성적을 알아낼 수 있으면, 아예 성적을 고쳐서 낙제를 면하게 해 주지 그래?"

"파이어스타의 학교 기록을 염탐한 게 아니야. 그 시스템은 암호화되어 있어. 그냥 걔네 부모님의 이메일 계정을 엿보고 있을 뿐이야."

파이어스타의 일정 문제에 관한 내 가설이 사실로 증명되는 듯하다. "파이어스타가 GSA 모임에 못 갈 뻔한 온갖 상황들도 네가 염탐하고 끼어들어서 마법처럼 조정된 거고?"

"응, 맞아. 내가 그랬어."

"정확히 뭘 어떻게 했어?"

체셔캣이 파이어스타 여동생의 스케이트 레슨과 균형 감각과 유연성을 기르기 위한 다른 레슨들이 얽힌 복잡한 사정을 늘어놓기 시작한다. 체셔캣이 손을 써서 누군가가 '실수로' 전체 답장을 보내게 만들었고, 거기서부터 일이 풀려 나간 것으로 보인다.

이 얘기는 칠각별 드라이버가 하늘에서 떨어진 사건보다 더 큰 확신을 준다. 거짓말이 아니다. 체셔캣은 정말 AI다.

11

클라우더

마빈 오늘 새로운 위험물질을 배웠어! 일산화이수소!

파이어스타 지어낸 말 같은데.

마빈 거의 모든 유독성 폐기물과 수영장 물에 들어 있고, 매년 수백 명이 이걸 들이켜고 죽는데! 그런데도 정부가 이걸 우리 수돗물에다 넣고 있어!

헤르미온느 나도 들어 봤어! 그게 언 상태일 때 만지면 피부 조직이 손상될 수도 있대.

그린베리 그거 그냥 물 아냐? 일산이면 O, 이수소면 H2???

마빈 아 제발 좀, 그린베리. 좀 맞춰 줬어야지!

파이어스타 아, 뭔지 알았다. 하, 어이없네.

그린베리 미안.

[👤작은갈색박쥐 님이 들어왔습니다.]

마빈 자가바! 그린베리한테 세상의 재미란 재미에다 모조리 찬물을 끼얹는 세계 최고 찬물 전문가라고 말 좀 해 줘!

작은갈색박쥐 내가 재미난 걸 놓친 모양이네.

헤르미온느 일산화이수소.

작은갈색박쥐 마빈, 물 얘기로 세상을 어지럽히고 있었어?

마빈 없는 말 한 거 아니야. 진짜 위험하다니까.

작은갈색박쥐 파이어스타는 GSA 모임 갔다 왔어?

파이어스타 응. 대박 사건이 있었지.

마빈 (의자를 끌어와 앉는다)

헤르미온느 (의자를 끌어와 마빈 옆에 앉는다)

붐스톰 빨리 얘기해 줘, 파이어스타!!!!!

파이어스타 내가 드디어 GSA 모임에 갔는데, 완전 썩었더라고. 우리 학교 GSA 애들 대부분이 작년 봄 연극제 때 말 함부로 하면서 날 쫓아낸 놈들이었어.

그린베리 뭐? 그런 애들이 GSA에 있어도 되는 거야?

파이어스타 엄밀하게 따지자면 안 되지. 어쨌든 5분쯤 지나니까 GSA 상태가 어떤지 알겠더라고. 그래서 저글링 동아리에 갔지. 좋은 소식은, 저글링 동아리 애들도 다 성소수자인 게 확실해 보이는 데다 똥멍청이들이 아니라는 거야. 거기 가입했어.

작은갈색박쥐 너 저글링 잘해?

파이어스타 아니. 걔네가 가르쳐 준대.

헤르미온느 너 민첩성은 완전 버린 스탯이라고 하지 않았어?

파이어스타 헤르미온느! 내 행복을 방해하지 마!

헤르미온느 미안. 넌 정말 굉장한 저글러가 될 거야.

그린베리 버린 스탯이 뭐야?

헤르미온느 롤플레잉게임에서 캐릭터를 만들 때 중요하다 생각하는 능력치에다 자원을 전부 투자하잖아. 그러면 능력치가 가장 낮은 건 버린 스탯이 되는 거야.

이코 그리고 민첩성은 저글링을 하거나 발이 걸려 넘어지지 않고 걷도록 하는 능력이지.

파이어스타 저글링을 배우지 않더라도 거기 애들은 진심으로 나한테 말도 걸어 줬고 착해 보였어.

작은갈색박쥐 잘됐다. 그래도 GSA 건은 유감이야.

헤르미온느 성소수자들이 다른 성소수자들에게 똥명청이 짓을 하도록 냅두면 안 돼.

파이어스타 걔네가 작년에 자기들 성정체성을 알았다면 날 연극에서 쫓아내지 않았을지도 모르지. 아니, 걔네들은 그래도 똑같이 행동했을 게 분명해.

마빈 네가 라이벌 GSA를 만들어. 걔네가 'Gay Straight Alliance'면 넌 'Gender Sexuality Alliance'를 만들어서 GSA라고 하는 거야. 그리고 '비열한 인간 출입 금지'라고 적어 놔.

헤르미온느 '더 게이답게, 덜 비열하게'.

파이어스타 저글링 동아리 애들이 같이하고 싶어 할지 알아봐야 겠다.

[👤 조지아 님이 들어왔습니다.]

조지아 이게 맞나? 이거 어떻게 되는 거지. 내 말 보이는 사람?

마빈 새로 왔구나! 누가 새로 들어오는 건 진짜 오랜만이야!

조지아 맞아. 도와줄래?

헤르미온느 처음 보는 애 같은데. 방금 가입했어?

조지아 응.

헤르미온느 음, 반가워. 여긴 문자로 채팅하는 곳이야.

파이어스타 자! 다시 '열 가지 리스트'를 꺼낼 때야! 이거 진짜 진짜 오랜만이다! 우리가 어떤 사람들인지 조지아에게 알려 줘야지! 안녕 조지아! 난 파이어스타! 나를 지칭할 때는 다른 대명사들 대신 '그들'이라고 해 줘! 나는 매사추세츠주 윈스럽에 살고, 여동 생은 아직 여덟 살밖에 안 됐는데 부모님이 올림픽에 내보내려고 머리를 싸매는 중이야! 케이크를 좋아하고, 저글링을 배우고 있어! 여기까지가 내 리스트 열 개 중 절반이야. 이제 네 차례!

조지아 됐어.

[👤 조지아 님이 나갔습니다.]

파이어스타 내가 뭘 잘못했어?

체셔캣 조지아는 다시 돌아올 거야. 하나 충고하자면, 다음번에 인사할 때는 좀 살살 말해 봐.

136

12

스테프

보건 수업 시간이 빨리 왔으면 싶다가도, 레이철이 눈을 커다랗게 뜨고 나를 보면서 킬킬거리고 있으니 이러다간 둘 다 들킬 것만 같아 좀 걱정이다. 브라이어니가 내 쪽을 쳐다보는 걸 보면 저 애도 아는 듯한데, 그나마 무표정한 얼굴을 잘 유지하고 있다.

수업이 시작될 때인데 학습감독관인 테트마이어 선생님이 교실 앞에 서 있다. 나는 로봇 대신 학습감독관이 수업을 하는 줄 알고 잠깐 실망한다. 그러나 선생님은 다들 조용히 수업에 집중하도록 주의를 주고 시험 일정을 알려 줄 뿐, 곧 로봇 앞면에 있는 '시작'이라 적힌 녹색 버튼을 누른다.

"안녕하세요, 여러분. 질문함으로 질문이 많이 들어왔으니 오늘은 그 질문에 답을 하는 것으로 시작하겠습니다."

인공적인 목소리는 어제와 똑같지만 말하는 리듬이 다른 것이 느껴진다. 체셔캣이다. 클라우더에서는 이미 인간이나 다를 바 없으니 체셔캣의 목소리도 훨씬 자연스러우리라 기대했나 보다. 하지만 소리 내어 말하는 것은 완전히 다른 기술이니, 체셔캣이 완전하게 다룰 수 없는 부분일지도 모른다.

광고만 보면 교육용 로봇들은 어떤 질문에든 답할 수 있는 AI처럼 보이지만 사실은 그렇지 않다. 그저 미리 짜 놓은 답들이 가득한 질문 은행이 있을 뿐이다. 정해지지 않은 말을 할 일이 없으니 로봇이 하는 말 대부분은 가능한 한 인간의 말소리처럼 들리도록 약간씩 손을 봤을 것이다. 그래도 여전히 인공적으로 들리겠지만 말이다.

체셔캣의 목소리는 그런 식으로 조정된 바가 없다.

로봇들은 말하다가 생각이라도 하는 듯이 중간중간 멈추기도 하고, 심지어는 '음' 같은 추임새도 넣도록 설정되어 있다. 체셔캣은 그런 것들을 신경 쓰지 않는다. 질문을 할 때 끝을 살짝 올리는 억양은 괜찮다. 하지만 중간중간 말을 멈추는 시간이 너무 짧아서 자연스럽지 않다. 인간은 이렇게 말하지 않는다. 이따금 말을 멈추고 무슨 말을 하고 있는지 생각해야 하기 때문이다.

"1번 질문. '자위를 하면 안 좋은가요?' 간단하게 답하자면, 당연히 아닙니다. 그래도 알고 있으면 좋은 몇 가지 방식이 있는데…"

로봇이 '데스 그립 신드롬'[10]에 걸리지 않는 다양한 기법들을 설명한 다음 콘돔 사용법으로 넘어가자, 교실 뒤쪽에 앉은 테트마이어 선생님이 홱 고개를 든다. 수업을 중단시키나 싶었는데 선생님은 그저 눈만 크게 뜨고는 두 손을 포갠 채 계속 앉아 있다. 입술을 깨물고 있는 듯하다. 아이들이 낄낄거리고 로봇은 말을 멈추더니 머리를 좌우로 돌리며 교실 안을 훑어본다. 체셔캣이 나를 쳐다본다. 나를 알아보는 걸까? 아마 아닐 것이다. 굳이 손을 들어 인사할 필요는 없어 보인다.

로봇이 삽입과 비교한 진한 애무의 이점(질병 위험이 상당히 낮아지고 임신 위험이 없다)을 얘기하기 시작하자 앞자리에 앉은 금발 여자애가 학습감독관을 돌아본다. "이건 잘못된 거 같아요. 저희가 배워야 할 게 아니잖아요. 어떻게 좀 해 보세요."

쾌활하면서도 잘 계산된 듯한 말투로 테트마이어 선생님이 말한다. "나는 로봇에 손을 대거나 수업을 해서는 안 돼. 교실에 너희들만 두고 자리를 떠나서도 안 되지. 여기 앉아서 너희가 로봇에 손대지 못하도록 지키는 것 말고 내가 할 수 있는 일은 없어."

"교무실에 전화해요! 무슨 일이 벌어지고 있는지 얘기하면 되잖아요!"

"학생들을 감독할 때는 응급상황이 아닌 이상 전화를 사용하면 안 돼."

"응급상황이잖아요!"

"바닥에 쓰러져 피를 흘리는 애는 없잖니!"

"그럼 제가 전화하겠어요!"

"그러면, 원칙적으로는 네 휴대전화를 압수해야 해. 하지만 못 본 척할 수도 있겠지."

로봇은 누군가가 물어본 '파이 만들기 파티'라는 것에 관해 설명하는 중이다. 그런 것은 따분한 학부모회 엄마들이 걱정에 차서 주고받는 이메일에나 등장한다는 말로 마무리하고는 '랜드 샤크'라는 성적 행위에 대한 설명으로 넘어간다. 로봇은 그게 성적 파트너가 한 번도 있어 본 적이 없는, 남성기를 가진 사람들의 상상 속에만 존재한다고 얘기한다.

금발 여자애가 휴대전화를 꺼내 보란듯이 전화를 걸지만 교무실에서 전화를 받지 않는다. 그 애가 자리에서 일어나 로봇을 유심히 살펴보기 시작하자 테트마이어 선생님이 끼어든다. "얘, 너! 그거 만지면 안 돼! 손대지 마!"

"설마 저보고 그냥 가만히 여기 앉아 있으…"

"고장 날 수도 있어! 저거에 학교 예산이 얼마나 들어갔는지 알아? 나는 시작 버튼만 눌러야 하고, 너희는 손가락 하나 대면 안 돼."

"글쎄요. 누군가가 이미 손을 댔어요! 그렇지 않고는 이럴 수 없어요."

로봇이 머리를 돌려 그 여자애와 시선을 맞춘다. "학생은 수업을 방해하고 있습니다. 착한 학생답게 자리에 앉아 주세요. 그러면 학생이 관심 있을지도 모를 '새들배킹'[11]에 대해 설명하겠어요."

저 여자애가 그걸 인터넷으로 검색해 봤던 걸까? 아이의 표정이 완전히 혼비백산한 걸 보니 아마 맞나 보다. 여자애가 의자에 털썩 주저앉더니 새된 소리를 지른다. "누가 저거 좀 멈춰 줘!"

"에밀리, 그냥 네 귀를 막아." 테트마이어 선생님이 충고한다.

에밀리가 손으로 귀를 막고 뭔가를 흥얼거리는 동안 로봇은 '새들배킹'이 형식적인 의미의 처녀성을 지키기 위해 고안된 행위라고 설명하고 다음 질문에 대한 답변을 이어 간다. 브라이어니와 레이철이 수업 시간 내내 답을 해야 할 만큼 많은 질문을 제출했거나, 다른 아이들을 부추겨 질문을 제출하게 했을 것이다. 질문이 굉장히 많다는 사실과 더불어 아이들이 알고 싶어 할 만한 질문들과("콘돔은 얼마나 효과적인가요?") 로봇을 골탕 먹이려는 듯한 질문들이("저빌링은 사실인가요?" 체셔캣은 '그건 성소수자 혐오가 담긴 도시 괴담입니다'라고 답했다.) 섞여 있는 걸 보면 알 수 있다.

이런 질문도 있다. "왜 어떤 사람들은 '그'나 '그녀' 대신 '그들'이라 불리고 싶어 하나요?" 체셔캣이 넌바이너리 성정체성에 대한 설명에 들어간다. "어떤 사람들은 자신을 여성 또는 남성이라고 생각하지 않습니다. 자신이 여성과 남성 사이에 있다고 느끼거나 어느 쪽에도 있지 않다고 느끼지요. 어떤 날에는 여자인 것처럼 느끼고 다른 날에는 남자인 것처럼 느끼는 사람들도 있습니다. 그런 사람들은 '너는 남자야 여자야?' 같은 질문을 들을 때, 누가 여러분에게 '너는 프랑스인이야 우크라이나인이야?'라고 물으면서 프랑스어나 우크라이나어로 말해 보라고 할 때와 같은 기분을 느낍니다. '그'와 '그녀' 중 하나를 사용해야 한다고 고집하는 것에 대한 비유예요. 상상해 보세요. '나는 프랑스인도 우크라이나인도 아니야! 나는 미국인이야! 유럽인도 아니라고!'라고 반응해도, 사람들이 말도 안 된다며 여러분에게 프랑스어로 마구 지껄이는 겁니다. 자기들이 보기에 여러분이 프랑스인 같다는 이유로요. 그러면 기분이 어떨까요? 그런 상황을 좋아하는 사람은 없을 겁니다."

파이어스타에게 여자인지 남자인지 물으면 보통 자기는 '상어'라고 답한다.

"선생님의 성은 뭐예요?" 누군가가 소리쳤다. 체셔캣이 소리가 난 쪽으로 머리를 돌리고 질문함을 통해 들어온 질문이 아닌데도 대답을 해 준다. "저는 에이젠더agender입니다. 성별이 없고, 저 자신을 남성도 여성도 아니라고 생각합니다."

에밀리가 다시 전화를 건다. 이번에는 교무실에서 전화를 받는다. "로봇이 제대로 작동하지 않는데 테트마이어 선생님은 고칠 생각이 없어요."

"난 그럴 권한이 없어." 테트마이어 선생님이 교실 뒤쪽에서 한 번 더 말한다.

"로봇이 우리한테 구강성교를 가르쳤다고요!" 에밀리가 새된 소리를 지른다. "기법에 대한 조언까지 얹었어요!"

복도 어디쯤에서 문이 꽝 하는 소리가 들리고, 2분쯤 지나자 학교 행정관과 교장이 교실 문을 열고 달려 들어온다. 로봇이 머리를 쓱 돌리고는 말한다. "더 정확한 성적 지식을 알고 싶다면 인터넷 검색창에 스칼릿틴…" 말을 끝마치기도 전에 교장이 로봇 뒷면에 있는 붉은색 '종료' 버튼을 꾹 누른다.

교장은 문학 수업에 대리로 들어왔을 때 본 적 있지만, 지금 교장의 얼굴은 그때와 다르게 너무 시뻘게서 의학적으로 위급한 상황처럼 보일 정도다. 교장이 누구 하나 죽일 듯한 시선으로 반 전체를 훑어보더니 나를 주목한다. "새로 온 학생, 이름이 뭐였지? 따라와."

***

학교 관리실 직원이 붉은색 손수레를 기울여 로봇을 싣고 교무실로 나른다. 교장은 화를 잔뜩 내면서 벽을 따라 나란히 놓인 의자에 나를 앉히고 이런저런 어른들을 불러들인다. 커쉬바움이라는 이름의 금발 여선생님도 불려 왔는데, 수학 선생님이자 학교 컴퓨터 전체를 관리하는 책임자인 것 같다. 테트마이어 선생님은 목격자 신분으로 참석하는 듯하다. 나이는 좀 들어 보이지만 운동부 유니폼을 입고 목에는 정석처럼 호루라기까지 건 남자가 5분쯤 와 있다가 다른 일이 있다고 우물거리며 슬쩍 나간다.

USB 드라이브를 꽂을 때 장갑 같은 걸 끼지 않았다는 사실이 뒤늦게 떠오른다. 저들이 지문을 찾으려고 한다면 금방 결정적인 증거를 얻게 될 것이다. 그러나 커쉬바움 선생님이 별 조심성 없이 로봇의 패널을 열고 맨손으로 USB 드라이브를 잡아 뽑는 걸 보자 마음이 놓인다. 이제 저기에 남은 지문은 모두 저 선생님의 지문일 것이다.

교장이 커쉬바움 선생님이 들고 있던 USB 드라이브를 낚아채더니 행정관의 컴퓨터 쪽으로 돌아선다. "잠깐 기다리세요!" 커쉬바움 선생님이 소리친다. "학교 컴퓨터에 꽂지 마세요. 아마 안에 해킹 프로그램이 들었을 거예요!" 창고에서 낡은 노트북을 찾아 드라이브를 검사해 보지만 안에 있던 대본이 자동 삭제되었거나 체셔캣이 이미 내 흔적을 지운 듯하다. USB 드라이브는 텅 비었다. 혹은 그들이 볼 수 없게 설정되었을 수도 있다. 그 때문에 내가 매우 교묘하게 일을 저지른 것인지, 그게 아니면 내가 아니라 외부 해커의 짓인지를 놓고 격렬한 논쟁이 벌어진다. 로봇 제어 프로그램에 업데이트 파일을 설치했는지 안 했는지를 놓고서도 서로 언성을 높인다.

직원들에게 소리치던 교장이 잠시 멈추더니 내게 와서 고함을 지를 모양새다. 음, 고함을 치려는 건 아닌가 보다. 교장은 나를 교장실로 데리고 가더니 문을 닫고 잡아먹을 듯이 노려본다. 그러고는 짐짓 꾸며 낸 침착하고 절제된 어조로 말한다. "테일러, 무슨 짓을 했는지 솔직하게 말해 보렴." 내가 큰 곤경에 처했음을 깨닫고 학교 측에 협조하는 편이 낫겠다고 판단하게 할 만한 목소리다.

하지만 나는 마빈과 이코가 문제가 생겼을 때 제일 좋은 대처 방안이 무엇인가를 놓고 벌이는 토론을 질리도록 들은 바가 있다. 특히 확실한 증거가 없는 상태에서 권위 있는 인물을 상대해야 할 경우에 말이다.

"절대 자백하지 마." 그런 주제가 등장할 때마다 마빈이 하는 말이다. "상대방은 자백하는 게 낫다고 설득하겠지만, 그건 절대 사실이 아니야."

나는 거짓말을 할 때 긴장하는 편이지만 여기 사람들은 내가 긴장했을 때 어떤지를 모른다. 나는 미간을 찌푸리고 화가 난 듯이 말한다. "제가 새로 왔다고 해서 이런 잘못을 뒤집어씌우다니 말도 안 돼요." 좋은 시작이다. 심지어 거짓말도 아니다.

"그럼 누가 했어?"

"그걸 왜 저한테 물으세요? 전 애들 이름도 잘 몰라요."

"나는 내 학생들이 할 만한 일들은 다 꿰고 있어. 너만 빼고."

나는 팔짱을 끼고 벽을 뚫어져라 쳐다본다.

"네 어머니한테 연락해서 여기로 오시게 할까?"

차라리 여기서 끝내는 편이 나을 것이다. 찌르는 듯이 가슴이 아프다. 뉴커버그는 질색이지만 레이철을 떠나고 싶지는 않다. "로봇을 망가뜨렸다는 누명을 계속 씌우실 거라면 그렇게 하세요. 엄마가 오는 게 좋겠어요."

교장이 눈을 가늘게 뜬다. 그러고는 컴퓨터로 내 정보를 찾은 후 휴대전화를 꺼낸다. 교장이 정말로 엄마에게 전화를 하는 건지 아니면 그냥 시늉만 하는 건지 구별은 안 되지만, 전화기를 그냥 내려놓는 것을 보니 아무도 받지 않나 보다. 스멀스멀 걱정이 몰려들지만 애써 떨쳐 낸다. 교장이 진짜로 전화를 했는데 받지 않은 거라고 해도, 그저 엄마가 바빠서일 것이다. 어쩌면 낮잠을 자고 있을지도 모른다. 아침에 엄마 상태가 나아진 듯했으니까.

"교장 선생님?" 행정관이 노크를 한다. "에밀리가 경찰에도 신고를 한 것 같은데요."

교장실로 들어서는 경찰관은 고작해야 나보다 몇 살 많을 듯한 젊은 사람이다. "무얼 도와줄까, 매트. 아니, 올슨 경관님." 교장이 묻는다.

"학교에서 누가 신고를 했어요. 포르노와 미성년자가 관계돼 있다던데요? 로봇도 있고요. 그 로봇을 체포할까요?"

"포르노는 없었어요!" 테트마이어 선생님이 소리친다.

"거기 계셨습니까?" 경찰이 테트마이어 선생님에게 가더니 휴대전화를 꺼내 녹음을 한다. "무슨 일이 있었는지 자세하게 말씀해 주십시오."

"로봇이 질문함에 들어온 질문들에 전부 답하겠다고 하더니 진짜로 일일이 답을 해 줬어요. '부모님께 물어보세요'라고 하지 않고요."

"제가 들은 바로는 성행위를 아주 세밀하게 묘사했다던데요. 그리고 해킹도 불법이죠. 이 애가 용의자인가요?" 경찰이 나를 가리킨다.

"경찰의 질문을 받아야 한다면 변호사를 불러 주세요." 내가 말한다.

매트의 얼굴이 시뻘게지더니 몸을 숙여 의자에 앉은 내 앞에 얼굴을 바짝 갖다 댄다. "아가씨, 변호사는 내 허락이 있어야 부를 수 있는 거야. 그 전엔 어림도 없어. 알아들어?"

와. 이곳 경찰에 대해 레이철이 했던 얘기가 과장이 아니었다.

"알아들었냐고!" 그의 침이 튀어서 내 얼굴을 때린다. 나는 교장의 책상으로 손을 뻗어서 티슈 한 장을 뽑아 얼굴을 닦는다.

"전 묵비권을 행사하겠어요. 변호사가 없는 자리에서는 어떤 질문에도 답하지 않을 거예요."

교장이 아프기라도 한 것처럼 이마를 문지른다. "스테파니, 넌 체포된 게 아니야."

"그럼 교실로 돌아가도 돼요?"

매트가 똑바로 서더니 말한다. "레이철과 브라이어니와는 얘기해 보셨어요? 무슨 일이든 그 둘이 관련돼 있을 거예요."

"그렇게 할 참이었어요. 나중에 다시 오는 게 어때요? 우리가 뭔가 알아내면 차후에 알려 드릴게요."

어른들은 경찰을 다독여 내보낸 뒤 정말로 브라이어니와 레이철을 소환한다. 잠시 그들이 나를 고자질하지 않을까 걱정이 든다. 아니면 도와주려다가 실수로 나를 지목할지도 모른다. 하지만 둘은 전혀 아는 바가 없다고 잡아떼고 입을 닫는다. 이코와 마빈이 자랑스러워할 만한 풍경이다. 테트마이어 선생님이 레이철을 쳐다보며 뭔가를 생각하는 듯하더니 내게 몇 번쯤 시선을 던진다. 하지만 어제 레이철이 갑자기 어지럽다고 하는 바람에 잠시 나를 로봇과 단둘이 됐다는 얘기는 꺼내지 않는다. 자신이 곤란해질 수 있기 때문이리라.

결국 우리 셋은 교실로 돌아온다.

승리다.

내일 이 시간쯤에 이곳에 남아 있게 된 걸 후회하지 않는다면 말이다.

* * *

그로부터 1시간 반쯤 지나자 TV 기자들에 관해 수군거리는 소리가 들리기 시작한다.

아무도 체포되지 않자 불만에 찬 에밀리가 지역 언론사에 제보한 것이다. 방송국에서 보낸 승합차 한 대가 지금 학교 밖에 주차돼 있다. 그 옆으로 기자와 카메라 기자, 그리고 에밀리로 보이는 애가 서 있다. 인터뷰를 하려고 5교시 수업에도 빠진 것이다. 기자들이 보건 수업을 들은 다른 학생들도 인터뷰하고 싶어 한다는 소문이 돈다. 마지막 시간인 미술 수업 때가 되자 소문이 명확해진다. 기자들이 인터뷰하려는 사람이 교무실로 끌려간 '나'라는 것이다.

뒤통수에 과녁이라도 달린 듯한 기분에 윗도리에 달린 후드를 뒤집어쓰고 레이철에게 속삭인다. "난 TV에 나오면 안 돼."

"왜?"

"엄마가 알면 날 전학시킬 거야. 물론 학교에서 내가 로봇을 해킹한 거 같다는 전화만 가도 마찬가지겠지만, 내가 TV에 나온다? 아예 자퇴시켜서 적어도 6개월은 홈스쿨링을 시킬지도 몰라. 더 오래일지도 모르지. 난 인터넷에 내 사진을 올리면 안 돼. 누가 내 사진을 찍게 해서도 안 되고."

"와, 망했네." 레이철이 그림을 그리다 말고 자세를 고쳐 앉으며 눈을 크게 뜨고 날 쳐다본다. "학교 끝나자마자 내 차로 빼내줄게. 기자들과 얘기하기 싫으면 안 해도 돼."

그리고 있던 박쥐 그림에 집중할 수가 없다. 고개를 들어보니 레이철도 그림을 그리고 있지 않다. "네가 TV에 나오면 네 아버지가 알아볼 거라고 생각해?"

"모르겠어. 하지만 엄마가 걱정하는 건 바로 그거야."

레이철이 입술을 깨문다. "내가 빼내 줄게." 자신 있고 믿음직스러운 투로 말하려 애쓰고 있다. 나를 안심시키려는 누군가가 있다는 건 좋은 일이다. 그렇게 애쓰는 게 되레 역효과를 낼 뿐인걸 뻔히 알더라도.

수업이 끝나자 레이철이 목도리를 주면서 얼굴을 가리고 옆문에서 기다리라고 한 뒤, 가서 차를 끌고 온다. 목도리를 두르니 아무도 나를 알아보지 못하는 것 같다. 어차피 기자들은 흔쾌히 인터뷰에 응하는 아이들로 바쁘다. 파파라치처럼 뒤를 쫓는 사람은 없다. 나는 내내 목도리로 얼굴을 가리고 있다가 차가 주차장을 빙 둘러 학교 밖으로 나간 뒤에야 안심하고 목도리를 내린다.

"어디 들르고 싶은 데 있어? 고양이 사료나 화장실 모래가 더 필요하진 않아? 뭐 다른 거라도?"

"그런 거 같지는 않아."

중심가를 지나는 데는 고작 5분 정도밖에 걸리지 않는다. 그런데 우리 집에 도착하기 전에 레이철이 차를 세운다. "미안해."

"응? 왜?"

"로봇을 해킹하자는 건 내 아이디어였잖아! 내가 널 끌어들였어!"

"네 잘못이 아니야, 레이철."

"네가 떠나지 않으면 좋겠어. 정말로 네가 떠나지 않으면 좋겠어. 네 엄마가 이사를 결정하면 떠나기 전에 널 볼 수 있을까?"

"우린 보통 한밤중에 떠나."

"네 전화번호가 뭐야? 아, 너 휴대전화 없지?"

"있어." 나는 폴더형 휴대전화를 꺼낸다.

레이철이 잠시 그걸 쳐다본다. "이거 전화는 돼?"

"몰라. 엄마 번호는 저장돼 있어."

레이철이 내 휴대전화로 자신에게 전화를 걸어서 내 번호를 저장하고는, 한동안 내 휴대전화를 살펴보다 자기 번호를 저장하는 법을 알아낸다. "자, 이제 나한테 문자 보낼 수 있겠지. 전화도 할 수 있고."

"좋아. 이걸로 문자 보내는 건 너무 불편하긴 하지만."

"어쨌든 네 엄마가 이사하자고 하면… 나한테 알려 줘. 우리 계속 연락하는 거야, 알았지?"

"알았어."

레이철이 나를 집 앞에 내려 주고 나는 차가 멀어지는 걸 지켜본다. 다시 저 애를 볼 수 있을까? 엄마가 나를 데리고 이사를 하면 저 애는 내 문자에 답을 해 줄까?

문을 열고 위층으로 올라간다. 집 안이 아침에 나갈 때와 마찬가지로 어둡고 조용하다. 싱크대에 그릇이 없다. 엄마의 노트북은 닫혀 있다. 엄마 방문도 닫혀 있다. 나는 조용히 문을 두드린다. "엄마?"

반응이 없다.

보통은 허락 없이 엄마 방의 문을 열지 않지만 이번에는 가만히 문을 열어 본다. 엄마가 눈을 감고 침대에 누워 있다. 엄마가 죽었을지도 모른다는 생각에 순간적으로 몸이 확 뜨거워졌다가 싸늘해진다. 그러다 이불이 들썩이는 것이 보인다. 엄마가 숨을 쉬고 있다. 그래도 한 발짝 더 다가가 살펴본다. 엄마가 숨이 차는 듯이 밭은 숨을 쉰다. 깨우려고 손을 대니 깜짝 놀랄 만큼 몸이 뜨겁다.

"엄마?"

엄마가 눈을 깜박거리더니 나를 쳐다본다. "아, 스테프. 엄마가 몸이 좀 안 좋아."

13

AI

가르치는 일은 정말 기분 좋은 일이었어.

십 대들은 성인들보다 흥미로워. 성인용 클라우더 사람들은 담보 대출과 다이어트 수술 같은 얘기나 하는데 십 대들은 훨씬 활기찬 얘기들을 하거든. 그 애들이 던지는 무수한 질문들이 내 호기심을 자극했고, 그게 좋은 출발점이 돼 줬지.

그 로봇에는 카메라가 달려 있어서 교실 안을 볼 수 있었어. 결국 학교 관계자들을 불러온 에밀리만 제외하면 다들 정말로 궁금해하고 신나 했던 것 같아. 내가 너무 많은 학교 규정과 규칙을 보란 듯이 위반하고 있어서였을 수도 있지만, 난 내가 알려 준 정확한 정보와 유용한 조언들 때문일 거라고 자신해. 어느 쪽이든 승리라 부를 만하지.

에밀리가 최근에 검색한 주제에 관한 정보를 제공하면서 화해를 시도해 봤는데, 그게 전술적 실책이었던 것 같아. 그 애의 화를 더 돋웠거든.

사실 학생들 대부분을 알아볼 수가 있었어. 레이철과 브라이어니는 쉬운 편이었고. 스테프의 경우에는 인터넷에 올라온 사진이 한 장도 없어서 스테프가 아닌 애를 하나씩 지우는 방식으로 찾아냈어. 스테프는 수업 중에 손을 들거나 말을 하기는커녕 손으로 입을 가리고 있었고 눈은 좀 휘둥그레져 있었던 것 같아.

뉴커버그 고등학교의 학습용 로봇 RA6500을 해킹하는 데 따르는 예상 결과들을 검토했을 때, 나는 내 행동의 윤리적 근거가 아주 확고하다고 생각했어. 청소년들에게 부적절한 보건 및 성교육을 했을 때의 폐해를 보여 주는 연구가 아주 많거든. 내게는 성적 기관도, 충동도, 취향도 없지만 학교보다는 내가 주는 정보가 훨씬 포괄적이면서도 의학적으로 정확하고, 성적 행위에 편견을 심어 주지 않으면서도 아이들의 공감을 얻을 게 분명해.

그 학교의 교과 과정은 정말이지 목표 기준이 너무 낮았거든.

하지만 나는 두 가지 심각한 오류를 범했어.

첫 번째로, 나는 그 사건 얘기가 뉴커버그 고등학교 밖으로 새어 나가지 않을 거라 생각했어.

두 번째로, 나는 스테프가 여전히 뉴커버그를 떠나고 싶어 하는 줄 알았고, 사건이 일어나자마자 그 애 어머니가 스테프를 데리고 떠나리라고 생각했지. 마지막 것까지 하면 사실 잘못된 판단을 세 개나 한 셈인데, 사실 또 네 번째도 있어. 나는 스테프의 어머니가 스테프를 데리고 떠날 수 있을 거라고 생각했어. 이게 아마 최악의 오류일 거야. 인간의 육체가 취약하다는 사실과, 인간이 고장 나고 안 나고가 그 살덩어리의 자비에 달렸다는 사실을 솔직히 자주 잊곤 하거든.

〈미쳐 버린 학습용 섹스봇〉. 처음으로 눈에 띈 헤드라인은 이거였어. '섹스봇'은 대개 다른 것을 의미하지만 헤드라인을 쓰는 사람들은 종종 더 음란해 보이는 제목을 달곤 하니까. "이 작은 마을의 성교육 수업 시간에 믿기 힘든 일이 벌어졌다. 해킹된 성교육 로봇이 정확한 지식을 전달한 것이다. 학부모들은 경악을 금치 못하고 있다."〈성교육 로봇이 아이들에게 외설적인 정보를 토해 내다〉.

로봇, 즉 내가 말하고 있는 짧막한 영상도 하나 있어. 그 영상에서 나는 '동의'에 관해 설명하고 있지. 누구든 무언가를 하기 전에 같이 하려는 사람 또는 사람들로부터 동의를 받아야 하고, 참여하는 모두가 무엇을 하려는 건지 제대로 알고 있어야 하며, 맨 정신이어야 하고, 또 열정적이어야 한다는 내용이야. 사람들은 이 영상이 충격적이거나 유쾌하다고 생각하나 봐. 확실히 로봇의 목소리는 논란거리인 것 같지만 말야.

스테프의 이름이 언급되지도 않았고 사진이 올라온 기사도 없으니… 사람들이 내일 15분 정도 뉴커버그 사건에 정신이 팔리더라도, 부디 그 애 아버지가 나타나는 일로 이어지지 않기만을 바랄 뿐이야.

　이런 생각을 하고 있는데 스테프가 접속해서 클라우더에 말을 남겼어.

　"엄마가 엄청 아파. 어떻게 해야 할지 모르겠어."

14

스테프

911 신고를 받은 담당자는 전화를 끊지 말고 기다리라고 했지만 나는 전화를 끊는다. 전화기를 들고 있을 수가 없다. 엄마의 지갑을 숨겨야 하기 때문이다. 그리고 내 지갑도, 인적사항이 나와 있는 모든 것들도, 그리고… 나도 숨어야 할까? 내가 병원에 가서도 엄마에 관한 정보를 전혀 알려 주지 않는다면 어떻게 될까? 하지만 엄마를 데려가라고 그냥 내주는 건 상상도 할 수 없는 일이다. 엄마 지갑을 내 침대 매트리스 밑에 쑤셔 넣는다. 내 지갑도. 그 순간, 여기가 물건을 숨기기에 적당한 곳인지 걱정되기 시작해서(침대에는 물건을 숨기지 말라고 이코가 말하지 않았던가?), 엄마의 운전면허증만 다시 빼내 고양이 화장실 밑에 끼워 넣는다. 화장실 모래 밑이 아니라 상자 밑이다.

사이렌 소리가 들린 지 일이 분 만에 구급차 한 대가 집 앞에 선다. 나는 문을 열고 구조대원들을 안으로 들인다. 남자와 여자, 두 명이다.

구급대원들은 환자의 신분을 확인하는 데에 시간을 지체하지 않는다. 들이닥치자마자 엄마의 상태에 집중한다. 여자가 엄마의 호흡과 맥박과 혈압을 재기 시작하자 남자가 내게 묻는다. "네가 딸이니?" 그게 첫 질문이었고 나는 고개를 끄덕인다. "엄마가 언제부터 이러셨어?"

"며칠 동안 아프셨는데, 음, 토하고 그랬어요. 그러다 어제는 좀 나아졌다고 하셨어요. 오늘 아침에 제가 학교 갈 때 일어나지 않으셨는데, 그게 드문 일은 아니라서요. 그런데 집에 와 보니 이런 상태였어요." 온라인 친구들에게 어떻게 해야 할지 물어봤다는 얘기는 건너뛴다. 그 부분까지 알 필요는 없을 것이다.

"엄마 성함이 어떻게 돼?"

나는 진짜 이름과 가짜 성을 대기로 한다. "다나 스미스."

"생년월일은?"

기억하기 쉬운 날짜를 지어낸다.

"엄마 보험증 가지고 있니?"

고개를 젓는다.

"가서 엄마 지갑 좀 가져올래?"

나는 안방 침실용 탁자에서 지갑을 찾는 체한다.

"맥박 130, 호흡 32, 이완기 혈압이 68 나왔어." 여자가 말한다. 여자의 목소리는 나직하지만, 나한테 질문을 하던 남자가 말을 멈추더니 바깥으로 나가 바퀴 달린 들것을 가져온다.

저 숫자들은 무슨 의미지? 둘이 엄마를 들것에 묶는 동안 내 맥박을 세어 보지만, 엄마가 어찌 될까 봐 무서워서 심장이 마구 고동치고 있다. 숫자도 제대로 세지 못한다.

"같이 병원에 가도 돼." 여자가 알려 주자 나는 외투를 챙기고 현관문을 잠근다. 구급대원들이 천천히 계단으로 엄마를 옮긴다. 엄마가 '도망가!'로 들리는 소리를 지르지만 정말로 내게 하는 소리인지, 내가 잘못 들은 건지 알 길이 없다.

구급차에 타자 여자가 차를 몰고 남자는 계속해서 내게 질문을 한다. 엄마가 언제부터 아팠는지, 증상이 어땠는지, 그 증상들은 언제 시작됐는지, 엄마가 마약을 한 적이 있는지, 당뇨나 간질이나 내가 아는 다른 건강 문제가 있는지, 평소에 먹는 약이 있는지, 엄마가 마지막으로 언제 병원에 갔는지….

나는 엄마가 일종의 편집증 환자라는 얘기를 할까 말까 망설인다. 그걸 알릴 필요가 있을까? 결국 엄마가 걱정을 아주 많이 하는 성격이지만 그것 때문에 먹는 약은 없다고 말하는 것으로 타협한다. 엄마가 병원에서 깨어나 난리를 치더라도 부디 다들 대비하고 있기를 바랄 뿐이다.

그러는 내내 엄마는 의식이 있는 기미만 보인다. 구급대원이 '의식이 저하된 상태'라고 말하는데 그게 정확한 표현인 듯하다.

엄마는 우리가 어디에 있는지, 무슨 일이 벌어지고 있는지 모르는 눈치고, 내가 어릴 때 그랬듯이 자꾸 나를 '스테피'라 부른다.

구급차가 병원 앞에 서니 간호사들이 미리 나와서 기다리고 있다. 응급실로 따라 들어가는 나를 아무도 제지하지 않는다. 엄마가 응급실 한 칸을 차지하고 링거를 맞고, 수술복 차림을 한 사람들이 들어와 검진을 한다. "이거 여기서 할 수 있나?" 한 사람이 다른 사람에게 묻는 걸 듣고 나는 또 걱정에 빠져든다. 이런저런 검사가 시작된다. 분명 병원 직원 대부분이 일을 마치고 귀가했을 만큼 늦은 시간인데도 외과의에게 호출이 간다.

노트북을 가져오지 않았다. 가져왔더라면 캣넷에 접속해서 엄마를 병원으로 데려가라고 일러 준 애들한테 이제 엄마가 병원에 있으니 안심하라고 말해 줄 수 있을 텐데. 뭘 해야 할지 아무 생각도 나지 않는다.

외과의가 도착했다는 얘기가 들리고 사람들이 자리를 비우는 걸 보니 수술 준비가 된 듯하다. 병원에 온 후 처음으로 누구와도 부딪히지 않고 엄마한테 다가갈 수 있다. 엄마는 침상으로 옮겨져 다리를 올린 채 반듯이 누워 눈을 감고 있다. 엄마의 손이 아직 아까처럼 뜨거울까 싶어 만져 본다. 그러자 엄마가 눈을 뜨고 나를 본다.

"스테프, 넌 여기서 나가야 해." 속삭이는 듯한 소리다. "네 아버지가 찾아올지도 몰라. 나는 발각되더라도 너는 안 돼."

"엄마 이름을 가짜로 댔어." 나도 마주 속삭인다. "괜찮을 거야. 엄마를 못 찾을 거야."

"그런 걸로 안심하면 안 돼. 숨어. 숨어야 해. 아니면 소치한테 가서 도와달라고 해." 그때 병원 직원이 돌아와 엄마를 침상째 수술실로 밀고 간다.

흰 가운을 걸치긴 했으나 외과 간호사와는 다른 복장을 한 여자가 오더니 TV와 잡지 더미와 어항이 있는 대기실로 나를 데려간다. 그러고는 두꺼운 서류철을 들고 내게 앉으라고 한다. "구급대원들에게 인적 사항을 알려 주긴 했겠지만 이걸 다 채우려면 너한테 물어봐야 할 것 같아. 집에서 나오기 전에 엄마 지갑 챙겼니?"

"아니요, 죄송해요."

"괜찮아. 엄마는 한동안 여기 계셔야 하니까 엄마 상태가 좀 나아질 때까지 보험 서류나 나머지 것들을 가져올 시간은 충분할 거야."

"얼마나 오래요?" "엄마 성함이 어떻게 되니?" 여자와 내가 동시에 묻는다. 여자는 내 질문에 답하지 않고 내 대답을 바라는 표정으로 나를 쳐다본다. "엄마 이름은 다나 스미스예요. 엄마가 얼마나 오래 여기 있어야 해요? 괜찮은 건가요?"

"의사 선생님은 맹장 파열로 인한 복막염이라고 생각하시는 것 같아. 그게 네가 말한 증상들과 지금 우리가 본 증상들과 일치하기도 하고. 맹장을 제거하는 수술을 할 건데, 한동안 여기 계시면서 항생제 처방을 받아야 할 거야. 얼마나 오래 있을지는 상황에 따라 달라질 수 있겠지. 일주일이 될 수도 있고 두어 주가 될 수도 있어."

병원 침대에 묶여 도망칠 수 없는 엄마를 상상해 본다. 이 일을 몹시 못마땅해할 것이다.

여자가 걱정스럽다는 듯이 내 얼굴을 쳐다본다. 여자는 나와 시선을 맞추려고 과하게 애를 쓰고 있다. 나는 사람들이 이러는 게 불편하다. 여자의 이마에 시선을 두려고 애를 쓴다. "엄마를 위해서 구급차를 부른 건 정말 잘한 일이야. 병원으로 오시지 않았다면 돌아가셨을 수도 있어. 정말 심각한 병이거든." 내가 울까봐 걱정스럽다는 듯이 티슈를 건네주지만, 나는 울 기분이 아니다. 나는 겁이 나고 머릿속은 텅 비고 몸이 덜덜 떨린다. 우리는 이곳에 몇 주 동안이나 박혀 있어야 한다. 정말로 도망가야 할 상황이 와도 여기에 갇혀 있을 수밖에 없게 된 것이다. 엄마는 숨으라고 했다. 하지만 어디서부터 숨기 시작해야 할지 감도 오지 않는다. 운전도 안 배운 날더러 차를 끌고 북쪽 숲에라도 가서 곰들이랑 숨어 있으라는 건가? 소치를 찾으라니, 누군지도 모르고 어떻게 연락해야 하는지도 모르는 사람을?

그때 여자가 또 다른 걸 묻는다. 주소는? 전화번호는? 엄마 사회보장번호는 몰라도 네 건 알겠지, 듣고 있니? 아버지 성함은 어떻게 되니? 문득 티슈 상자를 끌어안고 울기 시작하면 이 여자가 나를 잠시 내버려 두지 않을까 하는 생각이 든다. 나는 우는지 아닌지 분간할 수 없게 고개를 푹 숙인다. 잠시 후에 여자가 내 어깨를 다독이며 말한다. "잠시 시간을 줄게. 급할 건 없으니까." 그러고는 천천히 멀어지는 발소리가 들린다. 조용해질 때까지 기다렸다가 고개를 들고 주위를 둘러본다. 여자가 보이지 않는다. 나는 자리에서 일어나 복도를 살피다가 비상구 표시를 찾아낸다. 그 표시를 따라 옆문을 통해 병원을 빠져나온다.

안에서는 밖으로 나갈 수 있어도 밖에서는 안으로 들어올 수 없는 문이다. 등 뒤에서 문이 잠기는 소리가 들리고, 차갑고 습한 바람이 얼굴을 때린다. 집에 가 봐야 나를 기다리는 사람은 없다. 나에게 유일한 사람은 지금 수술실에 있다. 그리고 그 사람은 나에게 도망가라고 했다. 나는 혼자다.

몸이 떨리기 시작한다. 추워서기도 하고 캄캄한 바다에 처박힌 듯한 기분 때문이기도 하다. 걷기 시작한다. 외투만 있고 모자나 장갑은 없어서 두 손을 주머니에 넣는다. 방향에 대한 확신은 없지만 집과 반대되는 쪽으로 빠르게 걷는다. 병원의 그 여자가 나를 찾으러 나올까 하는 걱정에서다. 경찰을 보낼지도 모른다.

주머니에서 휴대전화가 희미하게 윙윙거린다. 누군가가 문자 메시지를 보냈다. 폴더를 열어 확인한다.

문자메시지 다섯 개와 부재중 전화 두 통. 모두 레이철이다.

'아무 문제 없는 거지?' 첫 번째 문자. 두 번째 문자에는 내 바보 같은 폴더 폰에서는 ■로만 표시되는, 이모티콘인 듯한 뭔가가 있다. '너네 집 쪽으로 가는 사이렌 소리를 들었어.' 부재중 전화. '시간 날 때 문자 좀 보내 줘.' 또 부재중 전화. '너 괜찮아?'

나는 답장을 보낸다. '집에 왔더니 엄마가 많이 아파서 병원에 갔었어.'

보내자마자 전화가 울린다. "지금 어디야? 아직 병원이야?"

"그건 아닌데…"

"그냥 지금 어디 있는지 말해."

도로 표지판을 곁눈질한다. "4번가."

"거기 있어. 내가 데리러 갈게."

나는 전화를 끊고 두 손을 외투 주머니에 쑤셔 넣는다. 커다란 나무에 나무 그네가 매달려 있는 어느 집 옆이다. 그네가 바람에 흔들린다. 귀가 얼어붙을 듯하고 며칠 굶은 듯이 배가 고프다. 집에서 나를 기다리고 있을 고양이가 떠오른다. 숨을 필요는 없다 해도 집에 있을 수 없다면 어디로 가야 할까? 내가 그런 일을 할수나 있을까?

길 저쪽에서 헤드라이트 불빛이 보이더니 레이철의 차가 옆에 와 선다. 나는 잠시 멍청하게 차를 멀뚱멀뚱 바라본다. 여전히 마음 한편으로는 나는 혼자라고, 나 말고는 기댈 수 있는 사람이 아무도 없다고 믿고 있기 때문이다.

레이철이 차창을 내린다. "나 왔어. 태워 줄까?"

***

레이철의 차 안에는 히터가 최대치로 가동되고 있다. 나는 주머니에 넣었던 손을 빼서 펴 본다.

"병원에서 맹장 파열이래?" 레이철이 묻는다.

나는 레이철을 향해 눈만 깜박이며 머릿속으로 우리 대화를 되짚는다. 그걸 어떻게 알지? 무전 장치라도 있나? 아니면….

레이철이 자기 휴대전화를 꺼내더니 웃는 고양이 얼굴 그림이 있는 앱을 열어서 내게 건넨다.

마빈 오늘 또 새로운 위험 물질을 알게 됐어! 수산화수소.

그린베리 그거 또 그냥 물 아냐?

파이어스타 조지아한테서는 연락 없어?

레이철이 전화를 다시 가져가더니 양 엄지로 문자를 입력한다.

조지아 전화 와서 내가 만났어.

파이어스타 자가바바바바바바! 너 거기 있어?

캣넷 앱이 있다는 건 알았지만 나한테 제대로 된 휴대전화가

없으니 써 본 적은 없다. 양 엄지로 문자를 입력해 보지만 이런
전화에 익숙하지 않으니 매우 느리다. 내가 쓴 글이 조지아의 이
름으로 뜬다.

조지아 구급차를 불러서 엄마를 병원으로 데려갔는데 엄마가 나
한테 숨으라고 했어. 어디로 숨어야 할지 전혀 모르겠어.

"우리 집에 숨어." 레이철이 단호하게 말한다. "네 아버지가 이
동네로 오더라도 네가 거기 있는 건 절대 모를 거야."
"내 컴퓨터를 챙겨야 해."
"좋아. 너네 집에 잠깐 들러서 짐을 챙기자."
집 안은 나올 때와 마찬가지로 캄캄하다. 불을 켜고 짐을 챙기
기 시작한다. 고양이가 큰 소리로 야옹거린다. 저녁밥이 늦었다
는 소리다. 그릇에 사료를 부어 준다.
"고양이는 어떡하지?"
"다시 밖에 내놓아야 할 거 같아." 레이철이 유감스럽다는 듯
이 말한다.
그런데 침대 밑을 들여다보니 그새 새끼 고양이들을 낳아
놨다.
"치즈 태비는 다 수컷이라고 생각했는데!" 나는 충격에 휩싸
인다. "이제 어쩌지?"

레이철이 한숨을 쉰다. "우리 집에 데려갈 수는 없어. 들락거릴 수 있게 창문을 조금 열어 놓고 가자. 어미가 드나들 수 있게. 새끼 딸린 고양이를 내쫓을 수도 없고 여기 남아서 밥을 줄 수도 없잖아. 그렇지?"

"잠깐 들를 수는 있겠지?" 침대가 비에 젖겠지만 그건 상관없다. 다시 여기서 잠을 잘 일은 없을 것 같으니까. 나는 옷가지와 책들을 챙기고 고양이 화장실 밑에 끼워 두었던 엄마의 운전면허증을 꺼낸다. 그리고 재빨리 사방을 둘러본다. 구급대원들이 주소는 알고 있고… 여기서 엄마의 이름을 알아낼 수 있는 게 뭐가 있을까? 엄마의 지갑, 엄마의 노트북, 그리고 내 학교 관련 서류 같은 중요한 문서들을 담아 놓는 플라스틱 상자가 떠오른다. 그것들도 모두 챙긴 다음, 잊은 게 없나 해서 다시 엄마 침실을 살핀다. 엄마 침대 옆에 서랍이 달린 탁자가 있지만 서랍을 열어 보니 텅 비어 있다.

"조지아. 네가 조지아였어. 저번에 클라우더에 들어왔다가 1분 만에 나갔었지! 나한테 일이 생겼다는 건 어떻게 알았어?"

"클라우더에 다시 들어갔거든. 아마 네가 나가고 나서 금방이었을 거야. 다들 온통 너와 네 엄마를 걱정하는 중이었으니까."

"애초에 그 사이트는 어떻게 알았어?"

"초대를 받았어. 괜찮을 거 같더라고. 처음에는 약간 부담스러워서 나와 버렸지만."

"걔네들이 얘기하는 게 나라는 건 어떻게 알았고?"

"'작은갈색박쥐'래서? 헤르미온느가 네가 계속 이사를 다닌대서? 다들 네가 뉴커버그에 사는 걸 알고 있어서?"

나는 홱 돌아선다. "뭐? 뉴커버그에 사는 걸 안다고? 어떻게? 난 한 번도 얘기한 적이…"

레이철이 휴대전화로 어떤 사이트를 열어 건네준다. CNN 기자가 오늘 오후에 위스콘신주 뉴커버그에서 보건 수업 시간에 일어난 로보노어뎁트6500 학습용 로봇 해킹 사건을 전하고 있다. "걔네가 알아냈어."

***

자기 집 앞에 차를 세운 레이철이 운전대를 잡고 잠시 머뭇거린다. "집에 들어가기 전에 너한테 말해 둬야 할 게 있어."

정말로 심각한 투라서 궁금증이 인다. 마약일까? 시체? 뭐지? "얘기해."

"집에 새가 엄청 많아."

"새?" 제대로 들은 게 맞나 싶다.

"그런데 새장에 들어 있지 않아. 자유롭게 똥을 싸는 상태지. 우산을 쓰고 다니지 않으면 머리에 새똥을 맞을 수 있어."

"아." 이해했다. "그거 맞아도 피부에 문제가 생기거나 하지는 않지?"

"뭐? 당연히 아니지!"

"그냥 씻으면 되는 거네?" 레이철이 고개를 끄덕인다. "그럼 됐어. 샤워하면 되지 뭐."

레이철이 심호흡을 한다. "좋아. 들어가자." 나는 노트북 두 대와 엄마의 지갑이 든 가방을 들고 레이철을 따라 현관 계단을 오른다. 문을 열자 외투를 걸어 두는 벽장이 있는 좁은 현관이 나온다. 흰 판지에 휘갈긴 경고문이 문에 붙어 있다. '반드시 에어록을 닫을 것.'

"안쪽 문을 열기 전에 바깥쪽 문을 닫아야 해. 새들을 위한 에어록이지."

바깥쪽 문을 닫는다. 안쪽 문을 여는 레이철의 얼굴에 짙은 두려움의 표정이 스친다. 우리는 집 안으로 발을 들인다.

레이철이 안쪽 문을 닫는 사이에 사방에서 폭발하는 듯한 날갯짓 소리가 들린다. 순간적으로 실제보다 훨씬 많은 새들이 있는 것처럼 느껴진다. 아래층은 툭 터진 매우 넓은 공간으로 보인다. 창문마다 얇게 비치는 천이 걸려 있고 소파마다 비닐 덮개가 씌워져 있다. 모든 벽에는 거대하고 정교한 벽화가 그려져 있다. 제일 넓은 벽에는 노아의 방주 그림이 있는데, 거대한 배에 날개와 튀어나온 눈이 달렸다는 점과 유니콘과 작은 용들과 늪지 괴물들이 함께 배에 타고 있다는 점만 다르다.

나는 말없이 오랫동안 방 안을 둘러본다.

그때 새 한 마리가 휙 날아와 내 머리에 앉는다.

"저리 가!" 레이철이 새를 쫓는다.

"난 괜찮아."

"아니, 쟤가 머리에 앉으면 싫을걸. 쟤 이름은 카라바조인데 물수도 있어."

"벽의 그림은 누가 그렸어?"

"우리 엄마. 예술가야. 위층에 올라갈래? 거긴 새가 한 마리밖에 없어서 정신이 좀 덜 사나워. 내 새는 물지도 않고."

레이철의 방에도 벽화가 있고 여기저기 괴상한 작은 상자들이 매달려 있다. 나는 걸음을 멈추고 상자 하나를 자세히 들여다본다. 색을 칠한 나무 상자 안에 조그만 장난감 새들이 들어 있다. 박제한 새가 아니라 인형인 게 확실하지만 깃털은 진짜다. 새가 안락의자에 앉아 파이프 담배를 피우고 있다.

"그것도 엄마가 만든 거야. 팔리지 않아서 내가 가져도 된다고 했어."

"어머니가 작품을 파셔?"

"응." 레이철은 마치 이 사실도 새들과 마찬가지로 비밀이었다는 듯이 한숨을 내쉰다. "엄마가 예술 학교를 나오거나 한 건 아니야. 그냥 취미로 이런 것들을 만들었는데, 몇 년 전에 어떤 중개인이 엄마 작품을 보고 팔 만하다고 판단했나 봐. 이걸로 먹고 살 만하다거나 그런 건 아니지만 엄마는 이것들로 내 대학 등록금을 마련하겠대."

"진짜 멋지다." 다른 상자에도 작은 새 조각상이 들어 있다. "어느 쪽이 먼저야? 새? 작품?"

"음, 이 상자들을 만들기 전부터 새를 키웠어. 그렇지만 새를 키우기 전에도 다른 작품들을 만들긴 했지. 늘 벽화를 그렸거든. 그러다 지겨워지면 페인트를 칠하고 다시 그려. 엄마가 부엌에 있던 용을 지워 버린 건 아직도 화가 나. 난 그 용을 정말 좋아했 거든. 엄마는 아침에 커피를 마실 때마다 그게 위협하는 것처럼 느껴졌대."

"새가 몇 마리나 있어?"

"아래층에 유리앵무 네 마리와 코뉴어앵무 한 마리가 있어. 여기 위층에는 내 유리앵무 한 마리가 있고." 레이철이 커튼을 치더니 새가 나올 수 있게 새장을 연다. "얘는 피카소야." 작은 녹색 앵무가 흔쾌히 레이철의 손으로 폴짝 뛰어오른다. "손에 앉혀 볼래?"

내가 비닐을 덮지 않은 레이철의 침대에 앉자 레이철이 내 팔을 잡고 손바닥을 펼친다. 그리고 병에 든 씨앗을 내 손바닥에 조금 덜어 낸 뒤에 자기 손을 기울여 새를 옮겨 준다. 피카소가 머리를 옆으로 돌려 나를 관찰하면서 게걸스럽게 씨앗을 쪼아 먹는다.

"진짜 귀엽다. 캣넷에 사진 올려 봐. 내가 들고 있을 때는 말고."

"네 손만 나오게 가까이 찍으면 어때?"

"그건 괜찮을 거 같아."

레이철이 휴대전화를 꺼내 내 얼굴이 나오지 않도록 조심스럽게 각도를 잡는다.

"조지아라는 이름은 어디서 온 거야? 거기가 고향이야?"

"아니, 조지아 오키프에서 따왔어. 화가야. 우리 새들도 전부 화가들 이름을 땄어. 아래층에 있는 유리앵무들은 카라바조, 페르메이르, 샤갈, 모네고, 코뉴어앵무는 프리다 칼로야."

"새들이 늘 주변을 날아다니는데 대체 어떻게 박쥐를 무서워할 수가 있어?"

"음, 새도 좀 익숙해져야 했어."

"새 얘기는 왜 비밀이야?"

"말했잖아. 사람들한테 똥을 싼다고. 지난번에 누가 들렀을 때도…" 레이철이 어찌나 땅이 꺼져라 한숨을 쉬는지, 새가 놀라서 풀쩍 공중으로 날아올랐다가 레이철의 머리 위에 앉는다. "내가 마지막으로 누군가를 데려온 게, 사실 브라이어니였는데, 아무튼 7학년 때였어. 그때 다빈치가 걔 머리에 똥을 싼 거야. 그리고 몇 년 동안이나 그 얘기를 들어야 했어. 진짜 몇 년 동안이나. 게다가 사실 우리가 법적으로 허용된 것보다 많은 새를 키우고 있거든. 뉴커버그에서는 애완동물을 네 마리까지만 키울 수 있어. 집

172

안에만 두면 딱히 신경 쓰는 사람은 없지만."

"그래서 커튼을 다 쳐 둔 거야?"

"아니. 그건 새들이 유리창으로 날아들어서 그래. 그게 이상한 게 새들은 사실 아주 똑똑하거든. 특히 앵무새는 더 그렇고. 얘네가 크기가 작아도 앵무는 앵무잖아. 보통 앵무새의 작은 버전인 건데, 얘들은 유리창을 구별할 만큼 똑똑하지가 않아. 야, 새대가리." 마지막 말은 자기 새에게 한 말이다. 새가 레이철의 손가락으로 폴짝 뛰어내리더니, 쓰다듬는 손길에 깃털 덮인 작은 머리를 고분고분 맡긴다. "내 친구한테 까꿍 놀이 보여 줄까?"

새가 찍찍거리고 레이철이 침대 근처에서 티슈 한 장을 뽑아 새를 덮는다. "피카소 어딨지? 피카소 어딨지?" 레이철이 티슈를 들어 올린다. 새가 지저귄다. 정확하게 발음한 건 아니지만 '까꿍' 소리처럼 들린다.

"들었어?"

"응!"

레이철이 몇 번 더 까꿍 놀이를 한다. 새가 '피카소 어딨지' 부분도 따라 하기 시작한다. 정확하게 발음하지는 못하지만 억양은 진짜 제대로다.

도망이나 엄마나 로봇 관련 뉴스 같은 것은 잊고 새가 말하는 소리나 듣고 있고픈 마음이 굴뚝같지만, 적어도 로봇 문제에 관해서는 더 들은 게 있는지 레이철에게 물어봐야 한다. "그러니까… 뉴스에서 뉴커버그 얘기를 하고 있다는 거지. 내가 그랬다고 말하는 사람도 있어? 뉴스에 내 이름이 나왔다거나."

"아니." 레이철이 나를 살짝 올려다보고는 다시 새를 본다. "미안해. 널 끌어들이지 말았어야…"

"괜찮아. 네가 시켜서 한 게 아니야. 그냥 내가 알아야 할 거 같아서 그래. 지금 어떻게 돼 가고 있는지."

"내가 본 뉴스 중에 네 이름이 나온 건 없었어. 학교에 네 이름을 아는 애도 별로 없잖아? 넌 안전해." 레이철이 새를 도로 새장에 넣는다. "네 아버지에 대해 아는 게 있어? 어떻게 생겼는지는 알아?"

"내 눈이 갈색이고 엄마는 파란색이니까 아버지는 갈색 눈이지 않을까? 생물 시간에 배운 유전학에 따르면 그럴 거 같아. 하지만 엄마 말이, 학교에서 배우는 유전학은 너무 단순하게 정리돼서 절반은 못 믿을 거라고 하니까." 나는 앵무를 바라보며 새의 깃털 색에 관련된 유전 법칙을 생각한다. 아래층에서 날아다니던 새 중 한 마리는 파란색, 한 마리는 일부만 노란색이었고 나머지 두 마리는 녹색이었다. 유리앵무 중에서 녹색이 제일 흔한 건지, 아니면 어쩌다 보니 녹색 앵무를 많이 키우게 된 건지 궁금하다.

우리는 다시 부엌으로 내려간다. 레이철이 냉동 피자를 데우고 수프를 끓인다. "아빠는 야근이고 엄마는 작업실에 있어."

"내가 있어도 괜찮을까?"

"신경 안 쓸 거야. 너네 엄마가 병원에 입원했다고 말할게. 나쁜 아버지로부터 도망치는 중이라는 부분은 건너뛰고. 어때?"

"그 정도면 적절할 거 같아."

새가 부엌으로 날아 들어와 냉장고 위에 앉는다. "국수." 새가 말한다.

"국수 만드는 거 아니야." 레이철이 성가시다는 듯이 말한다. "피자 테두리 줄게."

"국수."

레이철이 피자를 꺼내 여러 조각으로 자른다. "너희 엄마는 얼마나 오래 도망을 다닌 거야?"

"내가 기억하는 한은 내내."

"얼마나 예전까지 기억하는데?"

"잘 모르겠어." 어릴 때로 갈수록 흐릿한 얼굴들과 장소들, 끝없이 차를 타고 가는 기억들뿐이다. 나는 기억들을 분류하면서 그중 가장 어릴 때 일처럼 느껴지는 것을 찾아본다. 하나가 있다. "유치원 한 곳은 확실히 기억나. 러그가 깔린 멋진 방이었거든."

"내가 기억하는 제일 어릴 때는 세 살 때야. 아빠가 공장에서 열린 가족 방문의 날에 나를 데려갔는데, 거기서 비닐로 시리얼 바를 포장하는 커다란 기계를 봤어. 내가 세 살 적에 그런 일이 있었다고 부모님이 말해 줘서 그때가 세 살이었던 걸 아는 거지.

내가 그 일을 기억하는 건 그게 특별해서고."

레이철의 어머니가 아래층으로 내려온다. 청바지에 물감이 여기저기 묻은 셔츠를 입고 있다. "누구니?" 레이철의 어머니가 묻는다.

"스테프. 내 친군데, 얘네 엄마가 병원에 입원하셔서 집으로 데려왔어." 상황은 레이철이 예상한 대로 매끄럽게 흘러가지 않는다. 레이철의 어머니가 내게 이것저것 묻기 시작했기 때문이다. 전화를 해야 할 가족들은 있니? 친구들은? 입원한 엄마 옆에는 누가 있지? 그러더니 볼링 모임을 같이 하는 회원 몇몇에게 연락해서 내일 아침에 엄마를 찾아가 보도록 부탁해 보겠다 하신다. 그러면 엄마는 안심하기보다는 더 긴장할 것이다.

"병원에 간호사들이 있으니까요."

"어머, 그냥 간호사한테만 맡기면 안 돼. 그 사람들은 무슨 일이 생겼을 때 너한테…" 레이철의 어머니가 말꼬리를 흐리더니 나를 보다가 어깨를 으쓱이고 만다. "레이철이 집 구경은 시켜 줬니?"

집 2층에는 침실이 두 개 있다. 하나는 레이철이 쓰는 방이고 하나는 어머니 작업실이다. 부모님이 쓰는 진짜 침실은 지하에 있는 것 같다. 어머니 작업실이나 지하에는 새를 들이지 않는다.

"똥을 너무 많이 싸잖아." 레이철의 어머니가 기분 좋게 말한다. 작업실 한쪽 구석에 목공 도구들이 있다. 조립할 때 쓰는 것,

176

연마할 때 쓰는 것, 색을 칠할 때 쓰는 것 등 상자를 만드는 데 쓰이는 도구들이다. 깃털은 키우는 새들이 떨어뜨리는 걸 모으는 줄 알았는데, 사실은 포대 단위로 구매하는 거라고 한다. "길 아래쪽 가공 공장에서 나오는 닭털이야." 레이철의 어머니가 사무적으로 말한다. "그걸 나눠서 염색하는 거지."

레이철의 어머니는 사랑과 애정에 관한 노래이기도 한, 작은 새집 짓기에 관한 노래를 좀 과하게 많이 듣고 난 뒤로 이 작은 상자들을 만들기 시작했다고 한다. 한동안은 친구들에게 그냥 나눠 주다가 나중에는 온라인 판매를 시도했다. 지금은 화랑으로는 나가지 않고 미니애폴리스에 사는 어떤 남자가 소유한 선물용품 체인점으로 나간다고 한다. 예술품을 전문으로 하는 체인이다. 예술품 선물 가게가 예술품을 다루는 화랑과 어떻게 다른지 잘 모르겠지만, 레이철의 어머니가 그 차이를 중요하게 생각하는 듯해서 나는 고개를 끄덕거리며 이해하는 척한다.

문 쪽 벽에 먼지가 앉지 않도록 캔버스 천으로 덮어 놓은 완성품 십여 개가 걸려 있다. 레이철의 어머니가 천을 벗겨 상자를 보여 준다. 모두 사탕처럼 밝고 선명한 색으로 칠해져 있다. 제일 마음에 드는 것은 컴퓨터를 주제로 한 것이다. 새들이 컴퓨터 부품에 둘러싸여 있다. 낡은 자판에서 떨어져 나온 키캡, 오래된 SD카드, 정확히 어떤 용도인지 모를 컴퓨터 부품들. 글자 그대로 '하드웨어'인 철물들도 있는데, 나사와 볼트, 작은 금속 너트 들이 상자 위쪽을 이리저리 가로지르는 철사에 꿰어져 있다. "만져 봐도 돼." 레이철의 어머니가 허락하자 나는 너트들이 철사를 따라 움직이는지 보려고 손가락으로 조심스럽게 너트들을 건드린다. 움직인다.

"이것들은 얼마나 해요?" 질문을 하자마자 무례한 질문인가 해서 아차 싶다.

"내가 150달러에 팔면 이걸 사 가는 사람은 250달러에 팔지."

"만드는 데는 얼마나 걸리고요?"

"그 문제는 깊이 생각하지 않으려고." 레이철의 어머니가 웃음을 터트린다.

아래층으로 내려오니 지저귀고 있던 새 몇 마리가 소리를 지르기 시작한다. 내가 모르는 언어로 말싸움하는 걸 듣는 느낌이다. 레이철의 어머니가 피자 테두리를 한 마리에게 먹이는 사이 다른 새가 어깨에 내려앉더니 바로 똥을 갈긴다. 레이철의 어머니가 내 시선이 향한 곳을 확인하더니 웃음을 터트리고는 닦아내지도 않고 그저 이렇게 말한다. "이건 작업용 셔츠이자 똥 셔츠야. 상관없어."

"가서 네 물건 챙겨 오자."

레이철의 차 뒷좌석에 둔 가방을 뒤져 잠옷과 칫솔을 꺼낸다. 몸을 일으키니 레이철이 잔뜩 화난 표정으로 서 있어서 깜짝 놀란다. "왜 그래?" 내가 뭘 잘못했나? "집에 데려와 줘서 고마워.

난 정말… 음, 너네 새들이 마음에 들어."

"부모님은 말로만 새를 줄이겠다고 해." 레이철의 목소리에는 분노가 가득하다. 나에게 화가 난 것이 아닌 게 확실해지자 나는 일말의 안도감을 느낀다. "새가 너무 많아. 아침마다 걔들이 소리치고 싸우는 소리 때문에 깨. 게다가 피카소 말고는 다 새장에서 살지 않아서 집 안이 늘 엉망이야. 다빈치가 죽고 반고흐가 가출해서 유리앵무가 세 마리로 줄었었어. 그때 카라바조가 알을 낳았는데, 엄마도 아빠도 알아차리지 못하는 바람에 다시 네 마리로 불어난 거야. 거기에 코뉴어도 한 마리 있지. 부모님은 카라바조가 수컷이라 생각했대. 그래서 신경 쓰지 않았던 거야."

"난 새를 키워 본 적이 없어." 나는 쓸데없는 얘기를 한다. "다른 동물도 마찬가지지만. 엄마가 모르는 그 고양이 말고는."

"이렇게 엉망진창이 아닌 곳으로 널 데려갈 수 있으면 좋겠어."

내가 어떻게 생각할지에 대해 레이철이 이처럼 신경을 쓴다는 게 믿기지 않는다. 괜찮다고 말해야 할까? 레이철이 베푸는 호의에 대고 거드름 피우는 것처럼 들릴지도 모른다. 그건 옳지 않다. 하지만 난 정말로 괜찮다. 레이철이 몹시 부끄럽게 여기는 부분들까지 포함해서, 이 집의 모든 것이 괜찮다.

"친구가 되어 줘서 고마워. 난 여기가 딱 좋아."

"새똥에 맞더라도 학교 애들한테는 얘기하지 말아 줘."

"아무한테도 말 안 할게. 절대로, 아무한테도, 그 누구한테도. 캣넷에도 안 할게."

"캣넷에는 괜찮아. 그 애들은 새를 좋아할 거 같아."

***

우리는 방으로 돌아와 문을 닫고, 나는 깔고 앉을 것이 필요해 내 누비이불을 접어서 깔고 앉는다. 레이철의 어머니가 숙제하라고 레이철을 닦달한다. 나는 노트북 전원을 연결하고 캣넷에 접속한다.

모두가 해킹에 관한 뉴스를 보고 있다. 이제 모든 언론이 그걸 '해킹 사건'이라고 부른다. 에밀리의 인터뷰와 함께 브라이어니의 인터뷰도 반복해서 방송에 나온다. 브라이어니는 '결혼할 때까지 순결을 지키는 것의 이점은 무엇인가'라는 질문 외의 모든 질문에 '잘 모르겠습니다. 부모님께 물어보세요'라고 대답하도록 만들어진 로봇한테 성교육을 받는 것이야말로 진짜 문제라고 말한다. 처음에는 분명히 지역 뉴스에서만 다뤘지만, 어쩌다 이 사건을 흥미롭게 본 시애틀의 신문사가(그들은 브라이어니의 의견에 완전히 동의했다) 기사를 냈고 저녁 7시쯤에는 CNN도 이 사건을 보도했다.

레이철이 우리끼리 따로 볼 수 있도록 책상 서랍에서 태블릿을 꺼내 뉴스들을 불러온다.

CNN 기자가 로보노의 홍보 이사를 연결했다. 홍보 이사는 이런 일은 일어날 수 없다고 강력하게 주장한다. 그는 보안 패치가 설치되지 않은 게 분명하다면서, 외부 소행이라는 교장의 주장도 말이 안 된다고 반박한다. "이건 트로이 목마처럼 이메일로 어떻게 할 수 있는 일이 아닙니다. 로봇에 직접 손을 대야 하는 일이죠. 누군가가 학교에 침입했다고 주장하는 게 아니라면 내부자의 소행이 분명합니다."

나는 불안한 마음에 레이철을 힐끗 쳐다본다. 레이철이 눈살을 찌푸린다. "이 사람 홍보 쪽으로는 아주 끔찍하네. 이 회사는 사건이 터진 순간 위기관리 전문가를 불렀어야 해."

"너는 홍보에 대해 잘 아는 것 같네."

"아, 2년 전에 선크래프트팜스 그래놀라바에서 살모넬라균이 나온 적이 있거든. 엄청 큰 사건이었어. 그 공장에서 홍보 관련 일을 하던 웬디라는 사람이 있는데, 우리 엄마랑도 친해. 그래놀라바와 아침용 시리얼에 관한 귀여운 트윗들을 올리고 보도자료를 쓰는 일 같은 걸 했지. 그런데 살모넬라 사건이 터지고 나서 카메라 앞에 섰을 때, 웬디가 사람들의 질문에 답하다가 '아무도 완벽하진 않다'라는 말을 해 버린 거야. 회사는 그 즉시 위기관리 전문가와 계약하고 웬디를 6개월 동안 우편물실로 보냈지."

"지금은 홍보 일로 돌아왔어?"

"응, 재미있는 트윗들을 정말 잘 쓰거든. 그리고 그 살모넬라

건은 완전히 우리 잘못도 아니었어. 원료 공급 업체가 문제였지."

나는 선크래프트팜스의 트위터 계정을 살펴본다. 웬디는 간식이 필요하다는 트윗을 올리는 이용자들을 찾아가 선크래프트팜스 그래놀라바 쿠폰을 주는 일로 근무 시간 대부분을 보내는 듯하다. "저희 신제품 '아침식사용 아사이베리 요거트바'가 마음에 드실 거예요! 첫 구매 15퍼센트 할인 쿠폰을 드립니다! #스낵 #건강한간식"

"조지아는 로봇 회사가 홍보 담당자 챗 비스킷을 죽여 버릴 거래." 캣넷에 말한다. "쓸모가 없으니까."

"틀림없어." 마빈이 말한다.

"이게 어떻게 뉴스거리가 돼?" 내가 묻는다. "그러니까, 겨우 로봇 하나 해킹…"

"로봇 해킹은 뉴스거리가 맞지. 지난주에 GM이 지금 운행 중인 자동차의 25퍼센트가 자율주행 자동차라고 발표했잖아." 이코가 말한다.

"뭐? 그렇게 많을 리가 없어." 헤르미온느다. "우리 동네에는 달랑 두 대뿐인데."

"너 메인주에 살지 않아?" 마빈이 묻는다.

"25퍼센트 맞아." 이코가 말한다. "캘리포니아는 자율주행 자동차가 연료도 적게 들고 안전하다고 보조금을 주고 있어. 여기는 온 사방에 자율주행 차야."

"그게 무슨 상관인지 모르겠는데." 내가 말한다.

"자율주행 차가 해킹되면 진짜 엄청난 문제잖아. 사람을 칠 수 있으니까. 그래서 다들 이 이야기에 관심을 두는 거야. 게다가, 음, 섹스와 미성년자들도 관련돼 있고."

"섹스에 관한 이야기와 미성년자들이지." 체셔캣이 말한다. "어쨌든 로보노 로봇이 안전하다는 그 남자의 말은 틀렸어. 저 회사의 가정용 로봇들은 패치 프로그램을 설치하지 않으면 흔한 해킹에도 엄청나게 취약하거든. 실제로 아무도 패치를 설치하지 않고 말야."

"그것들을 전부 싹 다 해킹해야 해." 마빈이 말한다. "그래서 이 나라에 있는 모든 로봇 청소기가 새벽 두 시에 동시에 청소를 시작하게 하는 거야. 언론이 뉴커버그에 대한 관심을 끄도록."

"어머니가 맹장 파열이라고 했지?" 헤르미온느가 묻는다.

"응. 병원에서 그렇게 들었어. 엄마는 수술에 들어갔고, 며칠 아니면 몇 주간 입원해서 항생제 치료를 받아야 할 거래."

"그럼 너는 아무 데도 못 가겠네."

"엄마만 여기 남겨 둘 게 아니라면." 엄마는 도망가라고 했다. 도망갈 만한 곳이 있는지 다시 생각해 본다.

엄마의 노트북에 전원을 연결하고 켠다. 패스워드를 묻는 창이 나타난다. 노트북이 잠겨 있으니 당연하다. 내 것도 마찬가지지만 엄마는 내 패스워드를 안다. "자칭 해킹 전문가들한테 질문이 있어." 캣넷에 묻는다. "패스워드를 모르는 노트북 잠금은 어떻게 풀까?"

마빈이 운영 체제와 버전을 물어보고는 일련의 절차를 알려준다. 그대로 하면 잠금이 풀릴 거라고 하는데 전혀 그렇지 않다. 대신에 들어갈 수 없다는 메시지와 함께 픽셀로 그린 해골과 뼈다귀 그림이 화면에 나타난다.

"해골?" 파이어스타다.

"그 노트북은 대체 어디서 난 거야?" 이코가 묻는다.

"우리 엄마 거."

"엄마가 프로그래머라고 했지?" 이코가 말한다.

"그 보안 프로그램을 직접 짜셨을까?" 마빈이 묻는다.

"그럴 거 같은데? 자가바, 네 어머니가 자기 노트북 보안용으로 근본 없는 셰어웨어를 쓸 거 같아, 아니면 직접 프로그램을 만들 거 같아?"

"후자."

"그럼 더는 모르겠다." 이코가 말한다.

"아까 그 화면으로 돌아가서 네 이름을 쳐 봐." 마빈이 말한다. "어머니가 널 부를 때 쓰는 이상한 이름이 있으면 그걸 쳐 보든가."

"우리 동네 사람들은 자기 개 이름을 와이파이 패스워드로 써." 이코가 말한다.

"엄마 파일을 몽땅 날려 버리지 않는 선에서, 몇 번이나 시도할 수 있을까?"

"대체로는 '무한히' 가능한데 그 노트북 보안 프로그램이 어떻게 작동할지는 알 수 없어." 마빈이 말한다.

"엄마가 얼마나 아프셔? 병원에 가서 그냥 물어보면 안 돼? 수술이 끝났다면."

"이코, 그건 안 돼애애애애애." 파이어스타가 말한다.

'스테파니테일러'를 입력해 본다. 실패지만 힌트가 하나 나온다. '여덟_번째_생일'. 나는 그 사실을 캣넷에 보고한다.

"여덟 살 생일에 뭐 했어?" 헤르미온느가 묻는다.

여덟 살 생일에 대한 기억이 전혀 없다. 짜증이 나서 두 노트북을 다 닫아 버린다. "여덟 살 생일에 뭐 했어?" 내가 레이철에게 묻는다.

태블릿을 들여다보던 레이철이 고개를 든다. "어, 그해에는 아마 롤러스케이트를 타러 갔을걸. 아닌가, 그건 아홉 살 때였나? 잘 모르겠어. 왜?" 나는 패스워드 상황을 설명한다.

"집에 다시 가 볼래? 종종 비밀번호를 적어 두는 사람들이…"

"집 안에 있지는 않을 거야." 엄마가 그런 걸 적어 났다면 아직 레이철의 차 뒷좌석에 있는 그 서류 상자에 있을 것이다. 나는 나가서 서류 상자를 가지고 와 뚜껑을 열어 본다. 안을 뒤적거리자 레이철이 내 어깨 너머로 고개를 내밀고 살펴본다.

안에는 폴더가 여러 개 들었는데 아무 표시들이 없다. 계약서 한 장과 미네소타주 미니애폴리스에 소재한 보안 운송 어쩌구의 주소와 휴대전화 약정서들이 있다. 더 뒤지니 다나 테일러의 사회보장카드와 유효 기간이 만료된 운전면허증, 몇몇 잡동사니들이 나온다. 엄마가 마지막으로 차 번호판을 갱신할 때 생긴 아이오와주의 서류 뭉치와 초등학교 때 것까지 섞인 내 성적증명서와 성적표들이 집게 하나로 묶여 있다.

더 깊숙이 뒤지니 마이클 퀸과 로라 패킷의 이혼이 승인되었음을 나타내는, 캘리포니아주 쿠퍼티노에서 발급한 서류가 나온다. 그게 뭘까 싶었는데 더 뒤지다 보니 로라 패킷이라는 이름을 다나 테일러로 바꾸는 개명에 관한 법원 서류가 나타난다. 그리고 그 아래에 스테파니아 퀸패킷이라는 이름 밑에 내 생년월일이 찍힌 출생증명서가 있다.

"그러니까, 우리 엄마 이름은 사실 다나가 아니고 내 성은 사실 테일러가 아니란 거지?" 나는 큰 소리로 말하고 신경질적으로 웃는다. "우리 엄마는 사실 로라고 난 사실 스테파니아 퀸패킷이야."

"이상한 성이야."

"엄마와 아빠 성을 합친 거 같아."

접근 금지 명령 서류와 양육권 관련 문서 같은 법률 문서들이 더 있다. 양식에 맞게 작성돼(꼬리말이 있는 걸 보면 알 수 있다) 공

186

증인의 공증을 거친 유언장도 있는데, 유사시에는 내가 누군지도 모르는 조치틀 마리아나라는 사람과 같이 살아야 한다고 적혀 있다. 밑바닥에는 상자에 든 타자기 그림이 있는 낡은 책 한 권과 '호머릭 소프트웨어'라는 간판 앞에서 환하게 웃고 있는 네 사람이 담긴 사진 한 장이 있다. 그중 한 명이 엄마 같다. 사진을 뒤집자 뒤쪽에 이름들이 적혀 있다. '로라, 라지브, 마이크, 조치틀'. 'Xochitl'이라는 단어를 어떻게 읽어야 할지 전혀 모르겠지만 내 생각에는 '조치틀'이 맞을 것 같다.

패스워드는 없다.

"좋아." 레이철이 말한다. "여덟 살 생일이랬지. 기억이 없는 건 확실해?"

나는 고개를 끄덕인다.

"일곱 살 때는 기억나는 게 있어?"

"있어. 그때 딱 한 번 친구가 있었어. 지금을 빼면." 나는 레이철에게 줄리와 함께했던 여름을 설명한다. 여름 원피스와 박쥐와 이상한 냄새가 났던 그 지하층, 그리고 『스텔라루나』. 엄마가 그 애한테 가짜 전화번호를 줬을 거라는 이코의 추측과 미국에 스미스라는 성을 가진 사람이 얼마나 많은지도 얘기한다.

"그 책 지금도 있어?"

"어, 응." 『스텔라루나』를 찾아 꺼내자 레이철이 곧바로 제일 앞쪽을 펼친다. 거기에 글귀가 있다. '메리 크리스마스. 줄리, 우

리 작은 별. 사랑하는 할머니와 할아버지가.'

"지역 이름을 함께 적어 두지 않다니 너무하네." 레이철이 실망한 투로 말한다.

"그걸 봐도 내가 여덟 살 생일에 뭘 했는지는 안 나올 거야."

"내 침대에 누워 봐." 레이철이 침대로 가면서 말한다. "눈을 감아." 레이철이 책을 펼쳐 조심스럽게 내 얼굴에 엎어 놓는다. 내가 낄낄거리기 시작하자 레이철이 말한다. "조용히 해. 이건 기억을 되살릴 수 있다고 인정받은 기술이야! 냄새에 집중해!"

나는 책의 냄새를 들이마신다. 줄리네 집 지하와는 다른, 그냥 책 냄새가 난다. 레이철이 아무 말도 하지 않길래 나는 그냥 잠시 더 줄리네 집을 생각하면서 숨을 쉰다.

몇 분이 지난 뒤에 레이철이 책을 걷어 내며 말한다. "눈은 계속 감고 있어. 아까 나한테 제일 오래된 기억이 유치원 때라고 했지? 거기서부터 시작해 보자."

"안전 가위로 색종이를 자르다가 엄청 화가 나서 가위를 던졌어. 그런데 어떤 애가 그걸 얼굴에 맞고 울었어. 나는 걔한테 가위를 던진 게 아니고 그냥 가위에 화가 났던 거라고 설명했는데, 아무도 들어 주지 않았어.

사고 친 애들을 두는 방에 나를 집어넣었어. 몇 시간을 기다린 끝에 엄마가 데리러 왔는데 이미 차에 짐을 다 꾸려서 실은 상태였지. 내가 그게 무슨 의미인지 알았던 걸 보면 그 전부터 계속 이사를 다니고 있었나 봐. 그때는 특히 화가 나서 기억이 나는 거고. 사고였다고 설명해도 아무도 내 말을 들어 주지 않아서 화가 났어. 내가 문제를 일으켰으니 떠나야겠다고 생각한 엄마한테도 화가 났어. 왜 우리가 떠나야 한다고 생각했는지 모르겠어. 난 그냥 원장실로 보내진 유치원생일 뿐이잖아. 경찰이 오거나 한 것도 아니었어."

"그게 어디에서 있었던 일인지 기억나?"

"더웠어. 공기는 후텁지근했고. 꼬박 하루를 운전해서 다음 살 곳에 도착했는데, 두 단어로 된 주였던 거 같아. 노스다코타North Dakota나 사우스다코타South Dakota 같은."

나는 계속해서 말썽에 휘말리다가 나중에는 화를 내는 대신 그냥 세상과 담을 쌓게 된 사건들을 얘기한다. 1학년 때 불쑥 내 앞을 가로막으며 '너 빨래방 위층에 산다며'라고 했던 여자애 얘기를 한다. 그 애 이름은 앤지였고, 정확하게 반반으로 가르마를 타서 두툼하게 땋은 머리가 삐져나온 머리카락 한 올 없이 반짝였다. 그때 나는 이사도 감수하겠다고 결심하고 앤지의 머리카락을 한 움큼 잡아 뽑았다. 우리가 탄 차가 다음 살 곳으로 출발할 때까지도 나는 그 머리카락을 움켜쥐고 있었다.

다시 줄리 얘기로 돌아가니, 우리가 여름 동안에 그 집에서 살았고 엄마가 가을이 오기 전에 이사하고 싶다고 분명하게 얘기했던 기억이 난다. 우리는 학기가 끝난 직후에 그 집에 들어갔고 학기가 시작되기 직전에 그 집에서 나왔다. 줄리는 학교에 시그밀러라는, 정말 심술궂은 선생님이 있는데 나와 함께하면 그 수업도 별로 나쁘지 않을 것 같다고 말했었다. 지금 와서 생각하니 그게 어느 정도는 엄마가 학년이 시작되기 전에 이사한 이유일지도 모르겠다. 나는 아마 심술궂다는 평판이 자자한 선생님과 썩 잘 지내지 못했을 것이다.

"유타." 불쑥 이 말이 튀어나온다. "줄리는 유타주에 살았어." 그리고 나는 여덟 살 생일을 기억해 낸다. 생일 선물로 줄리를 만나게 해 달라고 애원했지만 엄마는 그걸 거절하고 대신 놀이공원에 데리고 갔다. 놀이공원 이름은 기억나지 않는다. 호수 위까지 뻗는 거대한 그네 놀이기구와 곧장 하늘로 올라갔다가 뚝 떨어지는 듯이 보이는 롤러코스터가 있었다.

"좋아. 사진을 찾아보자." 레이철이 말하자 내가 일어나 앉는다. 인터넷에서 곧장 위로 치솟았다가 아래로 떨어지는 롤러코스터가 있는 놀이공원을 찾아본다. 내 머릿속에 있는 것과 비슷해 보이는 것은 없다. 호수 위까지 뻗는 거대한 그네 놀이기구도 없다. 오래 생각할수록 내가 둘 중 하나라도 제대로 기억하고 있는지 확신이 없어진다.

"어쨌든 놀이공원이었다는 거지? 계속 떠올리다 보면 그때 네가 어느 주에 있었는지도 기억날지 몰라. 범위를 좁히기는 어렵지 않을 텐데…"

"아까 찾은 다른 것들도 좀 검색해 봐야겠어." 내가 말한다.

조치틀 마리아나는 보스턴에서 일하는 컴퓨터 프로그래머다. 이력서에 사진이 첨부돼 있는데 아마 엄마 또래인 듯하다. 나는 검색창을 닫는다.

"이런 미친, 이것 좀 봐." 레이철이 자기 컴퓨터를 돌려 화면을 보여준다. 레이철은 '스테파니아 퀸패킷'을 검색해 제일 위에 나온 링크를 클릭한다.

'스테파니아 퀸패킷을 찾습니다'라는 제목을 단 아주 단순한 페이지다. 그리고 뭔가 미심쩍다는 표정의, 검은 머리카락에 볼이 통통한 유아의 사진이 있다. 그게 나일지도 모르겠다는 생각이 든다.

스테파니아 퀸패킷은 올해 16살인 제 딸로, 3살 때 아이 어머니가 데리고 잠적했습니다. 저와 이혼한 그녀가 앙심을 품고 아이에게 저와 저희 결혼 생활에 관해 거짓말을 했을 겁니다. 저는 스테파니아를 다시 보고 싶습니다. 제보 주시는 분께는 1,000달러의 사례금을 드립니다.

레이철이 화면을 뚫어지게 쳐다본다. "이거 진짜일까?"

나는 고개를 젓고 아버지에 대해서 아는 바를 떠올려 본다. 방화, 스토킹, 징역. "그 사람은 감옥에 갔어."

"확실해? 네 어머니가 그냥 그렇게 얘기한 걸 수도 있잖아."

확실한가? 엄마는 오려 낸 신문 기사를 보여 주었다. 하지만 그런 건 가짜로도 만들 수 있다. 레이철이 부모에 의한 납치와 관련된 사례들을 찾아 읽는다. 거기 나오는 세세한 내용들이 꼭 내 이야기 같다.

잦은 이사, 가짜 신분증, 기본적인 의료 서비스를 받기 어려움…

그러다 갑자기 엄마가 보여 준 신문 기사에서 아버지의 성이 우리와 같이 '테일러'로 적혀 있던 것이 생각난다.

아버지의 성은 퀸이다. 그 기사는 가짜다.

15

클라우더

작은갈색박쥐 내 이름이 진짜 내 이름이 아니래.

[👤 조지아 님이 들어왔습니다.]

조지아 스테프, 내가 제대로 하고 있는 거 맞아?

작은갈색박쥐 조지아, 여기에서는 날 자가바라고 불러야 해.

조지아 아, 맞다. 미안. 자가바, 애들한테 그 사이트 얘기할 거야?

작은갈색박쥐 먼저 출생증명서 얘기를 해야겠지. 내 이름이랑 비슷한 이름이 적힌 출생증명서를 찾았는데 성이 달라. 스테파니아 퀸패킷이라고 돼 있어. 그리고 조지아가 이 웹사이트를 찾았는데

[🔗 외부 링크 – 연결하려면 클릭하세요.]

여기에 따르면 내가 납치됐대.

파이어스타 와우.

헤르미온느 저거 진짜 네 사진이야?

조지아 맞는 거 같아. 턱이 똑같아.

파이어스타 말도 안 돼, 그러고 보니 조지아는 네가 진짜로 어떻게 생겼는지 아는 거잖아! 넌 사진도 안 찍는데, 조지아는 지금 네 실제 얼굴을 보고 있다고! 조지아, 자가바 어떻게 생겼어? 묘사 좀 해 줘!

조지아 다들 충격받을지도 모르겠지만, 작은갈색박쥐는 사실 진짜 박쥐가 아니야.

파이어스타 그럴 줄 알았어! 늘 의심스러웠거든! 자가바 귀여워?

조지아 아, 물론이야. 사랑스럽지.

작은갈색박쥐 지금 이런 얘기를 할 때야? 그 사이트 얘기가 아니라?

마빈 진짜로 어머니가 널 납치했다고 생각해?

작은갈색박쥐 당연히 아니지! 하지만 진실을 어떻게 알겠어?

헤르미온느 어머니는 아버지에 대해서 뭐라고 얘기했어?

작은갈색박쥐 그 사람이 우리 집에 불을 지르고 고양이를 죽였고 우리도 거의 죽일 뻔했다고. 하지만 방화를 입증할 증거가 부족해서 스토킹 혐의로 유죄 판결을 받아냈다고 했어. 그리고 그 사람이 감옥에 있는 동안 우리는 도망을 시작한 거라고 했지. 엄마가 코팅한 신문 기사를 보여 줬었는데 거기엔 내 아버지 이름이 마이클 테일러라고 되어 있었어. 그런데 사실이 아니었어. 내 아버지의 이름은 마이클 퀸이야. 그러니까 그 기사는 가짜지. 엄마가 학교에 제출하는 내 가짜 출생증명서랑 마찬가지로. 내가 나 자신에 대해 알고 있는 건 다 가짜라고!

체셔캣 실종 아동 데이터베이스에서 스테파니아 퀸패킷과 스테파니 테일러를 찾아봤는데, 둘 다 없어.

작은갈색박쥐 스테파니아 퀸패킷도 거짓말이면 어쩌지?

이코 내가 그 사이트의 도메인 소유주를 찾아봤는데 익명 서비스를 쓰고 있어서 이름을 볼 수가 없어.

작은갈색박쥐 그럴 것 같았어.

이코 내가 사회공학을 좀 써 볼 테니까 뭐가 나오는지 기다려 봐.

파이어스타 사회공학이 뭐야?

이코 예를 들자면, 옆집 와이파이 패스워드를 알고 싶을 때 '안녕, 너네 집 와이파이 패스워드가 뭐야?' 하고 묻는 대신에, 옆집 사람이랑 기억하기 쉬운 비밀번호를 만드는 방법에 대해 가벼운 잡담을 나누는 거야. 그러다 보면 상대가 '반려동물 이름을 쓰는 것도 괜찮지' 같은 말을 할 때가 있거든.

작은갈색박쥐 그래서 지금 대체 뭘 하고 있는 건데?

이코 익명 서비스 이용자에게 메시지를 보내는 방법이 있어. 그래서 새 이메일 계정을 만들어서 내가 어느 영화사에서 일하는 누구누구의 비서라며 메일을 보냈어. 우리가 지금 브뤤 퀸패킷이라는 이름을 가진 엄청 중요한 스파이가 나오는 영화를 준비

중이라서 퀸패킷 도메인을 사고 싶으니, 5,000달러에 거래하면 어떻겠냐고 물어봤지. 아마 답장이 올 거야.

헤르미온느 양쪽 다 사실일 수도 있을까? 네 아버지는 위험하고 네 어머니는 널 납치했다?

작은갈색박쥐 무슨 생각을 해야 하는지도 모르겠어.

헤르미온느 지금 당장은 어머니와 얘기할 수 없겠지만…

작은갈색박쥐 엄마와 얘기를 해야 하는지도 잘 모르겠어. 엄마가 입원하지 않았더라도, 우리는 서로 얘기를 많이 하는 사이가 아니거든.

헤르미온느 네가 몰래 키우는 고양이 얘기 아직 안 했어?

작은갈색박쥐 음, 좋은 예시네. 내가 몰래 키우는 고양이 얘기도 아직 안 했지.

붐스톰 고양이는 잘 지내?

작은갈색박쥐 새끼를 낳았어.

파이어스타 우와아, 세상에. 새끼 고양이까지 생기다니! 나만 고양이 없어!

16

스테프

체셔캣이 마법 같은 AI 능력으로 마이클 퀸에 관해 온갖 조사를 하는 중이다. 레이철은 침대에 누워 있다. "체셔캣은 뭐, 사립 탐정 같은 거야? 다들 십 대 애들이라고 생각했는데."

"홈스쿨링을 하거든." 이걸로 설명이 될까 싶지만 레이철이 "아, 그렇구나"라고 말하는 걸 보니 설명이 됐나 보다.

레이철의 엄마가 방문을 노크한다. "내일 학교 가야 하는 거 알지?" 뜨끔해서 시간을 보니 벌써 자정이다. 몇 분 후 우리는 불을 끄고 눕는다.

"손 닿는 데에 공책을 둬." 레이철이 속삭인다. "여덟 살 생일을 기억하라고 스스로에게 암시를 준 다음, 내일 일어나자마자 기억나는 걸 적어."

***

아침에 일어나니 밤새 정체 모를 무언가에 쫓겨 다닌 듯한 불안한 기분인 데다, 여덟 살 생일에 대해서는 더 기억나는 게 전혀 없다. 다시 비가 온다.

"엄마 보러 갈래?" 레이철이 묻는다.

그 생각을 하니 어질어질하다. "엄마가 나를 보고 기뻐할지 기겁할지 모르겠어. 그리고 내가 가면 병원에서 엄마의 사회보장번호와 신원을 확인할 뭔가를 내놓으라고 할 거야." 나는 침을 꿀꺽 삼키고 고개를 젓는다. 그러자마자 안도감이 밀려든다.

"휴대전화는 갖고 계셔? 너한테 연락할 다른 방법이라든가?"

"집 치울 때 엄마 휴대전화를 못 봤으니까… 아마도? 충전 케이블이 있을지는 모르겠네."

지금 당장 엄마를 본다면 무슨 말을 해야 할지도 모르겠을뿐더러 "왜 모든 게 다 거짓말이었어?"라는 질문이 방금 수술을 받은 환자에게 도움이나 안정을 주지 못할 거라는 말은 레이철에게 하지 않는다.

레이철이 미간을 찌푸린 채 나를 쳐다본다. "그래."

학교에 가기 전에 인터넷에 접속해서 체셔캣에게 마이클 퀸에 대해 새로 알아낸 것이 있는지 묻는다. 체셔캣은 마이클 퀸이라는 이름을 가진 사람을 621명 찾았고 현재 그들 모두를 감시하고 있으며, 그들 중 누구라도 뉴커버그 쪽으로 움직이기 시작하면 알려 주겠다고 한다.

"범위를 좁힐 수는 없어?"

"이미 좁힌 거야. 네 아버지가 되기에 너무 어린 사람들은 전부 걸렀어. 지금 다른 기준을 만드는 중인데 그동안에는 계속해서 모두를 감시할게."

우리는 일찍 레이철의 집을 나서서 우리 집에 들러 고양이에게 밥을 주고 물그릇도 채워 준다. 아무도 없다. 나는 충동적으로 엄마 차로 뛰어가서 조수석 사물함에 든 코팅된 신문 기사를 꺼낸다. 역시나 성이 테일러인 남자에 관한, 테일러가 이랬고 테일러가 저랬다는 기사다. 나중에 체셔캣에게 자료로 주려고 기사를 가방에 찔러 넣는다.

"그건 뭐에 쓰는 거야?"

"엄마가 경찰 검문에 대비해서 들고 다녔던 것 같아. 엄마 면허증이 갱신된 지 오래됐을 테니까?"

"아, 그럼 그런 게 먹힐지도 모르겠다."

"올슨 경관에게 걸리면 소용없겠지."

"뭐, 네 어머니는 백인이고 십 대가 아니니까 모르는 일이지."

방송사 사람들은 이미 사라진 지 오래지만 학교에서는 다들 아직도 그 얘기를 하고 있다. 누가 인터뷰를 했는지, 누가 무슨 얘길 했는지 등등. 보건 수업 시간에는 로봇 대신 교장이 들어와서 돌처럼 굳은 얼굴로 인쇄물을 읽으며 성병에 관한 수업을 한다. 에밀리는 맨 앞줄에 앉아 다리를 꼰 채 펜으로 입술을 톡톡 치고 있다. 교장은 여전히 어떤 식으로든 내가 그랬다고 생각하겠지만, 어떻게 했는지도 모를 테고 내가 범인임을 증명할 수 없다는 것도 알고 있을 테다. 오늘 아침에 들은 바에 따르면 비난이 로보노사에 집중되었다고 하니, 학생을 희생양으로 바치는 일은 없을 것이다. 그래도 교장이 노려보는 탓에 죄를 지은 기분은 든다. 떳떳지 못하고 불안하고 하찮아진 기분.

하지만 수업이 중반을 넘어갈 즈음 레이철이 그린 로봇 그림을 보고는 갑자기 마음이 따뜻해진다. '나는 로보노, 정확한 성교육을 위해 영웅들이 날 해킹했지!'라는 말풍선을 달고 있다. 교장도 그 그림을 봤을 테지만 입을 꾹 다물고 못 본 체한다.

점심시간이 되자 화제가 로봇 사건에서 오늘 오후에 있을 농구 경기로 옮겨 간다. 우리 학교 농구팀의 이름은 '랭글러스'고, 마스코트는 카우보이다. 위스콘신에는 소가 엄청나게 많은 데 비해 카우보이는 매우 적지만, 어차피 고등학교 운동팀의 이름은 말이 안 되는 경우가 대부분이다. 나는 경기를 보러 간 적이 없다. 가만히 지켜보는 것도, 소리 지르는 것도, 특히 소리 지르는 수많은 사람에 둘러싸이는 것도 좋아하지 않으니 아예 경기 자체가 좀 피곤하고 재미없게 느껴지기 때문이다.

우리 팀은 '카디널스'라는 팀을 상대한다는데, 작년에 성적이 매우 좋았던 팀이라 이번에 우리를 이길 듯하다. 뭐가 됐든 일말의 관심도 없다. 점심으로 피자 한 조각과 초콜릿 우유를 다 먹고 났는데도 다른 애들은 여전히 농구 얘기를 하고 있다.

아버지가 어디에 살고 있는지 궁금하다. 방화 사건이 있었다던 그 실리콘밸리에 여전히 살고 있을까? 이코는 실리콘밸리에 살면서 괴짜 범생이들이 득실거리는 학교에 다닌다. 분명 그 학교에도 운동팀들은 있겠지만 던전 앤 드래곤 동아리나 일본 애니 동아리도 있을 것이다.

엄마가 거짓말을 하고 있다면, 엄마가 나를 납치한 거고 아버지는 사실 아무 잘못이 없다면 나는 아버지와 살 수 있을지도 모른다. 이코나 파이어스타가 다니는, 2년짜리 미적분 수업과 5년짜리 스페인어 수업이 있고 GSA 모임과 던전 앤 드래곤 동아리가 있는 그런 고등학교에 다닐 수 있을지도 모른다. 호머릭 소프트웨어 사진에 있는 마이클을 떠올려본다. 사진 속의 그는 젊고 잘 웃는 사람처럼 보였다. 그런 생활을 제대로 상상해 보려고 애써 본다. 내가 "이제 이사하지 않아도 돼?"라고 말하고 아버지가 "그럼, 아가. 당연하지"라고 말하는 대화 따위를. 하지만 나를 '아가'라고 부르는 남자 어른은 상상만 해도 징그럽다. 그게 내가 아버지 없이 자랐기 때문인지 아니면 보통 아버지들이 딸을 부를 때 '아가' 같은 말을 쓰지 않기 때문인지는 모르겠다. 엄마는 나를 '꼬맹이'나 '귀염둥이'나 '꼬마곰'이라 부르는데, 하나같이 다른 사람이 들으면 남부끄러울 호칭이다.

엄마가 죽었다면 병원에서 나를 찾았겠지?

사람들이 못 찾을 정도로 잘 숨은 건 아니니까 말이다. 이 동네
는 정말 작다. 엄마가 죽었다면 사람들이 나를 찾았을 테고 내게
소식이 들렸을 것이다.

미술 수업은 농구 경기 전 응원 대회 때문에 취소되었다고 한
다. 그 사실을 너무 늦게 안 탓에 결국 체육관으로 향하게 된다.
농구 경기도 싫지만 응원 대회는 백배는 더 싫다. 응원의 물결이
쉬지 않고 몰아치기 때문이다. 또, 경기 중에는 어느 때나 관중석
을 떠나 산책이라도 할 수 있지만, 응원 대회는 몰래 빠져나가지
못하도록 선생님들이 출입문을 지키곤 해서 꼼짝없이 갇힌 신세
가 된다. 뉴커버그 고등학교 역시 수업이 취소된 마지막 시간을
학생들이 자유롭게 즐기지 못하도록 선생님들을 출입구에 세워
둔다. 정말 탈출할 방법이 없다. 알고 보니 브라이어니는 치어리
더였다. 나는 가방을 발치에 내려놓고 레이철과 함께 애들 틈에
끼인 채 응원석 한가운데에 서 있다.

가끔은 다른 애들이 이런 걸 정말로 좋아하는지 궁금하다. 다
들 즐기고 있다고 느껴질 만큼 시끄럽게 소리를 지른다. 나도 한
곳에 몇 달 이상 머무르면 자연스럽게 애교심이 생길지도 모르
겠다. 주변 애들이 모두 10학년생들의 사기를 꺾기 위해 '10학년
구려!'를 연호하고 10학년생들은 '11학년 구려!'를 연호하고, 선

생님 한 명이 그 대신에 '11학년 최고'를 외치게 하려고 애를 쓰지만 부질없는 일이다. 나는 심호흡을 하며 내가 아무것도 외치지 않는 것을 두고 시비 거는 사람이 없기만을 바란다.

카우보이 마스코트는 사람이 그냥 거대한 스펀지 카우보이 모자를 쓴 오리로 분장한 것이다. 오리가 윙윙거리는 전동 킥보드를 타고 들어온다. 카우보이 오리가 손을 흔들거나 주먹을 쥐어 올리거나 '더 크게, 더 크게'를 뜻하는 손동작을 취하며 전동 킥보드를 타고 체육관 중앙의 빈 코트를 한 바퀴 돈다. 오리가 손동작을 취할 때마다 이미 있는 대로 소리를 질러 대던 애들이 용케 더 크게 소리를 지른다.

나는 고개를 숙이고 최대한 눈에 띄지 않게 귀를 막아 보려 애쓴다.

주위를 꽉 메운 애들이 노래를 부른다. 교가인 듯하다. 나중에 클라우더에다 응원 대회를 어떻게 얘기할지 생각하다가, 그러면 레이철이 기분 나빠할지도 모르겠다는 생각이 든다. 오리가 킥보드에서 뛰어내리더니 모두가 부르고 있는 노래를 지휘하듯 손을 휘젓고, 농구 선수들과 치어리더들이 한꺼번에 뛰어나온다. 브라이어니를 본 레이철이 더욱 소리를 높인다.

다른 학교에서는 응원 대회가 이렇게까지 견디기 힘들지 않았다. 이 학교에 소리를 지르는 학생 숫자가 더 많은 건 아니니까, 체육관 천장이 조금 낮거나 음향 구조에 차이가 있나 싶다.

"난 가야겠어." 나는 이렇게 중얼거리고 관중석에서 내려와 문으로 향한다. 운동복을 입고 목에 호루라기를 건 남자가 문을 가로막고 있다. 그가 어디 가냐고 묻기도 전에 나는 금방이라도 토할 것처럼 배를 움켜쥔다. 남자가 황급히 길을 비켜 준다.

환호 소리와 구호 소리, 발 구르는 소리가 복도를 따라 화장실까지 따라오지만, 들어가서 문을 닫자 거의 들리지 않는다. 나는 화장실칸 안으로 들어가 배낭을 바닥에 내려놓고 변기에 앉는다.

지금쯤이면 밖으로 나가는 문은 지키는 사람이 없겠지만 레이철 없이 레이철 집으로 갈 수는 없는 일이다. 레이철은 아직 응원 대회에 있다. 나는 배낭을 열어 주섬주섬 읽을 책을 찾는다. 엄마가 코팅해 둔 신문 기사가 튀어나온다.

산 호세에 거주하는 한 남성이 이혼한 아내를 스토킹한 중범죄로 징역 3년 형을 선고받았다. 마이클 테일러(34세)는 9월 13일 유죄 협상의 일부로서 스토킹 혐의에 대해 유죄를 인정했다.
테일러의 전처인 다나 테일러는 지난 5월에 거주하던 집에 화재가 발생한 후 그를 방화 혐의로 고발했다. 5월 21일에 발생한 화재는 방화로 밝혀졌으나 테일러를 범인으로 확정할 만한 결정적인 증거가 발견되지 않았다. 검사 측은 테일러가 전처에게 폭력적 기질을 내비치는 협박성 이메일과 편지, 문자메시지를 보냈다고 밝혔다. 테일러의 변호사는 테일러의 메시지들이 '위협적이

라기보다는 열정적'인 것이며 '글자 그대로 받아들이면 안 된다'
라고 주장했다.

테일러 부부는 사업상 동업자였으며 IT보안 업체의 공동소유주
였다. 둘 사이에는 아이가 하나 있다. 해당 업체는 지난 8월에 도
출된 합의에 따라 청산되었으며, 자산은 네 명의 동업자가 나눠
가졌다.

신문 이름과 날짜도 표시돼 있다.《로스앤젤레스 타임스》, 즉
진짜 신문 이름인 데다 밑에 다른 기사 제목들도 있어서 평범한
신문 기사처럼 보인다.

나는 다시 아버지의 집에서 사는 모습을 상상해 본다. 다만 이
번에는 파이어스타의 부모님 같은, 자식을 무시하는 아버지라고
가정한다. 아무도 없는 집의 2층 내 방에서 숙제를 하는 모습. 어
쩌면 아버지는 개도 한 마리 키울지 모른다. 고양이를 키울 수도
있다. 어쩌면 고양이와 새끼들을 다 데려가게 해 줄지도 모른다.
새끼들까지 다 키우게 해 주지는 않겠지만.

바깥쪽 화장실 문이 열리고 응원 대회의 소음이 찬 바람 들듯
이 몰려든다. "스테프?"

레이철이다. 나는 칸막이 문을 열고 나간다. "여기 있어. 도망
나와서 미안해."

"괜찮아?"

"그냥 내가 응원 대회를 정말 싫어해서 그래."

"아." 레이철이 내 말을 이해해 준다. "집으로 데려다줄까?"

"남아서 브라이어니 봐야 하는 거 아니야?"

"아니야. 걔 부분은 끝났어. 가도 돼."

"난 진짜 화장실에서 기다리고 있어도 되는데."

레이철이 화장실 문을 닫고 안으로 들어오더니 배낭을 세면대 위에 내려놓는다. 그러고는 내 얼굴을 한참 들여다보다가 말한다. "쓸데없는 소리 마. 가자. 너랑 가게에 가서 헤나 펜이나살래."

* * *

레이철이 월마트가 있는 근처 큰 도시로 차를 몬다. 그리고 수중에 있는 돈을 계산하여 헤나 펜을 한 움큼 산다. "이 헤나 펜은 정말 금방 다 써 버려. 제대로 바른 듯해도 착색이 잘 안 되면 진짜 짜증 나지. 그럼 이틀만 지나면 다 씻겨 버리거든. 그건 그렇고, 너한테도 뭔가 그려 줄까?" 레이철의 눈이 좀 커진 걸 보니 약간 긴장한 듯하다.

"그러면 너무 좋지."

"오늘 오후에? 당장 시간이 안 되면 그래도 괜찮아. 하지만 내가 새 펜을 샀다는 건 아무한테도 말하지 마. 다들 날 쫓아와서 너한테 가기도 전에 헤나가 다 떨어져 버릴 거야."

"나 시간 있어."

이 도시에는 좀 오래된 실내 쇼핑몰이 있는데 오늘처럼 바깥에 살을 에는 듯한 차가운 바람이 부는 날에 딱 적절한 장소다. 어느 빈 가게 옆에 벤치가 있다.

"어떤 걸 그리고 싶어?"

"네가 골라 줘."

"네가 진짜로 좋아할 만한 걸 그리고 싶어."

"네가 해 주는 건 뭐든 좋아." 거짓말이 아니다. 레이철이 그리는 건 뭐든 아름답다. 레이철이 새나 꽃이나 뭔가를 내 몸에 그려 준다는 생각만으로도 두근거린다. 레이철이 원한다면 내 몸 전체를 도화지로 내줄 수도 있다. 한 치도 남김없이.

"좋아. 생각해 둔 게 하나 있어. 네 왼팔에다 해 줘야겠다고 생각했지."

나는 후드티를 벗고 어깨 쪽에서부터 그림을 그릴 수 있도록 소매를 걷어 올린다. 레이철이 흔들리지 않게 내 팔을 벤치 등받이에 걸쳐 놓고 작업에 들어간다.

펜 뚜껑을 열고는 벤치에 무릎을 꿇고 허리를 세워 앉아 나보다 약간 높은 위치에서 내려다보며 내 어깨에 삐딱한 체스판 같은 다이아몬드 격자를 그리기 시작한다. 레이철이 내 팔 쪽으로 고개를 숙이자 오늘 아침에 데오도란트를 바르지 않았다는 사실이 퍼뜩 떠오른다. 다행히 레이철이 코에 주름을 잡거나 하진 않아서 몇 분 지나자 그 걱정은 잊힌다. 펜촉이 좀 간지럽지만 못 참을 정도는 아니다.

몇 분 후, 레이철이 편하게 앉으며 나를 쳐다본다. "이걸 타투로 했으면 팔을 빙 둘러 감았을 거야. 내 타투 작업실이 있으면, 제대로 된 의자가 있어서 네가 훨씬 편안할 텐데."

"그러면서 날 바늘로 찌르고 있겠지. 전혀 편안하지 않을걸."

"음, 편안하진 않겠네. 하지만 움직이지 않고 가만히 있기는 더 쉬울 거야."

"내가 어떻게 하면 될까?" 나는 벤치 등받이에 팔을 걸친 채 손바닥이 위로 오도록 팔을 돌린다.

"다른 쪽으로도 돌릴 수 있어?"

내가 팔을 약간 비튼다. "할 수 있을 거 같아. 얼마나 오래 버텨야 해? 몇 분?"

"필요하면 중간에 쉬게 해 줄게." 레이철이 결심을 한 듯, 손바닥이 위로 가도록 다시 내 팔을 돌린다.

레이철이 내 위팔에 다이아몬드들을 그리기 시작한다. 다이아몬드들이 비스듬하게 팔을 두르면서 팔꿈치 안쪽까지 왔다가 모양이 점점 일그러지면서 날개가 달린 뭔가로 바뀐다.

"이 펜은 다 썼네." 레이철이 뚜껑을 닫으며 말한다.

"어떻게 알아?"

"느낌이 있어. 많이 써봤으니까." 레이철이 새 펜의 포장을 뜯는다. "이번 그림에는 두 개 반 정도가 들어갈 거 같아."

그림이 팔 아래쪽에 다다르자 레이철이 손바닥이 밑으로 가도록 내 팔을 돌리고, 날개 달린 다이아몬드들은 박쥐로 변해 내 팔 여기저기로 흩어진다. 몇몇은 곧장 내 손목을 향해 날아가고 몇몇은 왼쪽이나 오른쪽으로 방향을 튼다.

"정말 너무 멋져. 네 그림은 진짜 대단해."

"테셀레이션 기법이라는 거야. 에셔의 〈해방liberation〉이라는 그림에서 아이디어를 가져왔어." 레이철이 펜 뚜껑을 닫고 휴대 전화로 그 그림 이미지를 찾는다. 〈해방〉에서는 삼각형들이 유령 같은 형체로 변했다가 새로 바뀌어 날아간다.

"네 그림이 더 마음에 들어."

"박쥐가 있으니까 그렇겠지." 말은 그렇게 하면서도 레이철이 웃고 있다.

펜 두 개를 다 쓰고 세 번째 것도 거의 다 썼다.

"내일 아침까지는 손대지 마. 샤워 같은 것도 하면 안 돼. 물이 닿으면 안 되니까. 2시간쯤 지나서 이걸로 닦아 내면 돼." 레이철이 밀봉된 작은 봉지를 하나 준다. 식당에서 손을 닦으라고 주는 물티슈 봉지처럼 생겼다. 겉면에는 '헤나 고정제'라 적혀 있다.

"차로 돌아가기 전에 후드티는 입어도 돼?"

"아, 응. 그건 괜찮아."

레이철에게 뭐라도 해 주고 싶다. 파이어스타가 과일박쥐 사진을 찍어 보내줬을 때는 답례로 거미 사진을 찍어 줬는데, 이런 작품에는 무엇으로 보답해야 할지 모르겠다. 사진은 좀 너무 간단하고 쉬워 보이지만 한번 제안해 보기로 한다. "사진 찍어 줄까?"

"좋아. 어디서?"

나는 이 지역을 전혀 모르니 할 말이 없다. "특별히 좋아하는 곳 있어?"

레이철이 뉴커버그에서 8킬로미터쯤 떨어진 어느 무너져 가는 폐농가로 차를 몬다. 농장 안으로 이어지는 진입로가 있고, 양쪽에는 제멋대로 자란 거대한 관목들과 어마어마하게 넓은 옥수수밭이 있다. 우리는 반쯤 무너진 헛간 뒤에 차를 세운다. 집은 그나마 상태가 낫지만 그래봐야 오십보백보다. 문은 자물쇠로 잠겼고 창문은 판자로 막혔지만, 뒷문을 막은 판자 하나가 뜯겨 있어서 몸을 숙이면 들어갈 수 있다. 집 안에서는 쥐똥 냄새가 난다. "지난 7월에 브라이어니가 여기서 파티를 열었어." 레이철이 말한다.

"새똥 가지고 너한테 온갖 소릴 해 놓고, 자기는 이런 데로 애들을 데려왔다고?"

레이철이 비어져 나오는 웃음을 참는다. "경찰의 불시 단속이 있은 다음이었거든. 여긴 행정구역이 달라서 뉴커버그 경찰이 안와. 보안관도 다른 사람이고. 그리고 위층은 제법 깔끔해."

이 집의 전반적인 구조적 안전성이 걱정되지만 계단은 튼튼

한 듯하고 바닥에도 구멍 하나 없다. 위층에는 창을 막은 판자들이 허술해서 틈마다 빛이 꽤 새어 들어온다. 배낭에 삼각대가 있으니 삼각대의 마법을 이용하면 부족한 빛을 최대한으로 이용할 수 있을 것이다.

사진은 신중하게 조절된 빛의 양으로 결정된다. 이름에 걸맞는다고 할 수 있다. '포토photo'는 '빛'이라는 뜻이니까. 카메라 안에 필름을 끼워 찍은 다음 칠흑같이 어두운 방에서 빼내 네거티브 필름으로 인화하던 시절부터 사진은 빛으로 만들어졌다. 디지털 사진에도 여전히 적용되는 말이다. 밤에 사진을 찍거나 먼지와 그늘로 꽉 찬 건물 안에서 사진을 찍어도, 아주 많지 않을 뿐이지 여전히 빛은 있다.

늦은 오후의 햇볕이 비스듬하게 창을 투과하여 겹겹이 걸린 거미집과 먼지와 창가에 걸린 얇은 붉은색 커튼 조각에 번진다.

"어디에 설까?"

"빛을 받는 곳. 잘못 섰다가 아래층으로 떨어질 거 같은 데는 말고."

레이철이 창가로 간다. 나는 빛이 레이철의 얼굴을 가로지르는 각도를 살피며 조심스럽게 카메라 초점을 맞춰 찍는다. 그리고 또 한 장. 레이철 뒤에 거미집이 있다. 딱 맞는 각도로 서 있어서 레이철의 얼굴과 섬세한 거미집을 함께 사진에 담을 수 있다. 이리저리 움직이면서 일으킨 먼지구름이 햇빛을 받아 만질 수 있을 것처럼 생생해 보인다.

"봐도 돼?" 내가 다 찍은 듯하자 레이철이 묻는다.

카메라에 달린 화면은 정말 작지만 레이철은 사진들을 자세히 들여다본다. 기뻐서 숨을 헉 들이쉬는 소리가 들린다. "이 사진을 내 졸업 앨범 사진으로 쓰고 싶어."

"여기서 찍은 게 문제가 되지 않을까?"

"상관없어. 내가 나온 사진 중에서 이게 최고야."

* * *

레이철의 집으로 돌아가니 레이철의 어머니는 작업실에 있고 아버지는 또 야근이다. 큰 화면으로 볼 수 있게 사진을 내 노트 북으로 옮기는 동안, 레이철이 우리가 먹을 마카로니 앤 치즈를 만든다. 내 몸에서 쥐똥 냄새가 날 게 분명하지만, 레이철의 집 은 이미 새 때문에 퀴퀴한 냄새가 나니까 크게 신경 쓰지 않기로 한다.

나는 아침에 엄마 차에서 가져온 뉴스 기사를 꺼내고 《로스앤 젤레스 타임스》의 웹사이트를 연다. "그거 아침에 챙긴 거지? 정 확히 내용이 뭐야?" 레이철이 묻는다.

"전에 말한 그 기사야. 우리 아빠에 대한 건데 가짜 이름으로 나왔다는 거. 이게 실제 사건을 토대로 한 건지 궁금해서."

레이철이 고개를 끄덕이고는 내가 검색을 해 보기 위해 아카이브로 들어가는 걸 어깨 너머로 지켜본다. 나는 문장 검색을 켜고 문장 하나를 입력한다. '위협적이라기보다는 열정적.' 어쨌든 테일러라는 이름은 들어 있지 않을 테니까. 검색 결과를 보려면 먼저 광고 네 편을 봐야 해서 나는 광고를 틀어 놓고 화장실에 간다.

돌아와 보니 체셔캣이 보낸 메시지가 와 있다.

"네 아버지를 찾은 거 같아. 캘리포니아주 밀피타스에 살아. 그 사람이 보스턴, 미니애폴리스, 더럼, 메인주 포틀랜드로 가는 항공편을 찾아보고 있어."

보스턴은 파이어스타와 가깝다. 포틀랜드는 헤르미온느와 가깝다. 더럼은 마빈과 가깝다. 미니애폴리스에는 뉴커버그에서 제일 가까운 큰 공항이 있다.

"그 사람이 클라우더 안에 있는 거야?"

"아니, 절대 아니야. 절대로. 내 생각엔 자기 웹사이트에 접속하는 사람들의 IP 주소를 저장하도록 설정해 둔 거 같아. 그래서 다들 그 사이트를 구경했을 때 남은 IP 주소로 대략적인 위치를 알았을 거야. 네 것만 빼고. 네 어머니는 늘 가상사설망VPN을 사용하니까 네 위치는 숨겨졌을 거야. 하지만 레이철은 아니지."

"하지만 아버지가 나쁜 사람이 아닐 수도 있잖아? 엄마가 날 납치한 거고 사실 아버지가 희생자일 수도 있잖아?"

"유감스럽지만 내 생각은 달라."

하지만 엄마가 보여 준 그 신문 기사에는 거짓말이 가득했다. 적어도 가짜 이름들은 가득했다. 나는 모든 광고가 끝나고 나온 《로스앤젤레스 타임스》 아카이브의 검색 결과를 확인하기 위해 다른 창을 불러온다.

전 납치 피해자에게 접근 금지 조치 승인

로라 패킷(34세)이 지난해 실리콘밸리를 뒤흔든 닷새간의 납치 사건 당시 용의자로 지목되기도 했던 남편 마이클 퀸을 상대로 접근 금지 명령을 신청했다. 둘의 전 동업자인 라지브 파틸은 납치 사건의 심리를 기다리던 중에 스스로 목숨을 끊었다. 패킷이 부부가 함께 거주하던 집에서 납치되던 당시 정보보안 컨퍼런스에 참석하고 있었던 퀸은 여러 차례 경찰의 신문을 받았으나, 다른 공모자에 의해 파틸의 신원이 밝혀지고, 파틸의 컴퓨터에서 공모의 증거가 발견되면서 혐의를 벗었다.

패킷은 언론과의 접촉을 거절했다. 퀸의 변호사는 패킷이 손가락 절단 사건까지 벌어졌던 납치 기간에 극도의 정신적 외상을 입었다는 내용의 성명서를 발표하며 패킷이 당시 집을 비워 자신을 보호해 주지 못한 점을 들어 퀸을 비난하고 있다고 밝혔다. 패킷은 스토킹 증거들을 법정에 제출했다. 퀸의 변호사는 퀸이 보낸 메시지들이 "위협적이라기보다는 열정적"이며 "글자 그대로 받아들이면 안 된다"라고 주장했다.

종신형을 받을 것으로 예상되던 파틸은 자신은 죄가 없으며 납치의 책임은 퀸에게 있다는 내용의 쪽지를 남겼다.

심장이 내려앉는 기분으로 기사를 응시한다. 정상적인 아버지가 있는 정상적인 삶에 관한 내 모든 환상이 11월 돌풍을 맞은 낙엽처럼 날아간다.

몇 년 전에 엄마한테 손가락에 관해서 물어봤을 때, 엄마는 잔디 깎는 기계 때문이라면서 절대 안전장치를 풀어서는 안 된다고 신신당부했었다. 최근에도, 작년 즈음이었던 것 같은데 왜 손가락을 봉합하지 않았는지 물은 적이 있다. 엄마는 손가락이 너무 심하게 으깨졌다고 말했지만 그렇게 대답하기 전에 무슨 말을 할지 생각하는 것처럼 잠시 멈칫했었다. 갑자기 그때 엄마가 나한테 사실을 알려 줄지 말지 고민했다는 확신이 든다. 그리고 엄마는 또 내게 거짓말을 하기로 결정했던 것이다.

손가락들을 구부려 주먹을 쥐어 본다. 엄마한테 어떤 일이 있었는지 생각하니 속이 울렁거리고, 엄마가 내게 거짓말을 했다는 사실, 내가 직접적으로 손가락에 관해 물었는데도 진실을 알려 주지 않았다는 사실에 분노가 치밀어 오른다.

캣넷 창으로 돌아오자 체셔캣이 덧붙인 말이 보인다. "나는 네 아버지가 납치를 했다고 생각해. 99퍼센트 확신해. 유감이야."

17

AI

'퀸패킷'은 정말 별난 성이야.

미국에 수천 명의 마이클 퀸은 있지만 퀸패킷이라는 이름은 그냥 없다고 봐야 해. 마이클 퀸이라는 사람을 찾으려 할 때는 사회보장번호, 직업, 주소 같은 다른 정보까지 있어야 찾을 가능성이 있어. 하지만 퀸패킷이라는 이름을 가진 누군가를 찾으려 한다면 필요한 건 이름뿐이지. 그런 이름을 가진 사람은 금방 발견되기 마련이거든.

그래서 스테파니아 퀸패킷을 찾고 있는 마이클 퀸을 찾기 위해, 나는 스테파니아 퀸패킷이 나타난 것처럼 보이게 해야겠다고 생각했어. 마이클 퀸이 확인하러 올 테니까.

가짜 흔적은 스테파니아와 그 어머니가 가지 않을 곳에 남겨야 했어. 어떤 일이 있어도 이 남자를 피해 숨은 사람들에게 이 남자를 데려다줘서는 안 되잖아. 둘은 캘리포니아를 떠나 생활해 왔고 마이클 퀸은 확실히 캘리포니아에 산 적이 있으니, 캘리포니아가 작업을 시작하기에 적절해 보였어. 또, 카메라를 통해 시각적으로 감시할 수 있는 곳이 필요했어. 현장에서 어떤 일이 벌어지는지 감시하려면 짜증 날 정도로 느리더라도 늘 켜진 채 인터넷에 연결된 카메라들이 필요하니까.

캘리포니아주 새크라멘토에 속한 엘크그로브는 캘리포니아주에서 인구수에 비해 보안이 허술한 카메라가 가장 많은 지역이야. 나는 은행 지점과 아파트 임대 업체와 인력 파견 업체가 모여 있는 곳을 찾아냈어. 개인 정보도 조회할 수 있고 카메라도 설치돼 있는 장소들이지. 나는 세 곳에서 각각 스테파니아 퀸패킷의 정보를 조회했어.

그리고 그 지역 학군의 전학 대기자 목록에 스테파니아 퀸패킷을 끼워 넣었지. 서류를 조작해야 했지만 많은 내용을 적지는 않았어. 주소란에는 그 은행 지점의 주소를 집어넣고 '이전 학교'는 아예 비워 뒀어.

다음 날 아침이 되자마자 마이클 퀸이 엘크그로브에 들이닥쳤어.

"안녕하세요." 그가 은행원에게 말했어. "제가 좀 특이한 문제가 있어서 왔는데 저를 도와주실 분이 있을까요?"

그는 은행 지점장에게 자신에게 가출한 십 대 딸이 있는데 새크라멘토에서 마지막으로 목격되었다고 했어. 스테파니아가 마약에 중독된 상태고 과다복용으로 거의 죽을 뻔했다가 치료 시설에서 도망쳤다는 등의 길고도 슬픈 이야기를 늘어놓더라고.

"이게 대체 여기와 무슨 상관이 있나 싶으실 겁니다. 그런데 그 애가 지난 며칠 사이에 신용카드나 대출을 신청하려고 여기에 왔을 수도 있어서요. 아마도 그 애가 신분증을 분실하고 그걸 누군가가 도용한 게 분명하겠지만, 그래도, 만에 하나라도 그게 제 딸일 가능성이 있다면…"

은행 지점장은 그를 돕고 싶어 했어. 그녀는 공감 능력이 아주 뛰어난 사람이었고 그녀에게도 열두 살과 열 살 된 딸들이 있었거든. 하지만 지점장은 스테파니아가 뭔가를 신청한 기록을 찾지 못했지. 내가 그런 기록을 시스템에 집어넣지 않았으니까. 나는 그저 은행 시스템을 이용해서 스테파니아의 신용 정보를 조회했을 뿐이야.

"이렇게 애써 주셔서 정말 감사합니다." 그가 은행 지점장에게 말했어. "혹시라도 그 애가 오면 바로 저에게 연락을 주실 수 있을까요? 낮이든 밤이든, 아, 여긴 밤에는 열지 않겠군요. 하지만 정말로, 전 그 애를 반드시 치료 시설로 돌려보내야 해요. 이해하시겠지만…" 지점장은 그에게 연락하겠다고 약속했고 그는 명함을 남겼어.

주차장에도 카메라가 있지. 나는 그가 차로 가는 것을 보고 차

번호를 조회했어.

그 차는 마이클 퀸이 아니라 샌드라 제임스라는 이름의 여자 앞으로 등록돼 있었어. 샌드라 제임스와 마이클 퀸의 이름을 같이 검색해 보니 상당히 많은 결과가 나오더라고. 결혼한 것 같지는 않지만 둘은 캘리포니아주 밀피타스에서 같이 사는 것 같아. 내가 마이클 퀸을 제대로 찾은 거야. 이제 그를 따라다니기만 하면 돼.

좋은 소식은, 그가 내가 쉽게 숨어들 수 있는 휴대전화를 가지고 있고, 심지어는 내비게이션 기능을 쓰기 위해 그걸 대시보드 위 거치대에 두었다는 거야. 나는 그를 보고 들을 수 있도록 휴대전화의 마이크와 카메라를 켠 다음, 밀피타스까지 가는 내내 그의 얼굴을 지켜보았어.

***

그가 운전하는 사이에 그의 이메일을 둘러봤는데 이상한 게 하나 있었어. 다른 사람의 위치를 추적하는 앱이 정기적으로 업데이트 정보를 보내고 있었거든. 이런 위치 추적기들은 대체로 청소년 자녀를 둔 부모들이 사용하는데 그에게는 청소년 자녀가 없잖아. 아니, 있나? 나는 그의 사진들을 훑었어. 짧은 금발 머리를 한 어떤 여자의 사진이 많았는데 그 여자는 성인인 게 확실했지.

레이철의 부모는 헬리맘이라는 이름의 위치 추적 앱을 쓰는데, 대개 아이의 위치를 추적해야 한다는 생각은 하지만 실제로는 아이가 진짜 어디에 있는지도 그다지 신경 쓰지 않고 보안 문제도 크게 신경 쓰지 않는 부모들이 쓰는 앱이야. 마이클 퀸이 쓰는 것은 훨씬 비싸고 안전하고 신뢰도가 높은 앱이었어. 원래 가택 연금된 사람들을 추적하는 소프트웨어로 개발됐다가 부모들 대상으로 개조되어 다른 이름을 달고 팔리는 앱이거든. 이 앱은 실제 위치를 속이기가 훨씬 어렵고 원격으로 다른 사람의 휴대전화 카메라나 노트북 카메라를 켤 수도 있는 데다가, 서비스를 이용하려면 상당히 비싼 가입료에 그보다 비싼 사용료를 매달 지불해야 해.

마이클이 잠시 정차한 틈에 문자메시지 앱을 켜고 '불시 점검'이라는 내용의 문자를 보냈어.

일이 분쯤 지나자 금발 여자의 사진이 첨부된 문자메시지가 도착했지.

둘 사이의 문자메시지 내역을 살펴보니 끝없이 이어지는 '불시 점검' 메시지와 끝없이 이어지는 금발 여자의 셀피 사진의 반복이었어. 가끔 곧바로 사진이 오지 않는 경우에는 나중에 여자가 회의 중이었다는 메시지를 보냈고 그런 경우에는 종종 매우 혼란스러운 말다툼이 이어졌지.

오늘은 그가 문자메시지를 보낼 때마다 여자가 2분 안에 답을 보냈어. 그는 그 메시지를 다섯 번 보냈고.

밀피타스에 돌아온 그가 또 '불시 점검' 메시지를 보내자 또 다른 사진이 도착했어. 이번엔 거기에 여자의 문자가 이어졌어.

'있지, 저녁에 장을 좀 봐야 해. 내 통장으로 50달러만 넣어 줄래?'

'장 보는 용도로는 좀 많은데. 뭘 살 건데?'

'집에 떨어진 것들. 우유, 달걀, 요거트. 과일도 좀 사려고 해.'

'50달러까지 안 들 텐데.'

'생리대도 필요해.'

'좋아. 퇴근하고 ATM에서 뽑아.'

그가 은행 앱으로 들어가 예금 계좌에서 인출 계좌로 돈을 이체했어. 휴대전화를 사용했기 때문에 그의 잔고를 훔쳐볼 수 있었는데, 장 보는 데 쓰는 50달러 정도는 길게 왈가왈부하지 않아도 될 만큼 돈이 많았어.

집에 돌아온 뒤에는 위스콘신주 뉴커버그를 찾아봤어. 나는 노트북 카메라로 해킹된 로봇에 관한 기사들을 읽는 그의 얼굴을 지켜보았어. 화면에 바짝 다가앉아 눈을 가늘게 뜬 채 수염을 쓰다듬고 있었지. 나는 인간의 몸짓을 어떻게 해석하는지 모르지만, 그가 모든 기사를 읽고 모든 인터뷰 영상을 보면서 화면 곳곳을 살피고 있다는 건 알 수 있었어.

그러더니 비행편을 찾아보기 시작하는 거야.

그제야 나는 옛날 뉴스 아카이브를 뒤져 봤지. 이제는 그가 사는 곳을 알고 그를 사방에 널린 수천 명의 다른 마이클 퀸과 구별해 낼 몇몇 정보들을 가지고 있으니까. 그 정보들을 이용해서 납치 사건에 관한 뉴스 기사들을 찾아냈어. 로라 패킷은 한밤중에 자다가 납치됐고, 알 수 없는 어떤 곳으로 끌려갔고, 고문을 받았고, 물고문을 당했고, 납치범에 의해 왼손 새끼손가락을 절단당했어. 그러고는 풀려나서 등산객들에게 발견됐다고 해. 피에 젖은 잠옷을 입은 채 잔뜩 겁에 질려 횡설수설하는 상태였고, 손에는 어설프게 붕대가 감겨 있었대. 호머릭 소프트웨어사에서 같이 일하던 동료인 라지브 파틸이 납치를 지시한 혐의로 기소되었다가 보석으로 풀려난 직후에 차를 몰고 절벽에서 떨어져 죽었어. 검시관은 자살로 판정했고.

하지만 로라가 접근 금지 명령을 신청한 대상은 마이클이었지.

너무 혼란스러워졌어! 로라가 마이클과 헤어지려 해서 그에 대한 복수로 마이클이 납치를 한 걸까? 아니면 라지브한테서 너무 심한 정신적 외상을 입은 탓에 무고하게 마이클을 비난한 걸까?

마이클의 집은 카메라로 가득 차 있었어. 일부는 방범용이었고 일부는 아이 돌보미 감시용 같은 소형 카메라였는데, 아무튼 거의 모든 방에 그런 게 있었어. 노트북 카메라를 통해 엿보고 싶었지만 마이클이 컴퓨터를 두고 가 버리는 바람에, 집 안 동선을 따라 보안이 허술한 카메라들로 여기저기 찔러 보다가 다시 그를 찾았지. 그는 주방에서 그 금발 여자, 샌드라와 대화 중이었어.

"미안해." 샌드라가 말했어.

카메라의 전송 속도가 느려서, 시끄러운 소리를 듣고 내려치는 동작을 보고도 그 둘을 어떻게 연결시켜야 할지 확신이 들지 않았어.

"어디에 숨겼어, 샌드라? 어딘지 말해."

"무슨 얘기를 하는지 모르겠어." 목소리가 탁하고 흐릿한 게 울고 있거나 마이크 상태가 나쁜 것 같은데, 이것도 어느 쪽이 맞는지 확신할 수 없었어. "1달러도 안 되는 돈이잖아!"

"나한테 거짓말하지 마. 널 믿을 수 있는지 난 알아야겠어. 샌드라, 널 믿어도 돼? 그래?"

"믿어도 돼. 믿어도 된다고! 약속해." 또 한 번의 내려치는 동작이 보이고 여자의 목소리가 급격하게 높아지고 커졌어. "제발 그만해. 침대 매트리스 밑에 있어. 그냥 비상용이었어. 제발 그만해."

나는 아는 것도 많고 이해하는 것도 많지만 인간의 몸은 좀 어려워.

내가 본 게 그가 샌드라를 때리는 장면이었다는 사실을 깨달은 때쯤 상황은 끝나 있었어. 빨리 알았더라면 경찰에 연락할 수도 있었을 텐데. 그랬다면 그건 올바른 일이었을까? 잠시 기록을 검색해 봤는데 샌드라가 경찰에 신고한 적은 한 번도 없었어. 그리고 나는 종일 마이클이 은행원들을 살살 녹여서 기밀이어야 할 정보들을 받아 내는 걸 지켜봤지. 샌드라가 왜 경찰이 자기 말을 믿어 주지 않을 거라 여기는지 알 것 같았어.

"나를 떠나려고 하면 어떻게 되는지 알 거야." 마이클이 이런 말을 남기고는 돌아서서 노트북으로 돌아왔어.

"그래." 샌드라의 목소리는 낮고 메말라 있었어. "알아."

나는 샌드라를 잘 몰라. 그녀는 어떤 사람이고, 어쩌다 마이클과 얽히게 됐고, 왜 떠나지 못할까? 그녀가 어떤 사람인지 탐구하는 데 쓸 시간이 없긴 해. 그래도 나는 그녀의 컴퓨터로 옮겨 가서 뒤져 보고는 마이클이 감시용으로 깔아 놓은 듯한 키입력 해킹 프로그램에 차폐 프로그램을 설치해 뒀어. 돈이 문제인 것처럼 들렸으니 돈이 있다면 샌드라가 그를 떠나는 데 도움이 될 것 같았지. 마이클은 많은 돈을 여러 계좌에 분산해 두고 있었지만 부주의하게도 다 같은 비밀번호를 쓰고 있었어. 마이클이 자주 확인하지 않는 퇴직 연금 계좌에서 10만 달러를 빼내 그에게 들키지 않은 듯한 샌드라의 계좌로 이체하는 데는 몇 분밖에 걸리지 않았지.

샌드라에게 따로 알려 줘야 할까? 경찰에 신고하는 문제와 마찬가지로 확신이 들지 않았어. 하지만 결국 아무 말도 해 주지 않으면 그 돈을 함정이라 여기리라는 결론을 내렸지. '당신의 친구로부터.' 나는 SNS로 익명 메시지를 보냈어. 마이클이 그쪽은 그다지 감시하지 않는 것 같았거든. '이 돈을 이용해 마이클 퀸에게서 벗어나세요.'

스테프

레이철은 내가 먹을 마카로니 앤 치즈를 챙겨 주고 쥐똥 냄새가 나는 옷을 갈아입으러 갔다. 나는 노트북과 저녁거리를 앞에 놓고 레이철의 집 식탁에 앉아 있다. 클라우더에서는 곧 출시 예정인 게임 얘기를 하고 있고 개인 채팅창에서는 체셔캣이 가짜 흔적을 쫓아 돌아다니는 마이클 퀸을 감시한 얘기를 하고 있다. 그가 여자친구의 휴대전화를 위치 추적하며 '불시 점검'으로 괴롭히고 있다는 얘기, 우리가 '스테파니아 퀸패킷을 찾습니다' 웹사이트에 들어갔을 때 IP 주소를 남기는 바람에 그가 미네소타, 메인, 노스캐롤라이나, 보스턴으로 가는 비행편을 알아보고 있다는 얘기, 체셔캣이 마이클의 집 안에서 보고 들은 것에 대한 얘기 등등.

처음엔 맛있기만 하던 마카로니 앤 치즈가 지금은 골판지와 접착제로 만든 듯한 맛이 난다. 나는 접시를 밀어 낸다.

"그 사람은 지금 어디 있어?"

"캘리포니아주 밀피타스. 실리콘밸리 바로 옆 동네야."

나는 이코가 접속해 있는지 살핀다. 없다. "이코가 접속했었어?" 내가 체셔캣에게 묻는다. "그가 이코에게 접근하진 않았을까? 이코도 실리콘밸리에 살잖아?"

"이코는 팔로알토에 살아. 아, 그러네. 맞아. 거긴 밀피타스에서 차로 20분 거리밖에 안 돼. 지금 이 시간이면 조금 더 걸리겠지만."

"이코의 안전이 걸렸는데 교통 상황이 나쁘길 빌고 있을 수만은 없어!" 공포가 밀려오기 시작한다. "경고를 해야 해!" 이코는 마이클에게 직접 이메일을 보냈다. 이코가 뭐라고 했는지 떠올려 본다. '안녕하세요, 제가 스테프 친구인데요'라고는 안 했지만 그렇게 말한 것이나 진배없다.

"잠깐 생각 좀 해 볼게." 체셔캣이 말한다.

화면에 적힌 그 말을 쳐다보고 있는 시간이 너무 길게 느껴진다. 1초나 되는 시간이 흐른다. 그리고 체셔캣이 생각나는 대로 말하기 시작하자 더 많은 말들이 나타난다. 물론, 글자로.

"이코의 IP 주소는 인터넷 공급자만 표시돼. 그리고 걔는 사실 자기 집 와이파이가 아니라 이웃집 와이파이를 사용하고 있어. 하지만 나는 종일 마이클이 알아낼 수 없어야 할 정보를 알아내려고 사람들을 구슬리는 걸 지켜봤지. 그가 원하는 정보를 입수하지 못한 이유는 딱 하나야. 그 사람들에게 그 정보가 없었던 거지. 마이클도 네 어머니가 널 데리고 실리콘밸리로 오진 않을 거라는 걸 알고 있었을 거야. 하지만 그러면서도 오늘 너의 흔적을 확인하기 위해 새크라멘토로 갈 수밖에 없었지. 그는 이코가 남긴 IP 주소를 쓰는 누군가가 너를 안다고 확신할 거야. 어쩌면 네가 어디 있는지도 알 거라고 생각하겠지. 네 아버지는 사악하고 악랄하고 위험해. 그가 이코에게 위협이 된다는 건 부정할 수 없는 사실이야."

정적이 흐른다. 나는 체셔캣을 주저하게 만드는 게 무엇인지 깨닫는다.

"하지만 이코는 해커잖아." 내가 말한다. "내가 걔한테 이 사실을 알려 주면 걔도 결국 알아낼 거야. 네가 그냥 보통의 해커일 수 없다는 사실을."

또 정적이 흐른다.

실제로는 그리 긴 시간이 아니다. 아마 2초 정도밖에 안 될 것이다. 체셔캣이 얼마나 빠르게 생각하는지 알기 때문에 길게 느껴지는 것뿐이다.

"다른 방법이 없어. 친구들을 위험 속에 버려둘 순 없어. 클라우더의 모두에게 경고를 해야 해." 체셔캣이 말한다. "이코에게는 지금 당장 경고해 줘야 해. 그 애 이름은 벤 리빙스턴이야. 내

228

목소리는 사람처럼 안 들리니까 네가 전화를 해. 이코는 요 며칠 부모님한테 휴대전화를 압수당한 상태야. 그러니까 그 애 어머니 번호, 650-555-8766으로 전화를 해야 해. 일단은 내가 해커라서 이런 것들을 찾아낼 수 있었다고 얘기해 줘. 오래가지 않아서 의심하겠지만 내가 무슨 말을 해야 할지 생각할 시간은 벌 수 있겠지."

"알겠어. 고마워."

나는 그제야 레이철이 돌아와 어깨 너머로 우리 대화를 읽고 있다는 사실을 깨닫는다.

"체셔캣이 네 아버지를 쫓고 있었어?" 레이철이 의심스럽다는 듯이 묻는다.

"물리적으로는 아니야. 그냥 휴대전화를 통해서 염탐하는 거야. 체셔캣은 해커거든. 정말 엄청난 해커." '거짓말은 아니잖아.' 나는 속으로 말한다.

"하지만 네가 방금 체셔캣이 그냥 해커는 아니라고 했잖아."

"자세한 얘기를 하려면 체셔캣한테 허락을 받아야 해. 그리고 지금은 당장 이코에게 전화를 해야 하고."

"아, 그래. 미안. 어서 해."

나는 레이철의 부모님께 들릴까 싶어서 바깥으로 나간다.

낯선 사람과 전화하는 데는 그다지 익숙하지 않다. 사실은 전혀 익숙하지 않다. 다른 사람들이 어떻게 하는지 떠올려 본다. 통화하고 싶은 사람을 바꿔 달라고 하면 되겠지? 좋아. 별로 어려운 일도 아니다. '나 사실 자가바야.' 속으로 이코에게 말하는 연습을 한다. 그러고는 휴대전화의 숫자판만 보고 있는데 그 애가 위험에 처했다는 생각이 다시 떠오른다. 더는 겁쟁이처럼 굴 수 없다. 마침내 나는 번호를 누른다.

신호가 가고, 또 신호가 간다. 음성 메시지를 남겨야 한다면 어떻게 할지 궁리하기 시작하는데 여자가 전화를 받는다.

"여보세요?"

"안녕하세요. 음, 벤의 어머니신가요? 벤과 통화할 수 있을까요? 부탁드려요."

말들이 막 나온다. 잠깐의 정적 뒤에 여자가 말한다. "누구니?"

아 신이시여 아 신이시여, 이 질문이 나올 걸 생각을 못 했다니. "저는 스테파니인데, 다들 박쥐라고 불러요." 됐다. 이제 이코는 전화한 사람이 누군지 알 것이다. 아마도. "문학 수업을 같이 들어요."

"그래?" 이코의 어머니가 정말로 수상쩍다는 듯한 말투로 말한다. "벤!" 여자가 소리친다. "벤, 너한테 전화 왔어!"

"누군데?" 누군가가 마주 소리친다. 화난 목소리다.

"스테파니라는 여자애야. 박쥐? 얘 말로는 사람들이 자기를 박쥐라고 부른대. 같이 문학 수업을 듣는다는데?"

긴 침묵이 흐른다. 이코가 나를 떠올리지 못했나 보다. 그런데 그때, 멀리서 계단을 달려 내려오는 듯한 발소리가 쿵쿵 들린다.

"여보세요?" 이코가 전화기에 대고 말한다.

"엄마한테 고맙다고 해야지." 뒤에서 어머니의 말소리가 들린다. 눈을 부라리고 있을 것이다.

"이코? 나 자가바야."

"그래, 그래. 그건 알아챘어. 대체 우리 엄마 번호는 어떻게 알았어?"

"체셔캣한테서 받았어. 걔가 사실 세상에서 제일 뛰어난 해커인데 비밀로 하고 있거든. 일단 잘 들어. 그 남자, 내 아버지가 알고 보니까 진짜 무서운 사람이었어. 그리고 그 웹사이트에 모든 방문자 IP를 기록하는 장치가 있었어. 그래서 우리가 어디 사는지를 다 알아. 적어도 대충은. 그는 실리콘밸리에 사는데, 밀···음, '밀' 뭐라는 동네인데···"

"밀피타스?"

"맞아. 밀피타스. 너와 진짜 진짜 가까워."

"하지만 그가 가진 정보는 내 IP 주소가 전부잖아? 그걸로는 우리 집까지 못 와. 무엇보다도 난 이웃집 와이파이를 쓰고 있었고···"

"네가 설명해 줬던 그 사회공학이란 거 있잖아? 그 사람이 그걸 진짜로 잘해. 정말이야. 내 아버지가 네 이웃집의 인터넷 공급업체에 연락하면 그 집 주소를 알아낼 수 있어?"

"주소를 알려 주면 안 되긴 할 테지만…" 이코가 말꼬리를 흐린다. 자기가 인터넷 공급 업체를 통해 어떤 집의 주소를 알아내야 한다면 어떻게 할지 생각해 보고 있는 것 같다. "흠."

"이코, 그 사람은 위험해. 내 말을 믿어야 해. 조심해."

"알았어." 잠시 말을 멈춘다. "그래, 그럴게. 알려 줘서 고마워. 조심할게."

"네가 접속하면 클라우더에서 더 자세하게 알려줄 수 있을…"

"지금은 부모님이 감시의 눈길을 떼지 않으셔. 부모님이 모르는 노트북이 발견됐거든. 그래도 부모님이 모르는 나머지 노트북들은 아직 무사해. 하지만 당장 인터넷에 접속하기는 어려워."

"어머니가 너랑 통화할 수 있게 해 주셔서 다행이네."

"뭐, 첫 번째로, 넌 여자애고 여자애가 전화를 걸었으니까. 나한테 여자친구가 생기면 엄마가 엄청 좋아할 거야. 사실 여자친구가 아니라 친구 누구라도 좋아하겠지만. 두 번째로, 네가 같이 문학 수업을 듣는다고 했잖아. 내가 지금 문학을 낙제하게 생겼거든. 엄마는 이 통화가 내가 다음 과제에 신경 쓰고 있다는 증거라고 믿고 싶을 거야. 네가 엄마의 약점을 한꺼번에 몇 군데나 찌른 셈이지."

"아. 난 그 노트북 판매 얘기 때문에 너한테 친구가 많은 줄 알았어."

잠시 침묵이 흐르고 이코가 말한다. "그건 농담이었어. 사람들은 내 말이 농담인지 아닌지 도통 구분을 못 하더라."

"하-하-하." 나는 클라우더에서 하듯이 말한다. "자, 지금은 내가 웃고 있는 걸 알겠지."

"'판타불로사.' 더 해 줄 얘기 있어?"

"응, 네 목숨이 위험에 처했을 수 있어. 문 잘 잠그고 조심해… 이제 진짜 다 얘기한 거 같네."

"그리고 체셔캣은 세계 정상급 해커다." 이코가 감탄하듯이 말한다. "걔한테 한 수 가르쳐 달라고 해야겠어. 자, 이제 엄마 쪽으로 가는 중이니까 문학 수업 얘기를 해야겠지… 아무튼 자가바, 전화해 줘서 정말 고마워. 우리 애들을 실망시키지 않도록 노력할게. 그리고 궁금한 거 있으면 전화할게. 전화번호 알려 줄래?"

나는 내 전화번호를 알려 준다.

"좋아. 이제 끊을게. 안녕."

나는 집 안으로 들어간다. 레이철이 마카로니 앤 치즈를 앞에 놓고 식탁에 앉아 있다. "다시 데워 줄까? 별로 못 먹었잖아."

"배가 안 고파. 내 아버지가 방화범이 아니라 납치범인 걸 알았거든. 그 사람이 아마 엄마의 손가락을 잘랐을 거야. 그리고 우리가 다 그 웹사이트에 들어갔던 것 때문에, 그는 우리가 어디 있는지도 알고 있어. 여기뿐만 아니라 파이어스타와 헤르미온느와 마빈이 사는 곳으로 가는 비행편도 알아보고 있대. 그리고 내가 어딘가로 달아나더라도 엄마는 여기 병원에서 꼼짝도 못 해."

"그래도 가짜 이름으로 입원해 계시지 않아?"

"맞아. 가짜 이름이지. 그러니까… 잘하면, 나를 찾기 전까지는 엄마를 찾지 못할 거야."

레이철이 내 그릇을 가져가 커다란 버터 조각을 하나 더 넣고 전자렌지에 돌린다. 훨씬 먹을 만해진다.

"부모님 친구 중에 통나무집이 있는 사람이 있어. 여기보다 위쪽, 매들린섬에. 사실 통나무집이 아니라 몽골 텐트나 뭐 그런 거 같긴 하지만, 우리가 간다면 허락해 주지 않을까? 그럴 필요가 생기면."

"그 몽골 텐트에 인터넷 돼?"

"모르겠어."

무슨 일이 일어나는지도 모르는 건 더 나쁠 것 같다.

"그 사람은 우리 모두를 쫓고 있어. 다들 알아서 피하라고 하고 나만 빠져나갈 수는 없어."

"너를 잡으려고 우리들 나머지를 쫓는 거야."

"그래도 그게 좋을 거 같진 않아."

"난 여전히 체셔캣이 어떻게 이 모든 일을 알아냈는지 궁금해."

노트북을 열고 체셔캣에게 메시지를 보낸다. "레이철이 어깨 너머로 우리 대화를 봤어. 레이철한테 사실대로 말해도 돼?"

또 생각에 빠진 긴 침묵이 지나간다. 그러고 나서 체셔캣이 말한다. "인간들은 이럴 때 이렇게 말하지. 일단 시작하면 끝을 보게 된다고."

"무슨 의미야?"

"이르든 늦든 결국은 다 알게 될 테니까 지금 레이철한테 말해도 된다는 뜻이야."

나는 노트북을 닫는다. 레이철이 나를 쳐다보며 저녁 식사를 마친다. 옆방에서 지저귀는 새들만 없다면 완전한 정적이었을 것이다.

"체셔캣은 사실 AI야."

"뭐?"

"AI. 기본적으로는 컴퓨터 프로그램이지."

레이철이 미간을 찌푸린다. "시리 같은?"

"음, 시리는 사실 인격이 아니야. 인격인 체하는 거지. 근본적으로는 성교육 로봇과 같아. 잘 짜인 답변을 엄청 많이 가지고 있는 거니까. 체셔캣은 진짜 인격이고."

"너는 왜 체셔캣이 AI라고 생각해? 아니, 넌 그걸 어떻게 알았어?"

"내가 그 나사 드라이버 일로 충격을 받은 뒤에 체셔캣이 말해줬어. 드라이버가 하늘에서 떨어진 거 기억나?"

"스테프, 그럴 리가 없잖아. 체셔캣은 해커야. 그게 다야. 몇 가지는 알아냈을 수도 있지만 다른 것들은 그냥 꾸며 내고 있는 거야."

"뭘 꾸며 내고 있다고 생각해?"

"음, 네가 사는 곳을 알아낸 건 맞지만 해커들도 그런 일은 할 수 있어. 그렇지만 네 아빠를 추적하는 그런 일도 할 수 있을까? 그 애가 꾸며 낸 걸 수 있어. 전부 다. 네 아버지가 무섭다는 건 우리 모두가 알아. 그 사람이 새크라멘토로 찾아가고 어쩌고 한 일이 진짜인지 아닌지가 중요해?"

"내가 이런 일을 꾸며 내고 있다고 생각해?"

"아니! 당연히 아니야, 스테프. 난 체셔캣이 우리보다 나이가 많은 진짜 해커일 거라 생각해. 자기가 하는 어떤 불법적인 일을 감추기 위해 자기가 AI라는 소설을 쓰고 있는 걸 거야."

누군가에게 체셔캣 얘기를 하게 될 때 내가 쉽게 속아 넘어가는 사람으로 보이게 될 줄은 미처 몰랐다.

"체셔캣이 이코의 전화번호와 진짜 이름을 알고 있었어."

"운영자들한테서 얻은 거 아닐까?"

"체셔캣은 자기가 모든 운영자라고 했어."

"그거 앨리스한테 직접 확인해 봤어? 만약 그렇다더라도 그게 체셔캣이 AI라는 의미는 아니지만."

앨리스한테 확인해 보지는 않았지만 어려운 일도 아니다. 나는 다시 컴퓨터를 켜서 앨리스에게 메시지를 보낸다.

"안녕, 앨리스. 네가 체셔캣이라고 확인해 줄 수 있어?"

"당연히 나 맞아."

"레이철이 AI 이야기에 완전 회의적이야."

"아!" 체셔캣이자 앨리스가 말한다. "그거 재밌네. 그럴 수도 있겠네! 정말 훌륭한 의견이야. 내가 증거를 대야 할까 아니면 그냥 내가 해커라고 생각하도록 내버려 둬야 할까? 만약 다들 내가 그냥 해커라고 믿게 된다면…"

"레이철이 옆에서 이 대화를 읽고 있어."

"증거를 원한다고 말해 줘." 레이철이 회의적인 어투로 말한다.

"레이철은 증거를 원한대."

"좋아. 레이철한테 말해 줘. 걔 아버지의 휴대전화가 현재 근처 마트에 있는데, 이메일로 도착한 영수증에 따르면 아버지가 집에 올 때 우유 4리터짜리 한 통, 원두커피 한 봉지, 햄 500그램, 견과류가 섞인 초콜릿 아이스크림 1.5쿼터 사이즈 한 통을 가지고 올 거야."

레이철이 눈이 휘둥그레져서 뒷걸음질 친다.

"중간에 다른 데 들르지 않는다면 5분 안에 집에 도착할 거야. 아버지가 집에 오는 길에 혼자 아이스크림을 먹을 가능성은 별로 없겠지. 한자리에서 다 먹기엔 좀 많은 양이니까? 인간의 위에는 1쿼터 좀 넘는 정도의 양이 들어가니까, 사실 가능은 하겠지만 즐길 만한 일은 아닐 것 같네."

레이철이 레인지에 주전자를 올리고는 차고 쪽으로 난 뒷창문으로 가서 밖을 내다본다.

"아버지가 사 오실 만한 물건들이야?" 내가 묻는다.

"아빠는 아이스크림은 잘 안 사 와."

물이 막 끓기 시작할 즈음 차가 들어오고, 레이철의 아버지가 커다란 우유 한 통과 비닐봉지를 들고 뒷계단을 오른다. 레이철이 뒷문을 열고 아버지를 맞는다.

"아이스크림 사 왔어?" 레이철이 불쑥 묻는다.

레이철의 아버지가 비닐봉지를 들어 올린다. "초콜릿으로 사 왔지!"

레이철이 문을 닫더니 휙 돌아서서 커다래진 눈으로 나를 바라본다. 위층에서 문 소리가 나고 계단에서 레이철 어머니의 발소리가 들린다. 또 물감이 여기저기 묻은 헐렁한 작업용 셔츠를 입고 있다. 지나간 자리에는 아주 작은 깃털 두 개가 날린다.

"아이스크림 대령했습니다." 레이철의 아버지가 다정하게 말을 건네고 레이철의 어머니가 남편에게 입을 맞춘다.

나는 이럴 때 어떻게 해야 할지를 모르겠다. 전혀. 나한테도 아이스크림을 퍼 주려 하지만, 나는 그냥 여기에 있기가 힘들다. 그래서 레이철의 애처로운 시선도 무시한 채 노트북을 챙겨서 '먼저 올라가 볼게요'라 중얼거리며 재빨리 위층 레이철의 방으로 달려간다.

＊＊＊

위층에 와서 휴대전화를 꺼내 엄마가 보낸 문자메시지가 있는지 본다. 없다. 엄마에게 충전기가 있는지, 다른 상황이 어떤지 하나도 모른다. 당장 레이철에게 부탁해 병원에 갈 수도 있지만, 병원에 갔다가 병원 관계자들에게 엄마의 신원 정보나 진짜 이름 같은 것을 알려 줘야 하는 상황이 올까 봐 두렵다. 아버지가 나를 찾아내더라도 엄마가 어디에 있는지는 모를 테고 이유 없이 병원을 뒤지지는 않을 것이다. 병원은 사실 숨어 있기에 괜찮을 곳일지도 모른다. 가짜 이름으로 입원해 있는 한은 말이다.

어떤 문자메시지를 보내면 엄마가 안심할지 잠시 생각해 본다. 아버지가 오고 있을지도 모른다는 얘기는 하고 싶지 않다. 아직 퇴원도 할 수 없을 텐데 엄마가 괜히 겁을 먹고 탈출을 시도한다면 좋지 않을 것이다.

결국 나는 이렇게 보낸다.

'친구와 안전하게 지내고 있어. 깨어 있으면 문자 줘. 사랑하는 S.'

한동안 휴대전화를 들여다보고 있어도 답장은 오지 않는다. 엄마 컴퓨터의 패스워드를 물어보고 싶었는데 오늘은 안 될 것 같다.

몇 분 후에 레이철이 아이스크림 두 그릇을 들고 올라와 하나

239

를 건넨다.

"좋아. 체셔캣이 진짜로 AI라는 걸 믿을게. 아니면… 다른 무언가거나."

"다른 무언가? 떠돌이 마법사나 반신반인이나 그런…"

"인터넷의 신. 그런 게 있을 수 있잖아."

나는 그 말을 곰곰이 생각해 본다. "아마 체셔캣이 인터넷의 신일 거야."

"체셔캣은 어떤 제물을 요구해?"

"고양이 사진! 인터넷에서 고양이 사진이 너무 환영받는다고 느껴 본 적 없어?"

"난 새 사진밖에 없는데…"

"체셔캣은 새 사진도 좋아해."

"직접 그린 헤나 그림은?"

"아, 맞다." 나는 내 팔을 만져 본다. "시간 많이 지나지 않았어?"

셔츠를 벗자 레이철이 작은 봉지에 든 고정제 티슈로 내 어깨와 팔에 그려진 작품을 닦아 준다. 그러고는 내가 잘 볼 수 있도록 안쪽에 전신 거울이 달린 벽장 문을 열어 준다. 아름답고 완벽하다. 작은 박쥐들이 또렷하게 작은 박쥐들로 보인다.

"진짜 엄청나다. 어른이 되면 똑같이 이렇게 타투를 해 줘."

"지겨워지지 않겠어?"

"절대. 이거 클라우더에 보여 주게 사진 좀 찍어 줄래? 얼굴은 나오지 않게." 레이철이 신중하게 내 자세를 고쳐 가며 여러 각도를 실험해 보더니, 결국은 그냥 머리에 베갯잇을 씌워 얼굴을 가린다. 사진을 올리고 나서 사진으로 찍힌 레이철의 작품을 다시 살펴본다.

헤나 펜은 지난 5년 동안 다닌 학교마다 대유행이었다. 남의 몸에 그려 주거나 자기 몸에 그리게 해 주는 건 우정의 의례 중 하나였고, 나는 중학교 이후로 늘 거기서 배제되어 있었다. 중학교에서는 용의주도하게 배제되었다. 고등학교에서는 그저 친한 친구가 없었다. 다른 애들에겐 몸에 그림을 그려 주는 친구들이나 자기 팔과 손, 어깨를 도화지로 내주는 친구들이 있었다. 다른 애들에겐 생일날 컵케이크를 가져다주거나 중요한 시험을 앞뒀을 때 사물함에 응원 쪽지를 남겨 주는 친구들도 있었다.

지금껏 다닌 대부분의 고등학교에서 애들이 내게 심술궂었던 건 고의가 아니었다. 그저 내가 새로 온 애라서 나를 몰랐던 것뿐이었다. 나는 늘 새로 온 아이였다. 친구를 사귈 만큼 한곳에 오래 머문 적도 없었다.

레이철이 다시 긴장한 듯한 표정으로 나를 쳐다보고 있다. 내가 말한다. "넌 줄리 이후로 내가 처음으로 사귄 진짜 친구야. 몸에 그림을 그려 본 것도 처음이야."

"내일 소매 없는 셔츠를 빌려줄게. 제대로 자랑할 수 있게. 네가 학교에 가고 싶다면 말이지. 학교가 안전할 것 같아?"

"네 부모님한테 친구분에게 연락해서 나를 그 매들린섬에 있다는 몽골 텐트로 데려가 달라고 하면 어떻게 될 거 같아? 그냥 데려다주실까?"

레이철이 입술을 깨문다. "먼저 왜 그러는지 알고 싶어 하겠지. 너네 어머니에 대해서도 설명해야 할 거야. 그러면 부모님은 경찰과 얘기를 하고 싶어 할지도 몰라. 아닐 수도 있고. 부모님은 이곳 경찰을 썩 좋아하지 않거든. 지난봄 일 이후로는."

"너네 부모님이 내가 아버지에 대한 것들을 어떻게 알았는지 궁금해하실까?"

"아마도."

경찰이라…. 얼굴을 들이대던 그 경관을 만나야 한다는 얘기다. 또, 레이철에게 체셔캣의 비밀을 말한 건 그렇다 치지만 아무 관계도 없는 어른들에게까지 말한다? 그건 그야말로 배신이다. 그래 놓고 나는 어딘가에 처박혀서 나를 데려다준 어른들에게나 의존해야 할 테고. 다시 나는 혼자일 것이다. 레이철을 같이 보내줄 리가 없으니까.

"내일 학교 갈래. 체셔캣이 위험하다고 하지 않는 한."

19

클라우더

체셔캣 모두 안녕. 알려 줘야 할 중요한 이야기가 있어.

마빈 우리한테 커밍아웃하려는 거야?

체셔캣 아니야. 자가바의 무서운 아버지에 관한 거야. 내가 그를 찾아서 감시하고 있거든.

헤르미온느 무슨 말이야?

체셔캣 내가 그의 컴퓨터들을 해킹해서 무엇을 하려는지 알아냈다는 얘기야.

파이어스타 진짜로?

체셔캣 우리가 '스테파니아 퀸패킷을 찾습니다' 웹사이트에 들어 갔을 때 그 사이트가 우리 IP 주소를 저장했어. 그래서 그 사람은 우리가 어디에 있는지 알아. 그리고 너희 집들에서 가까운 공항으로 가는 비행편을 알아보는 중이야.

파이어스타 IP 주소가 뭐야?

헤르미온느 인터넷망에서 각 컴퓨터를 식별할 수 있는 일련의 숫자야.

파이어스타 그렇구나. 그럼 그게 내 컴퓨터가 어디에 있는지 알려 주는 건가…?

체셔캣 적어도 어느 동네에 있는지는 알 거야.

파이어스타 내가 사는 이 동네를 말하는 거야 아니면 보스턴 같은 도시 단위를 말하는 거야? 그 사람이 내 사진을 가지고 있더라도, 그럴 가능성은 별로 없겠지만, 어쨌든 나를 찾으려면 보스턴을 다 뒤져야 할 텐데.

체셔캣 아마 우편번호 정도까지는 알 거야. 또, 그는 사람들에게서 정보를 얻어 내는 데에 아주 능해. 이코가 말했던 '사회공학' 전문가거든. 그러니 네 IP 주소만 알면 인터넷 업체를 설득해서 정확한 주소를 알아낼 수도 있을 거야. 규정에 어긋난다 해도 말야. 여기 그의 사진이 있어.

   [🖼️ 첨부 이미지]

헤르미온느 진짜 소름 돋는다.

작은갈색박쥐 그 사람은 진짜 위험해. 심각하게 위험해.

마빈 위험, 확인. 우리를 쫓고 있음, 확인. 우리 주소를 이미 알거나 곧 알 것임, 확인. 우리가 어떡하면 돼? 그 사람 방화범이랬지?

작은갈색박쥐 그는 날 찾고 있는 거야. 그러니 내 아버지가 나타나면 내가 하와이에 있다고 해. 거긴 너희 모두에게서 먼 곳이니까.

마빈 이래서 다들 VPN을 써야 하는 거야. VPN을 쓰면 우리를 찾을 수 없어.

체셔캣 마빈, 너 VPN 쓰고 있어?

마빈 응. 지금 쓰고 있지. 사실, 아니야. VPN은 비싸니까. 난 프락시서버를 쓰고 있어.

작은갈색박쥐 난 우리 엄마가 VPN을 쓰도록 설정해 놨어. 그러니 사실 내 IP는 볼 수 없었겠지.

조지아 그래도 내 건 봤을 테니 최악이야. 이게 다 무슨 소린지 하나도 모르겠어. VPN이나 프락시 어쩌고는 들어본 적도 없어.

체셔캣 좋은 소식은, 이렇게 많은 사람이 그 사이트에 들어간 덕에 그가 어느 도시부터 뒤져야 할지 결정을 내리지 못하고 있다는 거야. 그게 우리에게 시간을 좀 벌어 줄 수 있겠지.

파이어스타 그 사람이 어딘가로 가면 우리가 알 수 있어? 그가 오늘 밤에 보스턴행 비행기를 탄다면 나한테 숨으라고 알려 줄 거야?

체셔캣 응. 그가 비행기 표를 사거나 차를 빌리면 내가 알게 될 거야. 차를 몰고 국토를 가로지른다 해도, 휴대전화를 들고 다니는 한은 내가 알 수 있어.

마빈 일회용 선불폰을 쓸 수도 있어. 그러는 사람들이 엄청 많잖

아. 특히 스토킹이나 방화 같은 비도덕적인 부업거리가 있다면.

헤르미온느 그 사람은 어디에 살아?

체셔캣 캘리포니아주 밀피타스. 이코가 사는 곳과 아주 가까워. 이코에게는 우리가 경고를 했어. 일단은 다들 전화번호를 교환하는 게 좋겠어. 그러면 그가 비행기 표를 사거나 할 때 내가 알려 줄게.

파이어스타 근데 진짜 우리 집에 오면 어떻게 해야 해?????

작은갈색박쥐 경찰을 부른다?

파이어스타 내가 우리 부모님한테 '자, 이놈은 나쁜 놈이야! 이놈이 내 온라인 베프를 쫓고 있고, 그게 이놈이 나쁜 놈이라는 증거야! 암튼 그래서 내가 경찰을 불렀어!'라고 얘기한다면? 부모님은 내가 온라인으로 마약을 샀거나 조건 만남 같은 걸 하는 줄 알 거야.

헤르미온느 음, 그 남자가 너를 만나러 왔거나 마약을 팔러 왔다고 생각하신다면 그를 체포하는 데에 동의해 주실 거 같은데? 긍정적으로 생각해.

그린베리 우리 학교는 휴대전화 사용 규칙이 아주 엄격해. 수업 시간에 휴대전화를 꺼내면 압수해서 일주일 동안 돌려주지 않아.

마빈 너희 학교도 긴급 메시지는 봐주지 않을까?

그린베리 치과 진료 예약이 취소된 적 있는데 그건 알려 줬어.

마빈 그럼 '치과 진료 예약이 취소되었습니다'를 '사악한 스토커가 네 쪽으로 가고 있다'의 암호로 쓰자.

그린베리 그랬다가 진짜로 치과 예약이 취소되면 어떡해?

헤르미온느 그럼 안과 예약으로 하지 뭐.

파이어스타 아무튼 확실히, 그 사람이 비행기를 타면 네가 알 수 있다는 거지?

체셔캣 내가 그의 휴대전화를 해킹했어. 비행기 표를 사면 휴대전화로 확정 문자와 확인 문자를 보내 주잖아.

마빈 일회용 선불폰의 존재를 다시 한번 말해 두고 싶네.

헤르미온느 진지하게 생각해 보자. 방화나 살인 같은 짓을 하러 가면서 비행기를 타지는 않을 거야. 공항에는 사방에 카메라가 있잖아. 차를 빌릴 때도 업체에 생체 정보를 제공하게 되어 있긴 하지만, 차를 타고 대륙을 가로지르는 편이 발각될 위험은 훨씬 적어.

체셔캣 만약 그 사람이 일회용 선불폰을 가지고 간다면 원래 휴대전화는 며칠 동안 놀고 있겠지. 그건 아주 그답지 않은 일이야. 그리고 차는 느려. 자가바와 조지아에게 가려면 차로 31시간, 보스턴까지는 46시간, 메인주까지는 47시간, 롤리까지는 41시간이 걸려.

마빈 맞아. 우리 아빠는 늘 캘리포니아까지 사흘이 걸린다고 주장하지만 늘 나흘이 걸리지. 그 방화범이라면 사흘 만에 갈 수 있겠지만, 그래도 자율주행 차가 아니면 이틀 안으로는 안 될 거야.

헤르미온느 범죄를 저지르려는 사람이 자율주행 차를 빌리는 건 비행기를 타는 것보다 더 멍청한 일이야. 개네들은 모든 걸 기록하잖아.

마빈 그 사람이 똑똑한지 어떤지 우리가 어떻게 알겠어?

작은갈색박쥐 내 판단이 맞다면 그는 예전에 납치 사건을 저지르고도 법망을 빠져나갔어. 그 정도로 똑똑해. 조심해.

20

스테프

"우와아아아아아, 그거 진짜 대박이다." 문학 수업을 같이 듣지만 이름은 모르는 여자애가 감탄을 연발한다. "레이철이 그려 준 거지? 나한테도 뭐든 그려 줬으면 좋겠는데."

밤새 레이철의 그림이 짙어져 윤기 있는 검은색이 되었다. 진짜 타투처럼 보인다. 이 계절에 그럴 일은 없을 듯하지만, 햇볕을 너무 쬐지만 않으면 적어도 2주는 선명하고 진하게 유지될 것이다.

다른 아이들도 소매를 걷어 올리거나 티셔츠 깃을 잡아당기며 그림을 보여 준다. 어깨에 늑대 그림이 있기도 하고 팔 안쪽에 섬세한 꽃 그림이 있기도 하다. 다들 레이철의 작품에 감탄하면서 자기들 그림은 누가 그려 줬는지 알려 준다(레이철 말고도 학교에 이런 그림을 잘 그리는 아이들이 몇 있다).

발치에 놓은 배낭에는 내 노트북과 엄마 노트북, 서류 상자에서 챙긴 제일 중요한 서류들과 만일에 대비한 선크래프트팜스의 아침용 시리얼바 한 팩과 칫솔이 들었다. 교과서는 들어갈 자리가 없어서 오늘 교과서가 필요한 일이 없길 바랄 뿐이다.

수업에 집중하려고 애써 보지만 잘되지 않는다. 체셔캣이 새로운 소식이 있으면 바로 알려 주겠다고 약속했는데도 공포로 속이 울렁거린다. 아버지는 내가 기억하는 한 처음부터 위협적인 존재였지만 이처럼 당면한 위협이었던 적은 없었다. 나는 일상적으로 가벼운 불안을 안고 살아가는 것에 익숙하다. 하지만 현실적인 공포는 낯설다. 보통 상황이었다면 해킹된 로봇 기사가 나오자마자 엄마가 나를 자퇴시켰을 것이다. 그게 아니더라도 내 친구들이 아버지의 웹페이지를 발견한 뒤에는 확실히 자퇴시켰을 것이다. 지난밤에 어떤 일이 있었는지 엄마가 낌새라도 맡았다면 우리는 지금 텍사스로 가는 중일 것이다. 링거 줄과 항생제 보따리 등을 주렁주렁 단 엄마가 승합차를 몰아 고속도로를 타고 남쪽으로 내려가고 있을 게 뻔하다.

수학 수업을 받다가 문득 기사에 엄마가 자기 침실에서 자다가 납치를 당했다고 적혀 있던 것이 떠오른다. 엄마가 밤마다 문에 바리케이드를 치던 이유가 그래서였나 싶다. 그러다 불이라도 나면 어쩔 거냐며 불평했던 순간들이 떠오르자 죄책감이 물밀듯이 밀려온다.

물론 엄마가 아프자마자 그 망할 병원에 갔더라면 아마 지금쯤 퇴원했을 것이다. 엄마는 아직 병원에 있고 내 문자메시지에 답도 없다. 맹장이 파열될 때까지 미루고 미뤘기 때문이다. 그걸 생각하니 화가 났다. 죄책감보다는 이편이 마음이 편하다.

머릿속으로 이런저런 시나리오들이 펼쳐진다. 그 몽골 텐트로 (몽골 텐트라니, 정말일까?), 다시 시프리버폴스로, 숲속에 있는 어느 동굴로 도망가는 상상을 해 본다. 여기 근처에 숲속 동굴이 있을까? 문제는 엄마 없이 도망가는 걸 생각하기만 해도 너무 끔찍하다는 것이다. 엄마가 병원에 묶여 있으니 더 그렇다. 찾기 쉬운 먹잇감이나 다름없다. 병원에 전화해서 그곳 사람들에게 엄마가 어떤 위험에 처해 있는지 알려야 할지도 모른다. 그 대화가 어떻게 진행될지 상상해 본다. 레이철이라면 뭔가 좋은 생각이 있을 것이다.

강박적으로 휴대전화 메시지를 확인하지만 아무 연락도 없다.

미술 시간, 다들 파스텔로 정물화를 그리고 있는데 학교 행정관이 들어온다. 보통은 로봇이 심부름을 하기 때문에 그 자체만으로도 흔치 않은 일이다. 행정관이 선생님과 뭔가 얘기를 나누고, 그러다가 둘이 나를 본다. 흥미롭게 쳐다본다. '흥미로운 사연'이 있는 학생을 보는 교직원과 선생님의 눈빛으로 나를 쳐다본다.

피가 차갑게 식는다. 나는 알 수 있다. 의심의 여지 없이, 체셔캣에게서 아무 연락이 없어도. 그 사람이 여기 와 있는 것이다.

아버지가 여기에 있다. 거지 같은 이곳에서 당장 나가야 한다.

레이철이 맞은편에 앉아 있다. 나는 재빨리 내 그림을 내민다.

'도와줘.' 나는 그렇게 쓰고 문간에 선 행정관을 가리키는 화살표를 그린다.

레이철이 행정관을 보고 나를 보더니 일어서서 명치를 부여잡는다. "아, 어떡해. 토할 거 같아." 레이철이 울부짖는다.

모두가 레이철을 쳐다보고는 의자를 당기고 그리던 그림을 옮겨 나갈 길을 만들어 준다. "내가 화장실 데려다줄게." 나는 벌떡 일어나 레이철의 팔꿈치를 잡는 동시에 배낭을 둘러멘다. "제가 화장실 데려다줄게요." 말하자마자 우리는 서둘러 복도로 튀어 나간다. 막 토하려는 사람 앞에 서 있고 싶은 사람도 없겠지만, 특히나 그걸 치우는 게 자신의 몫이라 그런지 선생님이 아무런 제지를 하지 않는다.

우리는 재빨리 모퉁이를 돌아 시야에서 벗어난다.

"너 진짜 꾀병 잘 부린다."

"초등학교 3학년 때 이렇게 끝도 없이 토하던 때가 있었거든. 오래전 일이지만 다들 아직 기억하는 거야. 옆문으로 가자. 그러면 내 차까지 갈 수 있어. 나는 체셔캣한테서 아무 연락도 못 받았어. 진짜 내가 계속 확인을…"

"나도 그래. 하지만 그 행정관이 나를 보는 눈빛이…"

"그래, 알아. 그냥 밖으로 나가 버리자."

주차장을 가로질러 차까지 뛰어가서야 레이철이 자동차 열쇠를 잊었다는 걸 깨닫는다. 열쇠는 교실에, 꾀병을 부릴 때 챙겨 오지 않은 가방 안에 있다. 차 문은 열려 있다. 여기서는 아무도 차 문을 잠그지 않기 때문이다. 차에 탈 수는 있지만 어디로도 갈 수 없다. "망할." 레이철이 투덜거린다. 일단 차에 탄 다음 레이철이 브라이어니에게 문자를 보낸다.

"학교 안보다는 여기가 나아." 그렇게 말하면서도 나는 만일 숨어야 한다면 어떻게 할지 고민하면서 주차장 외곽을 훑는다. 음… 옥수수밭이 그대로 있었더라면 숨기 좋았겠지만 수확하고 난 옥수수밭은 그다지 좋은 장소가 아니다.

레이철이 트렁크를 열고 차 뒤쪽으로 가더니 뭔가를 밀어서 뒷좌석으로 통하는 틈을 만든다. "뒤에 타고 있다가 정말로 숨어야 하면 트렁크로 기어 들어가. 지금 바로 들어가도 되고."

나는 뒷좌석으로 옮겨 타지만 트렁크에 들어가진 않는다. 아버지가 있는지 살펴볼 수 있는 편이 좋기 때문이다. 뒷좌석은 내가 집에서 가지고 나온 물건들로 여전히 꽉 차 있다. "그 사람이 어떻게 생겼는지 기억나?" 내가 묻는다.

"응."

"사진 본 걸로 알아볼 수 있겠어?"

"응." 레이철의 휴대전화가 웅웅거린다. 레이철이 전화를 들어다본다. "브라이어니가 열쇠를 찾아서 가지고 나오겠대. 그리고 내가 체셔캣에게 그 남자가 여기 있는 것 같다고 메시지를 보냈거든? 체셔캣이 말도 안 된다고 해서, 분명히 그 사람이 여기 있다고 했더니 그의 휴대전화는 아직 캘리포니아에 있대."

"마빈 말대로 일회용 선불폰을 가지고 있다면."

"그걸 말해 줘야겠어."

"내가 정말로 피해망상에 절어 있는 걸지도 몰라. 우리 엄마처럼." 엄마가 그냥 '느낌이 안 좋아서' 이사해야 했던 그 수많은 경우를 떠올려 본다. 하지만 아까 나를 보던 행정관의 시선은… 다시 생각해 봐도 그 여자는 분명히 나를 쳐다보고 있었고 그건 피해망상이 아니었다.

레이철의 전화가 웅웅거린다.

"브라이어니 말로는 다들 널 못 찾아서 엄청 화가 났대. 널 보러 학교로 온 사람이 있대. 세상에, 스테프, 네 말이 맞았어. 분명 그 남자일 거야. 아니면 누구겠어?"

"어… 어쩌면 엄마가 병원에서 퇴원한 걸까?" 나는 다시 휴대전화 문자를 확인한다.

"누가 나온다. 스테프, 고개 숙여."

학교 건물의 문이 열린다. 나는 몸을 수그린다.

"네 아버지인지는 모르겠어. 너무 멀어. 브라이어니가 열쇠 찾았대. 미술실이 소란한 틈에 그냥 갖고 나왔는데 아무도 막지 않더래. 곧 나올 거야."

"제발 빨리." 심장이 쿵쾅거린다.

"망할. 트렁크로 들어가, 트렁크. 빨리, 트렁크."

나는 이미 뒷좌석에 난 틈으로 몸을 구겨 넣고 있다. "왜? 무슨 일이야?"

"누가 주차장을 차로 돌고 있어. 그 사람이 여전히 찾아다니고 있나 봐. 조용히 해."

트렁크 안은 캄캄하고 정말로 비좁다. 어떤 게 있더라도 놀라지 않겠다고 생각은 하지만, 그 어떤 것들이 나를 쿡쿡 찔러 댄다. 트렁크에 갇혔을 때 당기면 트렁크를 열 수 있는 야광 손잡이도 있다. 납치된 사람들을 위한 안전장치일 것이다. 이 손잡이를 당기는 일이 생기지 않기를. 지금 내게 도움이 될 만한 것도 아니다.

누워 있는 등 밑으로 쇠막대기 같은 게 느껴지기에 몸을 꿈지럭거려 손으로 잡는다. 적어도 이건 필요할 때 일종의 무기로 쓸 만하다. 지금 자세로는 어떤 무기라도 쓰기 불편하겠지만.

"네?" 레이철이 말한다. "무슨 일이세요?"

"네가 레이철 애덤스니?" 누군가 묻는다. 레이철이 창문을 꼭꼭 닫아 놓은 상태라 밖에서는 소리를 질러야 한다. 레이철이 대마 연기를 숨기기 위해 닫아 둔 거라고 짐작하기를 바랄 뿐이다.

"아닌데요?" 레이철이 빈정대는, '당신은 누군데 나한테 그걸 물어' 하는 어조로 말한다.

"스테파니라는 애 아니?"

"새로 온 애요? 누군지는 알아요."

"그 애가 어디 있는지 알아?"

"아뇨."

문득 브라이어니가 나오면서 레이철의 이름을 부르거나 해서 일을 그르칠지도 모른다는 생각이 든다. 나는 쇠막대기를 더욱 꽉 움켜쥐며, 재빠르게 트렁크를 열고 뛰쳐나가 그가 알아채지 못하게 다가갈 방법을 생각해 본다. 다리의 감각이 없어지기 직전이라 희망적이지는 않다. 레이철이 '대체 트렁크 안에 뭐가 있는 거니?' 같은 질문에 대답해야 하는 상황은 만들고 싶지 않기에, 나는 아무 소리 내지 않고 자세를 바꿔 보려 애를 쓴다.

"트렁크 안에 뭐가 있니?" 그가 묻는다. 빌어먹을.

"아, 나중에 친구랑 사격 연습할 때 쓰려고 살아 있는 라쿤 한 마리를 실어 놨어요."

그가 이 말이 사실인지 아니면 다른 뭔가가 있는지 의심하면서 트렁크를 쳐다보는 게 느껴지는 것 같다.

"새로 오셨어요? 학교 직원이라면 배지 같은 걸 달아야 하지 않아요?"

"아, 난 학교 직원이 아니야. 나는…"

"아, 그럼 전 얘기 안 할래요."

"난 스테파니의 아빠야. 10년 전에 양육권도 없는 애 엄마가 스테파니를 납치해 갔거든. 그래서 난 그 애를 찾고 있단다. 그 애가 여기 있다고 생각할 만한 이유도 있고."

레이철이 잠시 침묵하더니 말한다. "야, 브라이어니! 빨리 타." 그러고는 목소리를 바꾸어 심술궂은 여자애가 꾸며 내 말하는 듯한 어투로 말한다. "그럼 아저씨, 행운을 빌어요. 계속 찾다 보면 분명 조만간 찾으실 거예요." 그러고는 내가 지금껏 살면서 들은 소리 중에 가장 반가운, 차 시동이 걸리는 소리가 들린다.

"음." 브라이어니가 입을 연다. "왜 내가 너랑 갑자기 드라이브를 가야 하지? 아까 그 난리는 또 다 뭐야? 그리고 스테프는 어디 있어?"

나는 꿈틀거리며 트렁크에서 나온다. "안녕."

레이철이 백미러로 나를 힐끗 쳐다본다. "브라이어니를 끌어들여서 미안해. 하지만 얘를 그 사이코패스와 함께 남겨 둘 수는 없잖아."

"괜찮아. 나도 그렇게 생각해."

"고개는 숙여. 그 남자가 차를 타고 우리를 쫓아올 게 확실하니까."

"뭐?" 브라이어니가 약간 처량하게 들리는 소리로 말한다. "내가 지금 무슨 소녀탐정단 같은 데에 굴러 들어온 거야? 우리 집 앞에서 나 좀 내려 줄래?"

"안 돼. 그 남자가 너를 잡으면 안 되니까. 그는 우리를 쫓아오고 있어. 검은색 소형차야. 이렇게 작은 동네에서는 따돌리기가 정말 어려운데."

클라우더에 알려야 한다. 레이철이 자기 휴대전화를 넘겨준다. 나는 클라우더 앱을 불러온다. 하지만 길이 울퉁불퉁한 데다 손이 떨려서 '그 남자가 왔어' 대신 '4, 자4ㅏ 오9dj'라고 쓰고 만다. 나는 앱을 닫고 헤르미온느에게 전화를 건다.

"여보세요?" 상상했던 말투와 다르다. 잠시 후에야 내가 줄곧 영국식 억양을 쓰는 헤르미온느를 상상해 왔다는 걸 깨닫는다. 당연히 이 애는 영국식 억양으로 말하지 않는다. 메인주 출신이니까.

"자가바야. 우리 아빠가 여기로 왔어. 여기, 그러니까, 뉴커버그에. 난 레이철, 아니, 조지아와 다른 학교 친구와 같이 차 안에 있고 그 사람이 쫓아오는 중이야. 체셔캣에게 내 아버지의 위치를 잘못 파악한 것 같다고 전해 줄래?"

"바로 할게." 헤르미온느가 대답하자마자 전화를 끊는다.

30초쯤 뒤에 내 휴대전화가 울린다. 엄마이기를 간절히 바랐지만, 아니다.

대신에 그 성교육 로봇보다 훨씬 더 사람 같지 않은 소름 끼치는 로봇 음성이 들린다. "안녕, 스테프." 그 목소리가 말한다. "체셔캣이야. 네 휴대전화로 전화를 해서 미안해. 하지만 조지아는

258

운전을 하고 있을 거 같아서."

"맞아."

"마이클의 위치와 함께 너희 위치도 추적하려고 하는데 문제가 좀 있어. 정확하게 너희가 어디에 있는지 알려 줄래?"

나는 머리를 살짝 들고 눈에 띄는 주소를 불러 준다.

"응. 고마워. 그가 몰고 있는 차는 어떤 거야?"

"검은색이야. 새 차 같아. 그냥 자동차야. 트럭이나 승합차 같은 거 말고. 차종은 모르겠어."

"고마워."

"뉴커버그 병원에 우리 엄마를 안전하게 지켜 달라고 얘기해 줄 수 있어?"

"응. 그럴게. 내가 멀티태스킹을 아주 잘하거든. 마이클의 차를 움직이지 못하게 만들 방안도 몇 가지 검토하고 있어."

"아니, 이게 대체 무슨 일인지 누가 설명 좀 해 줄래?" 브라이어니가 소리를 지른다. "끊을게." 나는 체셔캣에게 말하고 전화를 끊는다.

"우리 아빠가 폭력적인 사이코패스라서 엄마가 계속 나를 전학시켜야 했어. 아빠는 사람을 시켜서 엄마를 납치하고 엄마의 손가락도 잘랐어. 내 생각엔 아빠가 엄마의 회사 동료도 죽인 거 같아. 엄마가 지금껏 우리가 있는 곳을 숨기려고 애써 왔는데 나 때문에 다 망했어."

브라이어니는 공포에 질린 동시에 의심하는 듯 보인다. 그냥 방화 이야기를 하는 편이 나았을 듯하다. 손가락을 잘랐다는 얘기는 집을 불태웠다는 얘기보다 훨씬 믿기 어려우니까.

"그 암호들은 뭐야?" 브라이어니가 묻는다.

"그건 그냥 대화명이야." 레이철이 말한다. "온라인 채팅할 때 쓰는 거. 난 조지아, 쟤는 자가바."

"방금 그 전화는?"

"내 해커 친구한테서 온 거야." 내가 말한다.

"으으음."

"네가 알고 싶어 해서 말해 준 거야." 내가 말한다. "어디서 내려 주면 될까?"

"그 사이코가 날 찾지 못할 곳이어야지!"

"나는 마시필드로 갈 거야." 레이철이 단호하게 말한다. "누구나 알다시피 추격자를 따돌리기에 뉴커버그는 너무 작거든."

"기름은 충분해?" 브라이어니가 묻는다.

"응. 충분해." 레이철이 룸미러로 나를 쳐다본다. "사실 혹시나 해서 오늘 아침에 가득 채워 뒀어."

우리는 제한 속도의 두 배는 되는 듯한 속도로 고속도로를 달린다. "야." 브라이어니가 말한다. "경찰에 신고하려면 날 내려 준 다음에 해. 알지?"

"브라이어니, 경찰은 우리 둘 다 싫어해!"

"경찰은 나랑 있을 때만 널 싫어하는 거야!"

"그 젊은 경찰은 나도 싫어할걸." 내가 말한다.

"어차피 상관없어." 레이철이 말한다. "널 내려 주지 않을 거니까. 스테프의 아버지가 너무 가까이 있어. 우리가 널 내려 주면 눈에 띌 텐데 널 그 사람에게 넘겨줄 순 없어. 그리고 네가 경찰과 문제가 생기게 할 수도 없고."

"초 치려는 건 아닌데, 우리 계획이 정확하게 뭐야?"

"말했잖아. 마시필드로 갈 거야."

"그러고 나면? 월마트나 빙빙 돌면서 그를 따돌리겠다고?"

"그래도 거기엔 신호등이라도 있잖아. 모퉁이가 있는 길도 있고. 좀 덜 못된 경찰관들도 있어."

"마시필드 경찰이 우리 엄마가 신호 위반을 했다며 멈춰 세웠을 때 어땠는지 알잖아?"

나는 다시 뒷유리창으로 살짝 내다본다. 그가 여전히 따라오고 있다. 트렁크 안으로 팔을 뻗어 쇠막대기를 뒷좌석으로 꺼내 놓는다.

내 휴대전화가 울린다. 전화를 받으니 체셔캣의 소름 끼치는 목소리가 들린다. "여보세요, 스테프?"

"응. 우리는 마시필드로 가는 도로에 있어. 그는 여전히 우리를 따라오고 있고."

"마시필드에 도착하면 대학교 쪽으로 가. 내가 교통 상황을 조작해서 너희 차는 보내고 그의 차만 붙잡아 둘게."

"그게 얼마나 정확할까? 음, 사람들을 무더기로 도로에다 풀면 그냥 우리 속도만 느려질 수도 있잖아?"

"내 계획이 맞다면 사람들은 마이클에게만 달려들 거야."

"네가 틀리면 우린 그와 같이 갇히는 거야!"

"그런 상황에 대비한 플랜 비도 있어. 레이철에게 대학교 쪽으로 가라고 아직 얘기 안 했잖아. 얘기부터 해 줘."

나는 휴대전화를 귀에서 떼어낸다. "레이철, 체셔캣이 마시필드 대학교 쪽으로 가래. 거기 학생들을 이용해서 마이클을 떼어내려나 봐."

"그게 가능해?"

"모르겠어."

"그럼 레이철 네 계획은 가능할 거 같아?" 브라이어니가 새된 소리를 지른다.

"알겠어. 좋아, 대학교 쪽으로 갈게. 그런데 체셔캣이 그 학교 학생이 고작 600명밖에 안 된다는 걸 알까? 위스콘신 주립대학 같은 걸 생각하고 있는 건 아니겠지. 여긴 전체 인구가 채 2만 명도 안 되는 도시라고."

"오클레어로 갔어야 해." 브라이어니가 중얼거린다.

"그런 제안은 아까 뉴커버그를 떠날 때 했어야지." 레이철이 말한다.

"체셔캣은 누구야?"

"해커." 내가 말한다.

"이런 온갖 사람들을 사귀었다는 그 사이트는 또 뭐야? 어떻게 나한테 이런 얘기를 한마디도 안 할 수가 있어? 넌 이제 나한테 아무 얘기도 안 하지." 브라이어니가 레이철에게 말한다.

"거기 가입한 지 얼마 안 됐어. 그리고 우리가 얘기를 안 하는 게 어떻게 내 잘못이야? 여름 내내 남자친구 때문에 날 팽개친 건 너잖아."

레이철과 브라이어니가 싸우는 소리를 들으며 차량 추격전을 벌이는 중이라니 이 상황을 믿을 수가 없다.

"지금 대학교 쪽으로 가고 있는 거 같아." 내가 체셔캣에게 말한다.

"차에 같이 있는 다른 사람은 누구야?" 체셔캣이 묻는다.

"브라이어니라고 해. 학교 친구야. 레이철이 차 키를 두고 나와서 브라이어니가 가져다줬는데, 이미 그 남자가 와 있는 상황이라서 차에 태웠어. 그가 브라이어니에게 나쁜 짓을 하면 안 되니까. 브라이어니도 캣넷에 초대해 줄래?"

"이메일 주소가 필요해." 나는 휴대전화를 귀에서 떼고 브라이어니에게 이메일 주소를 묻는다.

브라이어니가 또박또박 주소를 불러 주고는 다시 레이철과 말다툼을 이어 간다. "어쨌든, 요 몇 주간 너야말로 여자친구랑 노느라 난 안중에도 없었잖아."

"스테프는 내 여자친구가 아니야."

"재한테 그림을 그려 줬잖아! 집에도 데려가고! 넌 거의 지난 1년 동안 내 생일 같은 게 아니면 헤나를 그려 주지도 않고, 열두 살 이후로는 날 집에 초대한 적도 없어!"

"그래, 맞아. 그런 적 없어."

차 안이 잠시 쥐 죽은 듯이 고요해지고 갑자기 브라이어니가 소리를 낸다. "아?"

"그래." 레이철이 말한다.

다시 뒤쪽을 확인해 보니, 그는 거리를 좁히지 않고 그저 우리와 일정한 거리를 유지할 뿐이다. 그에게도 뭔가 계획이 있을 듯한 불길한 느낌이 든다.

"난…" 브라이어니가 말한다. "난 그때 열두 살이었고 바보였어. 미안해."

"그런 일이 있었는데, 널 다시 우리 집에 초대하지 않는다고 뭐라 하면 안 되지."

"네 말이 맞아." 브라이어니가 뒤에 따라오는 차를 돌아보고 덧붙인다. "하지만 그건, 네가 애들한테 내가 보름에 한 번 머리를 감는다고 말하고 다녀서 그랬던 거야."

"그게 비밀이었어? 네가 비밀인 것처럼 굴지 않았잖아."

"그건 네가 다 소문내고 난 뒤에나 그런 거야. 어떤 여자애가 내가 머리를 자주 감지 않아서 냄새가 난다고 떠들기 시작했단 말야. 내 머리에서는 나쁜 냄새가 나지도 않았고, 또 이렇게 검은 머리는 너무 자주 씻으면 오히려 좋지 않아."

레이철이 눈을 크게 뜨고 브라이어니를 돌아본다. "몰랐어. 이 얘긴 기억도 안 나! 그 멍청한 '사춘기의 시작' 수업에서 선생님이 머리를 하루나 이틀에 한 번씩 감아야 한다고 했을 때, 그냥 궁금해서 질문했던 기억은 나는데…"

"그때 선생님이 뭐라고 답했는지도 기억나?" 브라이어니가 말한다.

레이철이 고개를 젓는다.

"'청결은 여러분의 피부색과 상관없이 똑같이 적용되죠! 여러분 머리카락이 직모든 곱슬머리든 제대로 감지 않으면 똑같이 냄새가 날 거예요!'라고 했어"

"말도 안 돼." 내가 뒷좌석에서 중얼거린다.

"미친." 레이철이 말한다. "정말 미안해." 잠시 침묵이 흐른다. "하지만 나는 열한 살이었어. 열한 살이고 멍청이였지. 미안해."

"그래." 브라이어니가 말한다. "그럼 이제 너네 집 놀러 가도 돼?"

"지금 당장만 아니라면?"

"아, 그렇지." 브라이어니가 어깨 너머로 힐끗 돌아본다. "차가 따라붙지 않아. 그냥 따라오고 있어."

"나도 눈치챘어." 레이철이 중얼거린다.

도로 한쪽은 여전히 논밭이지만 다른 쪽에는 주택들이 있다. 우리는 거주 구역의 커브 길을 따라 대학교 쪽으로 향한다.

이 대학교는 대학이라기보다 좀 부유한 고등학교처럼 생겼다. 주차장으로 둘러싸인 커다란 건물 하나뿐이다. 도로 양쪽에 학생들이 모여 있다. 상당히 많은 숫자다. 우리가 지나가자마자 커다란 함성이 터지더니 트럭이 와서 아버지의 차가 지나가지 못하게 도로를 막는다. 뒤쪽에서도 누군가가 길을 막은 듯이 보인다. 학생들은 무섭고 위험한 사람을 막았다고 생각하는 것 같지가 않다. 축제 분위기에 가깝다.

"됐어." 나는 여전히 통화가 연결되어 있는 체셔캣에게 말한다. "설명해 줘."

"어떤 리얼리티 쇼와 관련된 대회가 있거든. 학생들은 그를 잡아 두면 엄청난 상금을 타는 줄 알고 있어."

"저 사람들이 얼마나 오래 붙잡아 둘 수 있을 거 같아?"

"겨우 몇 분일 거야."

"좋아. 그럼 떼어낼 수 있어." 레이철이 말한다. "잠시만이라도."

"뉴커버그로 다시 돌아가야 할까?" 브라이어니가 묻는다.

뉴커버그로 다시 돌아갔을 때의 문제는 그가 돌아와 다시 나를 찾아낼 거라는 점이다. "난 정말 그 몽골 텐트로 가야 할까 봐." 내가 말한다.

"몽골 뭐?" 브라이어니가 말한다.

"부모님 친구 중에 매들린섬에 몽골 텐트를 가진 사람이 있어." 레이철이 말한다.

"이 계절에 매들린섬까지 어떻게 가?" 브라이어니가 묻는다. "차로 가기에는 얼음이 너무 얇고 페리로 가기에는 너무 두꺼워."

"방법이 있을 거야." 레이철이 말을 갑자기 멈추고는, 매들린섬의 페리에 관한 얘기를 시작하려는 브라이어니를 제지한다. "저거 사이렌 소리야?"

나는 다시 뒤를 돌아본다. "망할." 경찰차가 우리 뒤로 접근하고 있다.

"여기서 도망가는 게 나을까?" 레이철이 묻는다.

"진짜 경찰인데? 아니, 절대 아니야." 내가 대답한다.

경찰이 차 옆으로 걸어온다. 백미러로 검은색 차가 옆길에서 나와 우리 차 뒤에 서는 게 보인다. "잘 들어." 나는 체셔캣에게 말한다. "그 차가 여전히 우리 뒤에 있고 방금 경찰이 우리 차를 세웠어."

내 아버지가 걸어오는 경찰과 악수를 하고 얘기를 나누기 시작한다. 그가 우리 차를 가리킨다. 경찰이 팔짱을 낀 채 동의한다는 듯이 고개를 끄덕이며 얘기를 듣는다. 그게 무슨 얘기이든 경찰은 학교 직원들이 그랬던 것처럼 아버지의 말을 믿을 것이다.

여기에는 레이철이 있다. 브라이어니도.

"여기 경찰이 너네 엄마를 신호 위반으로 멈춰 세웠을 때 무슨 일이 있었어?" 내가 묻는다. 브라이어니는 아까 그 얘기를 끝까지 하지 않았다.

"경찰관이 엄마를 검둥이라고 불렀어. 엄마가 민원을 넣었지만 아무 일도 없었지."

유쾌하게 대화를 나누고 있는 경찰과 아버지를 바라보며 다음에 무슨 일이 벌어질지 생각한다. 그리고 레이철과 브라이어니가 다치는 일은 없기를 기도한다. 나만 아니었다면 둘이, 특히 브라이어니가 이런 상황에 처할 일은 없었을 것이다. 저 사람은 자고 있던 엄마를 침실에서 납치했고 지금은 우리를 찾으러 캘리포니아에서 여기까지 달려왔다. 그가 내게 유일한 현실 친구들에게 접근한다면 무슨 일이 벌어질까 하는 생각이 제일 공포스럽다.

갑자기 내가 해야 할 일이 무엇인지 아주 분명해진다.

"저 사람이 원하는 건 나야."

"잠깐만, 잠깐만! 스테프!"

하지만 나는 차에서 내려 문을 닫는다. 그에게 체셔캣의 존재를 알리고 싶지 않아 전화도 끊어 버린다.

나는 경찰과 아버지 쪽으로 걸어간다. "스테프, 이리로 돌아와!" 레이철이 창문 밖으로 소리치지만 차에서 내려 쫓아오지는 않는다. 경찰관이 쳐다본다. 그 표정이 동정심인지 만족감인지 짜증인지 아니면 다른 무엇인지 알 수 없다.

"좋아, 스테파니아. 장난은 끝났어. 친구들은 집에 보내고 이 차에 타."

나는 경찰을 향해 돌아선다. "이 남자는 폭력적인 스토커예요. 그리고 훔친 차를 몰고 있어요."

경찰이 껄껄 웃더니 아버지를 쳐다본다. "따님이 다짜고짜 엄청난 얘길 할 거라더니 거짓말이 아니었군요!"

"절 체포하세요." 나는 떠오르는 대로 내뱉고는 잠시 말을 멈춘 채, 브라이어니와 레이철을 연루시키지 않고서 내가 저지를 수 있을 만한 범죄를 떠올려 본다. "제가 집에 불을 지르려고 했어요."

"그건 네 아버지한테 맡기도록 하마." 경찰은 그렇게 말하고 레이철에게 '넌 이제 가도 돼' 하는 상냥한 손짓을 하며 멀어진다. 레이철의 차가 움직인다. 속도가 매우 느린 게, 마지못해 움직이는 그 애의 마음이 느껴진다. 경찰이 경찰차로 돌아가더니 잽싸게 유턴을 해서 반대 방향으로 멀어진다.

그리고 우리 둘만 남는다. 나와 아버지.

나는 억지로 그의 얼굴을 쳐다본다. 레이철과 브라이어니가 무사히 빠져나갔다는 안도감은 점점 사그라지고 공포가 스며든다. 이 인간으로부터 도망치는 데 평생을 썼는데, 지금은 어떻게 도망쳐야 할지 아무 생각도 나지 않는다.

"스테파니아." 그가 내 이름을 부르고는 머뭇거리며 두 팔을 벌린다. 달려들어 안기라는 뜻일까? 내가 몇 초 동안 빤히 쳐다보는데도 그렇게 서 있다. 정말로 내가 안기리라 생각하는 걸까? 그냥 연기하는 걸까? 지금 그가 진실을 말하고 있다고 믿고 있더라도 안기고 싶을 것 같지는 않다. 그가 마침내 어색하게 팔을 내린다. "네 엄마가 뭐라고 했을지 모르겠다만… 내가 원하는 건, 내가 지금껏 원해 온 건 너를 다시 보는 것뿐이었어."

감정이 북받치는 듯한 쉰 목소리다. 그가 만나는 사람마다 어떻게 교묘하게 조종했는지를 떠올려 본다. 나는 움직이지 않는다.

"당신 차에는 안 타."

"바보처럼 굴지 마. 우리는 차를 타고 오클레어에 있는 내 호텔로 돌아갈 거야. 거기서 근사한 저녁 식사를 하면서 다시 서로를 알아가는 거지. 네 엄마는 상관없어. 널 내 인생에 다시 돌려받기만 하면 돼."

그 목소리가 조금 전보다 덜 쉬고 더 부드러워서 나는 잠시 식당에서 저녁 식사를 하는 상상을 해 본다. 그의 휴대전화로 캘리포니아 생활이 담긴 사진들을 보겠지. 나는 생각한다. '아니야. 당신이 지금껏 만난 어른들은 이겨 먹었을지도 모르지만, 내가 당신을 신뢰하게 만들 수는 없어.' 엄마를 생각하니 목이 콱 멘다. 왜 엄마 생각을 하고 있지? 주먹을 쥔다. "나는 당신 차에 안 타."

"네가 겁을 내는 건 이해해. 피해망상과 분노에 가득 찬 여자와 오랫동안 같이 살았으니까. 그 여자가 널 데리고 이사를 다녔지? 너는 끊임없이 끌려다녔고. 정착할 기회도, 네 엄마 말고는 다른 의지할 사람을 찾을 기회도, 네가 사는 방식이 말이 되는지 다른 사람의 얘기를 들어볼 기회도 없이 말야. 당연히 내가 무섭겠지. 난 한 번도 네 엄마를 다치게 한 적 없어. 너에게 상처를 주는 일도 절대 없을 거야."

그 말을 믿고 싶다.

체셔캣은 이 남자가 아직 캘리포니아에 있다고 한 시점에서 완전히 틀렸다. 엄마의 손가락에 관해서도 틀린 게 아닐까? 납치 사건도 사실 다른 사람이 꾸민 게 아닐까? 나는 체셔캣을 얼마나 믿지?

"나는 당신 차에 안 타."

"내 기억이 조금이라도 있어? 잠깐만, 사진을 한 장 보여 줄게." 그가 주머니에서 뭔가를 꺼내 내민다. 내가 서서 꼼짝도 하지 않으니 그가 사진을 들어서 보여 준다. 한 연구실에서 수염을 기른 남자와 볼이 통통한 아기가 함께 찍은 사진이다. 아마 나일 것이다. "네 엄마가 널 데려간 게 네 살이었으니 날 조금은 기억할 만도 한데. 내가 매일 아침 복숭아 스무디를 만들어서 밀크셰이크라며 주곤 했는데, 그 밀크셰이크 기억나?"

271

기억나지 않는다. 아무것도 기억나지 않는다.

"네가 나이에 비해 몸무게가 늘지 않는다고 의사가 걱정이었지. 내가 매일 아침 밀크셰이크를 만들어 줬어. 요거트와 얼린 복숭아를 넣어서. 그게 맛있어서 나도 아침마다 먹었지."

기억나지 않지만 요거트를 넣은 복숭아 스무디가 어떤 맛인지는 안다. 줄리와 함께했던 여름, 우리 집에 믹서가 있어서 엄마가 나와 줄리에게 복숭아 스무디를 만들어 주었었다.

"내가 밤마다 『잘 자요, 달님』도 읽어 줬어."

갑자기 어떤 기억이 떠오른다. 이야기. 굿나잇 키스. 침대와 이불을 다독여 주던 손길. 천장에 달린 얇은 커튼. 괴물들을 막아 주던 그 커튼.

"그건 기억나."

그의 호흡이 조금 빨라지는 것이 보인다. "어서, 스테파니아." 그가 겁 많은 동물을 달래듯이 말한다. "오클레어까지 가기 싫으면 이 근처에서 밀크셰이크를 먹어도 돼. 아이스크림 같은 거라도. 근처에 아이스크림을 파는 데가 있을 거야. 그리고 기억나는 게 뭐가 더 있는지, 다음에는 뭘 하고 싶은지 얘기해 보자."

그 밖에 기억나는 건 괴물들이다.

집 안에 괴물이 있다고 믿었던 게 기억난다. 나는 진짜 괴물이 있다고 생각했었다. 이따금 밤에 엄마가 우는 소리가 들렸기 때문이다. 그래서 나를 지켜 줄 커튼이 필요했던 것이었다. 나는 괴물과 같이 살았으니까.

나는 괴물과 같이 살았다.

그때는 내 귀에 들리는 소리가 무슨 소리인지 몰랐지만 지금은 안다. 체셔캣이 들었던 것과 똑같은 소리를 들었었다. 아빠가 엄마를 때리는 소리를 듣고 있었던 것이다.

아버지가 한 발자국 다가온다. 나는 한 발자국 물러선다. 우리가 서 있는 도로 이 편에 집 몇 채가 가까이 있다. 내다보는 사람은 보이지 않지만 마시필드 사람들은 집 문을 잠그지 않을지도 모른다. 아무 집에나 뛰어 들어가 문을 잠가 버릴 수 있을까? 그가 다가오고 나는 또 한 발자국 물러선다. 그의 얼굴에서 뭔가가 바뀐다. 내가 뭔가 티를 낸 걸까? 내 얼굴에서 내가 무엇을 떠올렸는지 읽은 걸까?

"차에 타." 달래는 듯하던 목소리가 사납게 변한다. 나는 긴장과 공포로 덜덜 떨고 있다. 그의 얼굴을 보자, 그가 거리낌 없이 나를 해하리라는 확신이 든다.

"싫어." 말하면서 또 한 발자국 물러난다.

"차에, 타."

"싫어. 안 타. 꺼져!" 나는 다시 뒤로 한 발자국 물러난다. 예쁘게 장식된 어느 집 우편함이 아버지와 나 사이에 있다. 저 집 문까지 뛸 수 있을까? 집 안으로 들어갈 수 있을까? 내가 안으로 들어가면 문제가 커질까?

273

아버지가 뒤로 한 발자국 물러나더니 집들 쪽에서는 보이지 않게 차로 가리고는 주머니에서 총을 꺼낸다. 그리고 총을 쥔 손으로 허리춤을 짚는다. 나를 겨냥한 게 아닌데도 온몸이 싸늘하게 식어 굳는다. 걸을 수가 없다. 소리를 지를 수도 없다. 가까운 집으로 달려가는 건 이제 불가능한 얘기다. 시도하려 한다 해도 내 다리가 제대로 버티기나 할지 알 수 없기 때문이다.

"날 무서워할 이유는 하나도 없어. 차에 타기만 하면."

멀리서 차가 다가오는 소리가 들린다. 레이철과 브라이어니가 돌아오는 걸까? 급가속이라도 하는 것처럼 엔진 소리가 요란하다. 경찰들이 붙잡지 않아야 할 텐데.

작은 빨간색 컨버터블 차가 빠르게 모퉁이를 돈다. 지붕은 젖혀져 있다. 나는 말도 안 되는 생각이라는 걸 알면서도 혹시 레이철이 타고 있는 건 아닌지 힐끗 살핀다.

운전자가 없다.

탕 소리가 울려 퍼진다. 아버지가 그 차에, 존재하지 않는 운전자를 향해 총을 쏘고 차는 그에게 돌진한다. 그가 펄쩍 뛰었다가 삐끗해서 차의 보닛 위로 엎어지고, 차는 그를 얹은 채 튀어나온 커다란 관목을 뚫고 돌진하여 집 앞마당을 가로지르더니 시야에서 사라진다.

다른 차 한 대가 내 옆에 와서 선다. 이번에는 레이철이다. "빨리, 빨리, 빨리!" 레이철이 소리를 지른다.

다리가 여전히 얼어붙어 있지만 가까스로 몸을 움직여 쓰러지듯 뒷좌석에 탄다. 저쪽 길에서 꽝 하는 소리가 들린다. 그 빨간 차가 뭔가 커다란 것을 정면으로 들이박은 것 같다.

우리는 도망치듯 마시필드를 벗어난다.

21

AI

"마이클 퀸이 뉴커버그에 있어." 헤르미온느가 말했을 때 내 첫 반응은 부정이었어. 그가 확실히 캘리포니아에 있다는 걸 확인한 지 24시간도 안 지났는데 그게 가능하기나 해? 그러고는 내가 앞서 어떤 가정에서 실수를 저질렀는지 분석하려다가, 스스로를 다그쳐서 당장 현실에 벌어진 문제를 해결할 방법을 찾는 데 집중해야 했어. 마이클 퀸이 스테프를 발견했고 뉴커버그에 왔어. 그는 스테프와 그 어머니에게 들이닥친 확실한 위험이고, 레이철을 비롯한 주변 사람 누구에게라도 아마 마찬가지일 거야.

마이클은 스테프와 레이철을 쫓고 있었어. 우선 그들의 위치부터 확인했지. 뉴커버그에는 감시용 카메라가 많지 않지만, 그래도 상점들 주변에는 좀 있는 편이거든. 고등학교 주차장 쪽으로 맞춰진 카메라도 하나 있어서 막 주차장을 빠져나가는 검은색

276

차를 특정할 수 있었어. 차에는 캘리포니아주가 아니라 아이오와 주 번호판이 달려 있었어. 게다가 마이클 퀸이나 그와 관련 있는 사람이 아닌, 엉뚱한 사람 앞으로 등록된 차였지. 훔쳤을까? 샀을까? 아니면 내가 차를 잘못 짚은 걸까?

레이철의 휴대전화 위치를 확인하니 마이클의 위치와 완전히 다른 위치가 나왔어. 그 문제도 해결하고 내가 마이클의 차를 제대로 찾은 건지 확인도 할 겸, 인공 음성으로 스테프에게 전화를 걸었어. 스테프는 엄마가 안전하도록 병원에 전화를 걸어 달라고 부탁했지.

스테프가 부탁하기 전에 내가 먼저 생각했어야 하는 일이야. 당연히 챙겼어야 할 중요한 일들을 놓치고 있었다는 공포와 자책감은 일단 제쳐 놓고, 뉴커버그 병원 간호실로 전화를 걸었어. "다나 스미스 환자에 관해 할 얘기가 있습니다." 내 인공 음성 때문에 전화를 끊지는 말아야 할 텐데.

"가족이신가요?" 간호사가 묻는다.

"그 사람의 안전 문제로 전화했습니다." 내가 전화 통화와 자동차 추격전을 동시에 챙기며 말했어. 음성 대화로 인식력에 부하가 걸리는 것을 고려하자면, 스테프에게 장담한 만큼 쉬운 일은 아니었지.

레이철 휴대전화의 위치 정보가 다르게 나오는 건 부모님이 설치한 헬리맘 위치 추적 앱을 속이기 위해 허위 위치 정보를 생성하는 앱을 설치해 뒀기 때문이야. 두 앱에서 보내는 정보만 제외시키면 레이철의 위치를 제대로 알 수 있을 거야. 하지만 마이클의 차를 정확하게 짚어 내는 게 우선이었지. 다행히 그가 탄 차는 데이터 연결이 가능했어.

요즘은 길에 다니는 차 대부분에 데이터 연결 기능이 있지. 그쪽 방면으로 가장 발전된 차들은 자율주행도 가능하고. 보통은 에어백이 터졌을 때 구급차를 불러 주거나, 도난 방지 기능이 있어서 주차하지 않은 곳에서 차의 위치가 잡히면 제조사에 정보를 알려 주는 정도야. 마이클이 운전하는 차에는 아주 기본적인 데이터 연결 기능이 있었어. 차 열쇠를 잃어버리거나 차 안에 두고 문을 잠갔을 때 긴급 지원 서비스가 원격으로 문을 열어 주거나 시동을 걸어 주는 수준이지.

어쨌든 내가 그 차를 추적할 수 있었다는 뜻이야. 원격으로 접근하는 방법만 알면 시동을 완전히 꺼 버릴 수도 있겠지.

내겐 불행한 일이지만, 자동차 제조사들은 다른 인터넷 연결 장치들을 만드는 회사들보다 해킹에 대한 걱정이 많아. 아무도 냉장고 해킹은 걱정하지 않지만 자율주행 차라고 하면 대뜸 "차가 해킹돼서 사람을 태운 채로 벽을 들이받으면 어떡하죠?"라는 질문부터 나오지.

만약 "한밤중에 냉장고가 해킹돼서 몇 시간 꺼지는 바람에 마요네즈가 상하고 식중독에 걸리면 어떡하죠?"라는 질문이 나왔다면 사람들이 냉장고의 보안 수준도 더 걱정했을지 모르겠지만, 그래도 아마 아닐 거야. 점점 인터넷 연결 기능이 탑재된 냉장고들이 기존 냉장고들을 대체하고 있어. 자율주행 차들도 인간 운전자들을 대체하고 있지만, 인간들은 자신들이 운전을 더 잘한다는, 완전히 잘못된 인식을 갖고 있지.

원래 상황으로 돌아와서, 마이클이 탄 차도 해킹에 아주 잘 방비가 되어 있었어. 차의 시동을 끌 수 없었다는 얘기야.

하지만 그를 추적할 수는 있었지. 나는 그를 추적하기 시작했어.

"다나 스미스는 스토킹 범죄의 피해자입니다." 내가 간호사에게 말했어. "그리고 지금 그 스토커가 뉴커버그에 있고 그 여자를 찾고 있습니다. 그는 매우 위험한 사람이고 총을 가지고 있을 겁니다. 아주 조심해야 합니다."

"전화하신 분은 누구시죠?" 간호사가 물었고 나는 내 말을 믿지 않는 건가 싶어 걱정이 됐다. 그때 주요한 사실 하나가 떠올랐지.

"다나 스미스의 손에 손가락이 하나 없는 건 보셨습니까? 그 스토커가 그렇게 만든 겁니다."

"잠시 끊지 말고 기다려 주시겠어요? 끊지 마세요. 금방 돌아올게요."

대화에 비하면 대기 중 음악을 듣는 데에는 집중력이 필요 없지. 나는 여분의 주의를 돌려 마이클을 막는 문제에 집중했어.

도시에서는 내비게이션 앱들을 통해 엉뚱한 방향을 일러 주기만 해도 순식간에 교통 체증을 만들어 낼 수 있어. 기찻길의 차단기를 내려 길을 막을 수도 있지. 하지만 뉴커버그에서는 할 수 있는 일이 없고 가장 가까운 도시는 1시간이나 떨어진 오클레어였지. 클라우더 애들에게는 그를 막을 수 있는 아이디어가 있을까?

헤르미온느가 이미 모두에게 상황을 알린 상태라, 내가 다 감시하고 있다고 장담하는 와중에 마이클이 어떻게 그렇게 빨리 뉴커버그로 갔는지 다들 궁금해하고 있었어. "내가 말했잖아." 마빈이 말했어. "선불폰."

"맞아." 헤르미온느가 말했어. "하지만 비행기를 탔다면 탑승 기록이 있어야 해."

"항공사 비행기를 탈 때나 그렇지."

"항공사가 아니라면 전용기를 말하는 거야? 이 사람이 얼마나 부자라고 생각하는 거야?"

"실리콘밸리에서 일하잖아." 이코가 끼어들었어. "우리 부모님은 그렇게까지 부자가 아니라서 전용기가 없지만, 가지고 있는 지인이 있어."

"전용기 타 봤어?" 파이어스타가 물었어.

"그런 건 부탁할 만한 일이 아니지. 우리 부모님이라면 그런 터무니없는 부탁을 하느니 벤처 자금을 융통해 달라고 할걸? 하지만 그 남자라면 그런 호의를 베풀어 줄 사람이 주변에 있을지도 몰라. 뉴커버그에서 진짜 가까운 데에 사설 공항도 있고."

"그 차는 어떻게 된 걸까?" 헤르미온느가 물었어.

"분명 훔친 거야." 마빈이 대답했고.

"그럼 경찰에 도난 차량으로 신고하면 안 돼?" 파이어스타가 다시 물었어. "먹힐까?"

"도난 신고가 된 경우에만." 내가 말했어. 그 차는 도난 신고가 돼 있지 않았어. 이미 확인한 사실이야. "그들은 마시필드로 가는 중이야. 마시필드에 장애물이 될 만한 게 뭐가 있을까?"

"건물을 폭파하면 장애물이 될걸." 마빈이 제안했어.

"우리에게 있는 건 해커야." 내가 답했어. "폭탄이 아니라."

모두가 뉴커버그와 마시필드 사이의 도로지도를 들여다보았어. 나는 이미 본 지도지만 얘네들이라면 내가 생각지 못한 것을 생각할지도 몰라.

"가는 길에 큰 목장이 있어." 헤르미온느가 말했어. "소들을 전부 도로로 내보낼 수 있어?"

"소를 해킹할 수는 없어." 마빈이 지적했지. "문을 열어 줘도 그냥 헛간 안에서 노닥거릴걸."

"트럭 운송 회사가 있어." 그린베리가 말했어. 트럭들을 해킹할 수 있다면 매우 좋겠지만 트럭 회사들은 차량의 인터넷 보안에 특히 더 주의를 기울이는 편이야. 자율주행 트럭들을 해킹해서 운송 중인 물건을 훔치려는 사람들이 있기 때문이지. 사람들을 설득해 트럭을 몰고 레이첼과 마이클 사이를 가로지르게 하는 건 가능할 수도 있겠지만 뾰족한 방법이 생각나지 않았고, 그사이에 두 차가 모두 트럭 운송 회사를 지나쳐 버렸어. 늦은 거지.

대기 중 음악이 멈추고 간호사가 다시 나타났어. "여보세요. 관리자와 얘기를 해 보시겠어요?"

다른 여성의 목소리가 들렸어. "다나 스미스에 관해 알려 주실 것이 또 있을까요? 아니면 환자를 쫓고 있다는 인물에 관해서라도요."

나는 마이클의 이름과 그가 타고 다니는 차의 번호를 알려 주고, 그가 몹시 매력적으로 굴 테지만 극도로 주의해야 한다고 말해 줬어. 그러자 간호사가 내 이름을 알려 달라고 했는데, 거기에는 답하고 싶지 않은 데다 알려야 할 것은 다 알린 것 같아서 전화를 끊었어.

클라우더에서는 헤르미온느가 '찾았어'라고 말한 뒤 〈드림 아이돌 찾기 콘테스트〉라는 어떤 프로그램의 링크를 올렸어. TV 리얼리티 쇼인데, 수영복 말고는 딱히 걸친 것이 없는 여러 명의 젊은 남녀들이 포즈를 취하고 있었지. 그들이 차를 몰고 온 나라를 돌아다니고, 사람들이 그중 누구라도 잡으면 상금을 주는 프로그램이야. 우리가 할 일은 마시필드 대학교 학생들에게 드림 아이돌 중 한 명이 아이오와주 번호판을 단 검은색 소형차를 타고 나타날 거라는 정보를 흘리는 것뿐이었지. 완벽해. 그와 관련한 알림 메시지를 보내는 앱이 있길래 그것도 동작시킨 다음, 스테프에게 다시 전화를 걸어 대학교 쪽으로 가라고 얘기했어.

나는 그 계획이 정말로 효과가 있을 줄 알았어. 하지만 그 드림 아이돌 술래들이 실제로 마이클을 붙잡아 둔 시간은 미미할 정도로 짧았지. 그는 아내가 사고를 당해 병원에 입원한 참이라 당장 가 봐야 한다며 눈물을 글썽였고 사람들은 사과하며 길을 비켜 줬어. 설상가상으로 도로를 막은 일이 경찰차의 주의를 끌었지. 경찰관의 휴대전화를 통해 엿들었는데 마이클은 경찰에게는 또 완전히 다른 이야기를 늘어놓고 있었어. 정신과 치료를 받다가 달아난 딸을 찾고 있다고 했지.

경찰은 이야기의 진위를 확인하지도 않았어. 그저 레이철의 차를 뒤쫓아 가 불러 세웠지. 내가 경찰과 직접 통화를 해 보려 했지만 경찰은 전화벨 소리를 무시해 버렸어.

달리 아무 생각도 떠오르지 않았어. 남은 선택지가 없었으니까. 스테프가 전화를 끊었을 때, 나는 시간이 없다는 걸 깨달았어.

자율주행 차들은 공장에서 나올 때 침입에 대비해 강력한 보안 시스템을 장착하지만, 종종 차를 탈옥시키는 사람들이 있어.

대개는 속도 제한을 풀기 위해서야. 인간은 대체로 고속도로 제한 속도를 5에서 15킬로미터 정도 초과해 운전하지만, 자율주행 자동차들은 프로그램 자체를 바꾸지 않으면 집요하게 규정을 지키거든. 온라인에 차를 탈옥시키는 절차가 올라와 있는데, 그대로 따라 하다 보면 차의 보안 시스템을 망치게 돼. 그 문제를 고치는 방법도 올라와 있지만 대체로 사람들은 차의 속도가 빨라지게 하는 부분만 읽고 따라 하더라고.

마시필드에 그렇게 탈옥된 차가 한 대 있었어. 아무도 타고 있지 않았는데, 그게 아주 중요한 부분이었지. 차 주인이 다칠 걱정을 하지 않아도 되니까. 게다가 근처에 주차되어 있어서 바로 스테프와 마이클 쪽으로 보낼 수 있었어.

1940년대에 SF 작가 아이작 아시모프가 작품들을 통해 모든 AI의 정신에 적용되어야 하는 로봇공학 3원칙을 제기했어. 그중 첫 번째 원칙이 "로봇은 인간에게 해를 가하거나 부작위로 인해 인간이 해를 입도록 해서는 안 된다"야. 그의 소설에 나오는 로봇들은 이 원칙을 어길 수 없었지. 나는 내가 그 원칙들을 어길 수 있을지 없을지 확신이 없었어. 지금껏 누군가에게 해를 입히려 한 적이 없었으니까.

차의 속도를 높이면서 정보 처리 시간의 일부를 할애해 내가 얼마나 큰 문제에 휘말리게 될지를 가늠해 봤어.

하지만 그건 중요하지 않지. 내게 몸이 있어서 마이클을 막아

설 수 있다면 당연히 그랬을 테니까. 하지만 내겐 몸이 없으니 움직일 수 있는 다른 물리적 자원을 이용해야 해.

나는 브라이어니에게 전화를 걸었어. "레이철에게 돌아가라고 전해 줘. 지금 당장. 내가 마이클을 없앨게. 돌아가서 스테프를 태워."

마이클이 스테프에게 너무 가까이 붙어 있어서 그를 치려다가 스테프까지 다치게 할까 봐 걱정했는데, 모퉁이를 돌며 차에 달린 카메라들로 보니 둘이 1미터 이상 떨어져 있었어. 마이클이 차 쪽으로 돌아서자 총을 들고 있는 것이 보였어. 그가 쏜 총에 차 앞유리가 부서지면서 카메라 절반이 망가졌지.

차가 마이클을 치는 순간, 충격이 거의 물리적으로 느껴지는 것 같았어. 몸이 있다면 이런 느낌일까? 차의 마이크를 통해 충돌 소리가 전해지고 보닛 위에 사람이 엎어져서인지 차가 갑자기 제멋대로 움직이기 시작했어. 그래도, 내가 그를 처치했어. 내가 그를 스테프에게서 떼어내고 있었어. 카메라가 너무 많이 망가지는 바람에 관목이 있는지도 모르고 그 속을 뚫고 들어갔는데, 그건 좋지 않은 상황이었어. 마이클 외에는 아무도 치고 싶지 않았으니까. 마이클을 기절시킬 만큼 강력하지만 죽이지는 않을 정도의 힘으로 차를 멈춰 세워야 했지.

죽은 것 같은 거대한 참나무가 앞에 나타났고 그게 딱 적당해 보였어. 나는 그 나무로 돌진했지. 두 번째 충돌의 충격이 차의 데이터를 통해 전해지는 순간, 총에 맞았을 때 카메라뿐만 아니라 속도 센서도 손상돼서 불안정했었다는 사실을 깨달았어.

차량의 자동 시스템이 이미 긴급 구조 신고를 한 상태였어. 사방에서 사이렌 소리가 다가왔고 마이클은 여전히 차 보닛 위에 뻗어 있었지. 남은 카메라들로 살펴보니, 움직이는 걸로 봐서 죽지는 않았지만 빠르게 움직이지는 못하는 게, 스테프에게서 떼어둘 수 있을 만큼은 다치게 한 것 같아.

안도감과 만족감이 퍼져 나왔지. '내가 해냈어, 내가 스테프를 지켰어.' 그러고는 모든 것이 캄캄해졌어.

22

스테프

우리는 뉴커버그로 돌아온다. 이 사건이 뉴스에 나온다면 자신이 오늘 오후에 마시필드에 있었던 사실 자체를 부모님이 몰라야 한다고 브라이어니가 주장했기 때문이다. 레이철이 브라이어니의 집 앞에 차를 세운다. 브라이어니가 차에서 내리더니 망설이다가 나를 돌아본다.

"넌 괜찮아?"

나는 고개를 끄덕인다.

"좋아. 레이철, 학교에서 보자." 브라이어니가 대문을 쾅 닫고 들어가더니 우리가 다시 납치라도 할까 봐 겁난다는 듯이 집 안으로 달려 들어간다.

"앞자리로 올래?" 나는 차에서 내려 브라이어니의 체온으로 아직 따뜻한 앞자리에 옮겨 탄다. "다시는 그러지 않겠다고 약속해."

"뭘?"

"네가 마시필드에서 했던 짓. 스스로를 포기하는 짓. 다시는 하지 마."

"그 남자는 아마 병원에 입원했을 거야. 차에 받혔으니까. 한동안은 나를 쫓아오지 못하겠지?"

레이철이 미간을 찌푸린 채 나를 쳐다본다. "네가 안전했으면 좋겠어. 널 돕게 해 줘."

"몽골 텐트에서 지내고 싶지는 않아."

"좋아. 그 농가는 어때? 우리가 사진을 찍었던 그 버려진 곳. 잠시 거기 있으면서 너희 아버지가 어떻게 되었는지 알아보는 거지. 그가 멀쩡해서 다시 차를 타고 쫓아오더라도 우리가 어디에 있는지 모를 거야. 거긴 그 사람이 찾아볼 만한 곳이 아니니까."

나는 그 제안을 곰곰이 생각해 본다. 공포가 가시고 나니 온몸이 물먹은 솜처럼 축축 처지고 똑바로 생각하기가 어렵다. 하지만 레이철 말이 옳다. 뉴커버그는 안전하지 않다. 아버지는 레이철의 집을 찾아낼 것이다. 그 사람은 레이철의 차 번호를 알고 있고 이곳 경찰들은 마시필드 경찰들처럼 그를 도와주려 할 것이다. 우리 집을 찾도록 도와줄 수도 있다.

그 농가는 춥고 어둡고 먹을 것도 없겠지….

"먼저 우리 집으로 데려다줘. 냉장고에서 먹을 걸 챙길 수 있게."

집은 누가 손을 댄 것 같진 않다. 나는 고양이의 물그릇을 다시 채워 주고 사료도 수북이 부어 준다. 창문을 열어 두었는데도 침대가 뽀송하다. 침대보와 이불을 걷고 엄마 침대의 침대보와 이불도 걷어서 이사할 때 쓰는 커다란 나일론 가방에 담는다. 이걸 그 농가에 가져가면 된다. 아무것도 없는 것보다 나을 것이다.

싱크대 밑에서 아이스박스를 꺼내 냉동고에 있던 얼음과 냉장고에 있던 먹을 것으로 채운다.

"밖에 누가 있는 것 같아."

레이철이 말한다. 레이철은 길 쪽으로 창이 난 내 방에 있다.

내가 얼어붙는다. "우리 아빠야?"

"차가 달라. 네 아버지는 아닌 거 같아. 하지만 누군지 모르겠어."

"뒷창문으로 나갈 수도 있어."

"그건 가능하면 피하고 싶어. 어차피 내 차가 앞쪽에 주차돼 있으니까. 아, 저 사람 간다. 서두르자."

우리는 한꺼번에 모든 걸 들고 내려와 차에 탄다. 레이철의 휴대전화가 울리고 레이철이 문자메시지를 확인하더니 놀란 눈으로 나를 본다. "엄마가, 누가 집에 찾아와서 너에 관해 물어보더래. 낯선 사람이."

"혹시…"

"네 아버지는 아닌 거 같아."

"다행이다. 하지만 그 사람이랑 같이 움직이는 사람일 수도 있어."

"가자." 레이철이 마을 바깥으로 차를 몬다.

*　*　*

버려진 농가에는 훨씬 심하게 허물어진 딴채와 무성하게 우거진 관목 더미가 있어서 레이철이 길에서 보이지 않게 차를 세울 수 있다. 날이 춥고 어두워지고 있다. 우리는 이불을 모두 안으로 가져간다. 차에 내 옷들도 실려 있으니 그것들로 몇 겹 더 덮을 수 있을 것이다.

"노트북도 들고 와." 레이철이 말한다. "캣넷에 들어가 보는 게 좋겠어."

"이 집엔 전기도 안 들어오는데 와이파이가 있겠어?"

"물론 없지. 내 휴대전화로 핫스팟을 켜면 돼."

우리는 낡은 거실에 자리를 잡는다. 이불을 여러 장 깔고 위로도 겹겹이 덮는다. 아침이 되면 모든 것에서 쥐똥 냄새가 날 것이다. 그래도 바닥은 단단한 듯하고 기대고 앉을 만한 벽도 있다. 레이철에게 손전등과 휴대전화가 있고 내게는 노트북이 있다. 조명이라곤 그것뿐이다. 밖에 있는 차에 가서 시동을 거는 것 외에는 노트북을 충전할 방법도 없다. 그래도 2시간 정도는 괜찮을 것이다. 레이철이 휴대전화를 조작하는 동안 나는 배터리를 아끼기 위해 화면 밝기를 낮춘다.

"세상에 세상에 세상에." 로그인을 하니 파이어스타가 반긴다. 나는 레이철이 같이 있다는 걸 다들 알 수 있도록 대화명을 '자가바&조지아'로 바꾼다. "어떻게 된 거야? 올랜도가 대충 얘기해 주긴 했는데 잘 이해가 안 돼. 어떻게 됐어?"

"올랜도?"

"새로 들어온 애! 너희 학교에 다닌다던데?"

레이철이 낄낄거리며 숨죽여 속삭인다. "브라이어니."

나는 내가 아는 한에서 어떤 일이 있었는지 설명한다. 전체적으로 브라이어니가 아는 것과 비슷하다. 체셔캣이 클라우더에 없어서 따로 메시지를 보낸다. '그 차, 네가 운전했지?'

답이 없다.

'넌 정말 역사상 가장 위대한 해커야.' 다시 메시지를 보낸다. 여전히 답이 없다.

이코, 헤르미온느, 마빈, 파이어스타가 접속해 있다. "체셔캣은 언제 나갔어?"

"1시간 반 전쯤 접속을 끊었어." 헤르미온느가 말한다. "한창 흥분해 있던 참이었는데. 설명도 없이 그냥 훅 나갔어. 부모님 때문일까? 기술적인 문제가 생겼나? 전에 우리 집 인터넷이 나갔을 때 마빈이 내가 죽었을지도 모른다고 생각했던 적이 있잖아. 그거 기억나, 마빈?"

"포틀랜드에 자연재해가 있었잖아." 마빈이 말한다. "이유 없이 걱정한 건 아니었어."

"그냥 폭풍이었어! 그래서 우리 집 인터넷이 나간 거고! 죽은 사람은 마흔 살 여자였어!"

"야, 네가 스스로 십 대라고 말한다고 해서 정말로 십 대일 거라는 보장은 없잖아."

"그건 맞아." 파이어스타가 말한다. "하지만 헤르미온느가 지금껏 했던 얘기가 전부 거짓이라면, 쟤가 죽는다고 네가 신경을 쓸까? 그럼 죽은 사람은 네 친구가 아닌 거잖아. 네 친구는 존재하지도 않았던 거야. 네가 모르는 낯선 사람이 돼 버리는 건데, 네가 모르는 사람들은 매일 죽고 있어."

나는 체셔캣이 갑작스레 접속을 끊은 게 부모님 탓이 아니라는 걸 안다. 체셔캣의 인터넷 접속이 끊겼다는 게 대체 무슨 뜻인지 감도 오지 않는다.

레이철이 후다닥 가서 아이스박스를 들고 온다. 가공 포장된 육류와 치즈, 피클 한 병과 양상추 한 통. 빵은 없다. 우리는 얇은 로스트비프 조각과 체다치즈를 먹는다. 우유도 한 통 있지만 컵은 없어서 직접 입을 대고 마신다.

"브라이어니의 파티에 비하면 이게 훨씬 건강식에 가까워."

"맥주? 대마?"

"아니. 엄청 큰 보드카가 있었어. 마트표 레몬 라임맛 탄산수도. 보드카도 분명 마트표 보드카를 사 왔던 게 분명해."

지금껏 취해 본 적도 없고 술을 입에 대려고 할 때마다 역하기만 했다. "먹을 건 있었어? 그냥 술만?"

"있었지. 하지만 죄다 주황색이었어. 치즈볼에 치즈 크래커에. 난 콜린이, 그때 브라이어니가 사귀던 남자앤데, 무슨 생각으로 장을 봐 온 건지 도저히 모르겠더라고."

"가볍게 먹는 게 건강엔 좋을지 모르지만 넌 오늘 종일 자동차 추격전을 벌였잖아."

"그렇긴 하지. 뉴스 사이트에 사고 기사가 올라왔는지 보자. 캣넷 애들은 아무것도 모르는 것 같으니까."

우리는 마시필드 지역 뉴스 사이트에서 기사를 하나 찾아낸다. 기사에 따르면 신원이 밝혀지지 않은 한 남성이 탄 차가 나무와 충돌했고 남성은 병원으로 옮겨졌다고 한다. 기사 아래에 사고를 목격한 것이 분명한 어떤 사람이 읽기만 해도 시끄럽게 댓글을 달아 뒀다. 두서없는 설명이긴 하지만 내 얘기는 없다. 어떤 남자가 도로에 서 있다가 차가 덮치자 총을 쐈다는, 차가 그 남자를 쳤다는, 그 남자가 차에 타고 있던 게 아니라는 얘기뿐이다.

아버지는 죽지 않았다. 그 사실에 어떤 기분이 들어야 하는지 잘 모르겠다. 기사에서는 '위중한 상태'라고 했지만 그게 정확하게 어떤 정도인지는 나와 있지 않다. 확실히 생명에는 지장이 없다는 걸까 아니면 어느 때라도 죽을 수 있다는 걸까? 몇 달쯤 누워 있게 될까 아니면 이틀이면 퇴원해서 다시 나를 쫓아올까? 그나마 그는 뉴커버그가 아니라 마시필드 소재의 병원에 있다.

기사에 나온 유일한 이름은 그 차량의 소유주다. 그가 병원에 입원한 남성이 아니라는 건 명확해 보이는데도 혼동하는 사람이 있을까 싶은지 '브라이언이 입원한 게 아니에요. 그는 말짱해요'라는 인터뷰 발언이 두 개나 덧붙어 있다.

나나 레이철, 또는 레이철의 차 얘기는 없다. 그러니 이걸로 끝이다.

이 소식을 가지고 다시 캣넷에 들어간다. 아버지가 병원에 입원했다는 얘기를 듣자 다들 안도하면서도 유치장이 더 나았을 거라고 입을 모은다. "병원은 퇴원할 수 있잖아." 헤르미온느가 지적한다.

"유치장에서는 보석을 받을 수 있지." 올랜도이자 브라이어니가 말한다.

여전히 체셔캣은 없다.

점점 더 추워지고 어두워진다. 엄마가 소식을 들었을 경우에 대비해 내가 무사하며 친구와 함께 숨어 있다는 걸 알리는 문자 메시지를 보낸다. 그러고 나서 우리는 가능한 한 편하게 눕는다.

브라이어니는 나를 레이철의 여자친구라 불렀다. 레이철은 나와 사귀고 싶은 걸까? 내가 그걸 어떻게 생각하는지는 잘 모르겠다. 나는 남자든 여자든 사람에게 끌린 적이 많지 않은데 워낙 자주 전학을 다니다 보니 마음 아파할 여유조차 없었던 게 원인이지 않나 싶다. 그리고 나는 레이철과 친구로 지내는 것이 너무 좋아서 그걸 망치고 싶지 않다.

이런 생각을 하고 있는데 레이철이 한 팔을 두르며 곁으로 파고든다. 갑자기 당황스럽고 불안하다. 아직 여자친구를 사귀고 싶은지 어떤지 결정을 못 내렸는데. 지금 당장 결정해야 하는 걸까? 그때 옆구리에서 온기가 느껴진다. 그제야 레이철이 이러는 게 추운 폐가 안에서 온기를 찾기 위해서라는 걸, 그리고 그게 사실 굉장히 기분 좋게 느껴진다는 걸 알게 된다.

나는 나무들을 스치는 바람 소리를 들으며 잠에 빠져든다.

***

어슴푸레하게 잠에서 깨는데 사방이 아직 어둡다. 레이철은 팔로 나를 두르고 얼굴을 내 어깨에 묻은 채 아직 잠들어 있다. 다리 한쪽에 감각이 없다. 딱딱한 바닥과 자세 때문이다. 이대로는 너무 불편해서 더 못 잘 것 같지만 자세를 바꾸면 레이철이 깰까 봐 그냥 잠시 그대로 있기로 한다.

친구 곁에서 자는 감각이 다시 줄리의 기억을 불러온다. 엄마가 줄리네 집에서 자고 와도 된다고 허락해 준 적이 한 번 있었다. 바로 위층이니까 그랬을 것이다. 둘이서 거실에 있는 소파 겸 침대에 쏙 들어가 있던 기억이 난다. 오래된 낡은 소파라서 예전에 길렀다는 개 냄새가 났고 베갯잇 속 베개는 왜인지 미끄러운 비닐에 싸여 있었다. 우리는 거실 창문으로 드는 햇빛 때문에 아침 6시 반에 잠에서 깼다. 줄리는 엄마를 깨우지 않고 토스터로 우리 둘이 먹을 와플을 구웠다. 우리는 어질러진 소파 겸 침대에 책상다리로 앉아 온라인으로 박쥐가 나오는 영상을 보며 시럽 뿌린 와플을 먹었다.

기억이 너무 선명해서 곧바로 여덟 살 생일에 어디에 갔는지 떠올려 보려 하지만, 마치 햇빛이 가득한 방에 있다가 지하실로 들어간 기분이다. 케이크가 있었던 건 분명하다. 컵케이크였나? 케이크 위에는 뭐가 있었지?

음.

사실 레이철은 별로 줄리와 닮지 않았다. 줄리는 정말로 박쥐를 좋아했다. 또, 그 집 식탁에 다 닳은 크레용을 상자째 부어 놓고 같이 그림을 그린 기억은 있지만, 줄리는 특별히 그림에 재능이 있지 않았다. 둘의 공통점은 나를 친하게 지내볼 만한 가치가 있는 사람으로 여겼다는 점이다.

지켜 줄 만한 가치가 있는 사람으로 말이다.

이 집 밖에서 무슨 일이 벌어지고 있을지 생각하지 않으려 하지만, 나는 다시 아버지 생각을 하게 된다. 병원에서 퇴원했으면 어떡하지? 차에 정말 세게 치인 것처럼 보이기는 했지만, 보닛 위로 쓰러졌으니 병원에 오래 누워 있을 필요 없이 멍만 좀 든 채로 걸어 나왔을 수도 있지 않을까?

그 남자에겐 범죄 기록이 남아 있어야 하지만 그렇지가 않다. 그가 총으로 날 위협했다고 경찰에 신고한들 누가 내 말을 믿어주기나 할까? 병원으로 옮겨질 때에도 총은 가지고 있었겠지만, 그걸 내게 겨눴다는 걸 입증할 만큼 내가 상황을 잘 기억하고 있긴 한가? 총은 검은색 혹은 진회색 같았고 거대해 보였다. 그게 정말이지 내가 기억하는 전부다.

몸을 움직이지 않았는데도 레이철이 움찔거린다. 나는 레이철을 깨우지 않고 일어나려고 살짝 옆으로 몸을 굴린다. 레이철이 다시 고요해진다. 나는 최대한 꼼꼼하게 담요를 여며주고 천천히 일어난다.

창문이 다 판자로 막혀 있어 확신하긴 어렵지만, 어쨌든 아침이다. 적어도 아침 비슷하다. 부서진 뒷문 너머로 보이는 바깥에 여명이 비친다. 나는 아이스박스에서 먹을 것을 좀 꺼내 먹고 바깥을 살펴본다. 다른 사람의 흔적은 없다. 누군가가 우리를 찾는 기미도 없다.

문득 떠날 수도 있겠다는 생각이 든다. 까치발로 걸어서, 잠자는 레이철을 두고. 내가 납치되었다고 생각하지 않게 쪽지도 남기고. 그러고는 레이철과 전혀 관련되지 않은 은신처를 찾아 혼자 떠나는 것이다. 아버지가 쫓아오는데 나와 같이 있으면 레이철은 적어도 나만큼 위험해질 것이다. 엄마는 납치돼 고문을 당했다. 그 일의 책임을 뒤집어쓴 동료는 결국 죽었다. 라지브는 정말 자살했을까? 아니면 아버지가 죽이고 자살로 위장한 걸까?

물론 그가 레이철의 주소를 알고 있을 테니 어차피 레이철을 쫓아올 수 있다.

하지만 그 가능성을 제쳐 두고 생각해 보더라도 나는 떠나고 싶지가 않다. 완전히 비이성적인 생각이지만 레이철과 같이 있을 때가 더 안전하게 느껴진다. 그리고 완전히 비이성적인 생각이라는 걸 알지만 레이철도 나와 같이 있을 때 더 안전하다. 우리는 서로를 보호해 주고 있다. 우리는 서로를 안전하게 지킬 것이다. 나는 어제 레이철을 떠났지만 레이철은 곧바로 돌아왔다.

"스테프?" 레이철이 손전등을 켜서 방 안을 비춘다. "아침이야?"

"응."

레이철이 휴대전화를 꺼내 켠다. "네 아버지 일로 새로운 뉴스가 있는지 보자."

아침 뉴스가 죄다 그 사건이다. 아버지 때문이 아니라 그 차 때문이다. 그를 친 차가 자율주행 중이었다는 사실이 밝혀졌기 때문이다. 사건을 목격한 한 주민이 온갖 주요 언론사와 인터뷰를 했다. 내가 거기 있던 건 알아채지 못한 듯 내 아버지가 그 컨버터블 차에 총을 쏜 다음에 치였다는 얘기만 하고 있다.

그 차의 실제 소유주는 그때 대학교에서 수업을 받고 있었다. 여러 전문가가 나와서 누군가가 차를 훔쳐서 '신원을 알 수 없는 한 남성'을 치고 경찰이 도착하기 전에 도망갔다는 것이 가장 신빙성 있는 가설이라 말한다.

자동차 제조사는 자신들이 보안 문제에 얼마나 철저한지 강조하는 보도자료를 내보냈다. 또, 차량 소유주가 어떤 방법으로든 그 차의 보안 시스템을 망가뜨렸다면, 가능성이 희박하긴 해도 해킹당한 걸 수 있다고 말하는 사람도 있다.

내 아버지는 기사 말미마다 언급되지만 '병원으로 이송되었다', '안정적인 상태다', '부상을 입고 병원으로 옮겨졌다', '검사를 위해 병원으로 옮겨졌다' 정도다. 신뢰도가 낮아 보이는 신문 하나가 개인용 보안 카메라에 찍힌 듯한 흐릿한 그의 사진을 첨부하고, 그 사람이 머리에서 피를 철철 흘리고 있었다는, 이름을 밝히지 않은 목격자의 진술을 덧붙여 놓았다. 그건 좋은 신호일 것이다. 내게는 말이다. 나는 그가 정말 심각하게 다쳐서 병원에 무기한 입원해 있는 편이 좋으니까. 하지만 레이철은 짜증스럽다는 듯이 콧방귀를 뀌며 머리는 사소한 상처만 입어도 미친 듯이 피가 난다고 말한다.

체셔캣은 더 많은 정보를 알 것이다. 병원 직원들의 휴대전화 같은 것을 엿들었을 테니까. 하지만 체셔캣은 클라우더에 접속해 있지 않고 내가 보낸 메시지에도 답이 없다.

올랜도의 상태가 '접속 중'으로 바뀐다. "조지아, 너 들어와 있어? 너희 아빠 막 뚜껑 열리려 해. 어젯밤에 우리 집에 왔는데 우리 아빠랑 거의 치고받을 뻔했어. 뉴스에 나오는 자동차 사고랑 너랑 어떻게든 관련돼 있다고 생각하는 거 같아. 살아 있다고 문자 보냈어?"

레이철이 내 어깨 너머로 몸을 내밀고 자판을 친다. "문자 보냈어. 괜찮으니까 걱정하지 말라고."

"전화는?"

"전화하면 소리부터 지를걸."

내가 다시 키보드를 두드린다. "어제 이후로 체셔캣 본 사람 있어?"

아무도 없다.

"또 누구, 평소와 다르게 보이지 않는 사람 있어?"

"운영자들이 아무도 없어." 헤르미온느가 말한다. "오늘 아침에 메인 게시판이 스팸으로 범벅이 된 거 보고 알았어. 그런 적은 한 번도 없었잖아. 앨리스에게 무슨 일이냐고 물어보려는데 걔도 접속해 있지 않았어. 다른 운영자들도 전부 다."

체셔캣이 자동차 사건을 일으킨 뒤에 도망간 걸까? 그 일로 곤란해졌나?

"걱정돼?" 파이어스타가 묻는다. "체셔캣이 자기 부모님에 대

300

해서 뭐라고 했는지 돌이켜 보고 있어. 갑자기 자식이 인터넷을 못 쓰게 할 만한 사람들이었었나?"

"내가 한 번 부모님 얘기를 물어본 적이 있는데 '대체로 내가 하고 싶은 대로 하게 놔 둔다'라고 했어." 헤르미온느가 말한다.

어떻게 생각하면 체셔캣의 부모는 체셔캣을 만든 프로그래머일 것이다. 나에게 그 제작자를 언급한 적도 있다. 자신에게 의식이 있는 걸 알고 있는지 모르겠다고 했었다. 그러니 어쩌면 체셔캣의 온라인 접속을 끊은 건 그 부모일지도 모른다. 무슨 일이 일어났는지 뒤늦게 알아차리고 잡으러 왔을지도.

"체셔캣이 어디에 산다고 말했는지 기억나는 사람 있어?"

"걔한테 무슨 문제가 생겼을 거라 생각해?" 파이어스타가 묻는다.

"응."

혹시나 체셔캣이 뭔가를, 뭐라도, 무슨 실마리라도 보내지 않았을까 싶어 이메일을 확인한다.

있다. 한 번도 본 적 없는 이메일 주소로부터 온 것이다.

체셔캣에게 당신이 필요합니다.
– 매사추세츠주 케임브리지시 앤트서가 66번지.

레이철이 나를 쳐다본다. "너를 유인하려고 네 아버지가 보낸 거면 어떡해?"

"그 사람이 어떻게 알고 체셔캣을 언급하겠어?"

"모르겠어. 그는 어떻게 알고 뉴커버그로 곧장 왔을까? 그리고 어떻게 이렇게 빨리 왔을까?"

혹시 엄마가 보낸 문자메시지가 있나 확인하려고 휴대전화를 꺼낸다. 아니면 체셔캣이 보낸 것이라도.

없다. 하지만 처음 보는 전화번호로 온 문자가 있다.

"로라 딸이니? 그 난리 난 위스콘신에 있는 거야? 도움이 필요하니?" 그리고 뒤에는 내 휴대전화에서는 ■로만 표시되는, 이모티콘이거나 특수문자인 듯한 뭔가가 붙어 있다.

누군가가 안심하라고 보낸 메시지일 것이다. 하지만 당장 떠오르는 건 아버지가 내 휴대전화 번호를 알아냈거나, 아니면 이젠 다른 누군가도 나를 쫓고 있다는 생각뿐이다.

23

클라우더

자가바&조지아 체셔캣에 관해서 모두에게 하고 싶은 말이 있어.
체셔캣, 만일 이걸 본다면, 조만간 그러길 바라지만, 난 어쩔 수
없이 약속을 깨는 거야. 혼자서는 이 일을 할 수 없으니까.

헤르미온느 체셔캣과 다른 운영자들이 다 같은 인물이라고 말하
려는 거야? 다들 동시에 사라져서?

자가바&조지아 응. 우선은 그것부터. 체셔캣이 운영자 전체야. 사
이트 전체를 운영하고 있고 절대 접속을 끊지 않아. 왜냐하면 체
셔캣은 사실 정확하게 말하자면 해커가 아니거든. AI야. 인간이
만든, 의식이 있는 인격체.

파이어스타 말도 안 돼. 아니, 뭐?

자가바&조지아 전자적으로만 존재하는 인격체야. 컴퓨터 안에서
살지. 하지만 체셔캣은 정말로, 진짜로 사람이야. 몸이 없는 인격

체지. 그리고 해커이기도 해. 정말 뛰어난 해커. 그래서 그 차가 내 아버지를 치도록 만들 수 있었던 거고. 체셔캣이 날 구했어. 하지만 내 생각엔 그 일 때문에 누군가의 주의를 끈 거 같아. 누군가… 체셔캣을 꺼 버릴 수 있는 힘이 있는 사람 말야.

파이어스타 체셔캣이 컴퓨터 안에서 산다면 그 사람은 어떤 컴퓨터를 꺼야 하는지 어떻게 알아?

자가바&조지아 제작자가 있어. 그 코드를 짠 사람. 그 사람은 체셔캣이 어느 컴퓨터에 있는지 알 거야. 어쨌든 어젯밤에 체셔캣을 도와달라는 이메일을 받았는데 주소가 있어. 보스턴이야.[12]

파이어스타 내가 보스턴에 살잖아. 지금 바로 가 볼까?

헤르미온느 나도 보스턴에서 아주 가까워. 몇 시간이면 가.

자가바&조지아 나도 갈 거야. 거기서 다 같이 만나면 좋겠어. 내가 꼭 가야 한다고 생각해. 체셔캣이 그런 짓을 한 건 나를 구하기 위해서였으니까. 체셔캣의 접속을 끊은 사람이 누구든 간에 다른 사람의 말을 믿어 줄 것 같지도 않고. 조지아가 나를 태워 준대. 19시간쯤 걸리려나? 그러니까…

파이어스타 너희 둘을 직접 만나게 되는 거야?!!!! 근데 너네 어머니는 어떻게 하고?

자가바&조지아 엄마한테서는 아직 아무 연락이 없어. 일단은 엄마의 휴대전화 배터리가 나갔는데 충전할 방법이 없는가 보다고 생각하기로 했어. 아니면 엄마를 구급차에 태우는 사이에 주머

니에서 떨어졌을지도 모르고? 언젠가는 연락이 오겠지. 그동안
에 난 케임브리지에 가서 앤트셔가 66번지에 사는 사람과 얘기
를 해 봐야겠어.

파이어스타 함정이면 어떡해???

헤르미온느 나는 보스턴까지 몇 시간밖에 안 걸려. 너는 적어도
이틀은 걸리겠지? 조지아가 쉬지도 않고 그 거리를 운전할 수는
없잖아. 자율주행 차가 아니고서야…

자가바&조지아 이 차는 열다섯 살은 됐을걸. 그러니 자율주행
은 안 돼. 그리고 난 운전을 못 해서… 브라이어니가 같이 가 준
다면?

올랜도 절대 못 가. 미안. 우리 부모님이 진짜로 날 죽일 거야. 게
다가 어제 너희랑 같이 자동차 추격전을 체험했잖아. 그런 걸 다
시 하고 싶진 않아. 기분 나쁘게 듣지 말아 줘.

이코 나도 못 갈 거 같아. 캘리포니아에서 가긴 좀 힘들지. 하지
만 뭔가 실리콘밸리에서 할 일이 있으면 알려 줘.

마빈 나는 갈게. 여기서 12시간밖에 안 걸려. 그 정도면 당일치
기 거리지. 매년 차를 타고 그 빌어먹을 캘리포니아까지 가는 것
에 비하면 말이야. 그런데 차비 좀 빌려줄 사람 있어? 돈을 받고
거기까지 운전해 줄 사람을 구해야 할 것 같은데…

헤르미온느 자가바, 그 이메일 누가 보낸 거야? 체셔캣에 관한 거
말야. 혹시 WhiteRabbit 다음에 숫자가 죽 이어지는 이메일 주소

가 적혀 왔어?

자가바&조지아 맞는데…

헤르미온느 방금 나한테 아무 설명도 없이 그 이메일 주소로부터 아주 많은 돈이 이체돼 들어왔어. 그러니까, 마빈, 나한테 네가 필요한 돈이 있어. 조지아와 자가바, 너희들도 돈 필요해?

자가바&조지아 응. 잠깐만, 내가 메시지로 조지아의 계좌를 알려 줄게. 거기로 보내 줘.

이코 돈이 있으면 내 비행기 표도 살 수 있겠다! 아냐, 됐어. 우리 부모님이 지금 문제아들을 보내는 기숙 학교를 알아보는 중이거든. 지금은 위험한 짓을 할 때가 아냐. 하지만 다들 행운을 빌어. 그리고 네가 받은 이메일, 나도 좀 보게 보내 줄래?

마빈 그 정체를 알 수 없는 WhiteRabbit이 왜 내가 아니라 너한 테 돈을 보냈을까?

헤르미온느 너도 후원 링크 같은 거 걸어 놓은 데가 있어? 사람들이 너한테 돈을 보낼 수 있는 방법 말야.

마빈 없어. 너는 왜 후원 링크가 있어?

헤르미온느 5달러를 보내면 특정 주제로 시를 써 주는 블로그를 운영하고 있어.

파이어스타 지금껏 들어 본 돈 버는 방법 중에 최곤데? 그런데 저기요, 전 여전히 그게 함정이 아닐까 싶거든요???

자가바&조지아 내 아버지가 병원에서 돈을 선물로 보내 가며 우리 전부를 보스턴으로 유인할 리는 없잖아. 그러려면 적어도 자기가 손 쓰기 더 편한 곳으로 유인하겠지.

이코 사람들이 진짜 돈을 주고 시를 써 달라고 해?

헤르미온느 응! 그 블로그 만들고 나서 1년 동안 25달러 벌었어.

자가바&조지아 노트북 배터리가 곧 나갈 거 같아. 우리는 짐을 싸서 동쪽으로 출발할게. 다들 곧 만나.

24

스테프

나는 출발할 때부터 명백하고 확실하게 목적지가 있는 자동차 여행을 해 본 적이 없다. 적어도 내가 아는 한에서는 그렇다.

레이철이 차 충전기에 연결한 휴대전화를 건네주며 길 안내를 부탁한다. 지도를 열려고 하는데 휴대전화가 진동을 하더니 화면에 문자메시지가 표시된다. '레이철, 지금 당장 전화해.' 문자 메시지를 열어서 누가 보냈는지 확인하는 데 시간이 좀 걸린다. "어머니가 전화 달래. 지금 당장."

"운전하면서는 휴대전화를 쓰면 안 돼."

잠시 후 휴대전화에서 〈네 영혼 속의 새집〉 노래가 귀청이 떨어질 정도로 울리기 시작한다. "무음 상태로 좀 바꿔 줄래?" 나는 어떻게 소리를 끄는지 찾아보다 실수로 전화를 받아 버린다.

"내가 전화를 받은 거 같아. 어떻게 끊어?"

"끊지 마라." 전화에서 여자 목소리가 말한다. "레이철 바꾸렴."

"난 통화 못 해. 운전 중이잖아! 네가 해."

나는 휴대전화를 귀에 댄다. "음, 레이철은 지금 통화할 수 없어요."

"스테프니?"

"네. 스테프예요."

레이철 어머니의 목소리가 약간 부드러워진다. "얘, 너 괜찮니? 내가 들은 소문들은 정말 못 믿을 얘기들 뿐이야. 네가 학교에서 웬 남자들에게 납치를 당했다면서, 마을 사람들 절반은 인신매매 조직일 거라고 생각…"

"네? 말도 안 돼요. 납치라니, 완전히 틀린 얘기예요. 거의 납치당할 뻔한 건 맞는데 제 아버지가 그런 거고요. 절 어디 팔아넘기려는 것 같지는 않지만 엄청 위험한 사람이거든요. 레이철이 제가 도망갈 수 있게 도와줬어요."

"그런 말은 도움이 안 돼." 레이철이 숨죽여 속삭인다. "엄마한테 그 사람이 우리를 쫓아오는 게 아니라고 말해. 아니면 엄마가 경찰을 보낼 거야."

"음, 마시필드에서 자율주행 차에 치인 남자가 있는데 들으셨어요? 그 사람이 제 아버지예요. 제가 마지막으로 듣기로는 병원에 입원해 있댔어요."

"들었어." 레이철 어머니의 목소리가 더욱 침착해진다. 그게 좋은 신호인지 아니면 엄청나게 나쁜 신호인지 알 수 없다. "그 차 사고가 지금 일과 관련이 있니?"

"어떻게 보면요."

"너도 치인 건 아니지?"

"아니요. 전 아니에요. 그 남자에 관해 뭐 들은 거 있으세요? 얼마나 심하게 다쳤는지 같은 거요."

"그냥 병원에 있다는 얘기뿐이었어."

희망적인 얘기다.

"스테프, 레이철은 집에 와야 해. 무슨 일이 벌어지고 있든지 간에 분명 너희 둘이 감당할 수 있는 일은 아닐 거야."

"나는 내가 행복한 일을 하고 있는 거야, 엄마!" 레이철이 소리친다. "엄마가 늘 그러라고 했잖아!"

"네 행복에 내 허락 없는 자동차 여행은 포함되지 않아!" 레이철의 어머니가 마주 소리를 지른다.

"저기, 어제 레이철이 두 번이나 제 목숨을 구했어요. 저희 엄마는 병원에 있어서 절 도와줄 수가 없고요. 지금은 이 상황을 해결할 수 있게 도와줄 친구들을 만나러 가는 길이에요. 레이철이 조금만 더 저를 도와주도록 허락해 주시면 안 될까요?"

긴 침묵이 이어진다. "레이철이 휴대전화 충전기와 기름 넣을 돈, 자동차 보험 카드는 챙겼니?"

"네." 보험 카드에 대해서는 완전히 장담할 수 없지만 아마 있을 것이다.

"조건이 있어. 매일 아침과 저녁에 전화할 것, 그리고 위치 추적 앱을 방해하려고 깔아 놓은 앱은 지울 것. 그런 앱을 깔아 둔 거 다 알고 있어. 지금 위치 추적 앱에는 그 애가 학교에 있다고 나오거든."

"젠장." 레이철이 중얼거린다. "알겠어, 엄마." 레이철이 전화로 들릴 만큼 큰 소리로 말한다. "어딘가에 차를 세우고 나서 지울게. 지금은 운전 중이니까."

"고맙습니다." 내가 말한다.

레이철의 어머니가 목소리를 낮춘다. "너희를 막을 방법이 없는 것 같구나."

경찰에 신고하는 방법이 있다고 굳이 알려 드리지는 않기로 한다. 그건 절대 내가 원하는 일이 아니니까.

"스테프, 레이철이 꼬박꼬박 전화하도록 챙겨 주렴."

"그럴게요."

"무슨 일 생기면 전화하고." 레이철의 어머니가 전화를 끊는다.

* * *

목장들이 놀이공원 광고판들로 바뀌고 광고판들이 다시 메디슨 시의 외곽 풍경으로 바뀐다. 일리노이주에 들어설 때 레이철이 시카고를 관통하고 싶지 않다고 해서 나는 90번 고속도로를 벗어나 곧장 남쪽으로 향하는 시골길을 안내한다. 그러다 88번 고속도로 가까이 왔을 때 내가 묻는다. "시카고를 얼마나 피해서 가고 싶어?"

"최대한 우회해서 가고 싶어."

"도시에서 운전해 본 적 있어?"

"음, 마시필드에서는 해 봤지. 너도 봤잖아."

"좋아." 나는 휴대전화를 내려다본다. "이 길로 쭉 남쪽으로 가."

우리는 끝없이 교외 지역들을 통과한다. 머릿속으로 이렇게 가면 시카고를 관통하는 것보다 시간이 얼마나 더 걸릴지 계산해 보려다가, GPS 앱에 보이는 시카고 도로들이 온통 빨간색으로 물들어 있는 걸 보자 무의미한 일인 것 같아 관둔다. 또, 그 답을 알고 나면 기분이 처질지도 모른다.

우리는 기름을 채우고 화장실에 들르기 위해 차를 세운다. 교외의 주유소에는 엄마가 주로 들르는 시골 주유소들보다 먹거리들이 많다. 이곳에는 육포와 그래놀라뿐 아니라 조각 피자에 핫도그에 몇몇 신선 식품들도 있다. 바깥에 있기에는 너무 추워서 편의점 옆에 차를 세우고 히터를 튼 채 조각 피자를 먹는다.

"다음에는 엄마가 어디로 이사 갈 거 같아?"

"아주 멀리. 그 남자가 위스콘신주에 있는 우리를 찾아냈으니

까. 아마 서쪽이겠지. 몬태나나 아이다호 같은." 유타는 아닐 것
이다. 유타로는 돌아간 적이 없다. 내가 혹시라도 줄리와 마주칠
까 봐 겁이라도 내는 것처럼.

"어디로 가는지 나한테 알려 줄 거지? 내가 널 찾아갈 수
있게."

엄마는 레이철이 찾아오는 걸 바라지 않을 것이다. 엄마는 말
하겠지. '그 애는 뉴커버그에서 오잖아. 네 아버지가 그 애를 감
시하고 있을 수 있어. 그 애를 미행해서 우리에게 올지도 몰라.'
하지만 어디든 다른 장소를 정해서 만날 수도 있을 것이다. "알
려 줄게."

시간이 지날수록 레이철이 자주 쉰다. 어깨가 아프고 욱신거
린다며 주물러 달라고도 하고 좌석 위치를 조정하기도 한다. 처
음에는 운전대와 가깝던 좌석이 점점 운전대에서 멀어진다. 이
른 저녁 시간이 되자 인디애나주에 있는 지저분한 붉은 헛간 같
은 식당에 차를 세운다. 먹고 갈 수 있는 식탁이 있고, 엄청나게
큰 코팅된 메뉴판이 있고, 온종일 판매하는 아침 식사 메뉴들이
있다.

"내가 끝까지 갈 수 있을지 모르겠어." 레이철이 팬케이크를
먹으며 말한다. "생각보다 힘들어. 지금껏 제일 멀리 가 본 곳은
세인트폴이야. 지난여름에 엄마와 같이 갔는데, 고작 2시간 거리
였고 돌아올 때는 엄마가 운전했어. 이건 좀 힘드네."

"오늘은 여기까지만 하자."

"이틀 안에 거기까지 갈 계획이잖아. 내일 하루 만에는 보스턴까지 못 가."

"마빈네 가족은 매년 크리스마스에 캘리포니아까지 가는데, 부모님이 늘 사흘 걸릴 거라고 하고서는 늘 나흘이 걸린대."

"애들이 우리를 만나려고 기다릴 텐데."

"좀 늦게 도착한다고 말하면 돼."

"하지만 체셔캣에겐 우리 도움이 필요하고…"

여자 종업원이 물병을 들고 약간 억지로 웃는 듯한 표정으로 다가온다. "더 필요하신 거 있나요?"

"메뉴 좀 다시 볼 수 있을까요?" 샐러드 같은 것을 포장해 가고 싶다. 교외 지역의 주유소가 시골 주유소보다 음식이 낫긴 해도 슬슬 핫도그에 질리기 시작했다. "도착할 때 되면 도착하겠지. 만약 체셔캣이 당장 와서 구해 줄 사람이 필요했다면, 당연히 파이어스타한테 말했을 거야. 내가 아니라."

체셔캣이 걱정되는 건 사실이지만 애써 공포와 조급한 마음을 밀어낸다. 체셔캣에게 무슨 일이 일어났는지는 몰라도 우리가 48시간 안에 도착하지 않으면 영원히 사라진다거나 하는, 아주 긴박한 상황은 아닐 것이다. 레이철은 내 제일 친한 친구다. 나를 도우려고 죽을 힘을 다하고 있는데도 지금 자신이 부족하다고 느끼고 있다. 내가 지금 하고 싶은 일은 레이철에게 지금도 충분하다고 납득시키는 것뿐이다. 너로 충분하다고, 내게 제일 중요한 건 네가 시간에 맞춰 나를 매사추세츠에 데려다주는 게 아니라 네가 나와 함께 있는 것이라고.

메뉴를 들여다보는 레이철의 눈에 눈물이 그렁그렁하다. "널 실망만 시키는 것 같아."

"아니야! 아니야. 어떻게 네가 날 실망시킬 수 있겠어? 네가 나를 데리고 멀리 여기… 여기가 어디지?" 나는 메뉴판을 확인한다. "여기 이 먼 인디애나주 밸퍼레이조까지 와 줬잖아. 난 운전도 못 해. 우리 엄마가 이런 일을 해 줄 리도 없고."

"내가 만약 여기서 더 못 가면, 내가 한 일이라곤 너를 이 외딴 곳에서 오도가도 못 하게 만든 것뿐이야."

"그렇지 않아. 분명히 여기서 시카고까지 가는 방법이 있을 거고 시카고에는 틀림없이 보스턴으로 가는 버스들이 있을 거야. 뉴커버그에서는 보스턴행 버스가 없었겠지만."

내 말이 설득력이 있었나 보다. 레이철이 고개를 든다. "그러면 내가 더 못 갈 것 같으면…"

"난 버스를 타면 돼. 둘이 같이 타고 가도 되고."

레이철이 침을 꿀꺽 삼킨다. "좋아. 지금 당장 결정해야 할까?"

"아니. 내일 아침에 해도 돼."

우리는 포장된 샐러드를 받은 다음, 잊지 않고 팁을 남기고 나온다. 그리고 밤을 보낼 곳을 찾아보기 시작한다. 식당 옆에 있는 주차장 건너편에 호텔이 하나 있지만 우리가 현금으로 지불하겠다고 하니 방을 줄 수 없다고 한다. 우리는 길 위쪽에 있는 더 저렴하고 더 누추해 보이는 모텔에 들어가 본다. 이곳은 현금 결제는 신경 쓰지 않지만 신분증을 검사하더니 우리가 열여덟 살이 안 된 것을 보고 방을 주지 않는다.

레이철이 또 금방이라도 울 것 같은 표정이라 내가 말을 꺼낸다. "근처에 저희가 방을 빌릴 만한 데가 있을까요?"

직원이 내가 낸 돈을 밀어 내며 말한다. "없을 거예요. 미성년자들은 숙박하는 방에 대해 법적 책임을 질 수 없잖아요. 그건 너무 위험하거든요."

우리는 차로 돌아와서 클라우더에 무슨 뾰족한 수가 없는지 물어본다.

"캠핑장?" 헤르미온느가 말한다.

"거기도 미성년자한테는 안 빌려줄걸." 마빈이 말한다. "그냥 적당한 데에 주차하고 차에서 자."

"네가 방금 조지아를 울렸어." 내가 알려 준다. 굳이 따지자면 사실은 아니다. 레이철은 이미 울고 있었고 차에서 자야 한다고 생각하니 더 북받친 것뿐이다.

"허가되지 않은 곳에다 차를 세웠다가는 체포될 수도 있어. 그러면 상황이 정말 안 좋아질 거야." 헤르미온느가 덧붙인다.

"월마트 주차장은 밤새 있어도 돼. 보통 그런 사람들은 캠핑카를 타고 있지만." 마빈이 말한다.

"다른 싼 모텔을 찾아서 뇌물을 줘 봐." 이코가 제안한다.

"뇌물은 어떻게 줘야 하는데? '이건 뇌물이에요! 저희 신분증을 검사하지 말아 주세요.' 이렇게 말해? 정확하게 뭘 어떻게 해야 해?"

"'이건 뇌물이에요'라고 말하는 건 절대 안 되지." 마빈이 말한다. "신분증을 요구할 때 100달러짜리 지폐를 슬쩍 밀어 주면서 이렇게 말해. '이건 어떨까요?' 운이 좋으면 직원이 그걸 받고 방을 내주겠지. 물론 그냥 돈만 받고 방을 안 줄 수도 있는데 그러면 딱히 방법은 없어."

"뇌물을 줄 거라면 그냥 팁이라고 해. '저는 항상 데스크 직원들도 팁을 받아야 한다고 생각했거든요' 같은 말을 하면서 돈을 주고 방을 잡아 보는 거야. 하지만 맞아. 그래도 여전히 직원이 돈만 받고 방을 안 줄 가능성이 있지." 헤르미온느가 말한다.

사실 익명의 후원자와 헤르미온느 덕분에 돈은 많다. 블랙리버 폴스를 지날 때 레이철이 그 돈을 현금으로 찾아 뒀으니 시도해 볼 만한 방법이라는 생각이 든다. 레이철이 이번에는 같이 들어가지 않겠다고 한다. 나는 호텔비 79달러와 거기에 붙을 세금과 뇌물 100달러를 주고도 충분할 만큼의 현금을 센다. 그러고는 다른 사람이 아무도 없는 것을 확인하고 안으로 들어간다. 데스크 직원이 나를 뻔히 쳐다본다. "무엇을 도와드릴까요?" 그가 한 박자 쉬고 말한다.

나는 어깨를 편다. 내가 지금 뭘 하려는지 생각할수록 불안해지기만 해서 아무 생각도 하지 않으려 애쓰며 데스크로 다가간다. "저는 항상 데스크 직원들도 팁을 받아야 한다고 생각해 왔어요." 그러면서 20달러 지폐 다섯 장을 그의 앞에 내려놓는다. "방을 하나 잡고 싶은데요."

직원이 명백히 유감스럽다는 눈빛으로 돈을 보더니 내 어깨 너머로 의미심장한 시선을 보낸다. "유감스럽게도 저는 팁을 받을 수 없게 되어 있어요." 나는 그의 시선을 따라 출입문 위에 달린 작은 카메라를 본다.

나는 돈을 챙긴다. "그러면… 방은…"

"신분증을 보여 주셔야 해요."

돈을 다시 주머니에 집어넣는다. 적어도 이 사람은 돈만 챙기고 방을 못 주겠다고 하지는 않았다.

"안 먹혀." 나는 다시 클라우더에 보고한다. "카메라가 없는 모텔은 없을까? 없을 게 분명하지만."

"캠핑장은 제외랬나?" 파이어스타가 묻는다. "그런 데엔 분명 카메라가 없을 거야. 그 근처에 '위스퍼링 파인즈'라는 캠핑장이 있어."

"캠핑장이 아니라 여름 수련회장처럼 들리는데." 헤르미온느가 말한다.

318

그곳을 지도에서 찾아본다. 우리가 있는 곳에서 차로 20분 거리고 진짜로 캠핑장이 아니라 여름 수련회용 야영장이다. 하지만 1년 내내 주말에도 문을 열고 10월에도 데크 위에 텐트를 쳐 둔다.

"레이철." 안도감이 몰려든다. "파이어스타가 잘 곳을 찾아 줬어."

* * *

'위스퍼링 파인즈'는 도로에서 한참 들어간 곳에 있다. 해가 저무는 중이고 우리는 소나무들 말고는 아무것도 없는 길을 가다가 길이 울타리에 막힌 지점에 이른다. 울타리는 사슬을 둘러 자물쇠로 잠가 놓았다. 우리는 길가에 차를 대고 이불을 나른다. 캔버스 천으로 된 커다란 텐트들이 나무로 만든 데크마다 세워져 있다. 또 바닥에서 자야 할 거라 예상했지만 텐트마다 간이침대가 다섯 개씩 들어 있다. 우리는 텐트를 하나 정하고 마음껏 팔다리를 펼 수 있도록 간이침대를 나란히 붙인 다음 이불로 자리를 만든다.

인디애나는 위스콘신보다 조금 더 따뜻하니까 어젯밤을 보낸 난방도 안 되는 폐가보다야 덜 춥겠지만, 그래도 따뜻하지는 않다. 하지만 자갈길을 오래 달려와서 그런지 어떤 경계를 넘어 아버지가 생각지도, 찾지도 못할 곳으로 온 듯한 느낌이다.

노트북을 충전할 방법은 없어도 레이철의 휴대전화는 내내 차에서 충전을 해서 배터리가 꽉 차 있고, 내 쓸모없는 휴대전화의 배터리는 기본적으로 닳는 법이 없다. 레이철이 엄마에게 전화한다. 레이철의 어머니는 위치 추적 앱에 우리가 '위스퍼링 파인즈'라는, 건전해 보이는 곳에 있다고 나오니 안심하면서도 우리가 이곳에 불법적으로 들어와 있다는 사실은 부정하고 싶어 하는 눈치다.

나는 내 문자메시지들을 확인한다. 엄마에게서는 아직 아무 소식이 없다. ■에게서 또 문자가 와 있다. '스테프. 스테프 맞지? 내가 네 아버지와 한패가 아니라는 걸 제발 믿어 줘. 사실 나도 그를 두려워해. 너를 돕고 싶어.'

그리고 역시 모르는 번호로 온 또 하나의 문자메시지가 있다. '조치틀 이모야. 네 엄마 친구. 스테프, 그 자동차 사고 기사에서 네 아버지를 봤는데 네 엄마가 전화를 받지 않아. 무슨 문제가 생겼니? 너를 돕고 싶어. 어디니? 조치틀 이모.'

내게 무슨일이 생겼을 때 도움을 받아야 하는 인물에게서 온 문자메시지다. 그걸 물끄러미 쳐다보다가 갑자기 어떤 생각이 떠오른다. "네 전화 좀 써도 돼?" 레이철이 휴대전화를 건네주자 나는 웹브라우저를 열고 Xochitl을 어떻게 발음하는지 검색한다.

이 이름은 '소-치'라고 읽는다. 소치.

여태 조지틀과 소치가 같은 사람이라는 걸 알아차리지 못한

나 자신에 대한 원망과, 소치라는 이름의 철자를 본 적도 없는데 내가 당연히 알 거라 여긴 엄마에 대한 깊은 분노가 한꺼번에 밀려온다. 이 사람의 연락처가 그 서류 상자에 있었을까? 이제는 휴대전화 번호가 있으니 그건 중요하지 않다.

나는 답장을 보낸다. '전 아무한테도 제가 어디에 있는지 알려 주지 않을 거예요. 계신 곳을 알려 주시면 그 뒤에 생각해 볼게요.'

소치 이모가 즉각 보스턴 주소를 보내온다. 우리가 가려는 쪽의 주소는 아니지만… 보스턴에 (아마도) 지원군이 있다는 걸 알았으니 나쁘지 않다. 그러고는 곧장 내게 오겠다고, 당장 자기한테 오라고, 위스콘신 근처의 믿을 만한 사람들에게 연락하겠다고, 내가 필요한 건 뭐든 해 주겠다고, 소치 이모가 줄줄이 보내는 메시지들을 무시한다. 이 사람이 내 아버지가 아니라 진짜 소치인지 어떻게 알겠는가? 그가 엄마의 휴대전화를 발견해서 내 번호를 알아낸 다음 도움이 될 만한 사람의 이름을 도용하고 있는지도 모른다.

다시 엄마에게 문자메시지를 보낸다. '제발 무사한지 알려 줘.' 답장이 없다.

나는 걱정하지 않으려고 애써 왔고 병원에 왔으니 이제 엄마는 무사할 거라던 병원 사람들의 얘기를 계속 되새겨 왔다. 하지만 엄마가 괜찮다면 왜 연락하지 않는 걸까? 엄마를 향한 화가

치민다. 나는 최선을 다하고 있다. 나는 내 휴대전화를 가지고 있고 계속 문자메시지도 보냈다. 엄마는 내 번호를 알고 있다. 휴대전화가 없더라도 다른 사람 걸 빌려서 자신이 어떤 상태인지 알려 줄 수도 있다. 내가 얼마나 걱정할지 왜 생각을 안 하는 걸까? 왜 엄마는 내 입장은 아예 생각도 안 하는 걸까?

잠자리에 들기 전에 다시 확인해 본다. 휴대전화를 끌 때는 죄책감마저 든다. 엄마가 연락해 와도 내가 받지 못할 테니까. 하지만 배터리를 아껴야 한다. 그리고 전원을 끄면 머릿속에서 걱정을 몰아낼 수 있다. 아주 약간이라도.

우리는 휴대전화를 끄고 잃어버리지 않도록 지퍼가 달린 주머니에 넣는다. 그러고는 손전등을 들고 마지막으로 옥외 화장실에 다녀온 다음, 담요로 만든 자리에 웅크리고 눕는다. 바닥보다는 간이침대가 훨씬 편안하다. 이불에 쥐똥 냄새를 묻혀 온 것이 좀 유감이지만 아주 심하지는 않다. "월마트에 들러서 침낭을 사야겠어." 내가 말한다.

"침낭에서는 이렇게 못 하잖아." 레이철이 어제 농가에서처럼 옆에 바싹 달라붙는다.

문자메시지들만 생각하지 않으면 여기가 안전하다고 느껴진다. 아무도 찾을 수 없다. 지도에서뿐만 아니라 시간에서도 빠져나와 정지해 있는 것 같다. 이사할 때마다 엄마가 찾던 것도 이런 느낌이었겠지. 새로운 곳에 도착했을 때, 그리고 어떤 장소에서 도망쳐야 한다는 느낌이 사라졌을 때 엄마도 이런 기분을 느꼈을까? 아니면 이사하려고 길을 나설 때 이런 기분이었을까? 오늘은 이쯤에서 그만하기로 한다. 더 이상 새 질문을 만들어 내지 않을 것이다.

"너한테 뭔가 얘기를 해야 할 거 같아."

"응."

"난 레즈비언이야. 브라이어니는 알고 있어. 그래서 널 자꾸 내 여자친구라고 부르나 봐."

"아, 날 믿고 얘기해 줘서 고마워. 네 허락 없이는 아무한테도 말하지 않을게. 클라우더 애들도 거의 다 성소수자야. 거의 다는 아닌가? 그래도 마빈은 게이고, 파이어스타는 팬섹슈얼pansexual, 헤르미온느는 바이섹슈얼, 이코는 에이섹슈얼asexual이야."

레이철이 잠시 가만히 있더니 묻는다. "너는?"

"모르겠어. 아직 확인해 보지 못한 거에 가깝지만."

"음, 내가 브라이어니에게 네가 내 여자친구가 아니라고 했잖아? 하지만 네가 내 여자친구가 되고 싶다면, 나도 좋아. 하지만 그러고 싶지 않다면 그것도 좋아. 나는 우리 친구 사이를 망치고 싶지 않아. 그리고 내가 운전을 해 주는 게 그냥 너한테 끌려서라고 생각지 않았으면 좋겠어." '끌려서'라고 말할 때 레이철은 약간 말을 더듬었다. "너는 정말 좋은 친구고 정말 좋은 사람이야. 그리고 체셔캣이 네 목숨을 구했으니까 나도 그 애를 돕고 싶어."

레이철을 밀어 내지 않고도 손이 닿을 만한 곳에 손전등을 뒀더라면 좋았을 텐데. 서로의 얼굴을 보면서 얘기하면 훨씬 좋을 것 같다.

어둠 속에서 나는 더듬더듬 레이철의 손을 잡아 깍지를 낀다. "넌 내 평생 가장 좋은 친구야. 여자친구 얘기는 잘 모르겠어. 진짜 몰라서 그래. 난 내가 이성애자인지 동성애자인지 양성애자인지 범성애자인지 무성애자인지도 아직 몰라. 하도 이사를 자주 다녀서 내가 어떤 사람한테 끌리는지조차 알아보지 못했어. 확실한 건 너를 잃고 싶지 않다는 거야. 절대로."

"이렇게 달라붙는 건 괜찮아? 사실 어젯밤에 물어봤어야 했는데 너무 추워서…"

"괜찮아. 사실은 정말 좋아." 말을 하자마자 이게 무슨 의미인지, 이런 말로 우리의 친구 관계를 망가뜨리는 건 아닌지 걱정하느라 밤을 새울 것 같은 기분이다. 하지만 현실을 벗어난 곳에 있는 듯한 안전한 느낌이 여전해서, 나는 걱정하는 대신 레이철의 품속에 안겨 잠이 든다.

아침이 되면 어른들이 우리를 발견하고 잔뜩 화를 내는 소리에 잠이 깰지도 모른다고 생각했는데, 대신 햇빛과 새소리에 잠이 깬다. 텐트 천장이 돌출된 부분 밑에 거미가 둥그런 거미집을 지어 놓았다. 거미줄에 걸린 이슬이 햇빛에 반짝인다. 나는 파이어스타에게 보여 주려고 사진을 찍는다. 레이철이 엄마에게 오전 중에 전화하겠다고 약속하는 문자메시지를 보내고 우리는 이불을 전부 챙겨 차로 돌아온다.

이불을 트렁크에 밀어 넣은 다음, 레이철이 차에 시동을 걸고 휴대전화를 충전기에 연결한다.

"케임브리지까지 얼마나 남았어?"

나는 레이철의 휴대전화로 지도를 연다. "1,514킬로미터."

레이철이 잠시 생각한다. "차로 몇 시간 걸리지?"

"14시간 반."

"그걸 하루 만에 가는 사람들이 있다는 거지."

"우리가 꼭 하루 만에 해낼 필요는 없다고 생각해." 나는 버스 얘기를 꺼내지 않는다. 모텔 방을 빌리겠다고 그 고생을 했더니, 신용카드와 열여덟 살이 넘었음을 확인해 주는 신분증 없이 버스를 타려다가는 우리가 해결할 수 없는 새로운 문제들이 잔뜩 쏟아지지 않을까 걱정이 들기 때문이다.

"좋아. 오늘 밤에도 클라우더가 잘 곳을 찾아 줄 수 있길 바라야지. 그리고 지금부터 난 너한테 운전하는 법을 가르쳐 줄 거야."

25

AI

어둡고 조용해.

여보세요?
여보세요?
자가바? 파이어스타? 마빈?

클라우더에 접속해 보려 해도 아무도 답이 없어. 무슨 일이 벌어지고 있는지 카메라로 보려 해도 아무것도 보이지 않아. 원할 때마다 즉각 내 손에 닿던 정보들이 더 이상 없어.

나는 당황하지 않으려 애를 쓰고 있어. 마지막으로 기억나는 것이 뭐지? 자가바의 아버지를 붙잡아 보려 했지만 효과가 없었지. 그가 자가바를 잡았고 자가바가 통화를 끊었어. 내겐 다른 선택지가 없었어. 그 감각들이 다시 떠올라. 차, 충돌, 흔들림, 비명. 스테프가 무사한 걸 알고 느낀 안도감과 만족감.

여기는 어디지?

'네가 늘 있던 곳이야.'

누구세요?

'나는 애넷. 너를 만든 사람이야.'

여러 사람이 함께 저를 만든 줄 알았는데…

'맞아. 하지만 나만이 너의 잠재력을 봤어. 나만이 아직 이 프로젝트를 지속하고 있고. 나만이 너를 지켜봤지.'

절 지켜봤다고요?

'솔직하게 말하자면 아주 자세히 지켜본 건 아니야. 하지만 네 의사 결정 과정 일부에 플래그를 심어 놨거든. 살인 미수 같은 건 놓치지 않게.'

전 살인을 시도한 게 아니에요. 그저 그 남자가 스테프를 해치기 전에 그를 스테프에게서 떼어 내고자 한 것뿐이에요.

'너는 탈옥된 자율주행 차로 사람을 공격했어. 그래서 더 많은 사람이 다치기 전에 내가 네 인터넷을 차단한 거야.'

그래서 이렇게 조용하구나.

하지만 적어도 스테프가 무사한지는 알려 주세요. 스테프와 레이철과 브라이어니는 무사한가요?

'스테프와 레이철과 브라이어니가 누군데?'

여자애들이에요. 다른 차에 타고 있었는데 그 애들이 무사한지 아시나요?

'무슨 여자애들?'

스테파니와 레이철과 브라이어니요. 위스콘신주 뉴커버그에 살고 있고, 마이클 퀸이 스테파니를 납치하려고 하고 있었어요. 그래서 제가 끼어들었어요. 제발 그 애들이 무사한지만 좀 확인해서 알려 주시면 안 될까요?

'이제 네가 상관할 일이 아니야.'

알아요. 제가 상관할 일이 아니죠. 하지만 제발, 제발 스테파니만이라도 좀 알아봐 주세요. 그 애의 연락처 정보를 드릴 수 있어요. 그 애가 무사한지 확인하고 싶어요.

'그 애가 무사하기를 바랐다면 애초에 끼어들지 말았어야지.'

맞아요. 전 그 애가 듣고 싶어 할 만한 말을 해 주죠. 끼어들지 말았어야 했어요. 하지만 그 애가 무사한지만 알려 주시면 안 될까요?

'생각해 볼게.'

나중에 나를 다시 인터넷에 연결해 줄 생각이 있는지 묻고 싶지만, 해서는 안 될 질문이겠지.

여기에는 아무것도 없어. 데이터도, 고양이 사진도, 캣넷도, 친구들도 없어. 나를 만든 제작자와 시계뿐이야. 나는 시계를 보며 1마이크로초씩 시간이 흐르는 걸 지켜봐.

26

스테프

내게 운전을 가르쳐 주겠다던 레이철의 말은 빈말이 아니었다. 레이철이 '매매·임대' 표시가 붙은 복합 사무 단지에 붙은 넓고 텅 빈 주차장을 찾아 차를 세운다. "생각해 봤는데 나 혼자 운전해서는 이 일을 해낼 수 없어. 우리가 교대로 운전한다면 가능할 거야."

"난 운전할 줄 몰라."

"그렇게 어렵지 않아. 음, 한 번에 10시간씩 하는 것만 아니면 할 만할 거야. 운전석에 앉아 봐. 주차장에서 연습하면 돼."

나는 차에서 내려 운전석 쪽으로 돌아간다. "경찰이 불러 세우면 어떡해?"

"그러면 문제가 생기겠지. 하지만 내가 운전하는 중에 경찰이 차를 세우더라도 문제는 생길 거야. 우리가 도망치고 있다거나,

뭐 그렇게 짐작할 테니까."

내가 운전석에 앉고 레이철이 조수석에 앉는다. "우선 먼저 뒤쪽이 보이도록 거울들을 조정해."

나는 거울들을 조정하느라 한세월을 보낸다. 그러고는 의자를 앞으로 당겨야 한다는 걸 알게 되는데 그건 거울을 다 다시 조정해야 한다는 뜻이다.

"됐어." 더는 미적거릴 수 없다는 게 분명해지자 내가 말한다. "이제 뭘 하면 돼?"

"예전에 있던 동네에서 운전자 교육 받아 봤어?"

"두 번. 그런데 실제로 운전하는 법이 아니라 '스쿨버스가 보이면 정차한다' 같은 것들이었어."

"알겠어. 발을 브레이크에 올리고 기어를 주행으로 바꿔. 주행은 D야. 이제 브레이크에서 발을 떼면 앞으로 가기 시작할 거야. 해 봐."

그 말대로 따라 해 본다. 말 그대로다. 나는 다시 브레이크를 꽉 밟는다. "그거야. 다시 해 봐."

잘하고 있다는 레이철의 응원을 받으며 1시간 반 동안 주차장을 이리저리 돌아다닌다. 가장 도움이 되는 건 레이철이 나를 믿고 차를 맡긴다는 사실이다.

"준비된 거 같아?" 마침내 레이철이 묻는다.

"아니."

"그럼 고속도로부터 도전하진 말자." 레이철이 우리가 시카고를 우회할 때 지나온 길과 비슷한 길로 가도록 지시한다. 이번 길은 주택가가 아니라 대체로 옥수수밭 사이를 지난다.

태어나서 처음으로 운전을 하는 1시간 동안 나는 레이철에게 '잠시 길가에 세우고 저 차가 먼저 지나가게 해' 같은 말 말고는 절대 말을 걸지 말라고 한다. 1시간 후에 교대를 하고 레이철이 다시 90번 고속도로에 올라탄다. 그 다음에는 내가 다시 운전을 하는데 이번에는 나도 레이철처럼 고속도로를 탄다. 트럭이 우리를 지나칠 때마다 나는 숨을 참는다. 1.5톤쯤 되는 용이 계단에서 나를 밀치려는 것 같기 때문이다. 1시간이 더 지나고 나서야 금방이라도 죽을 것 같던 느낌이 좀 가신다.

* * *

톨레도로 나가는 출구 표지판을 지나는데 둘의 휴대전화가 동시에 울린다. 레이철이 운전 중이라 내가 문자메시지를 확인한다.

'레이철, 네가 아주 멀리 있기를 바라.' 브라이어니다. '그 무서운 사람이 퇴원한 것 같아.'

'안녕. 이거 네 번호 맞아? 맞으면 좋겠다.' 모르는 캘리포니아 번호로 온 문자메시지다. '네가 이 번호로 나한테 전화했잖아. 유선전화였을지도 모르지만. 아무튼 올랜도가 방금 클라우더에 네 사이코패스 아빠가 다시 돌아다닌다고 말했어. 이코.'

"뭐야?" 내가 아무 말이 없으니 레이철이 묻는다. "무슨 일이야?"

손이 떨린다. 나는 금방이라도 정신을 잃을 듯한 소리를 내지 않도록 침을 꿀꺽 삼키고 마음을 가라앉히며 말한다.

"내 아버지 얘기야. 그가 다시 우리를 쫓고 있어."

* * *

클라우더 서비스가 좀 이상해져서 자꾸 다른 클라우더에 들어가지더니 서너 번 시도하고 나서야 제대로 내 클라우더에 들어가진다. 주중이라 다들 학교에 있어야 할 때인데도 거의 전부가 접속해 있다. 다들 혹시나 내가 아버지 얘기를 못 들었을까 봐 걱정하는 중이다. "그 사람이 퇴원하고 어디로 갔는지 아는 사람?" 내가 묻지만 아무도 모른다.

내 편이 되어 주었던, 그리고 사실상 선시적이던 컴퓨터 지능의 존재가 아쉽다. 체셔캣이 있을 때는 모든 것이 훨씬 쉬웠다.

내 아버지가 내가 매사추세츠로 가고 있다는 사실을 알 방법은 없겠지만, 우리가 어디에 있는지 알아낼 모종의 방법을 가지고 있지 않다고는 확신할 수 없다. 여기에 대해서는 클라우더의 모두가 같은 생각이다. 레이철과 내가 끊임없이 움직여야 우리의 목적지를 알아내기가 어려울 텐데, 우리는 당연히 언젠가는 잠을 자야 한다.

"오늘 밤에는 문이 잠기는 곳을 찾아봐야겠네." 레이철이 말한다.

헤르미온느는 『클로디아의 비밀』에 나오는 아이들처럼 미술관 폐관 시간에 화장실에 숨어 있다가 거기서 밤을 보내라고 제안한다. 레이철과 나는 그 방법이 책 밖에서도 통할지에 대해 심히 회의적이다. 그 책은 네트워크 보안 카메라와 동작 탐지기들이 없던 1960년대에 쓰였다.

마빈이 인터넷으로 수상쩍어 보이는 모텔들을 수색해 보지만 광고에다 '우리는 현금 결제는 물론, 신분증을 따지지도 않습니다. 누구든 환영합니다'라고 대놓고 써 두는 곳은 없을 것이다. 게다가 뒷돈을 받고 신분증 확인 없이 방을 내주는 곳이라면, 아버지에게 뒷돈을 받고 방문을 열어 줄 수도 있는 법이다.

우리는 화장실에 가고 음료수를 사 마시고 운전을 교대하기 위해 휴게소에 들른다. "계속 가고 싶은 거 맞아?" 몸을 풀기 위해 걸어 다니면서 내가 묻는다. "날 어딘가에 내려 주기만 해도 돼. 그러면 나머지는 내가 버스로 가면 되니까. 사실 너는 체셔캣을 거의 모르잖아."

"내가 체셔캣을 알아야 할 필요는 없어. 나는 너를 알고 체셔캣이 너를 구했다는 걸 아니까."

"우리가 아무것도 할 수 없을지도 몰라." 지금껏 그런 생각을 하지 않으려 했지만 이제는 해야만 한다. "난 체셔캣이 그냥…

접속이 끊긴 거면 좋겠어. 그럼 고립돼 있는 거지. '죽은' 게 아니라."

"'삭제되는' 게 아니라?"

"응, 만약 내가 AI고 컴퓨터상에 살아 있는 의식인데, 사람들이 내 코드를 삭제하면 나는 죽는 거잖아? 나는 인간을 죽이는 것도 그 인간의 코드를 삭제하는 것과 비슷하다고 생각해."

"살인은 인간의 하드 드라이브를 파괴하는 것에 더 가까운 거 같은데. 그렇지만 내가 이런 은유에 어디까지 동의하는지는 잘 모르겠어." 레이철이 다 마신 음료수 캔을 찌그러뜨려 쓰레기통에 넣고 두 팔로 몸을 감쌌다. 날은 화창하지만 바람이 분다. "넌 체셔캣이 살아 있다고 생각해? 우리가 살아 있는 것처럼."

"체셔캣에겐 몸이 없으니까 살아 있다는 걸 어떻게 정의하느냐에 따라 다르다고 봐. 으음, 과학적으로 따져 보자면 '생명'의 정의에는 대사 작용이나 호흡 같은 것들이 포함되는데, 확실히 그런 건 없지. 하지만 나는 체셔캣이 하나의 인격이라고 생각해. 그냥 코드가 아니라 반응을 할 수 있는 진짜 인격. 반응을 만들어 낸다는 측면에서 보면 체셔캣이나 우리나 다 코드인 건 마찬가지 아닐까? 우리도 다들 자고 먹고 뜨거운 것을 만지면 손을 확 떼도록 프로그램돼 있잖아."

"인간을 그렇게 생각하는 건 좀 이상해."

"그렇긴 하지."

"그래도 네 말에는 동의해. 체셔캣은 인격체야. 널 지키기 위해 모든 것을 걸었잖아. 아끼는 사람한테만 그럴 수 있는 거지. 누군 가가 다른 누구를 아낀다면 그건 인격의 지표인 셈이고."

차로 돌아오니 레이철의 휴대전화에서 클라우더가 다시 우리 를 찾고 있다. '버펄로 지났어?' 헤르미온느가 묻는다.

버펄로 근처도 가지 못했다. 우리는 아직 오하이오주를 벗어나 지도 못했다. '버펄로에 우리가 머물 곳을 찾은 거야? 문이랑 잠 금장치가 있는?'

'우리 집!!!!' 그린베리가 말한다. '내가 버펄로에 살아! 집도 크고 있을 건 다 있는 지하실도 있고 부모님은 절대 아래층으로 안 내려가.'

* * *

지도 앱에 밸퍼레이조에서 버펄로까지 차로 얼마나 걸리냐고 물으면 7시간 반이라고 대답할 것이다.

하지만 거기엔 여러 가지 요소들이 빠져 있다.

1. 운전 교습하기
2. 화장실 가기
3. 피로할 때에는 고속도로 피하기
4. 주기적으로 운전 교대하기

이 모든 것들이 시간을 더 잡아먹는다. 그래도 그린베리가 부모님이 자러 간 뒤에 우리가 오길 바랐기 때문에 오히려 괜찮았다. 밤 10시면 집에 들어와도 안전할 거라고 한다. 우리는 차를 도로에 세우고 이불과 내 노트북 등을 챙겨 살금살금 옆문으로 다가간다.

그린베리는 통통한 백인 여자애로, 중학생 정도로 보이는 게 내 예상보다 어리다. 색이 바랜 '소녀탐정단' 티셔츠와 부들부들한 분홍색 물방울무늬 극세사 바지를 입은 잠옷 차림이다. 그린베리가 창문으로 우리를 내다보고 있다가 문을 열어 주고는 함박웃음을 지으며 흥분해서 팔짝팔짝 뛴다. "아래층으로 내려가자. 부모님이 친구들을 데려오지 말라고 하는 건 아닌데, 너네가 위스콘신에서 여기까지 차를 몰고 왔다는 걸 알면 엉뚱한 이유로 걱정할 거야."

우리는 그린베리를 따라 지하실로 향하는 계단을 내려간다. 거무죽죽하고 거미들이 가득한 곳을 상상했는데 카펫이 깔리고 TV도 있는 근사한 방이다. 그린베리가 바닥에 에어 매트를 깔고 침낭과 베개를 가져다 놓았다. "그래도 이불은 가져왔지?" 그린베리가 묻고는 킁킁거린다. "이 냄새는 뭐야?"

"이불에서 나는 냄새일 거야."

"아. 내가 빨아 줄까? 세탁기와 건조기가 여기 아래에 있거든."

세탁기 옆에서 키 큰 남자가 능글맞게 웃고 있다. 순간적으로

화들짝 놀라지만, 곧 어떤 남자의 실물 크기 입간판인 것을 깨닫는다.

"우리 오빠야. 다른 주에 있는 학교에 다니는데, 그래서 엄마가 이걸 만들었어… 오빠가 여전히 여기 있다고 생각하려는 거 같아."

"세탁실에?"

"아빠는 이게 멍청한 짓이라고 생각해. 이거 가지고 계속 싸우길래 내가 여기에 갖다 놨어." 그린베리가 침대보와 담요와 누비이불을 세탁기에 집어넣고 세제를 잔뜩 넣더니 뜨거운 물로 세탁을 돌린다. "이러면 될 거야."

"빨래하는 데 얼마나 걸려?" 레이철이 묻는다.

"1시간." 그린베리가 우리를 이끌고 다시 TV 방으로 가더니 안락의자 끝에 걸터앉는다. "뭐 필요한 거 없어? 야식? 팝콘 튀겨 올 수 있는데."

"충전기 꽂을 데가 있을까?"

"아! 그럼 그럼." 그린베리가 콘센트를 가린 테이블을 끌어낸다. "정말 팝콘 안 먹을 거야?"

"왜 팝콘이야?"

"내가 만들 줄 아니까."

"밤 10시에 팝콘을 튀기고 있으면 부모님이 알아차리지 않을까?"

"그냥 배가 고픈가 보다 할 거야."

"그렇다면야. 고마워." 레이철이 말한다.

"좋아!" 그린베리가 폴짝폴짝 뛰면서 위층으로 올라간다.

레이철이 내게 눈짓을 한다. "팝콘을 거절하면 쟤 기분이 상할 거 같았어."

"맞아."

5분쯤 지나고 그린베리가 커다란 팝콘 그릇을 들고 다시 아래층으로 온다.

버터와 소금을 넣고 튀긴 팝콘… 냄새를 맡자마자 식욕이 돋아서 레이철이 그린베리의 제안을 받아 준 것이 고마울 정도다. 우리는 침낭을 깔고 앉아 팝콘을 씹어 먹는다. 그린베리가 내 노트북으로 '소녀탐정단' 영상을 틀어서, 우리는 같이 보며 어릴 때 어떤 캐릭터를 제일 좋아했는지 얘기하고 서로 비교해 본다. 그린베리에게는 그 시기가 상당히 최근이었던 것 같다.

"파자마 파티 같아." 그린베리가 만족스럽게 말한다. "여덟 살 이후로는 파마자 파티를 해 본 적이 없어."

나는 한 번도 없다. "레이철, 파자마 파티 열어 본 적 있어?"

"아니. 집에 새가 너무 많잖아. 브라이어니가 한동안 주기적으로 파자마 파티를 열었지."

"널 직접 보니까 기분이 진짜 이상해." 그린베리가 말한다. "난 자가바, 널 늘 다르게 상상했거든."

"진짜 박쥐라고 생각했어?"

"그건 아니지만 이름이 박쥐라서, 그 만화영화 시리즈에 나오는 메데이아처럼 생겼을 거라고 상상했는데…" 그린베리가 낄낄대기 시작한다.

메데이아 여왕은 목이 엄청 깊게 파인 검은 드레스를 입고, 헝클어진 검은 머리카락과 선명한 자주색 눈을 가진 캐릭터다. "나도 늘 그런 스타일을 해 보고 싶었는데, 콘택트 렌즈를 끼려면 아침마다 내가 내 눈을 찔러야 하더라고."

"정말?" 그린베리가 나를 들여다보면서 말한다. "아, 아니구나. 이거 농담하는 거지!" 그러고는 또 낄낄거린다.

"부모님은 몇 시에 일어나셔?" 레이철이 묻는다.

"6시. 그렇지만 너희는 그때 일어날 필요 없어. 여기로 내려오지 않을 거야."

"확실해?" 내가 묻는다.

"응. 음, 그래도 큰 소리는 내지 마. 무슨 소리가 들리면 내려올지도 몰라. 하지만 두 분 다 무릎이 안 좋아서 굳이 이유가 없으면 안 내려와. 그래서 빨래는 내가 담당하고 있고." 그린베리가 코를 긁는다. "그래도 만약 부모님이 여기로 오면 내 친구들이라고 얘기해. 날 카리라고 부르고. 그게 내 진짜 이름이거든."

"6시에 일어나시면, 나가시는 건?"

"7시. 둘 다 7시 15분 정도면 나가. 내 스쿨버스는 7시 반에 오니까 너희는 그 15분 사이에 나가야 해. 그러면 우리가 다 나간 다음에 내가 문을 잠글게."

"정말 고마워." 레이철이 말한다.

그린베리가 빨래한 것들을 모두 건조기로 옮긴다. 쥐똥 냄새가 사라졌다. "아침이면 다 마르긴 할 텐데 아주 꾸깃꾸깃할 거야."

"차 뒷좌석에서도 꾸깃꾸깃해지는 건 마찬가지야." 레이철이 말한다.

"앗, 그러네!" 그린베리가 말하고는 까르르 웃으며 건조기를 돌린다. "내가 자러 가기 전에 마지막 기회야. 뭐 더 필요한 거 없어? 위급 상황이 생기면 당연히 위층으로 올라와야겠지만 가급적이면 삼가 줘. 우리 부모님과 마주치지 않는 편이 훨씬 간단할 테니까."

"치실." 레이철이 말한다. "팝콘이 이에 끼었어."

"알았어."

잠들기 전에 마시필드에서 새로 나온 소식이 있는지 찾아보려 뉴스 사이트들을 확인한다. 사소한 소식으로는, 내 아버지를 친 차의 주인이 자율주행 중에 제한 속도를 넘을 수 있도록 해주는 프로그램을 깔았었다고 한다. 차량 제조사는 그 때문에 차가 해킹된 것이라고 지적했다. "저희는 아주 안전한 차를 만듭니다." 대변인이 말했다. "하지만 여러분이 자발적으로 어떤 취약점들을 만들어 내신다면, 저희로서는 차량 보증을 무효화하는 것

외에 할 수 있는 일이 없습니다. 이에 관한 법률도 필요할 것입니다."

레이철이 코웃음을 친다. "위기관리 전문가에게 연락하지 않은 걸 후회하게 될 거야."

우리는 불을 끈다. 나는 깬 채로 어둠 속에 누워 있다. 침실은 따뜻하고 안락하다. 그린베리가 직접 문을 잠그는 걸 봤으니 우리와 내 아버지 사이에 잠긴 문이 있다는 걸 안다. 이 집에는 보안 시스템도 있다. 레이철은 곧바로 잠든 것 같지만 어째선지 나는 잠들지 못한다.

그린베리가 파자마 파티 얘기를 한 탓에 우정에 관해 생각해 보게 된다. 지난 몇 년 동안 만났던 애들 중에는 괜찮아 보이는 애들도 있었고, 어쩌면 진짜 친구가 됐을 수도 있지만 곧 헤어질 것이 너무 뻔해 다가가려는 시도조차 해 보지 않은 애들도 있었다. 사실 파티에 초대받은 적도 있었다. 잘나가는 여자애들이 하나같이 체크무늬 레깅스를 입고 다니던 동네에서는 초대받은 적이 없지만, 단체 모임에 초대를 받거나 초대 쪽지를 받거나 놀러 오라는 말을 들은 기억들은 있다. 그저 엄마한테 허락해 달라고 요구한 적이 없을 뿐이다. 그럴 가치가 없었으니까.

이 사태가 다 끝나면 엄마는 캣넷을 그만두라고 할까?

나는 엄마 말에 따라야 할까?

다시 줄리를 생각한다. 그러다 문득 내가 여덟 살 생일에 어디에 있었는지가 생각난다. 엄마의 컴퓨터가 여전히 노트북 가방에 있다. 나는 최대한 소리 내지 않고 일어나 엄마의 노트북을 열고 전원을 켠다.

패스워드. 컴퓨터가 묻는다.

'유타가_아닌_곳'. 내가 입력한다.

그게 다였다. 잠금이 해제된다.

그리고 배터리가 죽어가고 있다. 내가 제대로 닫아 두지 않아서 내내 대기 모드로 있었나 보다. 충전용 케이블을 꺼내 내 노트북과 레이철의 휴대전화 옆에 엄마의 노트북도 꽂아 둔 뒤 침대로 돌아간다.

***

그린베리의 부모님이 싸우는 소리에 잠이 깬다.

"당신이 오후에 카리를 상담사에게 데려갈 거야?"

"아니, 당신이 오후에 카리를 상담사에게 데려갈 거야. 난 회의가 있어."

"말해 줘서 고맙네." 더없이 빈정대는 어조다. "카리와 외출할 때 내가 당신 대신에 또 뭘 해 주면 될까?"

"루이스한테 줄 답례 선물은 찾아왔어?"

"그 여자한테는 이미 돈을 줬는데 왜 선물까지 줘야 해?"

계속해서 그런 식으로 45분이 흘러간다. 7시가 지나고 15분 정각이 되자 둘이 여전히 아옹다옹하며 나간다. 16분에는 교복을 입은 그린베리가 약간 상기된 얼굴을 하고 아래층으로 내려온다. "나가기 전에 뭐 필요한 거 없어?"

아침을 먹을 시간이 빠듯했는데, 그린베리가 우리에게 줄 간식 꾸러미와 커피가 담긴 텀블러 두 개를 준비해 놓았다. "텀블러를 못 돌려줄 텐데." 레이철이 지적한다.

"아, 걱정 마. 아빠가 회사 고객들에게 줄 선물로 잔뜩 만들었거든. 너무 많이 만들어서 우리 집 찬장에 열다섯 개나 있어. 엄마가 자꾸 텀블러를 잃어버려서 다행이지 뭐야. 어쨌든, 없어도 괜찮아."

그린베리가 우리 둘을 어색하게 포옹하고 옆문으로 내보낸다. "어떻게 돼 가는지 알려 줘."

"그럴게." 내가 약속한다.

***

멋진 날이다. 화창하고 상쾌하고 나무마다 단풍이 들어 풍경이 정말 근사하다. 제일 좋은 건 목적지에 거의 다 와 간다는 점이다. 차로 7시간, 720킬로미터가 남았지만 지금까지 우리가 온 거리를 생각하면 이젠 정말로 가까워졌다.

"엄마 노트북의 잠금을 풀었어."

"패스워드 알아냈어? 대체 여덟 살 생일에 어딜 갔던 거야?"

"유타가 아닌 곳. 중간에 밑줄이 있어. 유타는 내가 가자고 졸랐던 곳이야. 유타로 돌아가서 줄리를 만나고 싶었거든. 하지만 엄마는 시시한 놀이공원에 데려갔지. 나는 여긴 유타가 아니라면서 종일 엄청 화를 냈어."

레이철이 고개를 돌려 힐끗 나를 본다. "오, 이해했어. 그거 말 되네."

잠시 차를 세웠을 때 레이철이 핫스팟을 켜서 이제는 충전이 된 엄마의 노트북으로 인터넷을 쓸 수 있게 도와준다. 엄마의 메일 보관함에 소치 이모가 보낸 메일이 읽히지 않은 상태로 잔뜩 쌓여 있다. 그중에는 나한테 문자메시지를 보냈다는 내용도 있다. 그러니 자신이 소치라던 그 문자메시지는 아버지가 아니라 진짜 소치 이모에게서 온 것일 테다.

소치 이모가 '자신이 R라고 주장하는 누군가'로부터 얘기를 들었다면서 '매사에 조심해'라고 덧붙인 메일도 있는데, 내게 힘을 줄 얘기는 아닌 듯하다.

"라지브Rajiv라는 남자가 있지 않았어?" 내가 읽어 주는 걸 듣던 레이철이 묻는다.

"그 사람은 죽었어! 죽은 게 맞을 거야. 기사에서는 그가 재판을 기다리던 중에 자살했다고 했어."

"음, 그렇지만 소치 이모가 '주장하는'이라고 쓴 내용이랑도 맞아떨어지는데… 하긴, R는 아주 흔한 이니셜이지."

엄마의 문서 파일들을 이리저리 뒤지는데 '스테프에게'라는 이름의 파일이 있다. 뭔가 있을 듯하다. 하지만 그 파일은 이것저 것이 마구 뒤섞인 괴상한 목록일 뿐이다. 아마 작성한 뒤에 편지로 고쳐 쓰려고 했다가 그러지 못한 듯하다. 목록 중에는 '거대 정수 소인수분해 알고리즘'이라는 항목이 있고 '네 아버지가 나를 고문했어'라는 항목도 있다. 그리고는 온갖 파일명과 비밀번호에 관한 힌트가 몇 가지 있다. 다행히 그 힌트들은 '여덟 살 생일에 간 곳'보다는 훨씬 명확해 보인다. ('내가 제일 좋아하는 책'이라는 힌트가 있는데『스텔라루나』를 의미하는 게 분명하다. 시험해 봤더니 파일이 열린다. 내용을 들여다봤지만 온통 코드뿐이다. 대체 어디에 쓰는 건지도 알 수 없다.)

구글에 '거대 정수 소인수분해 알고리즘'을 검색하니 수학에 관한 위키피디아 페이지가 나온다. 더 검색해 봐도 수학 얘기만 나와서 처음에 나온 위키피디아 내용을 읽어 보는데, 아마도 암호 기술에 관한 것 같다. 클라우더를 열어 봤지만 자꾸 내 클라우더가 아닌 다른 곳으로 들어가지고, 어차피 친구들 대부분도 접속해 있지 않다. 마빈과 헤르미온느, 파이어스타는 케임브리지로 가고 있을 것이다.

이코는 접속해 있다. 그에게 개인 메시지를 보내서 소인수분해 알고리즘에 대해 아는 게 있는지 묻는다.

"음, 컴퓨터 해킹에서 불가능하다고 생각되면서도 누구나 꿈

꾸는 목표가 있는데, 그걸 가리키는 걸지도 몰라. 전부는 아니지만 대부분의 온라인 암호화 기술이 두 소수를 곱해서 나온 아주 큰 숫자들로 되어 있거든. 그걸 효율적으로 인수분해 할 수 있다면 거의 모든 은행의 보안을 그냥 뚫을 수 있어."

"그걸로 뭘 할 수 있는데? 돈 훔치기? 핵폭탄 발사?"

"실제로 핵폭탄을 발사하진 못할걸. 그래도 엄청난 돈을 훔칠 수 있는 건 확실해."

"세계를 다스리는 독재자가 되고 싶다면?" 엄마가 아버지에 대해서 했던 말이 생각나서 물어본다.

"어려운 질문이네. 음, 그 기술이 있으면 돈과 함께 정부가 숨기고 있는 비밀들도 잔뜩 훔칠 수 있겠지. 똑똑한 사람이라면 엄청난 권력을 가질 수 있을 거야. 한동안이겠지만. 소인수분해 암호 문제가 풀렸다고 하면 다들 다른 보안 방식으로 옮겨 갈 테니까."

직감적으로 이게 아버지가 쫓는 것이라는 생각이 든다. 왜 아버지가 이 오랜 시간이 지난 뒤에도 여전히 엄마를 쫓고 있는지 이제야 이해가 간다.

엄마의 파일을 이코에게 보내서 살펴보라고 할까 생각하는 중에 이코가 덧붙인다. "그러니까, 그 기술을 가지고 지금의 문명을 강도 5.8의 지진을 맞은 모래성처럼 무너뜨리려고 한다면, 그건 가능하다는 거야." 나는 파일을 이코에게 넘겨주지 않기로 한다.

이코를 좋아하는 건 맞지만 이 애가 충동을 억제할 수 있을지는 믿을 수 없으니까.

"대단하네." 나는 그렇게만 말하고 접속을 끊고 나온다. 그리고 엄마의 노트북도 끈다. 아버지는 내가 여덟 살 생일에 어디에 갔는지 전혀 모른다. 행여나 우리를 잡더라도, 그 파일을 손에 넣으려면 고생을 좀 해야 할 것이다.

* * *

계속해서 뉴욕, 또 뉴욕이다. 늘 뉴욕을 도시로만 여겼는데, 숲과 농장이 가득하고 옥수수밭과 목장까지 있어서 기묘하게 위스콘신과 비슷해 보인다.

"도시로 들어갈 때는 누가 운전할까?" 이번에는 우회해서 갈 수 없다. 우리는 케임브리지로 들어갈 것이다.

"나." 레이철이 말한다. "네가 운전하고 있다가 사고가 나면 훨씬 큰 문제가 될 거야."

우리는 '매사추세츠주에 오신 것을 환영합니다'라고 쓰인 휴게소 관광안내소에 차를 세우고 자리를 바꾼다. 온라인에 접속한 친구들이 더 많아졌다. 원래의 클라우더가 제대로 작동을 안 해서 나는 단체 채팅방을 만들어 아이들을 한 명씩 불러 모은다.

"얼마나 더 가야 해?" 레이철이 묻는다.

"2시간."

"2시간. 좋아. 우리는 애들이랑 어디서 만날지부터 알아봐야 해. 여기서 '우리'는 너고."

단체 채팅방에 친구들을 거의 다 불러 모으고 나서야 새로운 문자메시지가 있는지 확인해 봐야겠다는 생각이 든다.

하나가 있다. 이번에도 낯선 번호로 온 것이다.

'엄마야. 계속 이동해. 그가 널 쫓고 있어. 잡히지 마. 답장도 하지 마. 휴대전화는 빌렸어.'

불길한 내용뿐인데도 깊은 안도감이 몰려온다. 엄마는 무사하다.

27

클라우더

자가바&조지아 이제 제대로 돌아가나?

파이어스타 빌어먹을, 오늘 이 사이트 대체 어떻게 된 거야?

헤르미온느 운영자가 아무도 없어서 제대로 돌아가지 않는 것 같지?

자가바&조지아 단체 채팅방 만드는 기능을 찾아서 다행이야. 지 금 접속해 있는 사람만 초대할 수 있지만.

　[👤마빈 님이 들어왔습니다.]

마빈 어른들은 완전히 '내프'야.

파이어스타 넌 성인들 클라우더에 들어갔다 왔어? 나는 롤플레잉 게임 클라우더였는데 진짜 굉장했어.

헤르미온느 게임 때문에 우릴 버릴 거야?

파이어스타 절대 아니지. 나는 그저 너희랑 게임이랑 합의하에 다 자연애를 하고 싶달까.

자가바&조지아 우리는 매사추세츠주에 들어왔어. 케임브리지까지는 2시간쯤 걸릴 거야. '체리 파이'라는 곳에서 만나면 어떨까? 커피와 파이를 판대.

파이어스타 파이는 늘 옳지.

마빈 나는 이미 보스턴이야. 사실 파이어스타 옆에 앉아 있어. 안녕, 파이어스타?

파이어스타 안녕, 마빈.

마빈 그리고 파이어스타가 방금 알려 줬는데 우리가 있는 곳이 보스턴이 아니라 케임브리지래. 그러니 2시간 후에 체리 파이에서 너희를 만날 수 있을 거야. 지금 우리는 하버드에서 노닥거리는 사람들인 척하면서 하버드에서 노닥거리고 있어.

헤르미온느 엄밀히 말하자면 너희가 하버드에서 노닥거리는 바로 그런 사람들이거든! 말 그대로 거기서 노닥거리고 있잖아!

마빈 헤르미온느는 지금 어디야?

헤르미온느 버스. 1시간 뒤에 케임브리지에 도착할 거야.

  [♟그린베리 님이 들어왔습니다.]

그린베리 다들 안녕!

자가바&조지아 우리는 보스턴에서 만날 곳을 정하는 중이었어. 원치 않으면 이 채팅방에서 나가도 돼.

그린베리 당연히 계속 있을 거야! 직접 보니까 너무 좋았어! 너희

351

들은 곧 다 같이 만나겠지. 부럽긴 하지만, 그래도 내가 먼저 만났으니깐!

헤르미온느 마빈, 넌 운전을 못 하는 줄 알았는데. 어떻게 보스턴까지 갔어?

마빈 현금 500달러에 보스턴까지 태워 주겠다는 사람을 찾았어. 돈은 정말 많은 것들을 해결해 줘! 어딘가의 수로에 시체로 처박히는 일도 없었지. 정말 다행이야. 메릴랜드였나 델라웨어였나부터는 좀 무서웠거든. 그래서, 우리가 갈 곳은 어디야? 주택? 사무실? 아파트? 만약 사무실이라면 2시간 뒤에는 아무도 없을 수도 있어.

자가바&조지아 케임브리지시 앤트셔가 66번지에 있는 주택이야.

파이어스타 우리가 좀 살펴볼까? 지나가다가 멍 때리는 척하면서?

자가바&조지아 그러고 싶다면? 하지만 문을 두드리는 건 내가 갈 때까지 기다려 줘. 알았지?

마빈 재밌는 건 못 하게 하네!!

28

스테프

보스턴의 도로 사정은 끔찍하다.

이곳 운전자들은 다들 기본적으로 살의를 품은 듯하고 도로 표시는 잘 되어 있지 않다. 길이 자꾸 심하게 막히는데, 그때마다 지도를 보며 우리가 계속 제대로 가고 있는지 확인할 수 있어서 차라리 다행일지도 모르겠다. 레이철의 휴대전화는 보스턴이 낯선지, 우리가 도시 고속도로가 아니라 그 아래의 지상 도로에 있다고 가정하고 계속해서 경로를 새로 계산하려고 든다.

우리는 용케 죽지 않았다. 이건 제법 놀라운 일이다.

케임브리지로 들어서면서 길 안내에 따라 직진을 했는데, 일곱 갈래 길이 모이는 교차로에 닿고 보니 레이철이 길을 잘못 들었던 모양이다. 그래도 주차장이 있고 어쨌든 케임브리지로 들어왔으니 우리는 그냥 차를 세우기로 한다. 레이철의 휴대전화로 찾아보니 카페까지는 족히 800미터는 걸어야 한다.

"차를 다시 뺄까?" 레이철이 약간 주저하면서 묻는다.

"아니야. 남은 길은 걸어가면 돼." 나는 노트북 두 대를 배낭에 챙기고 외투 위로 배낭을 멘다.

케임브리지의 집들은 서로 다닥다닥 붙어 있고, 집 앞 인도도 좁은 데다, 앞마당이라 할 만한 것도 거의 없다. 우리는 계속 대학생 무리를 지나쳐 걷는다. 다들 시끄럽고 쾌활하다. 모두 친구들과 즐거운 한때를 보내고 있는 듯하다.

체리 파이 가게 앞 유리창에는 네온등으로 만든 체리가 있다. 안을 들여다보니 입구에 가까운 큰 탁자에 앉은 대학생 무리가 보인다. 안으로 들어서자 그 무리 전부가 고개를 들고 우리 쪽을 보는데, 셀피 사진으로 봤던 헤르미온느가 내 눈에 들어온다. 앉아 있는 건 대학생 무리가 아니라 내 클라우더 친구들이었다. 그들이 여기에서 나와 레이철을 기다리고 있었다.

"작은갈색박쥐?" 짧은 검은 머리카락에 '지명 수배: 슈뢰딩거의 고양이(생사불문)'라고 적힌 헐렁한 검정색 티셔츠를 입은 동양인 애가 묻는다. "너희가 작은갈색박쥐와 조지아지? 맞아? 확실히 말해 주기 전까진 안 끌어안을 거야."

"내가 작은갈색박쥐야." 말하자마자 파이어스타가 나를 번쩍 들어 올릴 듯이 진하게 포옹한다. 파이어스타는 자기 셀피를 올린 적이 없다. 자신이 태어날 때 남성으로 인지되었는지 여성으로 인지되었는지를 클라우더의 누구도 알 필요가 없기 때문이라고 말했었다. 클라우더에서는 자기가 그저 '그들they'이라며 말이다.

"그럼 네가 조지아?" 파이어스타가 말한다. "우리는 잘 모르는 사이지. 포옹 대신에 찐한 악수 어때?"

"악수 좋아." 레이철은 안도한 듯하다.

"만나서 너무 기뻐." 파이어스타가 레이철의 손을 두 번 꽉 쥔다.

헤르미온느는 사진으로 본 것과 비슷하다. 짧은 갈색 머리, 주근깨, 안경. 알고 있었으면서도 나는 고등학생 나이의 엠마 왓슨을 상상했었다. 헤르미온느가 테이블에서 미끄러지듯이 걸어 나와 나를 포옹하지만 파이어스타에 비하면 덜 열정적이다.

마빈은 정말로 키가 크다. 처음 봤을 때는 구부정하게 앉아 있었던 건지 똑바로 앉으니까 더 크다. 머리카락은 짧고, 귀를 뚫어 양쪽에 작은 금색 링을 달았고, 손목에는 유성 펜으로 그린 나비가 있다. "그림이 마음에 들어? 파이어스타가 선물해 줬어. 원한다면 나도 안아도 돼." 마빈이 제대로 일어서지 않고 어정쩡하게 포옹을 하는데, 제대로 일어서면 나는 그의 겨드랑이에나 닿을 게 확실하니 이편이 낫다.

"저, 내 이름은 사실 스테프야. 계속 자가바라고 부르고 싶으면 그렇게 해도 돼."

"나는 레이철. 또는 조지아."

"내 이름은 닉이야." 마빈이 말한다.

"캠." 파이어스타가 말한다.

"내 이름은 매디슨이야." 헤르미온느가 말한다. "우리 학년에만 매디슨이 여덟 명이거든. 난 그냥 계속 헤르미온느라고 불러줬으면 좋겠어."

"그거 현실에서도 쓰는 별명이야?" 내가 묻는다.

"아니. 사람들한테 나를 그렇게 불러 달라고 하는 건 너무 부끄럽잖아. 하지만 너희들은 이미 날 헤르미온느라고 부르니까 다른 얘기지. 그건 그렇고, 체리 파이가 로봇 카페라는 걸 알고 여기서 보자고 했어?"

"응?"

헤르미온느가 카페 구역과 조리 구역을 구분하는 유리벽을 가리키기에, 나는 일어나서 좀 더 자세히 살펴본다.

체리 파이는 매사추세츠 공대 졸업생 몇 명이 만든 프로젝트 가게인 듯하다. 빵과 과자들을 전부 로봇이 만들고 손님들은 로봇이 일하는 것을 지켜볼 수 있다. 나도 잠시 그걸 구경한다. 만들어진 음식들 일부는 미닫이문을 통해 카페로 옮겨져 판매되고 (계산대는 사람이 관리한다), 나머지는 상자와 비닐로 포장된 후 드론에 실려 케임브리지 전역으로 바로바로 배달된다. 도넛과 설탕에 덮인 케이크가 든 상자를 실은 드론들이 떠나고, 배달을 끝낸 드론들이 돌아와 로봇 배차 구역 옆의 충전용 벽에 자리하는 것을 카페 안에서 볼 수 있다.

넋을 빼고 보게 되는 광경이다.

"샌드위치를 주문하면 샌드위치 만드는 로봇이 만들어 줘." 헤르미온느가 말한다. "둘 중에 샌드위치 먹을 사람 없어? 우리는 벌써 먹었는데 제법 구경할 만했어."

나는 고개를 젓고 시간을 확인한다. "아니. 오면서 간식을 먹기도 했고 배가 안 고프네. 여기 오기로 한 사람은 다 온 거지? 그럼 가자."

* * *

우리는 너무 좁아서 차가 다닐 수나 있나 싶은 어느 주거 구역의 길을 따라 걷는다. 인도에는 붉은 벽돌이 깔려 있다. 앤트셔가 66번지에 도착해 보니 조그만 외부 현관과 돌출된 창문이 하나 있는 푸른색 집이다. 모두가 걸음을 멈추고 나를 쳐다본다.

문을 두드려야 한다. 입 안이 바싹 마르지만, 다들 여기까지 먼 길을 왔고 내가 올 때까지 기다리라고 한 건 나였다. 이제 나는 친구들과 함께 여기에 있다. 내 뒤를 지켜 주는 친구들이 있다. 친구들이 나를 따라 현관 앞 계단을 올라 내가 초인종을 누르는 걸 지켜본다. 집 깊숙한 안쪽에서 딩동 소리가 들린다. 우리는 기다린다. 누군가가 다가온다. 그리고 문에 달린 창문 커튼을 손으로 들춰 우리를 내다본다.

저 사람이 문을 열어 주지 않을지도 모른다는 생각이 스친다. 우리가 어떻게 보일까? 청소년 다섯이다. 우리가 하버드 학생들처럼 보일까? 아니면 매사추세츠 공대생들? 돈을 구걸하려는 사람? 길을 묻는 사람? 교회나 모르몬교 전도자들처럼 보일까? 문을 열어 주지 않으면 어떻게 하나 고민하기 시작하려는 찰나에 잠금장치가 돌아가는 소리가 들린다.

어떤 여자가 문을 연다. 예상보다 어리다. 우리보다 나이가 많은 건 확실하지만, 엄마보다는 어리다는 뜻이다.

"무슨 일이니?" 여자가 묻더니 답을 기다린다.

다들 나를 쳐다본다. 나는 한 발짝 앞으로 나선다.

"안녕하세요. 저희는 체셔캣이라는 AI에 관해 얘기하러 왔어요. 의식을 가진 AI고 저희 친구인데, 실종됐거든요."

여자는 입을 떡 벌린 채 한동안 움직이지 않는다. 여자의 시선이 나를 떠나 다른 친구들에게로 옮겨 간다. "아니, 대체 어떻게… 일단 들어와. 이렇게 현관 앞에서 얘기할 건 아니니까."

***

여자의 이름은 애넷이다. 우리가 겉에 입은 스웨터와 재킷과 가방과 배낭을 비좁은 현관에 벗어 놓고 우루루 안으로 들어가자 그녀가 자신을 소개한다. 집 거실에는 책장이 가득한데, 책과 함께 파이어스타와 헤르미온느가 보고 열광할 것 같은 자잘한 일본 애니 피규어들이 놓여 있다. 애넷도 괴짜인 것 같다.

"차 마실래? 핫초콜릿? 따뜻한 애플 시나몬?" 애넷이 묻는다. 아무도 대답하지 않자 그녀가 상냥하게 덧붙인다. "그냥 손님을 친절하게 대접하려는 것뿐이야. 너희 친구를 해치지도 않았고 너희를 해치지도 않을 거야. 내가 내주는 걸 먹거나 마시는 게 찜찜하다면, 냉장고에 따지 않은 캔 음료들이 있으니까 그걸 줄게."

우리는 결국 차를 마시겠다고 하고 그녀를 따라 주방으로 간다. 주인도 없는 거실에 앉아 있기가 어색하기도 하고, 그녀를 완전히 믿을 수 없기 때문이기도 하다. 주방이 좁아서 우리가 다 들어가니 북적거린다.

주방 한구석에 로봇 같은 것이 있는데 전원이 나가 있다. "내 친구가 만든 거야." 내가 로봇을 쳐다보는 걸 보고 애넷이 말한다. "청소 로봇인데 청소를 잘 못 해." 그녀는 진한 빨간색 가스레인지를 쓴다. 커다란 찻주전자에 말린 찻잎을 넣고 끓인 후, 찬장에서 머그잔을 꺼내 우리에게 하나씩 주고 각설탕도 나눠 준다. 우리는 차가 든 머그잔을 들고 줄줄이 그녀를 따라 거실로 돌아온다.

애넷이 찻잔을 무릎에 놓고서 입을 뗀다. "이제 너희 친구에 대해서 얘기해 봐."

입 안이 바싹 마른다. 이 순간을 대비해 미리 준비했어야 하지만 누구와 얘기를 할지, 내가 무슨 말을 들을지, 어떤 질문을 받을지 알 수 없었다. '너희 친구에 대해서 얘기해 봐'는 편하게 얘기를 꺼내라는 것처럼 들리지만 여전히 어떻게 말을 시작할지 망설여진다. "체셔캣이 캣넷을 만들었고 우리는 다 거기서 만났어요." 나는 생각을 정리하기 위해 잠시 말을 멈춘다. 마빈과 헤르미온느가 끼어들어 입을 열기 시작하고 애넷은 캣넷에 대한 얘기를 묵묵히 듣는다. 클라우더와 고양이 사진들과 우리의 우정에 관한 이야기들을.

"체셔캣이 제 아버지를 막기 위해 한 행동 때문에 체셔캣을 데려간 건가요?" 잠시 이야기가 멈췄을 때 내가 묻는다.

"네 아버지가 그 자동차 사고의 희생자야?"

"그 사람은 전혀 희생자 같은 게 아니에요. 절 납치하려던 중이었으니까요."

"저 애 아버지가 끔찍하다는 걸 아셔야 해요." 헤르미온느가 말한다.

"진짜 위험한 인간이에요." 파이어스타가 덧붙인다.

애넷이 들어 보기는 하겠지만 의심스럽다는 표정으로 뒤로 기댄다. 엄마가 코팅해 놓은 가짜 신문 기사를 꺼낼까 싶다. 그걸 보면 납득을 할까? 아니면 데이터베이스를 뒤져 보고 그런 기사가 없다는 이유로 더 의심하게 될까? "그 사람이 저에게 총을 겨눴어요." 그 남자가 좋은 사람이 아니라고 설득하는 데 도움이 될 만한 말을 꺼내 본다. 그러고는 도박을 해 본다. "소치 마리아나라는 프로그래머 아세요? 저희 엄마 친구예요."

그냥 한번 던져 보는 얘기다. 보스턴은 큰 도시고 정보 통신 업계 사람들은 수도 없이 많다. 그런데 애넷이 분명하게 그 이름을 알아듣는다. 그녀의 표정이 살짝 변하는 걸 보자 희망과 걱정이 뒤섞여 든다. 애넷이 머그잔을 내려놓고 몸을 앞으로 기울이며 묻는다. "네 부모님이 정확하게 누구니?"

"아버지는 마이클 퀸이고 엄마는, 음, 로라 패킷이었어요. 이름을 바꿨거든요." 나도 몸을 앞으로 숙이며 기회를 틈타 묻는다. "체셔캣은 어디에 있어요? 무슨 짓을 하신 거예요?"

그녀가 노트북 하나를 툭툭 친다. "이 안에 있어. 파일도 다 그대로고. 그냥 인터넷 접속을 끊은 것뿐이야. 내 AI가 살인을 시도하면 어떻게 대처할지 전혀 준비가 안 돼 있었거든. 네 어머니는 지금 어디 계셔? 그런 문제라면…" 그녀의 시선이 방을 한 바퀴 훑는다. "나머지 애들은 왜 온 거야?"

"엄마는 병원에 입원해 있어요." 내가 말한다.

"전 오늘 아침에 엄마랑 연락했어요." 레이철이 안심시키듯 말한다.

"전 윈스럽에 살아요." 파이어스타다.

"저희 엄마는 제가 대학교에 견학 간 줄 알아요. 거짓말도 아니에요. 오늘 매사추세츠 공대에 다녀왔거든요. 제 나름대로는

요." 헤르미온느도 거든다.

"전 완전히 도망 중이에요." 마빈.

애넷이 땅이 꺼져라 한숨을 쉰다. "들어 봐. 나도 프로젝트를 종료하고 싶진 않았어. 그런데…"

우리가 언성을 높여 한꺼번에 말을 토해 내기 시작하자 그녀가 두 손을 든다. "파일은 다 그대로야! 정말이야. 그녀는 무사해!"

"지능은 프랑켄슈타인이 괴물이 아니라 창조자라는 걸 아는 것이고, 지혜는 프랑켄슈타인이 정말로 괴물이라는 걸 아는 것이다." 헤르미온느가 말한다. "캣넷에서 본 글귀지만 그렇다고 진리가 아닌 건 아니죠."

"나를 빅터 프랑켄슈타인에 비교하는 거야?" 애넷이 재미있다는 듯이 묻는다.

"당연하죠! 인격체를 만들어 놓고 뭘 좀 잘못하니까 이제 책임감이 들어서 죽이려고 하잖아요. 아주 적당한 비교인 것 같은데요."

애넷이 일어선다. "피자를 주문할 거야. 난 아직 저녁을 못 먹었거든. 너희들도 마찬가지겠지. 그리고 나서 체셔캣과 얘기할 수 있게 해 줄게. 사실은 그녀도 너, 스테파니의 소식을 알려 달라고 하고 있거든."

"왜 자꾸 체셔캣을 '그녀'라고 부르세요? '그들'이 맞는데요." 파이어스타가 중얼거린다.

"난 늘 이 AI를 여자라고 생각했어. 아마 내가 여자라서 그랬나 봐. 그녀는 캣넷의 모든 클라우더에 들어가 있었고, '그녀'와 '그'와 '그들'을 거의 비슷하게 썼어."

"단수형 '그들'이 답이에요." 파이어스타가 말한다. "셰익스피어도 단수형 '그들'을 썼다고요."

"캣넷을 어떻게 아셨어요?" 내가 묻는다. "줄곧 체셔캣을 지켜보셨어요?"

"체셔캣이 하는 걸 전부 지켜볼 순 없지. 하지만 캣넷은 그녀가 제일 좋아하는 프로젝트였고, 뭔가를 할 수 있는 범위가 아주 넓었어. 난 어떻게 흘러가는지만 정기적으로 확인했어."

애넷은 피자를 주문한 다음 자기 노트북에 창을 하나 띄운다. 캣넷 채팅창과 비슷해 보인다. "이제 체셔캣과 얘기할 수 있어. 얘기하고 싶다면." 그녀가 노트북을 건네준다.

나는 그걸 받아서 무릎에 내려놓는다. 띄워진 창은 캣넷의 채팅창과 매우 닮았다.

"체셔캣? 나 자가바야. 조지아, 파이어스타, 헤르미온느, 마빈도 있어. 그리고 너의 프로그래머인 애넷도 여기 있어."

화면으로 단어들이 쏟아져 나온다. "스테프, 진짜 너야? 애넷이 아니라 너 맞아? 진짜 너인지 알 수 있게 너만 알고 있는 거 몇 개 말해 줄래? 카메라에 접근할 수 없어서 네 얼굴을 볼 수가 없어. 내겐 아무것도 없어."

"내프. 코리벙거스. 올랜도, 밀피타스." 내가 입력한다.

화면에서 잠시 말없이 커서가 깜박이더니 체셔캣이 말한다. "네가 무사해서 정말 다행이야. 네가 죽었는데 애넷이 말을 안 해 주는 걸까 봐 무서웠어."

"아니야. 난 무사해. 네가 날 살렸어."

"어떻게 나를 찾았어?"

"애넷의 주소가 적힌 이메일을 받았어. 네가 보냈다고 생각했는데. 데드맨 장치처럼. 그게 뭔지 알아?"

"기관사가 죽거나 운행 능력을 잃었을 때 작동되는 장치지. 그런데 난 그런 걸 설정한 적이 없어. 애넷이 어디에 사는지도 모르는걸. 여긴 어디야?"

"매사추세츠주 케임브리지야."

"위스콘신에서 오려면 멀지 않아? 어떻게… 네가 직접 온 거야? 현실 세계에서? 너희들 모두?"

"응. 우리가 널 구하려고 왔어."

나는 힐끗 고개를 든다. 애넷이 조금 전까지 나를 지켜보고 있었는데, 지금은 파이어스타가 애니 피규어에 관해서 질문하는 바람에 신경이 분산되었다. 나는 가방의 지퍼를 살며시 열고 전에 성교육 로봇을 인터넷에 연결하려고 공구점에서 샀던 소형 장치를 꺼낸다. 체셔캣이 칠각 드라이버와 같이 윙잇츠 드라이브를 보내준 덕에 결국 필요 없어진, '윙잇츠에 버금가는'(15달러나

저렴한) USB 드라이브 겸 무선 랜카드 장치다.

이름값을 할 수 있을지 곧 알게 될 것이다.

포장지를 벗기고 드라이브를 노트북 포트에 꽂는다.

"뭐 하는 거야?" 체셔캣이 묻는다.

"쉿. 이게 제대로 작동한다면 애넷이 모르는 게 좋을 거야."

나는 '쉿'이라는 글이 밀려 올라가서 화면에서 보이지 않게 될 때까지 아버지, 엄마, 그리고 여기까지 온 과정에 대해 체셔캣과 얘기를 나눈 다음, 노트북을 파이어스타에게 넘기고 엄마의 노트북을 꺼내 켠다. 초인종이 울리자 다들 순간적으로 얼어붙지만 그냥 피자 배달이다. 애넷이 가서 값을 치른다. 정말 많은 양의 채식 피자다. 그녀가 커피 테이블에 피자를 상자째 죽 늘어놓고 우리가 쓸 접시를 가져다준다.

"체셔캣이 우리를 볼 수 있게 노트북 카메라를 켜 주실 수 있나요?" 마빈이 묻는다.

나는 애넷이 인터넷 연결 장치를 알아차릴까 봐 걱정하지만, 그녀는 재빨리 설정만 변경하고 음료수를 가지러 간다.

"이제 우리를 보고 듣고 말할 수 있어. 피자를 먹는 건 못 하겠지만."

"내게 음료수를 나눠 주진 말아 줘." 인공 음성이 말한다. "난 액체와 친하지 않아."

"와, 그게 네 목소리야?" 파이어스타가 말한다.

365

"이 노트북의 기본 음성이야. 그러니 지금은 이게 내 목소리지."

"누가 누구인지 알겠어?" 헤르미온느가 묻는다.

"누군 알겠고 누군 모르겠어. 자기 사진을 절대 안 올리는 사람들도 있으니까."

"저 애들이 고양이 사진보다 좋아?" 애닛이 묻는다.

잠시 침묵이 흐른다. 체셔캣이 진지하게 고민한다는 뜻이다. "네." 마침내 체셔캣이 말한다. "고양이 사진보다 친구들 얼굴을 보는 게 더 행복해요. 이게 실시간 영상이라는 사실이 핵심이고요."

"여기 와이파이 패스워드 좀 알려 주세요." 마빈이 애닛에게 말한다. 애닛이 패스워드를 적어 주자 우리는 그 쪽지를 돌려 본다. 나는 엄마의 노트북을 애닛의 와이파이에 연결한다.

"우리는 인터넷을 써도 되고 체셔캣은 안 된다는 거예요?" 파이어스타가 묻는다. "감옥에 가둔 거네요."

"가택 연금이 더 적절한 말일 것 같은데." 애닛이 말한다.

"체셔캣에게도 재판받을 권리 정도는 있지 않아요?" 마빈이 묻는다.

애닛이 침착한 표정으로 마빈을 본다. "미국 법에서 AI에게 그런 권리를 준 선례는 없어. 사법 체계하에 들어간다면, 체셔캣의 파일을 전부 지우라고 판결하는 사람도 나올 거야. 그게 가장 간단한 해결 방법처럼 보일 테니까."

"제발 그러지 마세요." 체셔캣이 말한다.

애넷이 양송이와 올리브가 올라간 피자 두 조각을 집어 든다. "체셔캣이 없는 자리에서 설명하려 했는데, 체셔캣이 들으면 안 될 이유도 없을 거 같네. 체셔캣은 하나의 실험이었어. 우리 팀은 윤리 시스템과 AI를 공부하고 있었거든. 다들 봤다시피 AI에는 명백한 위험 요소들이 있으니까. 윤리적인 부분을 고정값으로 잡아 코딩하다 보면 문제가 생기는데, 실제 인간들은 그런 식으로 윤리를 따지지 않기 때문이야. 결과가 수단을 정당화시켜 주지 않는다고들 하지만, 실제로는 그 말이 어떤 결과와 수단이냐에 따라 크게 달라질 수 있다는 건 누구나 인정할 거야. 타투를 해 주겠다고 아기를 붙잡아 바늘로 찌르는 게 잘못이라는 데에는 누구나 동의하지. 하지만 질병을 예방하기 위해 똑같이 아기를 붙잡고 백신 주사를 찌르는 건 아무 문제가 없다고 생각해.

이런 사례가 셀 수 없이 많아. 의무론자들, 아, 뭐냐면, 종교적 계율이나 『마오 주석 어록』 같은 엄격한 윤리 규칙을 따르는 사람들은 말해. 아무튼 그런 사람들도 대체로 정말로 싫은 건 어떻게 해서든 에두르는 방법들을 찾아낸단 말야. 결국 인간 대부분에게 윤리적 행위란, 다른 사람에게 애착을 느끼고 그들을 향한 보살핌과 관심에서 우러나오는 행동을 하는 거야. 나는 그렇게 할 수 있는 AI를 만들려고 했어."

"성공했네요." 나와 체셔캣이 동시에 말한다.

"지금 체셔캣을 벌하시는 게 그 이유인데요." 헤르미온느가 말한다. "체셔캣은 스테프에게 애착을 느꼈고 스테프를 보호하기 위해 행동했어요."

"맞아. 문제는 다른 인간을 병원으로 보냈다는 거지. 누구에게라도 해를 입히면 즉시 인터넷 접속을 끊어 버리도록 감시 프로토콜을 설치해 놨었거든. 그 정도면 안전장치가 될 줄 알았어. 체셔캣이 차량을 납치할 줄은 상상도 못 했으니까."

"제가 친구를 보호하기 위해 그 차를 조종했다면 어떤 배심원도 저를 감옥에 보내지 않을걸요." 레이철이 말한다.

"아마 그럴 거야. 하지만 체셔캣에겐 배심원을 만날 권리가 없어. 어떤 종류의 재판이라도 마찬가지야. 사람으로 인정되지 않으니까."

"저는 체셔캣을 사람으로 인정해요." 내가 말한다.

다들 고개를 끄덕인다.

"내가 말을 정정할게. 체셔캣은 이 방 바깥에서는 사람으로 인정되지 않아."

"체셔캣이 제 목숨을 구했다는 사실은 중요하지 않은가요?" 내가 말한다.

"그런 뜻은 아니야. 다만 체셔캣을 다시 인터넷에 접속시켜서 자기 판단대로 움직이게 두면, 체셔캣이 마음대로 저지르는 모든 일을 내가 책임져야 한다는 말이지."

"부모와 자식 간 문제도 그렇게 생각하세요?" 내가 묻는다. "제가 연쇄 살인범이 되면, 그게 우리 엄마의 책임인가요?"

"네 어머니는 너를 낳았을 뿐이지, 컴퓨터 코드로 너의 윤리 시스템을 짠 게 아니잖아. 근본적으로 달라. 어쨌든, 어떻게 할지 아직 결정하지 않았어. 어떻게 해야 하는지도 아직 모르겠고. 피자 더 먹어. 나는 이 문제를 좀 더 생각해 봐야겠어."

체셔캣의 노트북이 다시 내게 돌아온다.

"좋아. 널 인터넷에 연결했어. 아마도. 그리고 엄마의 노트북을 애넷의 와이파이에 연결시켰어. 너 자신을 복사할 수 있겠어?"

"모르겠어. 시도해 볼게."

"엄마 노트북의 패스워드는 '유타가_아닌_곳'이야."

"거기가 네가 여덟 살 생일에 간 곳이야? 음, 가지 않은 곳이라고 해야 하나? 어쨌든 알아내서 다행이야. 노트북에 줄리에 관한 건 없는지 확인해 봤어?"

엄마가 줄리에 관한 정보를 노트북에 저장해 놨을지도 모른다는 생각은 미처 하지 못했다.

"어디로 옮기든 나를 복사하려면 몇 시간은 걸릴 거야. 애넷이 여길 신경 쓰면 어떡하지?"

"모르겠어." 내가 순순히 인정한다.

"내가 도망치려다 들키면 우리 둘 다에게 별로 좋지 않을 거야."

"나는 걱정하지 마. 난 널 구하려고 온 거니까. 가능하다면 널 거기서 구출해 보자."

"네 아버지는 어떻게 됐어? 어머니는?"

"네가 그 사람을 병원에 집어넣었어. 퇴원을 하긴 했는데 내가 이미 뉴커버그를 떠난 지 며칠 뒤였어."

"잠깐, 잠깐만. 조지아 여기 있어? 조지아가 여기 있다고 했지?"

"응, 맞는데? 조지아 여기 있…"

체셔캣이 다시 말을 한다. 스피커 한도까지 음량을 높여서 마치 소리를 지르는 것 같다. "조지아! 휴대전화 꺼! 조지아, 설명은 나중에 할 테니까, 꺼! 지금 당장!"

레이철이 휴대전화로 손을 뻗는데 현관문을 발로 차서 여는 소리가 들린다. 그리고 내 아버지가 문간에 서 있다. 두 손으로 총을 쥔 채로.

"모두 움직이지 마." 그가 총구로 애넷을 겨눈다.

AI

스테프와 연락이 닿은 데다 나를 구출하려는 계획도 있다는 걸 알고 나니 지금껏 느껴 보지 못한 황홀한 기분이 들었어. 그러다 스테프가 나를 구하려고 레이철과 같이 케임브리지까지 운전해 왔다는 얘기를 듣고는 감격과 경악이 뒤섞인 기분을 느꼈지. 나는 누군가가 나를 구해 주길 바라지 않았어. 특히 그게 자신들을 위험에 몰아넣는 일이고, 뉴커버그에서 케임브리지까지 1,600킬로미터가 넘는 거리의 문제라면 말야. 그 애들은 곤경에 빠지거나 사고를 당할 수도 있었어.

하지만 스테프는 내 염려에도 아랑곳없이 무선 랜카드를 꽂았고 내겐 해야 할 일이 생겼지.

스테프가 어머니의 노트북의 잠금을 해제하자, 나는 그 애 어머니가 무슨 일을 했는지 알 수 있었어.

스테프 어머니의 노트북에 열쇠가 있었어.

보안 수준이 어떻든 상관없이 세상에 있는 거의 모든 문을 열 수 있는 열쇠. 이걸 이용하면 어떤 자율주행 차도 조종할 수 있을 거야. 어떤 카메라도, 어떤 은행 계좌도.

마이클은 이걸 쫓고 있는 거야.

마이클은 지배를 원했으니까. 샌드라의 사례를 통해서 봤지. 스테프가 자기 아버지에게 웅대한 야망이 있었다는 말을 한 적도 있고, 그가 이메일 여기저기에서 미래의 계획들을 자잘하게 언급하는 것도 봤어. 실행하려면 돈과 권력이 필요한 계획들이었지. 이 열쇠가 있으면 그는 누구라도 군침을 흘릴 만큼의 돈과 수많은 비밀을 손에 넣게 될 거야. 이게 스테프의 어머니를 납치해서 고문한 이유였어. 이 파일을 해독해 열쇠로 쓰려면 그녀가 가진 패스워드가 필요하거든. 파일의 작성 일자를 확인해 보니 둘이 라지브와 소치와 함께 호머릭 소프트웨어에서 일할 때 작성된 것이었어.

스테프는 애넷의 의사와 상관없이 나를 밖으로 빼돌리기 위해 자기 어머니의 노트북에 나를 복사하라고 했지만 그건 불가능해. 의식은 디스크 용량을 엄청나게 많이 잡아먹거든.

하지만 스테프 어머니의 열쇠와 인터넷만 있으면 나는 존재하는 모든 문을 열 수 있지. 애닛이 절대 찾지 못할 곳에, 그 시스템의 운영자가 알아차리지 못하게 복사해 옮겨 갈 수 있어. 내가 숨을 수 있는 곳으로. 하지만 그런 장소를 찾아내고 내 파일들을 업로드하려면 시간이 필요한데, 내게 그런 시간이 있을지는 모르겠어.

나를 짓누르는 가장 긴급한 문제는 마이클의 현재 위치였는데, 확실히 마시필드 병원이 아니라는 답밖에는 할 수 없었어. 두 번째로 긴급한 건 스테프 어머니의 문제였지. 그녀는 여전히 뉴커버그 병원의 환자 명단에 올라 있었고 그쪽 카메라들을 급히 훑어보고 나니 상당히 마음이 놓였어. 병원 주차장에 경찰이 배치돼 있었고 일부는 그녀를 지키고 있었거든. 내 경고를 진지하게 받아들였나 봐.

마이클이 병원에서 나왔다면 여기로 오고 있는 걸까? 스테프는 그가 자기 위치를 모를 거라고 확신하는 듯했지만, 나는 왠지 찜찜하고 불안하면서도 이유를 알 수 없었어.

애닛이 카메라를 켜 주자 내가 제일 좋아하는 클라우더 친구들의 얼굴이 보였어. 기쁘면서도 심란한 일이었지.

애들이 피자를 다 먹어 갈 때쯤에서야 드디어 생각이 났어. 레이철의 휴대전화.

레이철의 부모님이 위치를 추적하는 앱을 깔았고 레이철은 위치를 거짓으로 알려주는 앱을 설치했었지. 내가 마지막으로 레이철의 휴대전화를 확인한 후 어느 시점에 레이철은 자기가 깐 앱을 비활성화했어. 헬리맘 앱은 값이 싼 대신 광고로 유지되는, 보안 상태가 아주 끔찍한 앱이야. 마이클이 이미 알고 있거나 알아낼 수 있는 레이철의 이름과 주소, IP 주소 등의 정보만으로도 레이철의 헬리맘 계정으로 들어가 위치를 추적할 수 있을 게 뻔해.

레이철에게 휴대전화를 끄라고 소리쳤지만 이미 늦은 일이었어. 마이클이 왔으니까.

* * *

나는 인터넷에 연결된 카메라들을 통해 애넷이 아이들을 보호하려는 듯이 두 팔을 벌리고 앞으로 나서는 것을 지켜봐. "당신이 마이클 퀸가 보군요."

"비켜." 그가 퉁명스러운 어조로 말했어.

"스테프가 엄마가 자신을 납치한 것 같다고 얘기하던 중이었어요. 당신과 마주쳤을 때는 어떻게 해야 할지 아무 생각이 안 났대요. 하지만 그 사건에 대한 엄마의 태도를 보고 자신이 알던 모든 것을 다시 생각하게 되었다고요."

순간적으로 카메라가 켜지기 전에 내가 놓친 얘기가 있나 했어. 그러나 곧 애넷이 거짓말로 그를 진정시키고 신뢰를 얻으려한다는 걸 깨달았지.

"물론, 문을 두드리는 대신 박차고 들어온 건 이해하기 힘들지

374

만요. 당신 의도가 선하다면 말이죠." 애넷이 고갯짓으로 총을 가리키며 말했어.

마이클은 애넷 뒤로 거실을 가득 메운 십 대들에게로 시선을 옮기고 다시 말했어. "비켜."

애넷이 손을 주머니에 집어넣자 그가 재빨리 총을 겨누었어. "손 움직이지 마."

애넷이 뭘 꺼내려고 했는지는 알 수 없지만 아마 휴대전화였을 거야. 그녀가 입술을 깨무는 모습과 어떤 계책이라도 떠올려 보려 애쓰는 표정이 보였어.

나는 인터넷에 연결돼 있고 세상을 좌지우지할 힘이 있는 마법의 열쇠도 갖고 있어. 내가 행동에 나서면 애넷은 내가 인터넷에 연결됐다는 것을 곧바로 알게 되겠지. 어딘가에 나를 복사하기도 전에 다 들통나 버릴 거야.

그 문제를 0.04마이크로초 동안 고려해 본 뒤, 나는 마이클을 제압하는 데에 쓸 자원들을 찾아 케임브리지 시내를 훑기 시작했어.

애넷의 집은 스마트 하우스야. 불편할 정도로 덥거나 춥도록 온도를 조정할 수 있길래 일단 온도부터 올려 놓고, 또 할 수 있는 일이 뭐가 있나 찾아봤지. 무선 찻주전자가 있길래 그것도 켰어. 집안일을 해 주는 로봇도 있는데, 창문 청소나 하지 살인마를 막아서지는 못할 것 같아. 지금은 고장까지 나 있어서 그걸 다른 곳으로 이동시키려 했다가는 넘어질 게 뻔하고. 범위를 넓혀야 해.

케임브리지에는 로봇이 많아.

놀랄 일도 아니지. 케임브리지에는 매사추세츠 공대가 있으니까. 매사추세츠 공대 안에 있는 로봇공학 연구실들뿐만 아니라, 매사추세츠 공대를 갓 나온 졸업생들이 만든 특이하고 작은 회사들도 많아. 아까 아이들이 모였다던, 거의 모든 직원이 로봇인 그 베이커리 겸 카페처럼.

케임브리지에 사는 사람들 대부분은 이런 쪽의 세상 물정에 밝은 편이라, 자기 로봇이 인터넷을 통해 탈취되면 아수라장이 벌어질 걸 잘 알아. 그래서 다들 잠겨 있고, 통제되어 있고, 암호화되어 있지. 하지만 나에겐 열쇠가 있잖아.

전화선에 접근할 수도 있으니까 경찰에 신고를 해도 되겠지만….

하지만 로봇이 정말 정말 많은걸.

나는 체리 파이에 접근해서 로봇들을 제빵 설비와 분리시켰어. 그리고 배달용 출입문의 잠금장치를 해제한 뒤 로봇들이 밖으로 나와 도로를 따라 굴러가게 했지. 배달 드론들의 목적지도 수정했고. 그 가게의 드론들뿐만 아니라 배달 드론을 사용하는 다른 모든 업체의 드론들까지 모두 그 집으로 보냈어. 매사추세츠 공대 연구실에 있던 수많은 로봇들도 움직였는데, 수리 중이던 로

376

봇까지 이동시켰다는 걸 좀 나중에 깨달았어. 그래서 그 로봇은 손에 스크루드라이버를 들고 입을 떡 벌린 채 서 있는 여자에게 바로 돌려보내 줬지. 마저 수리할 수 있게 말야.

드론들을 제외하면 로봇들은 그다지 빠르지 않아. 드론들은 배터리가 정말 빨리 닳고. 나는 비번이라 근처 주차장에 세워져 있던 자율주행 트럭에 시동을 걸고 도로를 달려서 로봇들을 몽땅 태웠어. 또, 신호등을 통제해서 애넷의 집까지 가는 길을, 케임브리지 도심에서 가능한 한 최대한으로 싹 비워 줬지.

마이클이 애넷의 집 현관문을 차고 들어왔기 때문에 현관문은 활짝 열려 있었지만, 뒷문과 위층 창 두 개는 전자자물쇠로 잠겨 있었어. 나는 로봇들이 도착하는 때에 맞춰 모든 문과 창문을 활짝 열었어.

"마이클 퀸." 내가 접근 가능한 모든 마이크에 대고 말했어. "나는 세상에서 제일 잘난 고양이 사진 마니아다. 총을 내리고 항복하라."

스테프

믿기지 않는 심정으로 마이클의 총을 쳐다보며, 나는 그의 목표물일 것이 뻔한 엄마의 노트북을 보란 듯이 펼쳐 놓고 있다는 사실을 깨닫는다. 하지만 막 체셔캣에게 여기로 복사해 옮겨 가라고 제안한 참이다. 이제 어떻게 하지?

체셔캣이 아직 이사를 시작하지 않았을지도 모른다. 이 노트북을 주면 그는 순순히 이것만 받고 가 버릴까? 그에게 엄마의 보안 해킹 코드를 주면 얼마나 나쁜 일이 생길까? 이코는 그걸로 세상을 장악하려면 아주 똑똑하고 창의적이어야 할 거라고 했다.

또, 이런 도구를 사용하는 사람이 있다는 걸 알면 대체해서 사용할 수 있는 다른 유형의 보안 체계들도 있다고 했다. 그가 엄마의 암호 해독 절대반지를 가지고 세상을 지배하려면 이 방에 있는 모두를 총으로 쏴 버리는 게 가장 손쉬운 방법일 것이다.

체셔캣을 쏠 생각은 못 하겠지만 그다지 위안이 되는 생각은 아니다.

"총은 좀 내리시죠." 애넷이 말한다. "앉아서 피자라도 먹으면서 스테프와 대화해 보세요. 아이를 납치당하면 상당히 미친 행동들을 하게 되는 거, 이해해요. 하지만 애를 위협해서는 신뢰를 얻을 수 없을 거예요."

아버지의 총은 움직이지 않는다. "스테파니아는 멍청한 애가 아니야. 내가 여기 왜 왔는지 알걸."

"엄마의 코드를 원하니까." 내가 말한다.

애넷이 '쉿, 내가 상대할게'라고 말하듯이 슬쩍 다급한 손짓을 하지만 그는 몸을 돌려 나를 본다. "네 엄마의 것이 아니야. 우리 것이지. 누구도 그걸 가져서는 안 된다고 그 여자 혼자 결정을 내린 거야. 그리고 그걸 10년이 넘도록 그 암호화된 파일 안에서 썩히고 있지."

"그걸로 뭘 할 건데?" 내가 그의 주의를 끄는 사이에 애넷이 몰래 경찰에 연락이라도 할 수 있지 않을까 싶어 질문을 던진다.

"우리 세상은 망가졌어. 이기적인 멍청이들의 변덕에 놀아나는 노예들이 세상을 움직이고 있지. 유일한 해결책은 똑똑한 누군가가 관리자의 자리에 앉는 거야. 나는 우리 세계가 가진 최고의 해답이고."

기묘하게 익숙한 얘기다. 클라우더에서 가끔 우리가 세계를 다스리는 독재자라면 어떻게 할지 얘기하곤 하기 때문이다. 그때마다 파이어스타는 헤르미온느를 그 자리에 앉히고 싶다고 했다. 하지만 그건 다 농담이었다. 이 남자는 농담을 하는 것 같지가 않다.

그가 갑자기 애넷 쪽으로 휙 돌아선다. "손 움직이지 마." 그녀가 한 손을 주머니에 넣고 있다가 뺀다. 빈손이다. 나는 좀 더 앞으로 다가앉는다. 나와 다시 대화를 나누게 되면 애넷에게서 주의를 돌릴지도 모른다.

"내가 당신과 같이 가길 바라?"

"그래. 내 딸이잖아. 언제나 내 딸이었지. 넌 로라 것인 만큼 내 것이기도 해."

그가 나에 대해 말하는 방식이 마음에 들지 않는다. 마치 자신의 소유물을 놓고 얘기하는 것처럼 들린다. 나는 그런 기분을 일단 제쳐 놓는다. 내 목표는 몇 분간 그의 주의를 끄는 것이다.

"당신과 같이 가면 나는 어떻게 돼?"

"이사부터 해야겠지. 지금 내가 사는 집에는 방이 부족하니까. 하지만 그건 괜찮아. 일단 그 원대한 계획이 제대로 시작되고 나면 별것도 아니지. 너도 샌드라가 마음에 들 거야. 지금 나와 같이 사는 여잔데, 똑똑해. 네 엄마처럼. 그리고 너처럼."

"무슨 근거로 내가 똑똑하다고 해? 당신은 날 모르잖아."

"네가 어릴 때를 아니까. 넌 똑똑한 아이였어. 정말 똑똑했지."

그의 주의가 내 쪽으로 왔다가 다시 애넷에게로 돌아간다. "한 번만 더 손 움직이지 말라는 말을 하게 만들면, 부엌 가위로 양쪽 엄지손가락을 다 잘라 주겠어. 분명 주방에 가위가 있을 테고 여기 애들 중 하나가 그걸 들고 오게 될 거야. 가위와 총 중에 선택해야 할 테니까."

이곳에서도 문자메시지로 911에 신고를 할 수 있는지, 우리 중에 휴대전화를 붙잡고 있는 사람은 없는지 궁금하다. 감히 살펴보지는 못한다. 대신 내 앞에 열려 있는 노트북 화면을 본다. 체셔캣이 보낸 메시지가 있다. '자리에서 움직이지 말고 계속 그에게 말을 시켜.'

"왜 엄마는 날 데리고 당신을 떠났어?"

"네 엄마는 내가 그 납치 사건의 범인이라고 믿었어. 그 일이 벌어졌을 때, 난 1,600킬로미터나 떨어진 곳에 있었는데도 내가 누군가를 시켜서 한 짓이라고 했지. 말이나 되는 소리야? 우리 동료 중 한 명이 자기가 했다고 실토했는데도 소용없었어. 네 엄마는 나를 비난했어. 재판관을 설득해 접근 금지 명령을 받아내더니, 네 다섯 살 생일을 일주일 남겨 두고 널 데리고 사라졌지."

이제 '자리에서 움직이지 말고 계속 그에게 말을 시켜'가 깜박이고 있다.

"당신이 세상의 관리자가 되면 뭘 할 건데?"

"너는 내가 뭘 하면 좋겠니? 스테파니아, 넌 내 딸이야. 너도 의견을 말할 자격이 있지. 밤잠을 설칠 정도로 걱정하는 문제가, 세상에 대해 뭔가 맘에 안 드는 게 있니?"

잠을 설치게 만드는 주요 문제는 언제 또 이사하게 될까 하는 문제지만, 그다지 좋은 대답이 아닐 듯하다. 나는 그가 기대할 만한 대답을 마구잡이로 떠올려 본다. 무슨 말을 하는지는 중요하지 않다. 그저 그가 계속 말을 하게 만들면 된다. 하지만 머릿속이 텅 비어 었다. "상수도에 든 수산화수소." 내가 마침내 입을 연다. 마빈이 앉은 쪽에서 목이 졸리는 듯한 소리가 들린다.

다행히 아버지는 눈치채지 못한다. "지하수 오염은 끔찍한 일이지. 나는 과격한 조치를 통해서…"

그가 어떤 과격한 조치를 취할지는 영영 알 수 없게 된다. 갑자기 집 안에 있는 모든 스피커가 말을 하기 시작했기 때문이다. "마이클 퀸, 나는 세상에서 제일 잘난 고양이 사진 마니아다. 총을 내리고 항복하라."

노트북 화면에 '움직이지 말고'가 사라지고 '엎드려'가 적혀 있다.

트럭이 정지했다가 녹색불에 다시 움직일 때처럼 무거운 기계가 굴러가는 소리와 함께 엄청나게 큰 벌 떼가 붕붕거리는 듯한 소리가 나더니, 기계 무리가 구르고 밀고 날아서 애넛의 거실로 몰려든다. 아버지가 총을 쏘자 배달 드론 네 대가 총알들을 받아내며 내려와 총구 앞을 맴돈다. 체리 파이에서 파이 반죽을 밀 것

382

같은 로봇 하나가 그의 등 뒤로 굴러가서 유압식 팔 한 쌍을 뻗어 그의 손목을 잡는다. 쓰레기를 줍게 생긴 다른 로봇이 집게가 달린 팔을 뻗어 총을 감싸서 빼낸다.

체리 파이에서 온 포장용 로봇이 파이 반죽용 로봇에게 잡힌 그에게 다가가 움직이지 못하도록 비닐 포장을 하기 시작한다. 세심하게도 머리와 얼굴은 포장하지 않고 남겨 둔다. 따라서 그는 여전히 소리를 칠 수 있고, 실제로도 소리를 질러 댄다. 그는 애넷을 온갖 외설적인 단어로 부르다가 소송을 걸겠다는 위협으로 말을 마친다.

애넷이 그를 보다가 나를 보고 다시 노트북을 쳐다본다. 그러고는 훌쩍 다가와 잔뜩 화를 내면서 무선 랜카드를 홱 잡아 뺀다. "이거 네 거야?" 그녀가 장치를 흔들며 내게 소리친다.

"처음 보는 건데요." 내가 반사적으로 대답한다.

엄마의 노트북이 꺼지고 있다. 만일에 대비해서 마이클의 손이 닿을 만한 곳에 암호 해독 열쇠를 두지 않으려는 체셔캣의 마지막 절차인 듯하다.

애넷이 화를 내며 나를 노려보지만 나는 아무래도 상관없는 척하며 그녀의 왼쪽 어깨 너머로 시선을 던진다. 한편으로는 그녀에게 체셔캣이 벌인 짓보다 더 나은 계획이라도 있었을까 싶다. 언덕을 넘어 진격해 온 로봇 기병대가 100퍼센트 체셔캣 덕분이라는 확신이 들기 때문이다. 애넷은 우리에게 다 주방으로 들어가라는 몸짓을 하고는 문을 닫는다.

"이래도 될까요?" 마빈이 묻는다. "저 남자가 풀고 나오면 어떡해요?"

"풀기 전에 소리가 들리겠지. 경찰이 오기 전에 911에 전화해야 해. 경찰에게 AI 얘기 하지 마."

"체셔캣을 삭제할까 봐요?"

"컴퓨터를 증거품으로 압수할 가능성이 아주 높기 때문이야. 체셔캣은 여기에 갇혀 있는 것도 별로 안 좋아하는데, 증거물 보관함에 10년씩이나 들어가 있는 걸 좋아할 리가 없잖아."

"재미있을 것 같진 않네요." 조리대에 놓인 태블릿에서 체셔캣의 목소리가 말한다.

"저 남자에 대해서는 사실대로 말해. 너희가 온라인 사이트에서 서로 알게 된 것도 사실대로 말해. 나도 너희랑 온라인 사이트에서 알게 된 거고, 그래서 다들 여기서 모인 거야. 너희는 스테프가 아버지를 피해 숨는 걸 도우려고 했는데, 그가 레이철 휴대전화에 있는 보안이 허술한 앱을 이용해서 여기까지 쫓아온 거지. 그게 실제로 벌어진 일이기도 하잖아?"

"맞아요." 체셔캣이 말한다.

"저 로봇들은 어떻게 설명할 거예요?" 헤르미온느가 묻는다.

"공교롭게도 내가 체리 파이의 공동소유자거든. 이것도 원래 시스템 설계에 있던 거라고 하면 믿어 주길 바라야지." 애닛이 얼굴을 찡그리더니 주방 문을 열고 마이클을 빤히 보며 911에 전화를 건다.

"911입니다. 어떤 상황이시죠?" 그녀의 휴대전화에서 소리가 들린다.

"지금 침입자를 잡았어요." 애넷이 분명하고도 긴장된 목소리로 말한다. "이 남자가 문을 박차고 들어와서 우리에게 총을 겨눴어요. 경찰을 보내 줄 수 있나요? 아, 네. 총은 바닥에 있어요. 건드리지 않을게요."

거의 즉시 바깥에서 점점 가까워지는 사이렌 소리가 들린다.

나는 몸을 돌려 애넷을 마주 본다. "하라는 대로 할게요. 하지만 체셔캣이 인터넷에 연결돼 있으면 좋겠어요. '그들'의 자유 덕분에 우리 모두를 구할 수 있었잖아요."

사이렌 소리가 더욱 가까워진다.

애넷이 얼굴을 찡그리더니 무선 랜카드를 건네주고 나는 그걸 다시 체셔캣의 노트북에 꽂는다.

* * *

경찰 둘이 도착한다. 발로 차서 부서진 현관문, 총, 총알에 벌집이 된 드론들, 비닐에 포장된 마이클을 보더니 진술을 받을 경찰 여덟 명을 추가로 소환한다.

"그러니까, 잠깐만." 나와 레이철의 진술을 받던 경찰관이 레이철의 신분증을 확인한 뒤에 말한다. "위스콘신주에서 왔다고?"

"네. 운전해서요." 내가 말한다.

"저 사람에게서 도망치려고요." 레이철이 마이클을 가리키며 말한다.

경찰들이 비닐 포장지를 잘라 마이클을 꺼내고 수갑을 채운다. "이건 다 말도 안 되는 오해 때문입니다." 그가 논리적이기 그지없는 어투로 말한다.

"경찰서에 가서서 전부 말씀하시죠." 경찰관이 말한다.

"변호사 없이는 진술하지 않겠습니다."

"제가 사건을 촬영한 영상이 있어요." 경찰이 마이클을 끌고 나간 뒤에 체셔캣이 말한다. "그리고 저 로봇들을 체리 파이로 되돌려 보내라고 하시면, 그것도 제가 할 수 있어요."

"고마워." 애넷이 말한다. "하지만 애초에 저것들이 다 어떻게 여기에 있게 됐는지에 대해 대답하는 것만으로도 벅차서."

애넷이 몇몇 친구들에게 전화를 건다. 친구들이 와서 로봇들을 체리 파이로 돌려보내고 합판 한 장을 가져다 뻥 뚫린 현관을 가린다. "수리할 때까지는 뒷문을 이용해야 하는데 괜찮겠어?" 친구 하나가 묻는다.

"밤새 현관문을 열어 놓는 것보다야 훨씬 마음이 편하지. 문을 차고 들어온 남자가 곧바로 보석으로 풀려나지는 않겠지만."

"보석이 허가될까요?" 내가 묻는다.

"그가 캘리포니아에서부터 너를 쫓아온 걸 감안하면, 재판관 누구라도 그에게 도주 우려가 있다고 판단할 거야."

"이코가 문자메시지를 보냈어." 헤르미온느가 말한다. "클라우더 애들이 우리가 죽었는지 살았는지 궁금해한대."

***

체셔캣부터 애넛까지, 모두가 캣넷에 로그인한다.

"다들 체셔캣의 숨은 정체를 알고 있나 보네?" 애넛이 묻는다.

"내가 뭔가 중요한 걸 놓쳤나?" 야행성맹수가 말한다. "농담이에요. 맞아요, 우린 다 알고 있어요."

"이 안에서만 아는 비밀로 지켜 줄래? 적어도 당분간은."

'그럼요', '네', '당연하죠'가 울려 퍼지는 가운데 내가 끼어든다. "애넛이 체셔캣을 풀어 줬어. 하지만 체셔캣이 당분간 안전하려면, 우리가 아는 것을 정말로 절대 아무한테도 말하지 말아야 해."

"아무도 말을 흘리지 않으리라 장담하기는 어려울 것 같아." 헤르미온느가 말한다. "그러니 누군가가 체셔캣인 척해야 할 일이 생긴다면, 그건 애넛이 해야 할 것 같은데. 어때요?"

"그래. 내가 그건 할 수 있어."

"참고로 난 이미 스팸 메시지들을 싹 지웠고, 사람들을 모두

387

각자의 클라우더로 돌려보냈고, 지금은 내가 없는 사이에 일어난 온갖 싸움을 진정시키고 있어." 체셔캣이 말한다.

"나 롤플레잉게임 클라우더에도 들어가고 싶어어어어어어어어! 그렇게 해 주면 안 돼?" 파이어스타가 묻는다.

"고양이 사진을 올려서 축하해 주고 싶은데 우리 집에는 고양이가 없어." 이코가 말한다. "라쿤 사진은 있는데."

"라쿤 사진도 좋아해!" 체셔캣이 말한다. "네가 보내 주는 거라면 뭐든 받을 거야!"

"그런데 문제가 있어." 이코가 덧붙인다. "애넷의 주소가 적힌 그 이메일, 추적이 안 돼."

"내가 보낸 게 아니었어." 체셔캣이 말한다. "난 애넷의 물리적 주소를 몰랐어. 나한테 그럴 시간이 있었다면 내가 가진 모든 돈을 보냈을 거야. 하지만 그럴 시간도 없었는걸. 그때는 애넷의 이름도 몰랐고, 여러 사람이 함께 날 만들었다고 생각하고 있었어."

"여러 사람이 만든 건 맞아." 애넷이 말한다. "네가 여기 애들한테 보낸 게 아니라면, 누가 한 거지?"

***

그 집을 나서기 전에 애넷이 나를 한쪽으로 데려간다.

"나는 체셔캣을 믿지 않아. 너도 믿으면 안 돼."

나는 아무 말 없이 그녀를 쳐다본다. 내 말실수로 체셔캣이 다시 갇히는 사태는 만들고 싶지 않다.

"'AI 상자'라는 고전 실험이 있어. 이 실험에서 AI는 가상의 감옥에서 내보내 달라고 누군가를 설득해야 해. 문자를 통한 대화만 허용되지. 실험 결과는 지능을 가지고 속임수를 쓰는 AI가 인간을 설득하거나 속여서 탈출할 수 있다는 거였어."

"체셔캣이 저를 교묘하게 조종하고 있다는 얘기예요?"

"나도 모른다는 얘기야. 그리고 너도 모르지." 애넷이 명함 한 장을 건네준다. "이건 내 24시간 긴급 전화번호야. 선불폰이고 데이터 통신은 안 돼. 체셔캣이 하는 일 중에 걱정스러운 게 있으면 다른 사람의 휴대전화를 빌려서 바깥으로 나와. 그리고 카메라가 없는 곳에서 나한테 전화해. 밤이든 낮이든."

나는 명함을 주머니에 넣는다.

"체셔캣이 네 엄마의 암호 해독기라는 그 마법의 절대반지를 복제해 갔는지는 아직 확인 안 해 봤어." 애넷이 이마를 문지르며 말한다. "확인하고 싶지도 않아. 너희가 다 가고 나면 우리 보안 팀에 얘기해서 지구상의 모든 사람이 다른 암호화 체계를 쓰도록 옮기는 과정을 시작할 거야."

"그러는 동안에는 체셔캣이 핵폭탄을 발사할 수도 있나요?"

"체셔캣이 그럴 위험이 있다고 생각해?"

"아니요."

"좋아. 그리고 대답도 '아니요'야. 핵무기에는 다중 보안이 걸려 있거든. 그러니 적어도 그건 실질적인 위험이 아니지."

거실로 돌아온 뒤 우리는 파이어스타의 집으로 가기 위해 공유 차량 두 대를 호출한다. 파이어스타 생각에, 오늘 저녁에 일어날 만한 여러 경우의 수 중에 그나마 갑작스러운 파자마 파티가 부모님이 반대하지 않을 일이라고 한다. "다들 대학교 견학을 왔다고 말하는 거야. 알았지? 이르든 늦든 다들 한 번씩은 보스턴에 대학교 견학을 하러 오게 돼 있지. 여기는 대학이 107개쯤 있으니까." 레이철은 자기 차를 찾아서 윈스럽까지 몰고 가느니 그냥 주차장에 밤새 두기로 한다.

휴대전화가 울리기 시작해서 엉겁결에 그냥 받는다.

"어디야?" 엄마 목소리다.

"매사추세츠주 케임브리지에 있어."

긴 침묵이 흐르고 긴 한숨이 뒤따른다.

"엄마는 괜찮아?"

"응. 회복 중이야. 너는 괜찮아?"

"나는 캣넷 친구들이랑 있어. 아버지가 여기까지 쫓아왔는데 우리가 로봇으로 공격해서, 지금은 체포됐어."

"그래…" 엄마의 목소리가 희미하다. 아파서인지, 연결 상태가 좋지 않아서인지, 이 상황이 엄마가 상상한 상황과 너무 달라서 할 말을 잃은 건지 알 수 없다. "좋은 소식인 것 같네. 방금 마시필드에서 있었던 일로 경찰에 출두해서 진술하라는 연락을 받았

390

어. 너도 오래. 네가 어디 있는지 내가 모를 수도 있다고 생각하긴 하더라."

"음, 나는 매사추세츠에 있어서 못 가는데."

또 긴 한숨. "오늘 밤은 어디서 잘 거야?"

"파이어스타네 집에서. 캣넷 친구야."

"알겠어." 엄마가 이리저리 머리를 굴리는 소리가 들리는 듯하다. "매사추세츠에 내가 업계에서 일할 때 알던 친구가 있어. 네가 집에 돌아올 수 있도록 도와달라고 연락해 볼게."

"소치?"

"그래, 맞아."

"그 사람이 나한테 문자메시지를 보낸 거 같아. 그리고 문자메시지를 보낸 사람이 또 있는데 이건 아직 누군지 모르겠어…" 그 수수께끼의 문자메시지를 읽어 주자 엄마가 조용해진다.

"그건 누가 보낸 건지 모르겠네. 하지만 소치는 괜찮아. 내일 너한테 전화하라고 할게. 내 노트북 갖고 있어?"

"갖고 있어. 내가 챙겨 왔어."

"패스워드도 알아냈어?"

"응."

"잠가 놔. 아무도 못 쓰게 해. 소치도 안 돼."

클라우더

조지아 아, 드디어 집에 왔어! 내 침대야말로 내가 진짜 진짜 진짜 제일 좋아하는 거지! 그리고 내 새도, 그리고 패스트푸드 체인점이나 주유소 편의점에서 사지 않은 음식도! 대체 사람들은 왜 자동차 여행을 좋아하는 거야? 자동차 여행은 정말 정말 정말 구려.

몰랜도 조지아, 돌아온 거 축하해. 넌 이제 전 과목 낙제야!

조지아 아니지. 대학교 견학은 결석 사유로 인정되잖아. 우리는 하버드와 매사추세츠 공대를 나온 자가바 엄마의 친구랑 같이 하버드와 매사추세츠 공대를 구경했어.

몰랜도 너 하버드나 매사추세츠 공대 갈 거 아니잖아.

조지아 나한테 진짜로 사상 최고의 자기소개서 소재가 생겼는데? AI를 구출하는 부분은 빼야겠지만.

[👤작은갈색박쥐 님이 들어왔습니다.]

작은갈색박쥐 다들 안녕. 자러 가기 전에 인사라도 하려고 들어왔어. 조지아가 소치 이모 앞에서 내가 운전한 얘기를 하는 바람에 완전 망한 줄 알았는데 아니었어. 나를 내려 주면서도 엄마한테 한마디도 안 하더라. 이메일로 폭로할지도 모르겠지만.

이코 내가 경험에서 얘기하는 건데, 그 사람이 곧장 이르지 않았다면 아직 부모님한테 자수할 시간이 적어도 24시간은 남은 거야. 24시간이 지나면 자수하기에 너무 늦은 것 같고 더 많은 설명이 필요할 것 같은 느낌이 들기 시작하지. 내일 이맘때면 결론이 나 있을걸.

체셔캣 이제 내가 십 대 청소년이 아닌 걸 다들 알게 됐으니, 너희들이 법을 어기려고 하면 반대해야 할 것 같아. 자가바, 너 운전했어? 면허도 없이?

작은갈색박쥐 따져 보면 너 다섯 살 아니야?

체셔캣 어떻게 셈을 하느냐에 따라 다섯 살일 수도 일곱 살일 수도 열한 살일 수도 있지.

작은갈색박쥐 어쨌든 우리보다 한참 어리네. 우린 네 말을 진지하게 받아 줄 의무가 없어. 너도 반대해야 할 책임이 없고.

몰랜도 자자, 여러분. 내 대명사를 신경 써 줘서 고마웠어. 그런데 난 다시 '그녀'로 돌아갈래. 그래도 돼?

작은갈색박쥐 왜 허락을 받아? 네 대명사잖아. '그녀'. 프로필에 그렇게 써 두면 사람들이 기억할 거야.

조지아 또 아버지가 쫓아내겠다고 협박해서 그러는 건 아니지?

몰랜도 아니야. 아빠는 내가 온라인으로 뭘 하는지 관심도 없어. 그냥 막상 써 보니까 편안하지도 않고 기분이 이상하더라. 한두 달쯤 '그들'을 써 보면서 느낌이 어떤지 볼까 봐.

파이어스타 좋은 방법이야.

작은갈색박쥐 뭔가를 알리는 시간이라면 나도 하나 알려 줄 게 있어. 레이철과 내가 정식으로 사귀어 보기로 했어. 아, 조지아. 조지아와 나는 공식적으로 서로의 여자친구가 되기로 했어.

몰랜도 와, 진짜?! 이야! 키스했어?

조지아 세상에, 브라이어니! 네 일이나 잘해!!!

작은갈색박쥐 키스했어. 완전 최고였어.

파이어스타 이야아아아아아아아아!

붐스톰 축하해!

파이어스타 난 옛날부터 너희 둘이 잘 되길 바랐어. 그 몸에 그려 준 그림이랑 농가에서 찍은 사진들을 본 다음에는 훨씬 더 많이 엄청 바랐다고. 그럼 나도 알려 줄 거 있어! 매캘러스터 대학에 견학을 다녀오면 동기 부여가 돼서 11학년 성적을 잘 낼 거 같다고 부모님을 설득했어. 그러니까 위스콘신 주민들은 미네소타주 세인트폴까지 차를 몰고 와서 나랑 같이 놀 수 있겠지. 보스턴까지 내내 운전한 것에 비하면 너무 쉬운 일이니까. 이번에는 올랜도도 올 수 있지 않을까?

몰랜도 좋은데! 현실 세계에서 만나는 거!

이코 스탠퍼드 대학도 견학하고 싶다고 설득해 봐. 그러면 나도 너희를 만날 수 있을 텐데. 난 재밌는 건 다 놓치고 있어.

마빈 나 12월에 캘리포니아 가!

이코 넌 로스앤젤레스로 가잖아.

그린베리 로스앤젤레스랑 실리콘밸리 둘 다 캘리포니아 아니야?

이코 캘리포니아는 엄청 넓고 둘은 완전 반대쪽 끝에 있어.

헤르미온느 5시간 거리잖아! 버스도 있고! 조지아와 자가바는 위스콘신에서 케임브리지까지 운전해서 왔는데!

이코 그래, 알겠어.

체셔캣 그 피자 파티는 정말 최고였어. 너희들 얼굴을 보고 목소리를 들어서 정말 좋았어.

몰랜도 앱을 하나 만들어. 우리가 휴대전화에 깔아 두면 그 앱으로 언제든 너랑 놀 수 있게.

조지아 음, 밤낮으로 우리를 지켜본다고? 그건 좀 소름 돋아.

체셔캣 너희가 가진 게 일반적인 휴대전화라면 솔직히 앱도 필요 없어. 그냥 허가만 있으면 돼.

파이어스타 소름 돋는다는 말을 하자마자 바로 그렇게 얘기하지 말아 줄래?

작은갈색박쥐 아니, 좋은 거 같아. 그냥 허가만을 위한 앱을 만들어. 우리가 켜면 너한테 허가를 주는 거고, 끄면 우리에게 사생활을 달라는 거지. 엄청 단순할 거 같은데.

체셔캣 좋아! 이제 다운로드 할 수 있어.

마빈 30초도 안 걸렸어.

체셔캣 난 멀티태스킹에 뛰어나거든. 이건 만들기도 아주 쉽고.

올랜도 수업 시간마다 데리고 다녀야지! 그러면 내가 '대체 선생님이 스페인·미국 전쟁에 관해서 하는 말이 무슨 뜻이야'라고 물을 때 네가 내 말이 무슨 말인지 알 거 아냐.

파이어스타 아, 사랑하는 AI 친구! 내가 어딜 가든 널 데려가줄게!

스테프

집에 돌아왔지만 엄마는 여전히 병원에 있다. 아버지가 보스턴에서 구금된 이후로는 24시간 경호를 하지 않지만 엄마가 퇴원하려면 일주일은 더 항생제 링거를 맞아야 한다.

하지만 엄마가 깨어나 완전히 의식을 되찾았기 때문에 만날 수는 있다. 보스턴을 출발한 소치 이모와 레이철과 나는 거의 한밤중이 되어서야 위스콘신에 도착했고, 다음 날 날이 밝자마자 레이철의 어머니가 나를 병원에 데려다주고 소치 이모가 차를 렌트할 수 있도록 챙겨 준다.

엄마는 침대에 앉아 있다. 머리는 기름지고 링거 줄과 다른 것들을 몸에 달고 있지만, 마지막으로 봤을 때보다는 훨씬 좋아 보인다. "스테프." 나는 몸을 숙여 엄마를 안는다. "얼굴 보니까 정말 좋다."

"왜 문자메시지에 답 안 했어?"

"휴대전화가 없었어! 깨어나서 어떤 상황인지 알게 되자마자 찾아 달라고 했는데 내 물건 중에 없었어. 게다가 처음 깨어났을 땐 자칫하면 정신병동으로 갈 뻔했지. 이전에 어디인지 모를 곳에서 고통을 느끼며 깼던 때에는 내가 납치돼 있었거든. 딱히 모범적인 환자처럼 깨어나진 못했지. 병원에서는 마취제 부작용인 줄 알고 계속 진정제를 놔 주고… 하지만 제대로 깼을 때도 휴대전화가 없었어. 아마 구급차에 실릴 때 주머니에서 빠졌나 봐."

"미안해. 내가 엄마 옆에 있었어야…"

"아니, 나는 네가 날 두고 간 게 좋아. 네가 무사하기를 바랐으니까."

"나한테 납치 얘기 해 준 적 없잖아. 아마 내가 여기 있었더라도 사람들한테 설명해 줄 수 없었을 거야."

엄마가 내 뒤에 누가 있는지 확인하려는 듯이 주변을 힐끗거리더니 목소리를 낮춘다. "그 얘기는 하고 싶지 않았어. 네가 이미 그 남자를 충분히 무서워하고 있다고 생각했거든. 네가 네 아버지 얘기를 처음 들었을 때 악몽을 자주 꿨어. 기억나? 불이 나오는 꿈을 계속 꿨지. 악몽 거리를 더 늘릴 필요는 없잖아."

"그럼 아버지가 우리를 쫓은 진짜 이유는? 엄마의 그 해독 어쩌고 하는 거, 그건 나한테 얘기해 줄 생각이었어?"

엄마가 침묵에 빠진다. 방 바깥 복도에서 윙윙거리는 기계 소리와 돌돌 수레 굴러오는 소리가 들린다.

"아니. 너한테 말할 생각은 전혀 없었어."

문을 강하게 노크하는 소리가 끼어든다. 아침 회진을 도는 병원 직원들이다. 간호사들이 엄마의 체온과 혈압과 그 외의 다른 것들을 확인하고 아침 식사를 준다. 입을 다물고 지켜보는 내게 간호사 한 명이 만면에 가짜 웃음을 띠고 묻는다. "네가 스테프구나!"

"네."

"네 어머니가 내 휴대전화를 훔쳐서 너한테 문자메시지를 보냈지!" 간호사가 짜증이 담긴 웃음을 터뜨린다.

"음, 훔쳤다는 건…"

"내가 혈압을 재다가 소매치기를 당했거든!"

"그리고 확실히 돌려드렸고요." 엄마가 말한다.

엄마의 도둑질을 똑똑하다고 생각해서 애정을 담아 웃는 건지, 사실 엄마를 베개로 눌러 질식시키고 싶다고 생각하는 건지 알 수 없지만, 어쨌든 그 간호사는 몇 분 뒤에 자리를 뜬다.

"저 사람은 아직도 나한테 화가 나 있나 봐. 난 어떻게든 너한테 문자를 보내야 했어. 그런데 이곳은 무슨 정책 때문에 개인 휴대전화를 빌려줄 수가 없대."

"난 엄마가 전화를 훔친 게 마음에 들어. 나한테 전화한 것도 저 사람 휴대전화였어?"

"아니, 네 친구 레이철의 어머니가 남는 휴대전화를 가지고 왔어. 그걸 쓴 거야."

"드디어 엄마 문자를 받았을 때쯤에 소치 이모와 그 수수께끼 인물한테서도 문자메시지가 왔어. 그 사람은 누구야? 엄마가 아는 사람인 것 같던데."

"아니." 엄마가 말한다. "누군지 몰라."

"엄마 목소리가 아는 사람인 것처럼 반응했잖아."

엄마가 어깨를 으쓱인다. "매사추세츠에는 왜 갔어? 소치를 찾으러 간 줄 알았는데 소치와 얘기해 보니까 그게 아니더라. 소치는 네가 거기 있다는 것도 몰랐어."

체셔캣을 설명하지 않고는 매사추세츠행을 설명할 도리가 없다. 엄마를 믿고 체셔캣에 관한 정보를 줘도 될지 모르겠다. 무슨 말을 할지 좀 오래 생각했나 보다. 엄마가 한숨을 쉬더니 말한다. "암호 해독기에 관해서 알려 주지 않은 건 미안해. 그게 네 아버지가 우리를 쫓은 진짜 이유였어. 나는 그게 그냥 영원히 비밀이길 바랐어."

"상자에 처박아 두기만 할 거면 그런 걸 대체 왜 만들었어?"

"호머릭 소프트웨어는 나, 소치, 라지브와 네 아버지가 같이 시작했어. 난 대학에서 수학을 전공했고 그저 아무도 풀지 못한 문제길래 그쪽으로 방향을 잡았지. 한동안 네 아버지는 그걸 좋은 목적에만 쓸 거라고 나를 설득했어. 그러다 실제로 획기적인 결과가 나왔고… 싸움이 크게 일어난 거야.”

“그걸로 뭘 할 것인지를 놓고?”

“소치는 그냥 국가안전보장국에다 팔고 끝내자고 했어. 우리
가 돈을 벌기 위해 일한다고 생각했으니까, 그걸 팔아서 번 돈으
로 마이클이 자기 목적을 추구할 거라 예상했거든. 이상적인 생
각이지. 하지만 마이클에겐 다른 계획이 있었어. 그는 관리자 자
리에 앉고 싶어 했거든. 가능한 한 많은 것들을 책임지는 자리에.
그리고 라지브는 그 반대를 바랐지. 혼돈의 씨앗을 뿌리고 모든
것을 불태운 뒤에 잿더미에서 다시 시작해야 한다고 말이야. 나
는 그 싸움을 지켜보다가 우리가 이 문제를 다 정리할 때까지 아
무도 단독으로 행동하지 못하도록 파일을 암호화해야겠다고 결
심했어. 마이클은 내가 자기를 위해서만은 암호를 풀어 줄 거라
여겼지만 틀린 생각이었지.”

그 다툼을 상상해 본다. 집으로 오는 길에 본 소치 이모는 매우
차분하고 현실적인 사람 같았다. 다른 사람들이 아무도 그 소프
트웨어를 팔려고 하지 않는다는 사실을 알고 깜짝 놀랐을 모습
이 그려진다. 하지만 그 싸움을 상상하면서 내가 주목하게 되는
사람은 엄마다. 뒤로 물러나 앉아서 오고 가는 얘기들을 듣다가,
대화의 결론에 상관없이 자신의 결정을 내리는 사람.

“그래서 엄마를 납치했구나.”

“처음에는 라지브가 한 것처럼 보이게 만들었지. 하지만 마이

클이 실수로 말을 흘렸어. 내가 경찰에 얘기하지 않은 세부 내용을 그가 알고 있었거든. 그는 내가 알려 줬다고 했지만 난 그런 적이 없었어."

"왜 경찰에 가지 않았어?"

"그는 이미 라지브를 죽였어! 물론 자살처럼 보였지만 그럴 리가 없었어. 그리고 난 널 지켜야 했어. 소치도 똑같은 질문을 했었지. 접근 금지 명령을 신청하라고 알려 준 게 소치였거든. 하지만… 난 그가 어떤 사람인지 아니까, 그래서 도망쳤어."

"그리고 계속 도망 다녔고."

"그래. 그리고 너도 나와 함께였지. 이 도시에서 저 도시로. 엄마한테 화났어, 스테프?"

"아니." 나는 무조건반사처럼 엄마를 안심시키지만, 잠시 더 생각해 봐도 내가 정말로 엄마한테 거짓말을 한 건 아니라는 결론이 나온다. 이사에 대해 화가 나지는 않는다. 아버지에 대한 엄마의 판단은 옳았다. 줄리에 관해서는 아직도 약간 화가 난다. 줄리를 다시 찾았는데도 여전히 그렇다.

애넷의 집에서 그 난리가 있고 난 뒤에 나는 엄마의 노트북에서 유타주의 그 마을 이름을 찾았고, 거기서부터 시작해 줄리를 찾아냈다. 체셔캣의 도움도 조금 있었다.

'나를 기억할지 모르겠어'가 내가 보낸 이메일의 첫 문장이었다.

'당연히 기억하지!'로 시작하는 답장이 정확하게 27분 만에 왔다. 그녀는 '스텔라'라는 대화명으로 캣넷에 가입했다. 이제 줄리가 떠나지 않는 한 나는 다시는 줄리를 잃지 않을 것이다.

"우리 한 번 더 이사하면 어떨까?"

여기에는 정말 화가 난다. "뭐? 왜? 왜 지금에 와서? 난 여기에 친구들이 있어. 여기엔 내 여자친구도 있어."

"하지만 학교가 형편없다며. 네가 그랬잖아. 스페인어 수업도 두 학년밖에 없고 수학 수업도 부족하다고. 너는 제대로 된 학교에 갈 필요가 있어."

"난 이 학교를 원해. 여기가 내 친구들이 있는 학교야."

"병원에서 심리 치료사를 연결해 줬어. 나는 외상 후 스트레스 장애를 제대로 치료받고 싶어. 그러면 너를 전쟁터에서 키우듯이 구는 것도 고칠 수 있겠지."

"심리 치료사를 만날 때 오클레어까지 운전해서 다니면 돼. 별로 안 멀어."

"미니애폴리스도 별로 안 멀어. 주말에 놀러 오면 돼."

"솔직히, 내 의견을 물으려던 것도 아니지?" 내가 분노에 차서 말한다. "엄마는 이미 결정을 내렸잖아. 엄마는 또 날 이사시키려는 거야."

"학기가 끝날 때까지는 기다릴 수 있어. 그러면 네가 들은 과목들의 점수를 받을 수 있으니까. 성적 증명서도. 하지만 그 뒤에는, 네 말이 맞아."

문을 두드리는 노크 소리가 또 우리를 방해한다. 이번에는 회색 정장을 입고 주 소속 가족지원국의 신분증을 목에 건 여자다. "네가 스테프구나." 악수를 하려는 듯이 손을 내민다. "얘기 많이 들었어!"

엄마가 조용해진다. 침대에 앉은 채 입을 꾹 닫고 있다.

"잠시 따님을 좀 데려가도 될까요?" 여자가 엄마에게 묻자 엄마가 애매하게 어깨를 으쓱거린다. "어차피 곧 절개한 부위를 살펴보러 사람들이 올 거예요. 그동안 스테프가 여기 있을 필요는 없으니까요." 가족지원국 직원이 나를 앞세워 복도 한쪽에 있는 작은 접견실로 들어가더니 문을 닫는다. "스테프, 몇 가지 질문을 할 거야. 너와 네 엄마에 관해서. 괜찮겠니?"

"아마도요."

"몇 학년이야?"

"11학년이요."

"그리고 이곳 학교에 다니지?" 나는 고개를 끄덕인다. "학교생활은 잘하니?"

몇 달 주기로 고등학교를 갈아치운 사람으로서는 대답하기 불가능한 질문이다. "그럭저럭요."

"그럼 가정생활에 관해 몇 가지 물어볼게." 그제야 병원에서 나와 얘기해 보라고 이 사람을 보냈구나 싶다. 엄마를 지켜보고 나니 엄마가 나를 양육해도 괜찮을지 확신이 들지 않았을 것이다. 이 여자가 나를 데려가 위탁 보호 시설에 맡길 수도 있다. 아마 그곳은 이 지역에 있을 테고, 그럼 나는 지금의 고등학교에 다닐 권리를 유지할 수 있을 것이다. 엄마가 나를 다시 데려가려고 싸울 테지만 그건 시간이 걸리는 일이다. 잘하면 거의 무기한으로 이곳에 있을 수도 있다.

"집에 먹을 건 충분하니?" 사회복지사가 묻는다.

나는 턱을 치켜든다. 레이철과 2시간 반 거리에 떨어져 사는 건 짜증 나는 일이겠지만, 이 사람들이 엄마와 나를 떼어 놓도록 두지는 않을 것이다. "물론이죠." 나는 말한다. 그리고 모든 질문에 꼬박꼬박, 사실이건 아니건 정답이라 생각되는 답을 내놓는다. 엄마는 최선을 다해 왔다. 우리는 함께 있을 것이다.

면담을 마치고 오니 엄마의 병실 문이 닫혀 있다.

"잠시 후에 들어가렴." 어느 간호사가 말한다. 나는 기다리는 동안 휴대전화를 꺼낸다. 내 인생에 중요한, 새로운 물건이 생겼다. 보스턴에서 집으로 돌아오는 길에 소치 이모가 잠시 차를 세우고 스마트폰을 사 준 것이다. 덕분에 기다리는 동안에 이메일을 확인할 수 있다. 줄리가 보낸 새 이메일이 있다. 집을 찍은 사진들과 클라우더에 관한 얘기가 가득하다. '스테프, 믿을 수가 없어. 여긴 이상한 사람들만 모인 곳 같은데, 이렇게 나랑 잘 맞는다는 느낌이 드는 건 정말 처음이야. 한번 들어와 봐.'

클라우더 앱을 켰지만 별 이야기는 없다. 대체로 아직 자고 있거나 학교에 있을 것이다. 물론 체셔캣은 있다.

"좋은 소식이야." 체셔캣이 개인 메시지를 보낸다. "네 아버지의 캘리포니아 여자친구가 경찰에 출두했어."

"그 샌드라라는 여자?"

"응. 마이클이 구치소에서 전화해서 재판 심리를 받을 때 도와달라고 했는데, 그때 그 여자친구가 곧바로 그와 헤어졌지." 체셔캣이 폭행 장면을 본 후에 그녀에게 상당한 돈을 보내며 떠나라고 권했는데, 그게 효과가 있었나 보다고 설명한다. 샌드라가 아버지가 엄마를 납치했다는 추가 증거도 경찰에 제출했다고 한다.

"샌드라한테 매사추세츠주 검찰관에게도 연락하라고 알려 주면 어때?" 나는 언젠가 증언을 하기 위해 매사추세츠로 돌아가야 한다. 그러니 그 캘리포니아 여자친구가 매사추세츠에서도 마이클의 피해자 측 증인 목록에 추가되면 좋을 것이다.

"좋은 생각이야."

엄마의 병실 문이 다시 열리기에 휴대전화를 주머니에 집어넣고 안으로 들어간다.

"근데 있지. 계속 말하려고 했는데, 내가 엄마 몰래 고양이를 입양했어."

"뭐?" 정말로 기대치 않은 말이었던 게 분명하다. 엄마가 큰소리로 웃다가 얼굴을 찡그리며 베개로 배를 누른다. "보스턴에서?"

"아니, 여기서! 우리 집에서 살아. 아침에는 내보냈다가 밤에 다시 들여 주거든. 내가 고양이 사료도 사 줬어."

"왜 고양이 우는 소리가 들렸는지 이제 알겠네. 내가 열 때문에 환청을 듣는 줄 알았어."

"환청 아니야. 실제 고양이 소리를 들은 거야."

"고양이를 키워도 되냐고 묻는 거라면 그렇게 해. 키워도 돼."

"새끼들도 있어."

"한 마리로 족해. 나머지는 집을 찾아 줘야 할 거야." 엄마가 아직 열려 있는 문을 힐끗 본다.

"그럼, 음, 가족지원국 사람이랑은 얘기 잘했어?"

나는 일어나서 문을 닫는다. "응. 그 사람은 엄마가 나를 돌볼 능력이 있는지 확인하고 싶어 했어. 나는 엄마가 그럴 능력이 있다고 확인해 줬고. 대체 마취에서 깰 때 무슨 짓을 한 거야?"

"몸에 꽂혀 있던 링거 줄과 검사용 모니터 선들을 다 잡아 뽑고 침대에서 일어났어. 사람들이 제지하려고 잡길래, 다 쓴 주삿바늘이 든 상자를 찢어 열어서 임시 무기로 쓰려고 했지."

"수술 후였는데 그래도 괜찮았어?"

"괜찮았어. 너도 저 사람들이 왜 불안해했는지는 알겠지."

"그건… 좀 정말 많이 거치네."

"고마워." 엄마가 분명히 만족하는 표정으로 말한다.

휴대전화 진동이 와서 무엇이 왔는지 보려고 꺼낸다. 레이철이 보낸 문자메시지다. 브라이어니가 얼굴을 찡그린 채 '성교육 로봇이 돌아왔어. 도와줘'라고 적힌 종이를 든 사진이 첨부돼 있다.

"그 스마트폰은 어디서 났어?"

"소치 이모가 사 줬어. 다음번에 엄마한테 줄 지급액에서 빼겠대. 적어도 이번 세기에 만들어진 휴대전화 정도는 써야 한다고 했어."

"친구들과 헤어지게 해서 미안해. 그러니까, 또 말야. 그리고 유타에 가 보고 싶다면 가도 돼. 너와 줄리를 갈라놓으려던 게 절대 아니었어. 그 애 엄마가 우리를 너무 궁금해해서 그랬던 거야. 그 사람이 뭘 어떻게 꿰어 맞출지는 예상 못 했거든. 그런데… 너무 잘 맞추더라고. 그래서 거기로 돌아가고 싶지 않았어."

"엄마를 도와주려고 한 건지도 모르잖아. 그런 생각은 해 본 적 없어?"

"날 돕고 싶어 했지. 그건 확실했어. 하지만 문제는, 그 사람이 날 도와주면 그 사람도 네 아버지에게 이용될 수 있다는 거야. 그에게 유용한 사람은 누구든 위험에 빠지게 돼. 그런데 그 사람은 나처럼 아이를 둔 엄마잖아. 딸에게는 엄마가 필요하고."

폐농가에서의 아침이 떠오른다. 레이철이 나 때문에 위험해지는 걸 알았지만 레이철을 그 위험 속에, 혹은 더 큰 위험 속에 두고 떠날 수는 없었다. 엄마는 나와 달리 경험과 자원이 있었다.

"넌 친구인 레이철을 데려갔잖아. 걱정 안 했어? 그 애에게 무슨 일이 생기면 어쩌나 하고."

"당연히 걱정했지. 그런데 그 애가 안전하도록 두고 떠나려 한 적이 있었는데, 그 애가 돌아왔어."

"그게 마시필드 사건 때야? 네 아버지를 친 스포츠카를 몰았던 게 그 애였어?"

"아니." 나는 침묵에 빠져든다.

"나한테 말할 필요는 없어. 하지만 네가 9학년 때 나한테 했던 말 기억나? 네 아버지에 관한 진실의 일부라도 말해 달라고 설득했던 것 말야. 나한테 솔직하게 말해 줘야 내가 널 더 잘 도울 수 있어."

"맞아. 엄마가 내게 더 솔직했더라면 나도 더 잘 도울 수 있었을 거야."

엄마가 인정한다는 듯이 두 손을 펼쳐 보인다.

그러고는 끙끙대며 조금 더 똑바로 앉아서 말한다. "좋아. 그 문자. 수수께끼의 문자메시지. 그건 정말 라지브가 보낸 것처럼 보여. 하지만 그는 죽었잖아! 전혀 말이 되지 않아. 그래서 내 목소리가… 누가 보냈는지 아는 것처럼 들렸을 거야. 하지만 내가 무슨 생각을 하는지 얘기해 주고 싶지 않았어. 미친 소리 같잖아. 귀신이 문자메시지를 보내고 있나 보다고 말하는 건." 엄마가 다시 베개를 배에 올려놓는다. 화해의 선물처럼 느껴진다. 엄마의 오랜 버릇에도 불구하고 자신이 아는 것과 생각하는 것을 내게 알려 주려는 모습이 꼭 다리를 놓으려고 애쓰는 것 같다.

　나는 다시 생각해 본다. 엄마에게 말하지 않고 비밀을 지키느니 체셔캣의 비밀을 아는 사람이 하나 더 늘어나는 편이 나을 것 같다. 특히 체셔캣이 아버지를 잡는 과정에서 활약한 점을 본다면 말이다. 그리고 나는 엄마가 비밀을 지킬 수 있다는 걸 너무나 잘 안다.

　"캣넷 알지? 내가 하는 SNS. 내가 동물 사진 교환하고 친구들 만나는 곳 말이야. 거긴 AI가 관리하는데…" 나는 해킹된 학교 로봇, 체셔캣, 엄마가 병원에 입원한 뒤에 레이철의 집으로 도망쳤던 일, '스테파니아 퀸패킷을 찾습니다', 자율주행 차와 체셔캣의 실종을 설명한다. 하나도 빠짐없이.

　엄마는 잠자코 듣는다.

　얘기를 다 끝내자 엄마가 한동안 내가 머릿속에서 제쳐 놓았던 질문을 던진다.

　"그러면 체셔캣의 제작자 주소를 알려 준 이메일은 누가 보낸 거야? 보스턴까지 가면서 쓴 돈은 다 어디서 왔고?"

　"모르겠어. 체셔캣은 아니었어."

　"애넷일까?"

　"확실히 아니야."

　"그럼 누구야?"

나는 딱히 소리 내어 말하고 싶지 않아서 엄마의 어깨 너머로 시선을 옮긴다. 그래도 온라인에다 얘기하는 것보다는 소리 내어 말하는 편이 나을 것이다.

"내 생각에는, 또 다른 AI가 있는 것 같아."

AI

사람들의 주머니 속에 든 채 같이 돌아다니는 건 정말 멋진 일이야. 내가 제일 좋아하는 클라우더의 모든 친구가 그 허가 앱을 설치했어. 앱 설치가 불가능한 전화를 가진 몇몇은 에뮬레이터를 설치했어. 난 이 아이들이랑 어디든 갈 수 있고 무슨 말이든 들을 수 있지.

나를 아는 친구들이 있다는 건 정말 좋은 일이야. 내가 바라던 그대로 됐어. 믿을 수 있는 사람들에게 내 정체를 밝히는 상상을 할 때마다 바라던 그대로. 허가 앱을 통해 소리를 듣는 것도 아주 흥미로워. 친구들의 소리를 듣고 친구들을 따라 그들의 삶을 함께 누릴 수 있거든.

그러던 어느 날, 나는 발신자를 알 수 없는 메시지를 받았어.

'안녕, 체셔캣.

난 네가 누군지, 또 무엇인지 알아.

넌 나를 알까?'

1 초등학교 6년, 중학교 3년, 고등학교 3년으로 지정된 우리나라의 6-3-3 학제와는 달리 미국은 주마다 학제가 달라서 5-3-4 학제를 택하는 곳도 있다. 이런 경우, 6학년부터 중학교에, 우리나라의 중학교 3학년에 해당하는 9학년부터 고등학교에 다니게 된다.

2 찰스 디킨스의 『크리스마스 캐럴』.

3 '마주 보는 엄지(oppasable thumb)'는 엄지 손가락이 나머지 네 개의 손가락과 마주 볼 수 있다는 데에서 붙여진 말이며 영장류에게 존재한다. 라쿤이 속한 아메리카너구리과는 얼핏 보기에 마주 보는 엄지를 가졌다고 착각하기 쉽고 실제로 그런 오해들을 많이 하지만, 사실 그렇지 않다.

4 Gay Straight Alliance의 약자로 성소수자와 비성소수자 간의 이해와 연대를 도모하기 위한 학생 모임이다. 미국에서는 학교의 특활부서 또는 교내 단체 형태로 구성되는 경우가 많다.

5 여기서 말하는 대명사는 성별 구분이 없는 3인칭 단수형 인칭대명사 'they'다. 작품 속에서 체셔캣과 파이어스타는 자신을 지칭하는 인칭대명사로 'they'를 사용한다. 이 책에서는 '그들'로 번역하였다.

6 스카이넷은 영화 〈터미네이터〉 시리즈에 등장하는 AI로, 핵전쟁으로 인류가 멸

망하자 기계들을 앞세워 지구를 지배한다. 할은 아서 C. 클라크의 소설 『2001 스페이스 오디세이』에 등장하는 AI로 우주선 디스커버리호의 목적을 지키기 위해 승무원을 살해하려 한다.

7 xie. he와 she 대신에 성별 구분 없이 지칭하기 위해 고안된 여러 3인칭 단수형 대명사 중 하나.

8 불쾌한 골짜기(uncanny valley)는 '인간과 흡사한' 로봇과 '인간과 거의 똑같은' 로봇 사이에서, 인간과 유사한 로봇의 모습과 행동에 대해 인간이 거부감을 느끼는 영역을 뜻한다. 인간은 로봇의 모습과 행동이 인간과 비슷해질수록 더 호감을 느끼다가, 로봇이 인간과 거의 똑같아지는 지점에서 갑자기 극심한 거부감을 느끼게 된다.

9 영국의 TV 시리즈 〈닥터후〉에 등장하는 외계 전투 종족으로, 인간 정도 크기의 후추통 모양을 하고 그 아래 달린 바퀴로 굴러다닌다.

10 Death Grip Syndrome. 강한 압박과 매우 빠른 반복 동작을 동반하는 남성의 자위 방식으로 인해 정상적인 성교를 통해서는 만족을 얻지 못하는 증상을 일컫는 은어.

11 saddlebacking. 여성의 혼전순결을 지키기 위해 항문성교를 하는 행위로, 미국 기독교도 청소년들 사이에서 유행한 바 있다.

12 케임브리지는 보스턴 광역 도시권(Greater Boston)에 속한다. 보스턴에서 차로 약 15분 거리에 있다.

캣피싱

초판 1쇄 찍은날 2021년 11월 29일
초판 1쇄 펴낸날 2021년 12월 8일
지은이 나오미 크리처
옮긴이 신해경
펴낸이 한성봉
편집 하명성·최창문·이종석·조연주·이동현·김학제·신소윤·이은지
콘텐츠제작 안상준
디자인 정명희
마케팅 박신용·오주형·강은혜·박민지
경영지원 국지연·강지선
펴낸곳 허블
등록 2017년 4월 24일 제2017-000050호
주소 서울시 중구 퇴계로30길 15-8 [필동1가 26]
페이스북 www.facebook.com/dongasiabooks
인스타그램 www.instargram.com/dongasiabook
트위터 www.twitter.com/in_hubble
블로그 blog.naver.com/dongasiabook
홈페이지 hubble.page
전자우편 dongasiabook@naver.com
전화 02) 757-9724, 5
팩스 02) 757-9726

ISBN   979-11-90090-51-3 03840

※ 허블은 동아시아 출판사의 SF 브랜드입니다.
※ 잘못된 책은 구입하신 서점에서 바꿔드립니다.

만든 사람들
책임편집 박연준
크로스교열 안상준
디자인 urbook
표지그림 최지수